NAXIENIAN
HUAKAI ZHENG DANGSHI

那些年
花开正当时

阙上心头 ◆ 著

中国言实出版社

图书在版编目（CIP）数据

那些年，花开正当时 / 阙上心头著. —北京：中国
言实出版社，2014.6
ISBN 978-7-5171-0538-1

Ⅰ. ①那… Ⅱ. ①阙… Ⅲ. ①长篇小说－中国－当代
Ⅳ. ①I247.5

中国版本图书馆 CIP 数据核字（2014）第 083099 号

责任编辑：陈昌财

出版发行　中国言实出版社
　　地　　址：北京市朝阳区北苑路 180 号加利大厦 5 号楼 105 室
　　邮　编：100101
　　编辑部：北京市西城区百万庄路甲 16 号五层
　　邮　编：100037
　　电　话：64924853（总编室）　　64924716（发行部）
　　网　址：www.zgyscbs.cn
　　E-mail：yanshicbs@126.com
经　　销　新华书店
印　　刷　北京市玖仁伟业印刷有限公司
版　　次　2014 年 6 月第 1 版　　2014 年 6 月第 1 次印刷
规　　格　787 毫米×1092 毫米　1/16　印张 18
字　　数　346 千字
定　　价　32.80 元　　　　　ISBN 978-7-5171-0538-1

目　录

第一章
偶 遇 土 豪

1

慕灵犀心情愉快地朝市中心的地标建筑"天欣大厦"走去，她今天的目标是这座建筑中的一个"高富帅"。

眼看就要到"天欣大厦"了，却见前面被围得水泄不通，一群市民满脸愤慨地指指点点。

"太过分了，开豪车就了不起吗？撞了人不仅不下车道歉，还在轿车内稳坐泰山趾高气昂的，什么素质！"一个中年男子怒气冲冲地说。

"这年月，有钱是大爷啊，人家是土豪，欺的就是你我这些土鳖！"另一个男子叹息摇头。

"大家过来评评理，开车撞人是不是该赔礼道歉？"中年男子对围观的众人说。

"对，该道歉！"众人说。

"是不是应该赔钱？"中年男子又问。

"当然，该赔钱！"众人又说。

车祸？撞人？土豪欺土鳖？这是什么状况？

慕灵犀好不容易才从人群外挤了进去，想看看传说中的土豪是什么样子！

当她看见面前的高档跑车时，脑海里的确出现了"土豪"二字。

这是一辆尚未挂牌照的黄色兰博基尼跑车，跑车内，一个衣着考究的年轻男子慵懒地坐着，俊逸的脸上挂着玩味的笑容，清澈的目光平静地注视着围观的人群。那神情，没有丝毫慌乱，一点不像是刚刚开车撞了人的罪魁祸首，反倒像一个悠闲的旅行者在坐山观云般怡然自得。

跑车前面的地上，躺着一个衣着普通、不断痛苦呻吟的男子，身体蜷缩成一团，看样子伤得不轻。

慕灵犀见状，顿时火冒三丈。

岂有此理，撞了人还如此高傲冷漠，简直就是社会的败类、人类的渣滓！想当年毛爷爷发动全社会打土豪分田地，那是多么伟大的壮举啊！莫非今天在这里也要上演一出打土豪？

想到此，作为一个有社会责任感的自然人，生性嫉恶如仇的慕灵犀忍不住敲了敲车门。

"小姐，有何贵干？"车内的土豪漫不经心地抬眸问。

看见慕灵犀的那一瞬，土豪眼中掠过一丝惊艳，这可是他见过最纯天然无污染的面孔了！尽管不是最美的，却是最干净的！

那一刻，慕灵犀却在心里腹诽，你才是小姐呢，你全家都是小姐！

"你撞人了，为什么不给人家一个说法？即便不赔礼道歉，也得把人拉到医院去治疗啊，你这样坐着是什么意思？仗着自己开了一辆跑车就了不起吗？"慕灵犀一手撑在车门上，一副路见不平的样子。

"撞人？"看着她小嘴竹筒倒豆子般噼里啪啦地说完，土豪微微扬起俊秀的眉，不甚友好地问，"你哪只眼睛看见我撞人了？"

慕灵犀被他的话噎住了，这土豪可真狡猾呀！可她也不是那么好糊弄的，秀眉一扬问众人："大家都看见他撞人了，对不对？"

"没错，我们都可以作证！"几个男子异口同声。

"听见了吗？群众的眼睛是雪亮的！"慕灵犀垂眸看着车里的土豪，就像警察看犯人，带着你跑不掉的审视意味。

"小姐，别人说什么你就信啊？你有没有脑子啊？"土豪被她看得很不耐烦，"有时候眼睛也会欺骗人，你为什么就不相信我？"

"信你？我凭什么信你？你就长了一张让人不相信的脸！大家都看见你撞人了，你就应该赔礼道歉赔钱走人！瞧你开这么好的车，不至于赔不起吧？"慕灵犀咄咄逼人。

"他们是以多欺少，你懂吗？若今天给了他们钱，我照样被人骂，他们还会继续被别的车撞下去，我才不让他们得逞呢！"土豪强词夺理，"你不明白事情真相就别乱说话！"

"谁乱说话了？你怎么这样不讲道理呢？你看你，开着豪车在闹市区撞人堵塞交通还不肯认错，被人围观当猴看很有意思吗？"慕灵犀十分不解。

"你说谁是猴？"土豪显然被激怒了。

"我，我是猴，行了吧？"慕灵犀笑着说，周围立即爆发出一阵笑声。

土豪微微皱眉，修长的手指摸着下巴，似乎在思考该如何应对眼前的局面。

"你有两个选择，一、赔礼道歉赔钱走人；二、将伤者拉往医院治疗。"慕灵犀冷冷地看着他。

土豪忽然笑了，倨傲地一扬眉："若我两个都不选呢？"

哟呵，这土豪真够牛的！

"你……"慕灵犀意外又愤怒，气呼呼地说，"既然如此，那就报警吧！"

哼哼，土豪，这下你可怕了吧？

令她意外的是，土豪居然也赞同地点头："这个主意不错，公平又公正，还是让人民警察来处理吧！"

2

土豪说着，果真掏出了传说中的土豪手机，拨打报警电话。

慕灵犀冷眼旁观，哼，不知好歹，撞了人还敢自己报警认罚，一会儿警察来了，你一定会死得很难看的！

"喂，110吗？有人说我在蜀都路撞人了，具体地址？天欣大厦斜对面，五分钟到？好，我等着！"土豪神态轻松地打完电话，唇角勾起一丝戏谑的微笑。

他居然还笑得出来？慕灵犀不禁感叹世风日下，对土豪的恶劣行径咬牙切齿。

不远处，果真传来了警笛声。

就在慕灵犀准备看土豪在大庭广众之下被绳之以法时，令人意外的一幕发生了。

刚才还蜷缩着身子躺在跑车前痛苦呻吟的男子居然一跃而起，脚踩风火轮似的跑得无影无踪了！

慕灵犀看得目瞪口呆，这又是什么状况？

车内的土豪则挂着懒散的笑容，神情带着一丝嘲弄。

另外几个叫嚣着要土豪赔钱的中年男子见状，神态自若地对围观的众人说："没啥好看的，大家走吧，散了吧，一场误会，误会哈！"

短短一瞬间，围观的人群消失了。

车祸变误会，这变化也实在太快了点！

慕灵犀一头雾水有点摸不着头脑，跑车内的土豪一脸戏谑地看着她，那样子要多得意有多得意！

"你，过来！"土豪指着她用命令的语气说。

"什么事？"慕灵犀还有点不适应这突如其来的变化，只得乖乖地来到他面前。

"你不是说我撞人了吗？被撞的人都跑了，你又怎么说？"心里憋屈的土豪显然不想放过她。

"……"慕灵犀无言以对，她理亏啊！

"你不是说群众的眼睛是雪亮的吗？眼睛看见的就是真相，那你告诉我，什么是真相？"见慕灵犀哑口无言，土豪愈加理直气壮，显然把她当成了出气筒。

"……"慕灵犀彻底无语，想说抱歉的话，却开不了口，只恨不能马上找个洞。谁叫自己这么倒霉呢！

即便是傻子，这一刻也明白了，方才的那几个煽风点火的中年男子与躺着地上的人是碰瓷一族，专门以被撞来诈骗豪华车主的钱。

"你好，我是这个片区的交通警察，请问刚才是你报的警吗？"一个骑警用摩托车的交警精神抖擞地出现在面前。

"警察同志，是我报的警……"土豪赶紧从车里出来，态度好得不得了，简直就是一个名副其实的好市民，与刚才的傲慢无礼形成强烈的反差。这人年纪轻轻可真会演戏呀，无限鄙视中……

慕灵犀意外地发现面前的土豪，他可真高啊，挺拔轩昂气势迫人，比自己高出了整整一个脑袋，他可真帅啊，五官俊逸，气质优雅，雕塑般完美又不失柔和的线条……啧啧，造物主真是不公平，将这么好的一副皮囊放在这样一个身体里，实在是可惜啊可惜！

"你不是报警说撞人了吗？可是这位小姐被撞了吗？"交警看着两人。

"不是我……"慕灵犀羞愧得很。

"事情是这样的……"土豪开始介绍这里发生的一切，这与慕灵犀所见所闻完全是两个版本。

土豪说，早晨正常行驶的他正要去对面的天欣大厦上班，当时车速很慢，只有30码左右，忽然从侧面冲出一个人来，土豪见状赶紧刹车，那个人却倒在地上不肯起来，一开始他让受伤的人去医院，对方却非得要他赔钱，他认准这是一起讹诈，便没敢下车免得被打……

至于后面发生的事，便是慕灵犀方才所见的一幕。

"有谁可以作证？"交警问。

"这位姑娘可以作证，她见证了刚才所发生的一切……"土豪微笑说。

"他说的是否属实？"交警问慕灵犀。

"我……"慕灵犀摇头，"我只见证了围观的一幕，并没看见他撞人的一幕。"

"小姐，请你搞清楚，不是撞人，是别人讹我……"土豪不满地纠正。

"别打岔，让这位同志把话说完。"交警说。

"我说完了。"慕灵犀对交警那一句"同志"十分无语。

"对了，交警同志，我的车上安装了汽车行驶记录仪，你查看车内监控便一目了然！"土豪那句"同志"叫得亲切自然，仿佛他真与交警很熟似的，慕灵犀打心底鄙视。

交警果真上车查看了行车记录仪，监控画面证明了土豪所言属实，交警拷贝了一份监控内容作为证据，为有效掌握碰瓷的讹诈团伙进行备案。

那一刻，慕灵犀有一种被人捉弄的懊恼。

这土豪，明明可以自己证明清白的，非得泰然自若地坐在车里看她和那群碰瓷的人演一出蹩脚的闹剧才肯罢休，真是腹黑啊！她打心底鄙视这种以浪费别人的时间为乐的小人！

毛爷爷曾说过，时间就是生命啊，这土豪纯粹是没把别人的生命当回事嘛！这种人，不仅可怕而且可恨！

慕灵犀在交警笔录上气呼呼地签了字，又听得交警说："这段时间碰瓷犯罪团伙越来越猖獗了，尤其是你们这些开高档车的司机要时刻提高警惕。好在你的车上安装了行驶监控，以后遇到这种情况一定要报警，给碰瓷犯罪团伙予以沉重打击！"

"感谢交警同志为人民服务！"土豪做出一副虚心接受教育的良好公民的样子，还不忘冲慕灵犀挑衅一笑。

慕灵犀那个气啊，早已在心里对土豪挥舞了无数次拳头外加狠狠踹上几脚了。

交警离去后，慕灵犀这才想起今天的任务，心里暗叫糟糕，方才只顾管闲事，却忘记了自己的正事！

"小姐，去哪里？需要我送吗？"土豪一脸戏谑地看着一脸颓败的慕灵犀问。

慕灵犀看了看斜对面的目标建筑冷冷摇头。

"我有腿，不劳你大驾！"

"既然如此，后会有期！不，还是后会无期的好！"土豪潇洒地摆摆手，发动跑车一溜烟消失了。

哼，真是一个土豪，你以为本姑娘没坐过四个轮子的跑车，就没见过四条腿的猪跑吗？有啥稀罕的！

3

慕灵犀马不停蹄地赶到"天欣大厦"时，竟然发现那辆"肇事"的兰博基尼招摇地停在大厦外的停车场上，开车的土豪却不见了踪影。

想起方才发生的一幕，慕灵犀不禁心中有气，若不是为了处理土豪的那点破事，她岂会现在才赶来？此时已经超过预约时间整整一个小时了。

哼，土豪，下次见面有你好看的！

令她没料到的是，此刻距她与土豪的下次见面已进入倒计时。

慕灵犀硬着头皮乘坐电梯上了38楼，"奇峰"集团的标志醒目地呈现在眼前，一个长相秀美衣着时尚的前台站了起来。

"请问你找谁，有预约吗？"前台礼貌地问。

"我是都市报的财经新闻记者，前来采访贵公司的林总。"慕灵犀递上名片，"实在抱歉，路上发生了一点意外，所以来晚了。"

"慕记者，实在不巧，林总正在开一个重要会议……"前台委婉地说，"会议预计要持续到中午12点，下午他还要与客户谈几单业务，今天恐怕没有时间接受你的采访。"

"小姐，我今天非采访他不可，报社版面都预留好了，你总不能让我们明天的报纸开天窗吧！"慕灵犀急了。

"若真如此，那也没办法。"前台一脸无能为力。

"那……我可以等他吗？"慕灵犀问。

既然来了，总不能空跑一趟吧！她可不是轻易服输的人。

"你稍等，我请示一下。"

前台随即拨通了电话，与对方沟通一番后，对慕灵犀说："林总今天的日程安排很紧凑，不过午餐后有半个小时，至于他能否接受你的采访，那就得看慕记者的魅力了！"

魅力？有没有搞错！她只是记者，不是名人，这前台把她当什么人了？

"好，我等！"慕灵犀说，她素来喜欢挑战。

"慕记者，请跟我来。"前台面露微笑，似乎被她不服输的精神所打动。

前台将她带到一个环境优雅的休息室，又给她端来一杯热气腾腾的咖啡。

"谢谢你。"慕灵犀对这个体贴的前台十分感激。

"不客气，若有什么需要的，尽管告诉我，我愿意为你效劳。"前台微微一笑，优雅离去。

慕灵犀心里暗叹，怪不得"奇峰"公司在五年前崭露头角，短短几年便锋芒毕露，成为国内大财团之一，连公司小前台都如此训练有素进退有礼，细节决定成败，这就是"奇峰"的成功秘诀吧！

慕灵犀一边喝咖啡，一边翻阅休息室里"奇峰"集团的资料。

资料中对"奇峰"集团董事长林奇恩如何将一个自主经营的小企业发展成如今的大财团做了详尽的介绍，对各部门经理都有相应专栏介绍，对现任总经理林炜轩却只字未提。这再次证明了林炜轩行事低调，不愿抛头露面的个性。

"林炜轩，海归，经济学与建筑学双料博士，年仅 28 岁，长相俊逸堪比明星，无数佳人的梦中情人，典型的高富帅。让你去采访他，主要看在你是我学妹的份上，不然，如此美差岂能轮得到你？"昨晚下班时，财经部副主任张雪交给她一个任务。

"如此高智商的人，那还是让有能力的人去吧，我怕给你丢脸。"慕灵犀摇头，她一向不喜欢出风头。

"叫你去你就去，哪那么多废话！让别人去，恐怕还没开始采访，七魂便掉了六魄！"张雪不满地蹙眉。

别说，都市报财经部全是清一色的女记者，有几个主笔都是一见高富帅就恨不得上前扑倒的恨嫁剩女，令张雪极为头痛，多次想换人，念在她们跟了自己多年的份上才于心不忍。

慕灵犀仔细阅读了一下采访对象的资料，发现他是经济学与建筑的双料博士时，不禁眼前一亮，想当年，她的目标便是建筑系，可惜高考时以几分之差与建筑系失之交臂，最后选择了相对喜欢的新闻系。

好不容易到了中午 11 点半。

慕灵犀站了起来，准备去一趟洗手间后继续守株待兔。

刚出休息室，只见对面会议室的门开了，一群穿着统一工作服的男女拿着资料鱼贯而出，朝着各自的办公室走去，慕灵犀见状赶紧退到一旁。

"对了，今天的会议纪要马上整理出来，发到每一位员工的邮箱。"一个似曾相识的声音传来，慕灵犀不禁微微一侧头，朝说话的人看去。

那人不是别人，正是那个开兰博基尼的土豪！

他是谁？怎么会出现在这里？

土豪似乎也注意到了一旁发愣的慕灵犀，对身旁的人交待几句，对方看了慕灵犀一眼便离开了，留下挺拔倨傲的土豪和一头雾水的慕灵犀。

4

"你跟踪我？"土豪居高临下地看着一脸茫然的慕灵犀，俊秀的眉微微扬起，绯色的薄唇抿成一条线，显得极不友善。

"你在这里上班？"回过神来的慕灵犀意外地问。

在她印象中，土豪是不用上班的，成日开着豪车烧钱游玩，这货貌似有点例外。

"你还没回答我的话！为什么跟踪我？你到底有什么企图？"土豪拉下脸。

企图？有没有搞错？他把自己当什么人了？

"奇怪，我为什么要跟踪你，你以为自己是谁啊？"慕灵犀也恼了，与他针锋相对。

土豪，尽管你很帅，生气的样子很迷人，可没必要这样自负嘛！

"既然没跟踪我，为什么会出现在这里？你有什么目的？"土豪继续向她开炮，语气依然是冷冷冰冰的。

"这是你的地盘吗？"慕灵犀十分反感土豪的傲慢与偏见，这人可真没素质！

"你知道我是谁吗？"土豪眉毛一挑，用手指着自己高傲挺拔的鼻子问。

"你是谁，不就是一个自以为是的土豪吗？有什么了不起！"慕灵犀一脸不屑。

天下土豪可多了去了，你算哪根葱呀！

土豪？土豪闻言，脸上掠过一个天高云淡的冷笑，这女子，什么眼神？

"我来这里工作的。"慕灵犀很讨厌他那种自以为是高深莫测的土豪笑容，更讨厌他那种能将人看得心跳如鼓的眼神，语气顿时一软。

"工作？你是'奇峰'的员工？哪个部门的？"这回轮到土豪意外了，声音也温和了许多，听得人心里一暖。

这人是变色龙吗？前一秒钟还冷若冰霜，这一刻却如沐春风了？

"我不是这里的员工，是来采访你们林总的！"慕灵犀没好气地仰起头，准备给土豪一点压力，"林总，你的顶头上司，明白吗？惹了林总的客人，当心让你吃不了兜着走！"

土豪眯了眯眼，绯色的唇角微微上扬，若有所思地看着她："你是记者？哪家报社的？"

"我为什么要告诉你？"慕灵犀很不习惯他那种居高临下的语气。

"有个性！"土豪悠然一笑，"林总还在忙，你就继续等吧！"

要死了，干嘛对她这样笑！

见他大步离开，慕灵犀赶紧踩着高跟鞋追了上去，"那个，喂，你等等！"

土豪丝毫不理会她的叫声，独自朝电梯口走去，慕灵犀赶紧回到休息室拿上自己的包追了上去。走廊里的人见状，个个张口结舌一脸惊讶地看着她，似乎看见了外星人一样稀奇。

"开兰博基尼的土豪，等一等！"

此言一出，语惊四座！

众人顿时掩口失笑，饶有兴致地看着两人。

土豪闻言果真停下了脚步，看着追上来的慕灵犀，蹙眉问："你到底有什么事？"

"那个……土豪，你可以帮我联系一下林总吗？我今天必须采访到他。"慕灵犀换了一种讨好的嘴脸说。

那一刻，慕灵犀打心底鄙视自己做人没有操守，真是丢脸呀。

"你叫我什么？"土豪俊秀的眉毛一挑，有点哭笑不得。

"土豪啊，你开豪车，用土豪手机，不是土豪是什么！"慕灵犀直言不讳。

"哼，你还是继续等吧，恕不奉陪！"土豪毫不留情地拒绝。

"别这样无情嘛，好歹今天早上我给你当了一回证人，没有功劳也有苦劳啊，若不是为了你，我就不会错过与林总的预约了……"慕灵犀换了一种友好的口吻打起了感情牌。

土豪闻言，面色愈加阴沉。

"我还没找你算账，你居然敢找上门来？"土豪沉声说。

"你讲点道理好不好？虽然我当初没弄清楚真相冤枉了你，可后来不也帮了你吗？"慕灵犀抬眸看着他，"一回生二回熟嘛，何必这样不近人情？帮帮我，好不好？"

两人暧昧不清的一幕再次引起大家的好奇。

"很好看吗？"土豪板着脸问那些探头探脑的人。

众人闻言，赶紧缩了回去。

一侧的电梯来了，土豪一言不发进了电梯，一旁等候电梯的人却无人上去，慕灵犀见状赶紧跨了进去。

5

"你那是帮我吗？你是在添乱！"土豪冷哼，"如今你我互不相欠，别跟着我，我最讨厌这种死缠烂打的女人了！"

"讲点道理好不好？是你把我的事情搞砸了，我不找你找谁去！"慕灵犀一副吃定他的样子。

"说吧，你到底有什么目的？"被她缠得不耐烦的土豪只好投降。

呵呵，土豪也有没辙的时候呀！

"只要你想办法让我采访到林总，我们之间的一切就一笔勾销，否则……"慕灵犀狡黠一笑，脸上带着一丝警告的意味。

"否则怎样？"土豪不耐烦地看着他，看样子闹心得很。

"我会天天来'奇峰'，天天找你麻烦，让你烦不胜烦，直到你被老板炒掉为止！"慕灵犀笑眯眯地威胁着。

哼哼，土豪，这回怕了吧，看你还敢不从？

"你以为，我是那么容易受要挟的人吗？"土豪冷笑着反讥。

"你……"想起今天早晨的一幕，慕灵犀顿时像被霜打了的茄子——蔫了，她相信土豪说到做到，他就是那种翻脸不认人的腹黑小人。

"你到底要怎样才肯帮助我？"慕灵犀可怜兮兮地问。

"奇怪，你我素不相识，我凭什么要帮你？"土豪毫不留情地打断她。

"你……真是一个无情无义的冷血动物！"慕灵犀生气极了，"早知道才不帮你呢！腹黑的小气鬼！可恶的大土豪！"

她早就应该想到，此人睚眦必报，她何苦低声下气来求他呀！浪费时间在这等人的身上，简直是一种罪过呀！

"如果你觉得骂出来心里好受些，让我见识一下报社记者知性温婉外的另一面，我倒喜闻乐见！"土豪好不在意地耸耸肩。

"……"他真是毒舌又可恶啊，慕灵犀心里抓狂不已却又彻底无语。

"林总今天午餐后只有半个小时休息时间，如何采访他，就看你的本事了！"电梯停下时，土豪冷冷地丢下一句话便从容离开了。

慕灵犀闻言，犹如醍醐灌顶，赶紧乘坐电梯上楼，跑到"奇峰"集团前台。

"小姐，请问林总今天在哪里用午餐？"慕灵犀决定抓住这最后的一根稻草。

前台一脸意外地看着她，片刻才说："你们……没有一起用午餐？"

慕灵犀一脸茫然地摇头："是啊，我连他的面都没见过，怎么可能与他一起用餐？"

前台疑惑地看着她："不会吧，你刚才明明……"

"麻烦你看在我等了一上午的份上，帮帮忙吧！"慕灵犀几乎要哭了。

今天的财经版面一半留给了她，若她采访失败，岂不是让张雪下不了台！

"你稍等。"前台被她软磨硬泡得没办法。

"谢谢你啊，小姐！"慕灵犀连忙笑容满面地点头哈腰。

唉唉，她这样子，哪像是来采访的，更像是来要饭的，丢人呀！

前台给林总的秘书打了一个电话，一会儿，刘秘书来了。

"慕记者，这边请。"刘秘书正是先前与土豪一起走出办公室的青年男子。此刻的他显得温文尔雅，彬彬有礼，不愧是林总麾下的秘书。

"你好，刘秘书，是这样的……"慕灵犀赶紧介绍自己来这里的目的。

"慕记者，实在抱歉，刚才林总来电，他今天太忙没时间接受你的采访，要不，你改日再来吧。"刘秘书彬彬有礼。

"不行啊刘秘书，我今天必须采访到他，否则，我交不出稿子，明天的报纸就会开天窗了……"慕灵犀一脸坚持。

当记者五年了，慕灵犀没有什么特别之处，坚持是她最大的优点。

"原来这样，慕记者别着急，林总让我交给你一些资料，想必能解决你不能当面采访他的遗憾。"刘秘书温和一笑。

"哎……好吧！"事已至此，只能死马当成活马医了。

令人意外的是，刘秘书交给慕灵犀的资料内容全是"奇峰"公司的新动向和发展计划，几乎全是她所要采访的问题，她只需把这些资料用新闻的语言加以整理，然后以一个财经记者的视觉加以分析，再请经济学家进行点评，一篇优秀的财经新闻即将出炉……

"谢谢你啊刘秘书，这些资料正是我所需要的……对了，我需要一张林总的工作照，您能提供吗？"慕灵犀笑容满面。

若能拿一张林炜轩的照片回去，以图文并茂的形式加以报道，将能更具说服力。

"实在抱歉，林总从来不拍工作照。"刘秘书微笑委拒。

"既然如此，那就不强人所难了。"慕灵犀遗憾一笑。

"对了，慕记者完稿后，麻烦发送一份样稿到我的邮箱。"刘秘书递给她一张名片。

慕灵犀看见名片上的名字：刘子悟，真是一个有内涵的名字，与他的气质十分契合。

"好的。"慕灵犀愉快一笑。

第二章
祸 福 相 依

1

"我愿变成，童话里，你爱的那个天使……"急促的手机来电把正与周公约会的慕灵犀吵醒了。

虽然慕灵犀是个平凡的女子，可她与许多爱做梦的女生一样，梦想着有一天会有个男子像童话中唱的那样，变成天使守护自己。尽管，26岁的她至今不知道自己的天使在何方，她却依然在执着地等待……

"喂，谁啊……雪儿姐……"慕灵犀抓起手机含糊地问。

"什么？通稿？"慕灵犀一下子清醒了过来，赶忙翻身起床，"我没与别的报社串稿呀！"

串稿，就是记者与记者之间共享稿子。

"你自己下楼买报纸看看吧，所有市场报的财经版面都用了你的稿子，还说没写通稿？好你个慕灵犀，亏我再三向总编保证你这篇采访是今天的独家财经，财经版面上还注明的'独家'二字，你倒好，居然给我捅了这么大的娄子，让同行看报社的笑话！如何补救，你自己看着办吧！"财经部副主任张雪气势败坏。

"主任，雪儿姐，对不起，我只是按照'奇峰'集团总经理秘书的要求发去了一份样稿，是我考虑不周，根本没想到刘秘书会把稿子发给别的报社啊，都是我的错！"慕灵犀头痛得很，"下不为例，我马上写检查！"

想不到刘秘书看起来温文尔雅，做起事情却不厚道，居然让她吃了这么大一个哑巴亏！对于这种背后捅刀子的小人，灵犀心里恨得直咬牙！

"你以为还有下不为例？总编室在今天的晨会上一致决定对你进行全社通报批评，罚款1000元，从今天起，降为实习记者，实习期限三个月！"张雪的话如同晴天霹雳。

"不要啊，雪儿姐……罚款可以，千万别降级啊……"慕灵犀哀嚎……

"这还只是实习记者，没降为实习生就不错了，好自为之吧！"张雪无情地挂掉电话。

她可是财经新闻部的元老啊，当财经记者五年了，居然会犯如此低级的错误！再次从实习记者干起，叫她情何以堪？这张老脸往哪儿搁？

慕灵犀手忙脚乱地穿上衣服，简单洗漱一番后，这才清醒了过来。

一定是"奇峰"集团的刘秘书背后搞鬼，一定是他把自己的稿子发给了别的报社，让她辛辛苦苦为大家服务一个晚上还被罚款降级通报批评，一定是他，背后捅刀子的小人。刘子悟，你等着，此仇不报非君子！

慕灵犀胡乱喝了一盒牛奶，毛焦火辣地来到楼下报摊买了所有的市场报。果真如张雪所言，所有报纸的财经版面都报道了那篇名为《'奇峰'亮剑，再攀高峰》的报道，几家报社居然连文章标题都没变更，简直就是赤裸裸的全文照搬，比抄袭还明目张胆！

可恶，无耻！慕灵犀气得将报纸揉成一团，正要一把撕碎，忽然想起什么，将报纸收起来，拦了一辆出租车直奔"奇峰"集团。她要去找刘秘书兴师问罪！

"慕记者，你今天又来采访林总的吗？"前台见了她，满脸堆笑。

"不，我今天是送样报给刘秘书的，请问他在吗？"慕灵犀扬了扬手中的报纸。

"慕记者工作效率可真高呀，昨天的采访今天就见报了，你稍等。"前台恭维她几句后，赶紧拨通了刘子悟的座机电话，"刘秘书，都市报的慕记者送样报来了……好的，明白！"

"他怎么说？"慕灵犀笑问。

"刘秘书在办公室等你，一直走到尽头便是秘书办。"前台指了指长长的走廊。

慕灵犀朝刘子悟的办公室大步走去。

看见门外的"秘书办"三个字，慕灵犀敲了敲门。

"请进！"刘子悟温和的声音传来。

慕灵犀推门而入，却见屋内除了刘子悟，居然还有昨天那个土豪。

真是冤家路窄啊，走到哪里都能遇到他！

"慕记者，请坐。"刘子悟温和地说，"喝茶还是咖啡？"

"不用了，我今天来只是想弄明白一件事。"慕灵犀将几份报纸的财经版面同时放在他的办公桌上。

刘子悟看了看几份报纸，表情有些意外，将报纸递给一旁的土豪。

"我只是想听刘秘书解释一下，这些报道是怎么回事？我写的稿子为何变成了全城报社的通稿？"慕灵犀看着刘子悟质问。

"这个……"刘子悟为难地看了旁边的土豪一眼，略带抱歉地看着她，"对不起啊慕记者，当时你并没告诉我这是贵报的独家报道，对于我们而言，同行之间资源共享不仅能增加彼此间的合作，更能带动整个行业的发展，我以为，新闻行业同样如此。"

"刘秘书，可这是新闻，各个报社电视台包括网络传媒都在使出浑身解数抢独家……"慕灵犀声音沙哑，竭力压制住心中的怒火。

"正如慕记者所言，现在是网络社会，新闻更要讲究时效性和真实性，新闻行业也要共享资源紧密合作才能让新闻传播得更快，更远！一篇重要的财经报道，无论对企业对投资者还是对普通大众，都会起到积极的服务作用。"一旁的土豪插说。

"不愧是土豪！"慕灵犀冷冷地看着他，"颠倒黑白强词夺理！"

"这叫实事求是，懂吗？新闻也一样。"土豪针锋相对。

"你懂什么是新闻？你知道什么是时效性？什么是独家新闻？当年美国打伊拉克时，新华社凭借伊拉克籍记者贾迈勒通过海事卫星发出的'巴格达响起空袭警报'九个字，在全球率先发布伊战爆发的消息，而这则消息仅仅比国际著名媒体CNN和BBC提前报道了短短的10秒钟！贾迈勒因此获得新华社颁发的社长总编奖！"慕灵犀激动地说，"在竞争激烈的国际传媒中，10秒钟甚至是更短的时间，便能决定一个国家新闻传媒的国际地位！"

"呵呵，就凭你，也想获得最高新闻奖？"土豪十分不屑。

"不想当将军的士兵不是好兵，虽然我不才，可我也有自己的追求目标，不像某些人自以为是……"灵犀涨红了脸。

"慕记者，我来介绍一下，这位便是……"刘子悟见慕灵犀越说越激动，两人剑拔弩张，战火一触即发，赶紧站起来当和事佬。

"不必了，不管他是谁，在我的眼里，就是一个自以为是的土豪！"慕灵犀冷哼一声，头也不回地离去。

2

"哈哈，听见了吗？慕记者叫你土豪！"刘子悟指着面无表情的土豪一屁股坐在椅子上，笑得差点直不起腰来，"土豪，哈哈……"

"有那么好笑吗？"土豪面无表情冷冰冰地问。

"昨天也是她追着叫你土豪的吧？"刘子悟似乎明白了，指着报纸说，"这些都是你的杰作吧？"

"哼，这只是对她不知天高地厚行为的一个小惩罚！"土豪依然冷冷的，带着惯有的领导口吻。

"至于吗，她不过是个小记者，何须与她计较。"刘子悟恢复了平常的温和雅儒。

"逗她玩玩，正好给枯燥无聊的日子增添一点乐趣。"土豪唇角勾起一丝邪魅的笑。

"你呀……"刘子悟笑着摇头，"别玩得太过火……"

"对了，新项目的运作方案尽快出台，让各部门密切配合，年后就要挂牌了。"土豪换了一副领导的口吻岔开他的话。

"放心吧，已经在着手运做了。"谈起工作，刘子悟毫不含糊。

"你忙吧，我有事出去一趟！对了，以后每天给我的办公桌上放一份当天的都市报！"土豪随手拿走了桌子上的都市报。

出了门，土豪手指弹了弹报纸上慕灵犀的名字。

慕灵犀？真是踏破铁鞋无觅处，得来全不费工夫呀！当年的小丫头居然长这么大了，两人还是这样相遇的，有趣！

记得当年你的脑子挺开窍的，你爹妈给你取这么一个富有灵气的名字，也是对你充满希望的呀，不过，看你现在的样子，怎么像缺根筋啊！

出了天欣大厦，慕灵犀漫无目的地在街上走着。

辛辛苦苦写的稿子变成了全城通稿，元老级的财经新闻记者降为实习记者，不仅罚款还全社通报……她心里的苦又有谁能知道？

哎，这年月，真是计划没有变化快，什么事情都可能发生，土鳖一夜变土豪，大妈一夜变明星，乞丐一夜变达人，高官一夜变囚徒……

咯吱一声，脚下半新不旧的高跟鞋毫无征兆地崴了一下，大脑处于混沌状态的慕灵犀整个身子朝前扑去，摔了个饿狗抢食、头晕眼花、好不狼狈！

慕灵犀悲催不已，费了九牛二虎之力，手脚并用才爬起来，这才傻了眼！

哎呀，这都是些什么事啊，真可应验了那句话：福不双降祸不单行，人倒霉了喝凉水也塞牙！高跟鞋的鞋跟被夹在下水道盖子上的小缝隙里，怎么拔也拔不出来……

这一幕，全被一个开黄色兰博基尼的土豪看在眼里，土豪拉开车门正打算英雄救美时，却发现慕灵犀愤然脱掉被崴的鞋，麻利地从挎包中拿出一把明晃晃的瑞士军刀，蹲下身子三五几下将高跟鞋的鞋跟削掉！穿上鞋，又将另一只鞋跟削掉才完事！

高跟瞬间变无跟，这简直算得上是最为神速的创意作品了！

如此有创意的举措令跑车内的土豪惊讶不已，那张俊逸的冷脸居然忍不住抽动了几下，完美的唇角勾起一个上扬的弧度，微笑着摇头驱车而去！

瑞士军刀是慕灵犀在一次晚上回家的途中被抢后"出血"买的，一则防身壮胆，二则应对紧急情况，不料今天还真派上了用场。若要让灵犀为瑞士军刀打广告，她只会说两个字：给力！

穿上没了跟的无跟鞋却不是那么个事儿，走起路来像只摇摆不定的企鹅，引得路人目光诧异的同时自己活受罪，换鞋，势在必行。

拐进一家达芙妮，售货员连忙笑脸相迎："欢迎光临，小姐，我们店里的春秋鞋正在打折，您慢慢挑。"

慕灵犀最终花200元买了一双价廉物美的新皮鞋，穿在脚上整个人顿时挺拔起来，走出鞋店时，随手将那双害人害己的无跟鞋扔进了垃圾箱。

这一刻，慕灵犀想起一句话：旧的不去，新的不来。

想必，换了新鞋的她应该鸿运当头了吧？

"我愿变成，童话里，你爱的那个天使……"手机铃声再度响起。

"妈，我是犀犀……"慕灵犀接起电话。

"犀犀，在忙吗？上次跟你说的事考虑得怎样了？"母亲的声音温和地传来。

"什么事啊？"慕灵犀装糊涂。

"相亲呀，就是那个医学研究生啊，他可是省医院的医生，长相英俊温文尔雅，对待病人也很有亲和力，妈妈认为你们应该合得来……"母亲语气十分满意，想必她早就以病人的身份去医院考察过了。

"如此优秀的人看得上我吗？妈，我忙，有时间再说吧……"26岁的慕灵犀被母亲逼着相了几次亲，遇见的不是渣男就是奇葩。现在即便有人告诉她母猪能上树，她也不足为奇了。

灵犀经常看着人满为患的大街感叹，自己虽然不是什么国色天香，可四肢健全身体健康呀！三条腿的青蛙难找，两条腿的男人满街都是，为什么属于自己的那个人迟迟不肯出现呢？

"你们相亲时间已经订好了，星期六晚上七点，锦江宾馆花园餐厅，你的照片我已经让张阿姨给他了，你必须去。"不容她有任何反应，母亲果断地一下挂了电话。

慕灵犀看着电话愣了半晌，不知该哭还是该笑……

3

降级为实习记者后，慕灵犀只好夹着尾巴老老实实地做人，将自己变成一只鸵鸟。

在报社，虚心接受领导批评，对同事们或同情或慰问或嘲笑或幸灾乐祸的目光视而不见，对同行们的各种议论听而不闻……

白天多跑几家自己对口的采访单位，多拿一些资料回来，把每一份资料吃透，从资料中寻找亮点，挖掘新闻。不懂的多看，多问，埋头写稿，废话少说……

晚上，做策划文案，想新点子……

总而言之，就是努力努力再努力，用自己的实际行动把对报社造成的不良影响弥补回来。

这天晚6点半，慕灵犀正在看一摞当天取回来的财经资料，母亲的电话再一次不约而至。慕灵犀这才想起今天是星期六，心里暗叫糟糕。

"只有半个小时了你还在磨蹭什么？"母亲劈头就问。

"我正在梳妆打扮呢，马上下楼了……"慕灵犀随即拎起挎包。

"好好打扮打扮，打车过去，妈妈给报销车费！"母亲语气骤然一转，犹如春风拂面夏降甘露。

慕灵犀看了看自己的不修边幅，想起一句话：可怜天下父母心！

"好，谢谢妈，回头给你汇报具体情况！"慕灵犀挂掉电话，这才松了一口气。

看来，今天的相亲是躲不过了！

在格子间站了半分钟，随意地将头发束成一个马尾，去洗手间洗了一把脸，让自己看起来不那么憔悴。

运气不错，刚出报社大门便拦下一辆出租车，直奔锦江宾馆花园餐厅。

7点差一分，慕灵犀准时出现在花园餐厅门口。

令她意外的是，餐厅人满为患，看来世上有钱人实在太多了，连这五星级宾馆的餐厅都挤爆了。

正漫无目的地东张西望寻找相亲目标时，一个服务员迎了上来，"请问您是慕灵犀小姐吗？"

慕灵犀微微一笑："对，我找人……"

服务员礼貌微笑："邱先生正在等您，这边请。"

慕灵犀心里微微一动，看来这位医学研究生还挺细心的，尽管还没见面，好感却增添了两分。

跟随服务员来到一个靠窗的餐桌，一个长相俊秀戴着眼镜的青年男子一见她，连忙起身问："慕小姐？"

"你是邱医生吧？"慕灵犀不动声色地收起眼底的一抹惊艳。

对面的男子不仅长相俊秀，还仪表整洁，气质出众，谦和有礼，彻底颠覆了慕灵犀对相亲男的看法。

"实在不好意思，想不到餐厅周末人太多，是我考虑不周。"邱医生体贴地为她拉开餐椅。

"谢谢邱医生……"相亲数次的慕灵犀第一次接受这样的礼遇，对面前的男子满意度"噌噌"上窜，同时开始后悔自己的不修边幅，没能给对方留下美好的第一印象。

"灵犀对吗？我叫邱志礼，你可以叫我志礼。"邱志礼微微一笑，露出标准的八颗牙。

他的牙真白，整整齐齐，笑起来可谓唇红齿白，简直可以去做牙膏广告了！

"好啊，志礼，可以点菜了吗？"慕灵犀心直口快，她的确饿了。

"请稍等。"邱志礼叫来了服务员，将菜谱递给了灵犀，"我点了三菜一汤，你也点一些自己喜欢的菜吧。"

慕灵犀要了糖醋排骨和百合藕丁。

"喝点菊花茶吧，清热解毒。"邱志礼亲自给她斟了一杯茶。

菊花茶清淡怡人，甘甜适度，倒茶的人温文尔雅，笑容温和，令人如沐春风。

"听说你在报社工作，平常一定很忙吧？"菜还没上来，邱志礼率先问道。

"嗯，是挺忙的，新闻随时在发生，经常忙得没假期。"慕灵犀实话实说。

"工作再忙也得注意身体，记者也是高危职业。"邱志礼笑着说。

"是啊，身体是革命的本钱。"慕灵犀笑了笑，充分发挥记者的伶俐口才，"记者是随时在革命，随时在浪费生命，身为医生的你却是在挽救生命，典型的现代白求恩……"

"不过，我怎么看你都不像是记者。"邱志礼微笑着打量着她。

"你认为什么样的人才像记者？"慕灵犀笑着反问，心里涌起几分不满。

"心直口快，精明干练，知性优雅。"邱志礼冲她淡淡一笑。

"唔，如此说来我的确不像。我既不心直口快，也不精明干练，更不知性优雅！"慕灵犀语气有些生硬，表情也冷了下来，"我牙尖嘴利，得理不饶人！不仅如此，我还挑三拣四，自以为是！"

4

"不过，你很真实，干净又有灵气，没有丝毫的做作，你的性格正是我欣赏的类型！"邱志礼脸上依然挂着淡淡的微笑。

慕灵犀微微一愣，这邱志礼，先损后誉的本领可真不小呀！

"按理说，你长相不俗，学历不低，工作也体面，不应该沦为相亲一族啊……"慕灵犀忽然对面前这个优质男产生了几分好奇。

"以前有过一个女朋友，正准备结婚时，她发生了车祸，然后就……"邱志礼的声音骤然低落，镜片后略带忧郁的双眸有些潮湿。

"对不起……"慕灵犀不禁为他的遭遇感到难过。

"没关系，那已经是三年前的事了，我也慢慢走出来了。"邱志礼的语气平静了许多，目光柔和地看着慕灵犀，"你是我第一个相亲的对象，希望……也是最后一个。"

如此真诚的表白令慕灵犀不知道该如何回答时，菜上桌了，化解了一时的尴尬。

菜虽不多，却精致可口，色香味俱全，可见面前这位优质男的品味不错。

"怎么样？吃得惯吗？"邱志礼体贴地问。

"嗯，菜品精致而不奢华，味道清淡爽口，你很会点菜。"慕灵犀由衷地说。

"若你喜欢吃，以后我经常给你做。"邱志礼微微一笑，说出的话也颇含深意。

"你会做饭？"慕灵犀有些吃惊。

"当然，一切家务都会做。"邱志礼目光温和。

这也太离谱了吧？如此优质男居然被她遇着了？是老天爷见她这段时间交了霉运过得惨不忍睹，忽然开眼送来一个绝种好男人作为补偿吗？这种补偿也太给力了！

"我很懒，屋子很乱，东西乱扔，丢三落四……"慕灵犀看着面前仪表整洁的邱志礼，小脸微微一红，如此优质男她可不敢欺骗，干脆将自己的缺点和盘托出，"我不会化妆，不会做家务，不会很多事情，我缺点多得恐怕让你无法忍受……"

"人无完人，谁能没缺点？将来我们真的在一起了，你弄乱了我负责收拾，屋子我会打扫，东西我负责找……"邱志礼认真得像是起誓。

刚一相亲居然说到将来在一起的事情了，这也太神速了吧？呃……那一刻，慕灵犀感动得几乎要流泪了，这就是传说中的傻人有傻福吗？

老天爷，你真是太眷顾我了！那一刻，若是面前有一座寺院，慕灵犀一定捧着香烛贡品冲进去虔诚地跪拜十方诸佛菩萨了！

"你已经说到这个份上了，若我还不知好歹，岂不是太没天理了！"慕灵犀微笑感叹，心底掠过一丝甜蜜。

"灵犀，我不明白你的意思？"邱志礼用询问的目光看着他。

"我的意思是，我们从现在起开始交往，可以吗？"慕灵犀微微一笑。

有了他先前的铺垫，这话从她一个相亲的女孩子口中说出来，也显得顺理成章了。

"当然，我没意见！"邱志礼笑得如沐春风，眸中的忧郁一扫而空。

"咦，这不是志礼吗？"一个似曾相识的声音带着浓浓的酒气从背后传来。

慕灵犀回头一看，心里不禁暗道冤家路窄。除了那个开兰博基尼的土豪，还会是谁？

土豪的目光在她脸上停留两秒后，又落在了对面的邱志礼身上，带着淡淡的审视意味。

"林……"

"你们？"土豪打断邱志礼的话，不甚友好地指指慕灵犀。

"我来介绍……"邱志礼赶忙起身，"灵犀，这是……"

"不用了，我们早就认识了！"土豪语气略带嘲讽，"这不就是都市报的慕大记者吗？"

慕灵犀微微皱眉，这土豪，还真是她的克星，走到哪里都能遇见，简直阴魂不散。

"既然认识就不用介绍了，你吃过了吗？没吃的话再叫几个菜凑合一顿？"邱志礼见他喝得有点多，赶忙问。

"不了，我才不当某些人的眼中钉呢！"土豪乜斜一眼灵犀摇摇头，对邱志礼说，"我说，天下女人这么多，找哪一个不好，怎么偏偏选她？眼光真够独特呀！"

土豪扔下这句话便离去了。

慕灵犀咬牙切齿地看着那个家伙的背影，他以为他是谁啊？不就是一个开着豪车的土豪吗！毒舌又腹黑，鄙视！

5

"灵犀，他喝多了，说的是酒话，别往心里去。"邱志礼见慕灵犀表情僵硬，赶忙温和地安慰。

"放心吧，我才不会跟一个没有教养的土豪计较呢。"慕灵犀温婉一笑。

"你叫他……土豪？"邱志礼闻言一笑，那神情，好像听一个天大的笑话。

"他不是土豪是什么？"慕灵犀笑着反问，"自以为是，自大狂妄，自负傲慢，自信心爆棚，自我感觉良好……"

邱志礼脸上的笑意更深。

"我已经吃好了，走吧。"慕灵犀被他幽邃的目光看得有点赧颜。

邱志礼埋了单，与她一起走出花园餐厅。

"灵犀，一起走走吧！"他适时邀请，声音委婉得不容拒绝。

"好啊。"此刻夜色弥漫，灯光柔和，倒是很适合散步。

"你平常都有些什么爱好？"邱志礼是一个很会替人着想的人，与慕灵犀之间的距离恰到好处，既不让她觉得太近，又不觉得疏远。

"睡觉。"话一出口，慕灵犀恨不得咬掉自己的舌头。

"嗯，睡眠有助于身心健康，对女性而言，充足的睡眠比任何美容产品都管用。"不愧是医生，就算是满身缺点从他口中说出来，都变成了好事。

"我喜欢看喜剧电影，也喜欢旅游，去所有没去过的美丽地方，把自己融入到无拘无束的大自然里，让紧绷的身心得到放松……"邱志礼的略带磁性的声音在这样的夜晚听起来是一种享受。

慕灵犀静静地听着，想象着他描绘的美好画面，心里安稳而宁静。

与这样的男子谈一场恋爱，一定很幸福吧？

"有机会真想与你出去走走，看看美丽的大自然，放飞紧绷已久的心情……"慕灵犀一脸憧憬。

"当然有机会！"邱志礼说得十分肯定。

"好啊！"慕灵犀微微一笑。

身边的男子轩昂而立，俊秀的五官在橘黄的灯光下显得十分柔和，深邃的眼眸在薄薄的镜片下闪射出柔和的光芒，给人一种莫名的心安与笃定。

这一刻，慕灵犀终于明白那些恋人们为何喜欢在夜晚的街头漫步了，听着心仪的人在身旁憧憬对未来的期许，相互诉说着心中的话儿，不仅浪漫，还很温馨，这无疑是一种培养感情的好方法。

不得不承认，与邱志礼的相处是愉快的，他的话不多，却恰到好处，在准确表达自己意思的同时，不会让身边的人感到不适。

时间过得真快，不觉已经到晚上10点钟。

邱志礼开车将她送到了公寓楼下，亲自为她拉开车门，两人微笑着道别。

"灵犀，你住几楼？"邱志礼的声音温和地从背后传来。

"五楼，怎么啦？"慕灵犀问。

"上去吧，等你上楼后我再走。"邱志礼声音轻柔平和，令人好感倍增。

那一刻，慕灵犀心里涌起一个小小的感动。

慕灵犀在邱志礼的注视中，脚步轻快地上了楼。

楼下的轿车果然在五楼楼梯灯亮起后，按了一声喇叭便驶出了院子。

慕灵犀目送着轿车消失后，微笑着打开门，却见屋子里灯光明亮，母亲大人正坐在沙发上，一脸审视地看着自己。

"妈，你怎么来看我也不提前说一声，吓我一跳！"慕灵犀掩饰着脸上的微笑。

"提前告诉你你会让我来吗？"刘慧茹仔细观察着女儿的脸色，拍拍沙发，"过来坐，咱娘俩应该好好聊聊了。"

"妈……"慕灵犀略微赧颜地看了母亲一眼，乖乖地在她身边坐下。

"怎样？"刘慧茹笑问。

"什么怎么样？"慕灵犀装傻，低头摆弄着衣襟。

"那个送你回来的年轻人，感觉如何？"刘慧茹一针见血。女儿那点小心思，岂能瞒得过她这个过来人！

"既然你已经看见了，还能怎样嘛！"慕灵犀扭捏得很，手指绞着衣裳。

"犀犀啊，你扪心自问，自从你出生后，妈妈哪件事不是为你着想？"刘慧茹语重心长，开始翻老黄历，"这几年来，为了你的终身大事，妈愁得头发都白了……"

看着母亲鬓角的华发及眼角的鱼尾纹，慕灵犀心里不禁一酸，内疚感油然而生。

"是，妈妈一切都是为了我，您不是常说父母是子女心甘情愿的奴隶，子女是父母一辈子的债吗？"慕灵犀一脸感动，"女儿已经长大了，您们以后别这么操心了，我会懂得照顾自己……"

"犀犀呀，相信妈妈，我一眼看中的女婿一定错不了！"刘慧茹洋洋自得地揽着女儿的小香肩。

"妈妈说得不错，邱医生的确是难得一见的优质好男人，女儿我真是三生有幸才遇上他。妈，我决定与他交往下去，你意下如何？"慕灵犀顺着母亲的话说。

"好啊，妈双手赞成全力支持！谢天谢地，26 年来，你的脑子总算开窍了！"刘慧茹满意地点头，从提包里拿出一张银行卡，"拿去，买点衣服化妆品什么的，你看你，26 岁了穿得还像个学生，头发清汤挂面，成日素颜朝天，现在恋爱了，要对自己好一些。"

"妈，我都工作几年了，哪还能用你的钱啊……"慕灵犀坚决不要。

"工作？你不是降为实习记者了吗？能拿多少工资啊？等你实习期满了，再把卡给妈妈也不迟……"刘慧茹将卡塞到慕灵犀手里。

那一刻，慕灵犀心里又酸又甜。

父母果真是子女心甘情愿的奴隶啊！

第三章
又 见 土 豪

1

令慕灵犀意外的是，自从与邱志礼相亲成功后，两人一周约会两次，相互间的好感日益剧增的同时，工作也一帆风顺起来，接连采写了几个独家财经新闻，真是顺风顺水一顺到底啊！

这天晚上将最后一篇稿件传到报社内部稿件箱后，又接到张雪的电话。

"灵犀，明天旅交会开幕，旅游部人手不够，临时借调你去采写开幕式花絮，9 点前必须赶到国际会展中心签到，领参会记者证。"张雪说。

"放心吧雪儿姐，我一定准时到。"慕灵犀满口答应。

如今的她只要有采访任务，即便再苦再累她也得去，谁叫自己给报社捅了一个大篓子！将功补过是必须的！

"对了，你先与旅游记者张薇薇沟通一下，对明天的采访任务进行一个详细的分工，免得稿子采写重了。"张雪耐心叮嘱。

"好的，马上联系。"

慕灵犀随即拨打旅游记者张薇薇的手机，遗憾的是对方一直关机，她只得发了一条短信。又上网查询了一下今年旅交会的资料，准备好采访笔记，直到晚上十二点，都没等来张薇薇的回复，只好上床睡觉。

第二天一早，慕灵犀便乘坐地铁前往城南。

因地铁不能直达会展中心，到城南后还要转乘公交车或者打车。

或许是旅交会开幕的缘故，今天的公交车全部爆满，出租车也半天没等到。

就在慕灵犀求天求地求神灵时，一辆熟悉的兰博基尼出现在面前。

"土豪，停车！"

慕灵犀一个箭步冲了上去，兰博基尼发出一阵刺耳的急刹车，最后在距慕灵犀 0.01 毫米的地方停住。

"你急着去投胎啊?"一个充满火药味的声音从车内传来,随即,土豪那张冷脸伸出车窗。

"我有急事,麻烦你送我一程!"有求于人的慕灵犀忽视了他的冷漠,屏蔽了他的恶语,讨好地说,"行行好,再晚就错过旅交会开幕式了!"

"你去旅交会?"土豪不冷不热地开口,俊秀眉微微一扬。

"是啊,帮帮忙吧!"慕灵犀继续讨好。

事后慕灵犀想,自己当时一定是一副奴才样,狗腿得很!啧啧啧,慕灵犀,你真是太丢脸了!

"上车!"土豪言简意赅。

"谢谢啊!"慕灵犀赶紧拉开车门坐上去。

豪车就是豪车,坐起来如同乘风破浪,几分钟便到了会展中心。

"我到了,谢谢你啊!改天请你吃饭!"慕灵犀赶紧下车,也不管土豪是什么表情。

土豪看着她的背影没有吭声,独自停车去了。

慕灵犀找到了组委会,签到后领取了资料和记者证,不等开幕便往展览中心走去。

开幕式有专人写,她负责写花絮,自然是进展厅,找亮点。

这一次的旅交会规模大,规格高,除了国内各省市有布展,港澳台及欧洲、亚洲、美洲、大洋洲、非洲均有国家布置了宣传展厅,所有展厅各具特色,分别以 3D 或 4D 影像及图片展览进行生动地宣传,可谓是一场国际性的旅游盛会。

慕灵犀一边看,一边记录,对自己感兴趣的旅游景点多问,多了解,多拍照,对那些身穿民族服装的旅游使者进行拍照采访……

在国内展馆,慕灵犀意外地看见了"奇峰"集团的展位,由于对新闻的敏感令慕灵犀产生了一个奇怪的想法:莫非"奇峰"集团将进军旅游业?这次的参展只是对进军旅游业的前期试水?

这个联想令慕灵犀激动又兴奋,如果这是真的,明天将这一消息发布出去,哪怕只是短短一句话,对整个旅游业而言,岂不是一个小小的地震?

慕灵犀在"奇峰"集团的展位上领取了资料,便坐在一旁认真看起来。

资料上并没有任何蛛丝马迹显示"奇峰"集团进军旅游业,慕灵犀顿时不禁有些失望。

一个身高腿长的人鹤立鸡群般出现在人群中,不是土豪又是谁?土豪身旁跟着形影不离的刘子悟,原来他们也来参加旅交会?怪不得他会那么好心让自己上车!

见了慕灵犀,土豪依然面无表情,好像她上辈子欠了他似的。

慕灵犀无所谓地耸耸肩，对于土豪的不冷不热，她早有免疫力。

参加一个展览，"奇峰"集团的总经理秘书刘子悟便亲自出马，这说明什么？

"刘秘书，你们集团是不是要进军旅游业？"慕灵犀开了录音笔上前问。

"谁说的？"刘子悟尚未回答，便被土豪插了话。

"我在跟刘秘书说话，你礼貌一点别插话好吗？"慕灵犀对土豪的行为十分反感。

虽然刚才他好心搭载自己来这里，可不代表他能随意打断别人的谈话！

"这个……"刘子悟看看土豪，又看看慕灵犀，样子有点为难。

"既然不进军旅游业，为何会在旅交会上设置展览？"慕灵犀又问。

"是这样的，慕记者，旅交会上布展是集团宣传的需要，与进军旅交会无关！"刘子悟终于开口。

"这么说，贵集团真的会将项目延伸至旅游业？"慕灵犀不失时机地抓住他话中的漏洞。

"这个……"刘秘书意识到自己说错了话，求助地看着土豪。

"你的问题我们无可奉告！"土豪再次插嘴。

"那我就在明天的报纸上直接报道贵公司将进军旅游业啰？"慕灵犀又笑问。

"你想怎样写那是你的事！"土豪一点不配合，似乎对灵犀的自作主张十分不满。

"谢谢你们的回应！"慕灵犀关了录音笔，开始拍照。她才不管土豪的脸色呢，看见他生气，她心里实在痛快得很！

土豪冷着脸看着她忙来忙去，刘子悟见状无奈地笑了笑。

"别拍我！"见慕灵犀的镜头对准了自己，土豪没好气地指着她。

"谁拍你了？是你自己站在我镜头里的！"慕灵犀狡辩。

"你……"土豪面无表情地瞪了她一眼，似乎拿她很没办法。

切，本姑娘才懒得理你呢！

慕灵犀白了他一眼，对刘子悟挥挥手便扬长而去。

"算了，上次你让她损失一个独家，这次算是弥补得了。"刘子悟笑着对土豪说。

"你马上给都市报总编室打电话，若他们明天敢刊登我的照片，让报社立刻关门！"土豪说得咬牙切齿。

"呵呵，好。"刘子悟笑着拨通了电话。

2

慕灵犀正在瑞士展区看滑雪展览，便接到了张雪打来的电话。

"什么照片？"展区人多听得不清楚。

"就是你拍摄的'奇峰'集团展区照片，不能出现奇峰集团的总经理林炜轩。"张雪说。

"林炜轩？我没拍林炜轩啊？林炜轩长什么样子我都不知道呢，干嘛拍他呀？雪儿姐，这里太吵听不清楚，回来再向你汇报吧……"慕灵犀挂了电话继续看展览。

整整花了一上午，展览才逛了三分之一，看着千篇一律的展览，慕灵犀已经没有任何兴趣了，决定打道回府。

"你是说，'奇峰'集团可能进军旅游业？"

都市报办公室，当张雪听完慕灵犀的汇报后，意外地问。

"是啊，不然参加展览干什么，肯定是为进军旅游业探路。"慕灵犀说。

"录音，我要听录音！"张雪连忙说。

慕灵犀打开录音笔，将采访刘子悟时的对话播放出来。

"你的采访中怎么出现了三个人的声音？"张雪十分意外问。

"是啊，一个是刘秘书，一个是土豪，第三个当然是我……"慕灵犀随口说。

"土豪？"张雪皱眉，"他是谁，长什么样？"

"土豪自然是土豪样啦，冷冰冰的好像全世界的人都欠他的一样，脾气臭嘴巴毒……"想起土豪那张冷脸，慕灵犀没好气地说。

"拜托，我想知道的是这个人的身份！"张雪打断她。

"身份？我只知道他每次出现，都与刘秘书在一起……对了，这里有他的照片！"慕灵犀打开数码相机，指了指照片中的土豪，"呶，就是他！"

"你居然……叫他土豪？"张雪看着照片哭笑不得，这丫头，可真令人大开眼界。

"有什么不对吗？第一次遇见他时，他就开着土豪跑车，拿着土豪电话，傲慢无礼自以为是，不是土豪是什么？"慕灵犀说得理所当然。

"第一次遇见他是什么时候？"张雪又问。

"就是去'奇峰'集团采访的那天啊！"慕灵犀见张雪脸色不对，连忙问，"怎么啦？你脸色很难看出什么事情了？"

"灵犀，我简直要被你气死了知道吗？"张雪一屁股坐在椅子上，气呼呼地看着慕灵犀。

"雪儿姐，到底怎么回事你可别吓唬我……"慕灵犀小心脏被吓了一跳，哭丧着脸问。

"慕灵犀呀慕灵犀，你让我说你什么好呢？"张雪无奈地摇头，正要数落她几句，办公桌上的座机响了，慕灵犀顿时松了一口气。

"刘秘书，什么事情尽管说！"张雪语气来了个一百八十度大转弯，接电话的她意外地看了慕灵犀一眼，连忙说了几个"好，明白"之类的话，这才一脸温柔地挂了电话。

第三章 又见土豪

"灵犀，我跟你说啊，刚才'奇峰'集团的刘秘书来电话说，他已经请示了林总。林总认为既然你以一个记者的目光敏锐地捕捉到了奇峰进军旅游业的信息，这个报道由你来写了，主要从以下几个方面报道……对了，刘秘书给你发来了邮件，你把今天的采访与邮件内容综合一下，这一次千万别再出差错了！"张雪目光复杂地说。

"好的，我明白了。"慕灵犀心里一阵放松，赶紧回到格子间收邮件写稿子。

一个小时后，写完"奇峰"集团的稿子，仔细检查了两遍，发现没什么纰漏，这才将稿子传到值班主任的稿件箱。接着又开始写今天的开幕式花絮。

所有稿子写完已经是晚上9点了，慕灵犀关了电脑伸了伸四肢。

"我愿变成，童话里，你爱的那个天使，张开双臂，变成翅膀守护你……"刚整理好资料准备回家，手机响了。

"志礼？这么晚了，你有什么事？"一看是邱志礼的电话，慕灵犀的唇角扬起一个连自己都不知道的微笑。

"我刚做了一台手术，马上下班。灵犀，你在忙什么？"邱志礼温和的声音从电话中传来，令人心生温暖。

"我也马上下班了。"慕灵犀微微一笑。

"要不，一起去吃夜宵吧？"邱志礼邀请。

"你刚做完手术不累吗？"慕灵犀问，她还真有点饿了。

"不累，灵犀，你在报社门口等我，20分钟后见。"邱志礼语气温柔，灵犀甚至能想象他面带微笑的样子。

"好的，一会儿见。"慕灵犀看着电话默默出神，笑意不觉浮上眉梢。

"灵犀，谁的电话呀，一脸幸福小女人的样子，不会是恋爱了吧？"同部门的李灵问。

李灵大灵犀3岁，长得不错，这些年，换男朋友比换衣服还快，如今29岁的她开始恨嫁了。

慕灵犀微微一笑表示默认。

"看不出来呀灵犀，闷不吭声就恋爱了，真是人不可貌相啊！"李灵语气酸溜溜的。

人家刚恋爱你就眼红了？想当年你左右逢源时，怎么没想过有今天呢？

"李灵姐，话可不能这么说，我这是以结婚为目的的恋爱。"慕灵犀微笑着摆摆手，"我还有事先走了，拜拜！"

"拜……"看着慕灵犀轻快的背影，李灵的脸上的笑容有些僵。

3

"灵犀！"邱志礼的帕萨特停在报社门口，一见慕灵犀出来，赶忙上前为其拉开车门。

他的绅士风度令慕灵犀十分享受，与这样的优质男恋爱的确是件幸福的事，她为自己能成为幸福的女主角感到十分庆幸。

"想吃什么？"邱志礼微微一笑。

"灌汤包子。"慕灵犀脱口而出。

"好，我知道学府路有一家灌汤包子，晚上十点才打烊。"邱志礼说着开车朝南边驶去。

"你说的可是痣胡子灌汤包？"慕灵犀问。

"是啊，你怎么知道？"邱志礼十分意外。

"那家灌汤包子很正宗，我上大学时经常吃！"回忆起大学生活，慕灵犀一脸笑容。

"你是C大毕业的？我也是在C大读的研究生，说不定我们当年在校园里还曾擦肩而过呢！"说起大学生活，邱志礼也格外兴奋。

"是啊，当时我怎么没发现身边有如此优秀的学长呢？"慕灵犀心情极好地看了一眼身旁俊秀的男子。

邱志礼闻言，顿时默然不语。

"你怎么啦？"慕灵犀对他的忽然沉默有点不习惯。

"没什么，只是感慨时光飞逝，转眼就毕业这么多年了。"邱志礼微微一笑，镜片后的眼眸轻染了一丝伤感。

"能一起回忆当年的校园生活，也是一种幸福吧！"慕灵犀则甜甜一笑。

邱志礼微笑不语，眸光中却带着一抹忧郁。

不觉到了痣胡子包子店，邱志礼将汽车停在一旁，两人下车后直奔包子店去。

与五年前相比，痣胡子包子店变化不大，窄窄的店面却挤满了刚下课的大学生，一对对情侣坐在一起相亲相爱地吃着包子，喝着海带汤，显得格外温馨。

慕灵犀与邱志礼相视而笑，也找了一个角落坐下，要了一笼灌汤包子，两碗海带汤吃起来。

"味道与从前一样好！"慕灵犀满意地吃着灌汤包子，喝着海带汤。

"是啊，周围许多店面都换了几茬主人，只有这家包子店一直没变。"邱志礼十分认同。

两人在一片温馨的气氛中吃了包子，不约而同地看着对方："去校园看看？"

随即，再次不约而同地微笑。

能遇到与自己心有灵犀的那个人，真好。

夜风轻袭，大学校园里显得格外宁静温馨，一盏盏橘色的灯光照在校园里，令人倍感亲切。校园有一片景色优美的树林，被称作情人岛，树林下随时可见一对对谈情说爱的恋人……

路过情人岛时，一对藏身树林后的恋人正在深情拥吻，打"啵"的声音令灵犀脸红心跳，她赶忙加快了脚步朝前走去。

"灵犀……"或许被周围的情景所感染，邱志礼快步追了上来，一把抓住灵犀的手。

这是两人第一次牵手，灵犀心里一阵紧张，想要抽回，却被他抓得更紧。

邱志礼的手修长，硬净，带着一丝暖意，不愧是医生的手，令人心安。灵犀见抽不回来，只好由他抓住。

灯光下，他俊秀的侧面显得十分俊美，镜片后的双眸幽深如潭，鼻梁高挺，双唇勾起一个上扬的弧度，像一幅立体的画……

见她注视自己，他微微一笑，灵犀则双颊发烫。

两人手牵着手，朝前走去。

身旁不时走过三三两两的学生，大家对这种在校园中牵手的行为十分宽容，或许如今的大学校园对谈情说爱早已司空见惯，不谈恋爱反而会被当成异类。

不觉来到新闻系的教学楼前，看着熟悉的教学楼，灵犀站住了，那一刻，她想起了在此度过的四年大学生涯……

4

"灵犀，这里一定有你很多美好的回忆，对吧？"邱志礼见状笑问。

"是啊，大学生活很美好……"灵犀微微一笑，"我们去操场坐坐吧！"

"好啊，当年我经常在操场上打篮球……"邱志礼十分兴奋地说。

两人随即去了操场。

夜晚的操场上人不多，有几个男生在篮球场上练球，篮球落地的声音在球场上发出单调的弹跳声，在夜晚显得格外清晰。

两人在凳子上坐下，看着眼前熟悉的一幕，仿佛回到了大学时代。

"灵犀，你的大学生活一定很丰富吧？"邱志礼温柔地问。

丰富？灵犀眼前闪过一幕幕大学校园的情景，一时不知该如何回答。

"我是一个默默无闻的人，大学生活也并不丰富多彩。"

灵犀说的是实话，大学时代的她是一个默默无闻的人，因为那时的她所有的心思都在一个叫宋翔飞的男生身上。

宋翔飞，灵犀的大学学长，长相英俊高大，擅长诗词歌赋，是校文学社社长，又是篮球队队长。如此优秀的男生自然是所有女生心目中的白马王子。

要命的是，当年灵犀进大学第一天报到时，就是这位宋学长在校门口接待她的，他一上来便热情地提着她的箱子，陪她一起注册后，带她领取了一切所需用品，然后将她送到了女生宿舍楼下。

初来乍到的灵犀自然对这位热心英俊的宋学长感激不已，或许从那一天开始，一粒种子在她心里播下。令她没料到的是，这一粒种子最终并没有发芽。

随着对宋学长的了解，灵犀对他的好感也日益剧增。悲催的是从那以后，宋学长似乎忘记了这个叫慕灵犀的新学妹，即便在校园里偶遇——尽管许多偶遇都是灵犀一手策划的，他也会昂首挺胸地擦肩而过，对灵犀的热切注视视若无睹。

这种打击对于情窦初开的慕灵犀而言，是残酷而冰冷的。当她得知全校许多美女都暗恋宋学长后，心里才慢慢接受这个事实。

谁叫自己如此平凡呢？宋学长那么优秀，自然有更好的女生喜欢！

宋学长不愧是新闻系的大众情人，换女朋友比换衣服还快，今天小萝莉，明天成熟女，后天知性女，过几天又是古典美人……慕灵犀只好拼命地改变自己，把自己变成宋学长喜欢的类型。可惜的是每当她刚刚适应自己改变的类型时，宋学长的审美标准又变了。

总而言之，灵犀无论怎么改变，都赶不上宋学长日益改变的审美标准。

大学前三年的灵犀便是在宋学长频繁换女友和自己不断改变造型中度过，这对于一直暗恋他人的慕灵犀而言，不仅人累，心也累！

当灵犀终于明白自己就是自己、不能为了某些不可能在一起的人改变自己时，宋学长毕业了。

毕业后的宋学长进入了新闻界，因为他聪明好学，擅长社交，事业做得风生水起，女朋友换得更勤了……半年前，宋学长终于结束了漫长的恋爱时代，与一位政界高官的千金结婚了，婚礼操办得相当隆重，慕灵犀的心则碎了一地。

所以，每当有人回忆大学校园生活时，慕灵犀都会一声不吭地保持沉默，因为她实在对自己的大学生活羞于启齿，对那段不堪回首的暗恋羞于启齿……

如今邱志礼问起，慕灵犀想到两人都谈恋爱了，坦诚一次又如何？何必背着暗恋失败的包袱度过一辈子呢？于是便将那段往事说了出来，当然，隐去了宋学长的姓名。

5

"如此说来，你至今尚未正式恋爱过？"邱志礼惊讶不已，慕灵犀已经26岁了，这样一张白纸的女孩在现在实在太罕见了！

"是啊，我从未恋爱过，不过在你之前有过几次不成功的相亲。"慕灵犀唇角勾起一丝自嘲，"我是不是一个很失败的人？"

"不，你是一个很单纯的女孩子，这样的珍珠实在太少了！"

邱志礼握住她的手说。

是的，她是一颗珍珠，不含任何杂质，与她相处越久，这种感觉越强烈。

"可我……不知道如何恋爱……"慕灵犀微微报颜，目光有些羞涩。

"你只需做一个真实的自己，不用刻意为了某个人、某件事而改变你自己。恋爱是两个人的真诚相待，将自己最真实的一面展现出来，既对自己负责，也对对方负责。"邱志礼温柔的说，"没有人天生会恋爱，就如没有人天生会说话一样。"

"谢谢你，志礼。"慕灵犀心里暖暖的，与这样一个善解人意的男子恋爱真好。

夜风轻抚，袭来一丝寒意。

"时候不早了，我们回去吧。"邱志礼说。

"好啊。"埋藏在心里多年的疙瘩终于解开了，慕灵犀心情舒畅。

慕灵犀站起来时，脑袋一不小心撞到了邱志礼的下巴，后者身体微微一晃。

"撞痛了吗？我给你揉揉。"慕灵犀说着，一只手伸到了他的下巴上。

他的下巴有点扎手，慕灵犀第一次摸到男人的下巴，不禁有些惊讶，忍不住要缩回去，却被邱志礼一把抓住了，放在自己的脸颊上轻轻抚摸着。

他的皮肤很好，脸颊干净，摸起来手感很好。

"灵犀……"他低声唤道，眸光中有净水淌过。

"嗯……"灵犀刚要回答，他却用力一拉，将她拥入怀中。

灵犀脑子有点槽，不知该如何应对时，他却俯下头，柔软的唇落在了她如花的唇瓣上。

灵犀大脑一阵空白，只觉得有一个柔软的物体在唇上游走，那种感觉麻麻的酥酥的，令她不知所措。

"闭上眼睛，放轻松……"邱志礼温柔地说，随即捧着她的脸，加深了这个吻。

灵犀顿时晕了，在他辗转的吮吸中，脑子里炸开了无数烟花……

这就是初吻的味道吗？

灵犀整个人都轻飘飘的，被他带到了空中……

她的生涩，笨拙令邱志礼欣喜异常，这居然是 26 岁的慕灵犀的初吻，简直太令人意外了！

"谢谢你，灵犀，将你的初吻给了我……"许久，邱志礼激动地拥着她。

"我很笨，是不是？"慕灵犀傻乎乎地摸着自己的嘴唇，轻声说。

"不，你很好，是一个纯洁美丽的好女孩……"邱志礼笑着说。

两人手拉着手一起往校园外走去。

来到停车的地方，两人顿时傻眼了，邱志礼的汽车玻璃被砸了，车里翻得乱七八糟，幸好他平常没有放贵重物品在车上的习惯……

"报警吧……"慕灵犀十分沮丧。

"这么晚了小偷早就跑了，这段路上没有监控，报警也无济于事，明天让保险公司处理吧。"邱志礼平静的很，想必这种事情不是第一次发生。

邱志礼拦了一辆出租车，送慕灵犀上车。

"对不起啊灵犀，本来是一个很浪漫的晚上，却被小蟊贼破坏了兴致……"邱志礼十分抱歉。

"呵呵，没事，这样我才会印象深刻……"慕灵犀微微一笑。

邱志礼闻言，也笑了："路上小心，到家后给我来个电话！"

"好的，你也小心！"慕灵犀朝他挥挥手。

6

刚一到家，邱志礼的电话如约而至。

"灵犀，到了吗？"他的声音温柔。

"刚到，你呢？"她笑问。

"我也到了，今天让你扫兴了……"他微微一顿。

"没有啊，我感觉很好，真的……"灵犀以为他再说初吻。

"是啊，我也感觉很美……"他好像沉浸在刚才的美好中。

"……"灵犀有点不好意思。

"谢谢你，把第一次留给了我……"他温柔的声音中带着一丝甜蜜。

"以后，我们还有很多很多的第一次……"灵犀也被他感染了。

"是啊，我很庆幸遇到的人是你……"他笑了。

"我也是。"灵犀又问，"你是开车回去的吗？"

"我开车回家的，明天一早手术后开去修理厂。"他说。

"明天你手术啊？那赶紧去睡吧，晚安！"慕灵犀说。

"我会想你的，祝你好梦！"他轻笑着挂断电话。

灵犀怔怔地看着手中的电话，回想起方才的一幕，不由捂着脸笑了……

有人爱，真好！

翌日一早，慕灵犀那篇《奇峰集团进军旅游业》的新闻果真登上了财经版的头条，这一次，货真价实的独家头条！财经版用了半个版面对奇峰集团进军旅游业做了详细的分析及猜想，整个报道令人眼前一亮。

"灵犀，看报纸了吗？财经新闻独家头条！"一大早，张雪的电话来了。

"看见了雪儿姐，谢谢你。"慕灵犀高兴得很。

"做得好，继续努力。刚才刘秘书来电话说，以后奇峰的稿子全部由你采写，加油！"

"真的吗？可是我至今还没采访到奇峰集团的总经理林炜轩……"慕灵犀十分挫败。

"呵呵，没关系，你迟早会采访到他的！"张雪笑得十分轻松。

"好的，明白！"慕灵犀顿时有了信心。

"灵犀，看不出来呀，居然被你捞了个独家！"下午采访刚回到报社，迎面而来的李灵说。

"昨天的稿子纯属运气，哪像你们，两天一个独家，还让不让我们这些实习记者活呀……"灵犀尽量放低姿态。

李灵讪讪一笑，凑了过来："对了，你今天有什么稿子？"

慕灵犀微微一笑："几个小豆腐块，怎么啦？"

李灵亲热地搂着她的肩："好灵犀，我交通口子这几天稿子清淡得很，这个月还差五分及格呢，要不你的稿子也挂上我的名字？改天我有稿子时再还给你？"

报社为了激励记者勤跑多写，每个月实行积分制度，25分为及格线，每天有专门的评报员对当天的每一条新闻进行评比，然后根据其时效性、内容的重要性、对百姓生活的服务性等综合内容进行打分。一般而言，头版头条分数最高，能够得到2—3分，各个版面的独家头条也实行双倍分制。对于吃苦耐劳肯动脑筋挖掘新闻的记者而言，完成每个月的任务轻轻松松，甚至能超额完成任务。若是那些喜欢偷懒又不肯吃苦的记者，则及格无望了。而三个月不及格的记者，降级为实习记者，实习记者连续三个月超过25分，则升级为正式记者……正式记者超过35分，工资涨一个级别，超过45分的记者，再涨一级……

报社一般分为总编室、时政部、财经部、文化娱乐部、体育部、摄影部、编辑部、广告部、发行部、印刷部、后勤部等部门。

文字记者被称作报社的前线工作者，在第一时间采访新闻，并根据各自对新闻的理解能力完成稿件，对于重大新闻，要在采得稿子的第一时间向主任汇报。完成的稿件经值班主任率先审阅后，发往所在的各个编辑部，编辑再根据稿件的重要性进行稿子编辑，然后由美编排版，稿子清样出来后，由校对在清样上修改错别字……每一份报纸要出两三份清样，编辑与值班总编要对三份清样的排版进行对比、批示后，才会在最满意的一份清样上签字。报纸开机印刷已经是凌晨两三点钟了，6点钟以前所有报纸印刷完毕，运往各个发行站，再由发行人员送往读者手中……

总之，一份报纸出炉，各部门既要合作，又要各司其职，整个报社才能正常运转。

报社财经、时政部门的新闻记者相对轻松，每一个记者会分到相应的部门，俗称"跑口子"。时政新闻的记者每日会去政府宣传部报道，与宣传部长搞好关系的同时，尽可能地从部长那里多拿一些领导开会的资料回来，经验丰富的记者能从那些资料中嗅到新闻的气息，并从几十页的材料中将一行字的中心内容提炼出来，作为第二天的新闻标题！每个记者必须守好自己的口子不漏稿，并且尽可能地多采写独家稿子。一旦漏稿，不仅会扣分，还会罚款。时政记者与财经记者还有一个好处，那就是"封封"多。这里的"封封"，便是装着人民币的信封，少则50，100，多则数百元甚至上千元不等。记者的灰色收入，有时候甚至比工资高。

不过，自去年以来，报社开始对"封封"实行管制，记者一旦领取了 100 元以上的"封封"，必须到总编室报备，上交其中的一半给报社，自己得一半。即便如此，有些记者的灰色收入也比普通工薪族的工资高。

而那些分在社会部的记者则没有这么好的运气了，社会部记者每天最重要的新闻线索便是报社的几部热线电话。有的社会新闻记者为了获取好的热线线索，想方设法讨好接热线的小妹妹。社会新闻部号称清水衙门，成天报道市民的家长里短、社区服务、小车祸甚至打架斗殴之类的，既辛苦又没油水。

记者之间一旦最忌"窜口子"，所谓"窜口子"，就是采访了不属于自己采写的稿子。例如跑交通的口子记者去了跑经贸口子的记者采访的经贸委，领取了经贸记者的新闻材料、或者去采访了本该由经贸记者采写的稿件，两人之间就会发生口角，或者恶交。更有甚者在新闻发布会上两个记者一碰面就吵起来，那一定是其中一个记者"窜口子"了……那些专门喜欢"窜口子"的记者，是大家都不欢迎的人。

好在这些年灵犀做人踏实，不窜别人的口子，遇见别人窜了自己的口子后，她也会顾及对方的面子，私下里说说，不会弄得人尽皆知，因此与部门同事关系融洽。

这些年，李灵一直负责交通口子，交通被称作肥口岸了，不管是寻常的新闻发布会，还是逢年过节的例会，给记者的"封封"少则四五百，多则上千元，这几年，不知有多少人眼馋她的口子呢。这时她竟然向慕灵犀叫苦，谁信？看她一脸憔悴黑眼圈比熊猫还严重，想必昨晚又去玩通宵了。

慕灵犀想了想，拿了一份从经贸局领回来的材料给她："你仔细看看这份材料，兴许能找出一两个亮点，能写一两篇稿子。"

新闻稿若挂上李灵的名字，她是记者，名字在前面，自己现在是实习记者放在后面，这不是让人自己劳而无功吗？

"好吧……"李灵勉为其难地接过材料。

第四章
天 道 酬 勤

1

人生如戏，你永远不知道下一秒会发生什么。

就如看一部电视连续剧，过程十分精彩，你却无法预测结局一样。或许，这就是命运之神对世人最直接的考验。

灵犀做梦也没想到，自己也有鸿运当头的一天。

机遇永远会留给有准备的人，灵犀就是这样的幸运儿。

今天一大早，一个陌生的电话将灵犀从睡梦中吵醒。

"喂，谁啊？"睡眼惺忪的灵犀懒懒地问。

"请问是慕记者吗？我是'奇峰'集团的刘子悟。"对方声音温和清晰。

"奇峰"集团刘子悟？

灵犀这才想起那个斯文雅儒的刘秘书来，顿时清醒了一大半："早上好刘秘书，请问有什么事？"

"你昨天的报道让总经理十分满意，你若有空，今天上午不妨来公司一趟，我们商量一下后续报道，慕记者意下如何？"刘子悟的声音依然清澈平静。

"好，我有时间，大概十点钟来贵公司！"灵犀立即说。

"好，十点钟见！"刘子悟言毕，挂掉电话。

灵犀不置信地看着手中的电话半响，兴奋地大叫一声，扔掉手机起床洗漱。

常言道勤能补拙，如今抓住了"奇峰"集团这条大鱼，再加上自己后天的努力，不懂多学，多问，多钻研，多与刘子悟套近乎，就不愁以后没稿子了！

灵犀向张雪汇报了上午的采访计划，心情颇佳地吃过早点，这才精神饱满地赶车去天欣大厦。

在蜀都路下了车，朝着那座地标建筑走去。

这里是市中心，尽管过了上班高峰期，依然可见行色匆匆的公司白领。灵犀轻车熟路地来到天欣大厦楼下，却见一辆熟悉的兰博基尼正耀武扬威地停在停车场，那辆车已经挂了一个十分牛气的车牌照，果真是土豪啊！

进入大厦时，门口的保安拦住了灵犀："小姐，你找谁？"

灵犀微微一愣，前两次进入天欣大厦轻松自然，今天怎么比进衙门还难？

"她是刘秘书的客人……"一个慵懒的嗓音从身后传来，不用回头，灵犀就知道那是谁。

"对不起，里面请。"保安闻言，换了一副嘴脸，令人想起了"奴性"二字。

灵犀微微一笑，随着人群朝电梯口走去。

电梯的门开了，里面的人陆续出来，外面的人不断涌入，灵犀一脚踩上电梯，超重铃声响了，她只得抱歉地退出电梯。

电梯口，依然站着不少等候的人。

叮咚一声，旁边一台电梯停下。

一个身高腿长的人神态自若地进了电梯，灵犀见旁边几台电梯都停在顶楼，看了一眼那张扑克脸，硬着头皮上了电梯。

电梯的门关了，灵犀这才发现整部电梯里只有自己和土豪。好奇怪，那些等候电梯的人脑子有问题吗？到站的电梯不上，非得耗时间去挤别的电梯！

别说，这台电梯比普通电梯更快，里面也布置得也更豪华，电梯四周雪亮如镜，能够全方位地看见自己与土豪的表情。

不得不说，土豪的确是难得一见的美男子，尽管此刻的他表情冷漠，浑身上下却依然充满了特有的男子魅力，那双眼眸更是令人沉迷，总之，他是一个令人想入非非的对象……

"好看吗？"土豪慵懒的嗓音从头顶低低传来，双眸深邃如潭，绯色的唇角勾起一丝戏谑。

灵犀的脸微微一红，心里暗自懊恼，自己刚才怎么会做出一脸花痴相，被土豪的外表所迷惑？慕灵犀呀慕灵犀，你脑子里都在想些什么呀？你这样做对得起邱志礼吗？

土豪似乎并不想放过她，伸手抬起她尖尖的下巴，目光落在灵犀那张莹白如玉的脸上，随即摇头："啧啧，真可怜，邱志礼没喂饱你吗？"

"可恶，放开你的咸猪手！"灵犀发怒了。

"呵呵，你见过这样的咸猪手吗？"他果真放开手，那只手却嚣张地在灵犀的面前晃悠。

那是一只修长硬净的手，生得十分好看，当然，手的主人更好看。只可惜，性格上却是嚣张狂妄骄傲自大……

"自以为是！"灵犀气恼地别过脸。

"呵呵，以后见到男人别再做出一副流口水的样子，以免让人会错意，懂吗?"他邪魅一笑，唇角勾起一丝戏谑。

简直是个妖孽呀，长这么好看，还这样笑，存心气她吗? 灵犀下意识地抹了一下嘴角，晕哦，果真如土豪所言，自己流口水了，丢人啊……

灵犀心里不断哀嚎……

叮咚一声，电梯在38层停下，电梯的门开了。

土豪在一行人的注目礼中出了电梯。

灵犀见状，赶忙跨出电梯，在众人意外的目光中朝刘子悟的办公室走去。

2

一见灵犀的到来，刘子悟十分热情，赶紧招呼她在沙发上坐下，还亲自给她沏了一杯咖啡。

"刘秘书，现在进贵公司还真不容易呀!"一进门，灵犀便说。

"这一切还不是慕记者的功劳!"刘子悟微微一笑。

"这与我有什么关系?"灵犀十分意外。

"慕记者这篇报道出来后，全城媒体从昨天一早就开始来'奇峰'采访，林总烦不胜烦，便要求楼下保安禁止陌生人随意进入大厦。"刘子悟说。

原来如此，灵犀也没想到自己这篇报道会引起如此强烈的反响。

"慕记者，情况是这样的，我们希望贵报能在后期对'奇峰'进军旅游业进行追踪报道，我们的设想如下，你先看看详细资料。"刘子悟递来一叠材料。

灵犀大致翻看了一下手中的材料，这才发现今天真是来对地方了。这一摞材料中，不仅有"奇峰"进军旅游业的初步规划，还对当今旅游业的前景进行了详尽的分析，可谓面面俱到十分专业，不愧是大财团。

"刘秘书希望从哪些方面对'奇峰'进行追踪报道? 我只在材料中看到初步规划，你们就没有具体一点的东西吗?"灵犀故意给刘子悟施压。

"当然有，现在只能给你这么多，后期报道自然会提供更具体的内容。"刘子悟笑得一脸和煦。

"不愧是生意人，你们可真会利用媒体呀!"灵犀无奈地笑了。

"彼此彼此，媒体需要企业的广告投入才能运营，企业也需要媒体的宣传而发展壮大。慕记者虽然身为无冕之王，不也有无能为力的时候吗?"刘子悟笑了。

此话令灵犀陷入了短暂的沉思。

当初进入报社时，灵犀与许多一腔热血的小记者一样，天不怕地不怕，喜欢打抱不平。有一次，一位下岗的母亲带着上大学的女儿来到报社哭诉称，女孩上高三时，某著名美容企业负责人在电视台举办的手牵手扶贫活动中承诺，只要女孩能考上大学，该企业将负责她四年的全部学费。后来，女孩终于考上了上海交通大学，企业负责人却态度大变，认为每年六千元的学费太高，拒绝支付女孩的学费，母女俩多次到该企业寻求帮助未果后，便来到报社，请求媒体的帮助。

灵犀对母女俩的遭遇十分同情，实事求是地将事情经过写成了一片催人泪下的新闻报道，报道第二天出来后，在社会上引起了强烈的反响。灵犀原以为美容企业负责人见了报道会反思自己的行为，从而慷慨解囊，支付女孩的全部学费。哪知适得其反，美容企业负责人找到报社领导，以灵犀诽谤自己名誉为由，非得要灵犀赔礼道歉，否则就撤销该美容企业在报社的所有广告。灵犀认为自己没错自然不肯道歉，报社领导只好派另一位记者采访该美容企业领导，用半个版面对其做了一篇正面报道才完事。

一年后，那对母女与美容企业领导对簿公堂，法院最终判决美容企业全额支付女孩大学四年的学费。当年，全城所有报纸用《爱心捐献一分不能少》为标题对此做了报道。尽管事情最后以那对母女获胜而告终，却给灵犀的心里留下了难以磨灭的阴影。

"我只是随便说说而已，慕记者别见怪。"刘子悟见她脸色凝重，赶紧解释。

"没什么，报纸作为传统媒体，不仅要倾听企业的声音，更要倾听百姓的声音，实实在在的为大众服务，这才是我们的宗旨。"灵犀微微一笑。

"慕记者言之有理！"刘子悟赶忙陪笑。

见有人进来，灵犀连忙告辞，刘秘书却留她一起午餐，并一脸神秘地告诉她有重大新闻即将发生，这令灵犀兴奋又好奇。

"与贵集团进军旅游业有关吗？"灵犀忍不住问。

"到时候你自然会知道。"不愧是秘书，口风很紧。

为了不影响刘子悟的工作，灵犀便耐心地来到休息室一边看材料一边等候他下班。

3

十二点，谈完事情的刘子悟准时出现在休息室。

"慕记者真勤奋呀！"见灵犀还在研究材料，刘子悟笑言。

"我平常脑子愚钝，一份材料需要很长时间才能消化完。况且这是贵集团的材料，自然更得认真学习了。"灵犀谦虚地笑了。

"走吧，林总已经在街对面的回味轩等着我们了。"刘子悟低声说。

"林总也在？"灵犀一脸兴奋，只要能见到林炜轩本尊，就不虚此行了！

"到底是林总有魅力啊，一听说他在，慕记者就双眼放光了！"刘子悟笑着打趣。

"哪有呀，你们林总一直神龙见首不见尾，我多次想采访他，都没见到他本尊。都说林总神秘又低调，他真如传说中的那样吗？"灵犀跟在刘子悟身旁问。

"这个问题嘛，你见到他时自然就明白了。"刘子悟依然是一脸微笑。

"刘秘书，你应该透露一点林总的兴趣爱好，免得我待会儿出洋相。"灵犀笑着说。

"林总的兴趣爱好还真不好说。不过我可以告诉你的是，他是一个工作狂，还有，就是一个商业天才。"刘子悟一说起林炜轩，顿时一脸佩服。

"我知道林总是经济学与建筑学双博士，典型的精英人才呀！不像有些富二代，只知道坑爹！"灵犀赞叹。

忽然想起那个可恶的土豪，他肯定就是坑爹一族！

"原来慕记者为了采访林总，还是做足了功课的。"刘子悟有些意外。

"可惜林总架子太大，不肯给我这个小记者面子，"灵犀无奈地摇头，"我每一次都扑了个空！"

"在我印象中，你可是林总最给面子的记者啰！"刘子悟笑得一脸揶揄。

"别取笑我了，从采访'奇峰'到现在，前前后后也有两个月了，林总本尊长什么样都没见过，还算给我面子？"灵犀摇头叹息。

刘子悟则看着她微笑不语。

十分钟后，两人来到了回味轩。

这是一家环境幽雅的新派川菜馆，一见刘秘书，大堂经理便满脸堆笑："刘秘书来了，里面请，还是老地方。小丁，带刘秘书与这位小姐去踏雪问梅雅间……"

两人在礼仪小姐的引领下进入一个优美的花园，花园里水榭阁台，颇有一番韵致，穿过花园，随即来到一间暗香四溢的雅间，雅间的仿古门上雕刻着踏雪问梅的影雕，与踏雪闻名的雅间名字十分契合。

推开仿古门，却见里面已经坐着一个人。

那人不是别人，正是早晨在电梯里轻薄自己的土豪！

灵犀见状，顿时脸色一变："刘秘书，你不是说林总在这里等我们吗？他怎么会在这里？"

"林总临时有事不来了，委托我来陪两位。怎么，不肯赏脸？"土豪慵懒地坐在椅子上，看着灵犀的目光带着一丝挑衅。

"你……"灵犀尽管心里有气，想到日后还得靠"奇峰"这条大鱼吃饭，只得压下怒火气呼呼地坐下。

"慕记者，看看菜单，喜欢什么菜随便点。"刘子悟微笑着将菜单递给灵犀。

灵犀点了一道鱼香茄子，一道糖醋里脊，刘子悟又点了两个菜，要了一壶菊花茶，还体贴地给大家倒了茶。

"进展如何？"土豪转眸问刘子悟。

"放心吧，一切顺利。"刘子悟一脸自信，语气谦恭。

"顺利就好，老爷子对这次的项目格外重视，下面的人也要好生监督，切忌惹出乱子来。"土豪又说。

"明白。"刘子悟颔首。

两人的谈话令灵犀十分意外，她更是听得一头雾水，尤其是刘秘书对土豪的态度那是好得令人吃惊。

"你们能不能顾及别人的感受？"灵犀不满地说。

"哦，你有什么不满意的？"土豪懒懒地问，目光淡淡地停留在她身上。

"刘秘书，我们刚才说到哪里了？"灵犀不理会土豪的话，侧面问一旁的刘子悟。

"我们说到林总……"刘子悟玩味地看了眼一旁的土豪，笑着回答。

"对了，就是林总，你能不能告诉我，林总的脑子里到底装了些什么？"灵犀的话令刘子悟哭笑不得。

一旁的土豪闻言，不由脸色一变，狠狠地瞪了刘子悟一眼。

4

"这个，慕记者，我不明白你的意思。"刘子悟赶紧用面巾擦了擦额上的汗珠。

"你很热吗？"灵犀看见刘子悟不断擦拭额上的汗珠，感到十分奇怪，"这里一直吹着空调，一点也不热啊！"

"这个……慕记者，你能不能别有这么多奇奇怪怪的问题？"刘子悟简直要哭了，"尤其是关于林总的……"

"我的问题一点不奇怪呀，我的意思是，你们林总的脑子为什么会那么聪明？都说头大的人聪明，他的脑袋是不是比普通人大许多？"灵犀双眼锃亮，双手比了一个大大的动作。

"哎……"刘子悟闻言，这才松了一口气，脊背放松地靠在椅子上，无奈地看了一旁的土豪一眼，"这个问题，你最好问你对面这位先生，他与林总形影不离，对林总可是了如指掌呀！"

灵犀不置信地看着对面那个嘴角勾起一丝不屑的土豪，似乎在怀疑这话的真实性。

"刘秘书说的倒是不假，我对林总还真有几分了解。问吧，你到底想知道什么？"土豪冷冰冰地问。

"林总有多高？"灵犀偷偷地打开了录音笔。

"186 公分。"

"多重？"灵犀又问。

"78 公斤。"

"他长什么样子？"灵犀更加好奇。

"一双眼睛一张嘴，一个鼻子两只耳，四肢健全，身体健康。"土豪依然冷冷的。

"听说他生活低调，神出鬼没，他真有这般神秘吗？"灵犀看着土豪的眼睛问。

"说对了一半，他时而低调，时而高调，时而神出，但无鬼没……"土豪的声音怪怪的。

"那他有女朋友吗？他喜欢什么类型的女子？"灵犀眼睛更亮了。

"你就如此喜欢挖掘别人的隐私？"土豪一点不配合，脸色更冷了。

"传言他是一个断袖，真的吗？"灵犀才不管他是冷是热呢！

"那你属于红袖还是绿袖？"土豪挑眉反唇相讥，那神情，有点像一头即将发怒的狮子。

哎，他可真毒舌啊！人家问的是林总好不好，他犯得着这样生气吗？

"你……"灵犀一时有些语塞，赌气地说，"这与你有何干！"

"哼……"土豪骄傲的鼻孔发出一个不屑的单音，目光不满地看了刘子悟一眼。

刘子悟顿时被眼前的一幕弄得有点不知所措，心虚地朝土豪扯出一个无奈的笑容。

好在服务员上菜了，适时缓解了紧张的气氛。

"慕记者，这是回味轩的招牌菜，你尝尝。"刘子悟将一盘品相不错的菜转到灵犀面前，希望能够堵住她的嘴。

灵犀尝了一口，果真味道鲜美。

"慕记者，我们合作两个月以来，还是第一次在一起用餐，喝点红酒吧。"刘子悟提议。

"刘秘书，实在抱歉，报社规定记者采访期间不能饮酒。"灵犀委婉拒绝。

"慕记者这就没诚意了，我们喝一杯，慕记者喝半杯，如何？"刘子悟不依不饶，显然想小小地惩罚一下这个口无遮拦的小记者。

见对面的土豪也冷冷地看着自己，灵犀顿时豪气云干："好，就半杯！"

"慕记者爽快，乃女中豪杰！"刘子悟给灵犀的酒杯中斟了半杯酒，他与土豪则是满杯。

"慕记者，来，为我们合作愉快干杯！"刘子悟端着酒杯与灵犀轻轻一碰。

"刘秘书，我酒量浅，只能点到为止，希望你多体谅。"灵犀笑着抿了一口酒。

"刘秘书，我看慕记者对你没有一点诚意。"对面的土豪冷不丁的冒出一句话。

土豪真可恶，不说话没人当你是哑巴！

"在你看来，什么才算有诚意？"灵犀不满地反问。

"既然碰杯了，自然得干杯，就像这样！"土豪与刘子悟轻轻一碰，将杯中的红酒一饮而尽。

"我已经说了，我酒量浅，不能多喝，顶多半杯。"灵犀一脸为难。

"你不仅看不起我们刘秘书，还看不起你的偶像林总！"土豪冷冷地看着她。

你，人家不喝酒与林总有什么关系呀？土豪你可真够腹黑呀，拐着弯子祸害人！

"你……我只是不喝酒，怎么就是看不起刘秘书和林总了？"灵犀有些急了。

"既然看得起，那就证明给我们看啊！"土豪步步紧逼毫不退让，显然不给灵犀台阶下。

"你……喝就喝，有什么了不起！"灵犀端起酒杯一饮而尽。

半杯酒顺势而下，灵犀顿觉从口腔到喉咙最后到胃里都是一片火辣辣的燃烧着……

"好酒量，慕记者不愧为女中豪杰！"土豪说着，给灵犀杯中注满红酒。

"这一杯，我敬慕记者，慕记者不愧为都市报的中流砥柱，让我们见识了女记者的智慧与魅力！来，干杯！"土豪与灵犀轻轻一碰，再次一饮而尽，眸光冷冷地看着她。

"不行，我实在喝不了了……"灵犀涨红着小脸捂着酒杯直摇头。

土豪明摆着针对自己，她可不能轻易上当呀！

"那慕记者先吃些菜，这酒呀，慢慢喝……"刘子悟见状赶忙替她解围。

"很抱歉，我头晕，出去透透气……"灵犀头重脚轻地出了雅间。

"小姐，卫生间在哪里？"脸色苍白的灵犀问外面的服务员。

"直走左拐，一直到尽头便是。"灵犀捂着嘴朝卫生间跑去，不料撞在一个人身上，"对不起……"灵犀继续朝卫生间跑去。

第五章
天 降 莫 愁

1

"咦，那不是慕灵犀吗？灵犀……"被撞的女子追了上去。

灵犀在卫生间吐得翻江倒海眼泪婆娑，直到胃里吐空了，这才好受一些。

来到洗漱台，看见一脸狼狈的自己，灵犀心里真不是滋味。

早知如此，才不来赴这个鸿门宴呢！土豪可真是睚眦必报的小人呀！以后可得离他远远的，见了面也要绕着走，省得被他祸害！

灵犀洗了一把脸，又用梳子梳了梳凌乱的头发，让自己看起来不那么狼狈后，这才走出卫生间。

"灵犀，原来真的是你呀……"门外一个衣着时尚的年轻女子一脸惊喜。

"李莫愁！"灵犀也意外地看着对方明媚的笑脸，"好家伙，你不是在法国逍遥去了吗？什么时候回来的？"

李莫愁其实叫李若秋，是灵犀大学四年的同学，当时大家都爱看《神雕侠侣》，李若秋十分欣赏电视剧中李莫愁敢爱敢恨的性格，大家便干脆叫她李莫愁。她与张美君、何红梅、林子涵、邱亦可同为灵犀的室友。大学毕业后，家庭条件优越的李莫愁选择了出国深造，张美君与家人移民新加坡，何红梅与灵犀一样进入媒体，朱子涵、邱亦可则回到各自的城市发展。

李莫愁还有一个绰号叫恋爱狂。当年在大学时，她因长得不错，颇受男生们的欢迎。李莫愁似乎天生火眼金睛，只需一眼，便能看出一个男人的本质，生性豪放的她也从不拒绝自己喜欢的男生。四年下来，交往过的男生没有一打，至少也有一桌，恋爱狂的名声由此而来……

"才回来几天，正与家人在这里聚餐，没想到遇见你。怎么样，听说你在报社干得不错？"李莫愁笑问。

如今的她镀了一层金回来，更显得时尚动人，举手投足间自然有一种女人的妩媚风情。

　　"哎，一言难尽，凑合着混日子吧。"想起自己尚未摘掉的实习记者头衔，灵犀不禁苦笑。

　　"感情生活也一定不错吧？"李莫愁笑着暧昧地问，桃花眼中春水荡漾。

　　"唔，还行吧……"想起邱志礼，灵犀微微一笑。

　　"瞧你眉梢带笑的样子，对方一定让你身心愉快吧……"李莫愁暧昧地捏了一下灵犀的胳膊。

　　"去你的，我看你在海外混迹多年，感情生活一定被欧美文化熏陶得如鱼得水更上一层楼吧？"灵犀笑骂。对于李莫愁这个在爱河中淌洋多年的女人，最好的应对办法就是以其人之道反制其人之身，就如打蛇必须打七寸一样。

　　"倒也不是，我的骨子里还是很传统的，尤其对国内的优质男人情有独钟！"李莫愁笑得一脸矫情。

　　灵犀腹诽，得了吧，看你一风骚脸的狐媚样，就知道这些年在国外过得风生水起，身边从来不乏男人……

　　"呵呵，算你没有忘本！"灵犀微微一笑。

　　"毕业这么多年你居然一点没变，真是难得呀！"李莫愁打量着一脸素颜的灵犀，言语中透着几分言不由衷。

　　"我忙嘛，哪像你时间一大把，父母送你去国外还有大把的金钱供你奢靡享乐……"灵犀无不骄傲地说，"哪像我，只有自力更生，才能丰衣足食。"

　　"好了，不说这些了，留一个你的电话，改天联系！"李莫愁转移话题。

　　"好的，我的电话是 13562……"灵犀报出一串数字，李莫愁拨通了灵犀的电话。

　　"不好意思啊，我的手机在雅间……"灵犀略带歉意。

　　"没事的，反正我已经拨通你的电话……"李莫愁的目光朝灵犀背后望去，桃花眼中闪过一道惊喜的光芒。

　　"慕记者，你没事吧？"见灵犀许久没回雅间，刘子悟有些担心，便出来看看。

　　"谢谢你刘秘书，我没事……"灵犀微微一笑。

　　"没事就好，我看你也没吃什么东西，给你叫了一份海参饭，你赶紧回去趁热吃吧。"刘子悟的脸上带着一丝歉意，似乎没想到灵犀真的不善饮酒。

　　"灵犀，这位先生是谁，怎么也不介绍介绍……"李莫愁拉了拉灵犀的衣袖，不停朝她使眼色。

　　看来，李莫愁的老毛病又犯了，唉……真可谓是狗改不了吃屎，苍蝇不叮无缝的蛋呀！但愿刘子悟是一枚洁身自好的好蛋……

　　想到此，灵犀有点无奈地一笑，讪讪地说："对了，刘秘书，这是我的同学李若秋，刚从法国留学回来，人称李莫愁；莫愁，这是刘子悟刘秘书……"

"刘秘书，幸会幸会，不知你在哪里高就？"李莫愁笑盈盈地问，那一刻的她显得娇俏大方。

"李小姐，我不过是普通公司职员，不值一提，不值一提！"刘子悟友善地一笑。

"刘秘书这话可不对了，在国外，就算自己在几个人的小公司任职，也会对自己的职业产生一种自豪感！"李莫愁一脸正经，"刘秘书所在的公司应该不止几名员工吧？"

此番话说得灵犀一脸佩服，她赶紧给刘子悟解围："莫愁，刘秘书这是谦虚呢，他所在的公司可是有名的'奇峰'集团！"

"呵呵，原来如此！"李莫愁微微一笑，看着刘子悟的目光情意绵绵，那眼神，似乎早已剥光了刘秘书的衣服……"灵犀，我们老同学多年不见，你就不请我一起坐坐吗？"

那语气，娇柔温婉，可灵犀知道她是醉翁之意不在酒，在色。

灵犀不禁有些为难，今天请客的人若是自己，她自然乐意邀请。可东道主是刘子悟呢，让她如何开口？

"李小姐与慕记者姐妹重逢，自然是要好好叙叙旧，是我考虑不周，李小姐，这边请……"刘子悟不愧见多识广，应付这等小事倒也圆滑周到。

灵犀不禁感激地看了刘子悟一眼，刘子悟便会意一笑。

三人一起回到了踏雪问梅雅间。

2

灵犀推开了雅间的门，正对上了土豪不耐烦的冷脸，她自然也是横眉冷对。

李莫愁显然也注意到里面的土豪，一双桃花眼不由自主地睁大了，目光中掩饰不住惊喜与赞叹！李莫愁的目光从灵犀身上掠过，似乎对一身平凡的灵犀能获得两个优质男人的陪伴感到十分意外。

刘子悟到底是见过世面的人，赶忙叫来服务员添了一副碗筷，又加了两道热菜，同时给李莫愁也叫了一份海参饭。

李莫愁坐下后，见灵犀埋头吃东西，忍不住用脚碰碰灵犀的膝盖。

"什么事？"灵犀佯装不解地问。

李莫愁不停地向她使眼色，灵犀顿时明白了，李莫愁想接近土豪。想到土豪极有可能是李莫愁这只苍蝇看中的那枚臭蛋时，灵犀的心里掠过一丝古怪的异样。

"土豪，我来介绍一下，这是我的同学李若秋，刚从法国留学回来，莫愁，我还不知道这位先生的名字，不过你可以叫他土豪！"灵犀语气平淡地说。

"灵犀，哪有你这样介绍人的？这位帅哥长相俊逸气质不俗，名字也一定很有魄力吧？灵犀这人就是这样，心直口快，不过她倒是心直口快没有恶意，帅哥可别介意哦！"李莫愁目含春水看着土豪嗲声说，一旁的灵犀浑身顿时起了一层鸡皮疙瘩。

"她还真说得不错，我就是一个土豪！"土豪依然是一副不冷不热的样子，显然不肯给李莫愁面子。

"呵呵，帅哥真会开玩笑！"李莫愁笑得一脸柔媚。

土豪冷冷地看了灵犀一眼，灵犀也冷冷地瞪着他。

"李小姐，来，我敬你一杯……"刘子悟很会察言观色，赶忙替两人解围。

"谢谢刘秘书，不过我很想单独与这位帅哥喝一杯，不知帅哥是否赏脸？"李莫愁笑脸盈盈。

"好啊，怎么个喝法？"土豪眉毛一扬，似乎对李莫愁的提议很感兴趣。

"你喜欢怎么喝，我便陪你怎么喝。"李莫愁柔媚一笑，目光频频放电，上身波涛汹涌，恨不得马上将土豪扑倒在地。

"爽快！"土豪目光有些邪魅，余光瞄了灵犀一眼，嗤笑着开口，"不像某些人，几口酒就弄得花容失色，没劲！"

"我愿变成，童话里，你爱的那个天使……"来不及生气的灵犀手机响了起来。

"雪儿姐，嗯，好的，我明白了……"灵犀挂了电话，抱歉地看着三人，"实在不好意思，报社通知回去开会，你们慢慢喝，失陪了……"

"慕记者，你吃饱没有呀？再吃一点吧……"刘子悟意外地说。

"我现在是酒足饭饱。刘秘书，谢谢你的款待，你们慢慢喝，再见！"灵犀如释重负地站了起来，脸上带着平静的微笑。

"灵犀，记得电话联系哦！"李莫愁冲她嫣然一笑，眉梢眼角掩藏不住一丝得意。对于灵犀的离去，她不仅没有挽留，显然还很高兴。

"好，回头联系！"灵犀冲她挥挥手，拿起提包从容离去。

走出雅间，灵犀的心情骤然开朗。

"慕记者，请等一下……"刘子悟跟了出来。

"刘秘书，有什么事情给我打电话，后续的追踪稿子回去后我会好好琢磨……"灵犀微微一笑。

"好，你路上小心，这是公司给你的误工费，请慕记者务必收下。"刘子悟递来一个胀鼓鼓的信封。

"不用了刘秘书，报社对红包的事管得很严，我不能收！"灵犀婉言谢绝。

"只要你不说我不说，报社就不会知道的！"刘子悟十分坚持。

"刘秘书！请你别这样，采访贵公司是我的责任，若你非要将我的正常工作与利益挂钩，请恕我无能为力，今后的报道也请你另觅高人吧！"灵犀一脸凝重地开口。

虽然她爱钱，可她不喜欢用这种方式获得利益，这也会让别人小看自己，她丢不起这个人。

"这个，既然慕记者这样说，我也不勉强了，希望我们合作愉快！"刘子悟笑着说，似乎对她的拒绝毫不意外。

"刘秘书，回头见！"灵犀心里轻松多了，赶紧朝外面走去。

3

灵犀独自行走在街头。

其实张雪并没叫她回报社开会，只是询问了她在"奇峰"集团的采访情况，还让她多与"奇峰"的人接触，深入了解一些新动向，只要今晚截稿前写完稿子就行。

不过，灵犀实在不想在雅间里继续待下去，她不习惯李莫愁一开始对刘子悟一脸浓厚兴趣的样子，也不习惯李莫愁一见到土豪就媚眼如丝风情万种的样子，更不习惯她嗲声嗲气对土豪频频放电而土豪也喜闻乐见的嘴脸……果真是苍蝇遇臭蛋，臭味相投呀！

灵犀自嘲地摇了摇头，有什么看不惯的，这可跟她没有一毛钱的关系呀！

想起大学第一年，李莫愁一脸清纯宛若一只高洁的莲花，是校园里众多男生心目中的公主。第二年，则成了全校公认的恋爱狂，与男生在外面租房同居，还曾流产……大学毕业后因声名狼藉出了国。如今回来，摇身一变成了海归，世界变化真快呀！

或许真像一句话说的，不是这个世界变化快，是你没有跟上快速发展的时代！慕灵犀，看来你要被这个社会淘汰了！

"我愿变成，童话里，你爱的那个天使……"手机铃声再次响起。

"灵犀，你在哪里呀？"手机里传来李莫愁的声音。

"我回报社了，怎么了？"灵犀扯了个谎。

"我感觉我恋爱了。"李莫愁说。

呵呵，不愧是恋爱狂呀！

"很好啊，恭喜你！"灵犀言不由衷。

"你知道他是谁吗？"李莫愁又说。

"我怎么知道你那颗小心肝跑到谁的身上去了！"灵犀嗤笑。

"那个人你认识！还是你介绍的呢！"李莫愁的语气有点不对劲。

"莫愁，你不会喝多了吧？我什么时候给你当红娘了？"灵犀不满地问。

"你忘了吗？刚才你可是介绍了两位风格迥异的帅哥给我，我爱上了他们其中的一个，你猜他是谁？"李莫愁咯咯一笑。

"你不会喜欢上那个冷冰冰的土豪了吧？"灵犀暗自摇头。

"没错，就是他！看见他的第一眼我就喜欢上了。你说，这世上怎么有如此迷人的男人？他那迷人的眼神在我身上一停留，我就浑身放电，啧啧，这个男人我要了！"李莫愁抬高了嗓门。

灵犀腹诽，你本来就是一个发电机！只要对方是个男人，你就会放电！

"拜托，莫愁，清醒一点吧，你在哪里？"灵犀问。

"刚才吃饭的卫生间里……好了，我挂了，我还得去跟帅哥拼酒呢！"李莫愁挂了电话。

"喂，莫愁……"灵犀泄气地放下电话。

想了想，不对劲，开始担心莫愁起来。

灵犀拨通了刘子悟的电话："不好意思啊刘秘书，请问你们还在餐厅吗？"

"没有呀，我们已经结账离开了，慕记者，有什么事吗？"刘子悟问。

"没什么，我以为你们还在喝酒，有点事情想交待莫愁一下。既然这样就算了，我打给她……"灵犀松了一口气。

"李小姐告辞后由家人陪着，你放心吧，她应该没事的。"刘子悟温和地说。

"明白了，谢谢你刘秘书。"灵犀挂了电话，这才放下心来。

不过，了解莫愁的灵犀又开始担心自己今后会被她缠得无处脱身。

天欣大厦38层。

"奇峰"集团总经理办公室。

土豪看着刘子悟递来的信封，唇角勾起一个上扬的弧度："她不肯要？"

刘子悟点头："拒绝得十分干脆。我就说嘛，她不是那种见钱眼开的人。"

土豪唇角的笑意更深："怎么不说她嫌少？"

刘子悟摇头："不像，看样子她很不愿意将工作与利益挂钩，她比一般记者更看重自己的人格。她还放出狠话，若我继续坚持，她便不再负责我们的采访，还让我另觅高人！"

土豪闻言，脸色掠过一丝意外："挺倔的嘛！"

"那就这么定了？"刘子悟问。

"算她运气好，就她吧！"土豪微微颔首。

"明白！"刘子悟也松了一口气。

两人又对工作上的一些事情交换了意见，刘子悟便离开了。

土豪拿起桌子上的信封，目光变得悠远起来。

"慕灵犀，难道你真的如此健忘？十八年了，不是吗？"

灵犀猜得不错，深夜两点钟，李莫愁的电话不期而至。

"灵犀，睡了吗？"电话那端的莫愁显得十分亢奋。

"废话，现在是几点了还不睡，你以为所有人都像你一样夜猫子！"灵犀十分不满自己的美梦被她打断，她刚才正在梦中与邱志礼甜蜜约会呢。

"我怎能睡得着呀……你了解一个饱受相思之苦的人这颗倍受煎熬的心吗？"李莫愁的声音有些沙哑。

"莫愁小姐，又是哪个负心汉让你如此寝食难安了？"灵犀问，"你的法国帅哥还是美国大兵呀？"

这些年，虽然李莫愁一直在国外，灵犀还是从一些归国的同学那里得知她的感情生活远比大学时代丰富多彩，她交往过的男朋友已经能组成一个联合国了。

"拜托，哪有什么法国帅哥，就是你介绍给我的那个土豪呀！我爱上他了！"李莫愁的话令灵犀头痛，"这一次我可是认真的！"

"呵呵，你哪一次不是认真的？"灵犀冷笑问。

"这一次真的不一样，看见他的第一眼我的心就狂跳不止，这种感觉已经很久没有过了。灵犀，是你让我认识他的，你得对我负责到底！"李莫愁不依不饶。

"天啦，你自己对男人没有免疫力也能赖我？"灵犀对她越来越失望，语气也变得冷淡起来，"莫愁，我劝你醒醒吧，那个土豪你消费不起！"

"不就是个男人嘛，有什么消费不起的！"李莫愁的声音十分自信，"我看他就是为我而生的！"

"到目前为止，你们认识也才十几个小时，你对他的了解有多少？"灵犀又问。

"爱一个人与时间的长短没有关系！"李莫愁语气十分固执。

"那依你这么多年的爱情经验判断，你对他有足够的吸引力吗？"灵犀反问。

人要活得有一点自知之明好不好？尽管你李莫愁算得上美女，可灵犀更相信土豪见过的美女不计其数，你一个风流成性的李莫愁岂能入他的眼？灵犀将后面的话咽在肚子里。

"我不知道他对我印象如何，可我知道这个男人是为我而生的，我这次回国也是为了遇见他！"李莫愁语气十分坚决。

啧啧，她也太狂妄了！恋爱中的女人智商果真为零呀！

"既然你认定了他，就充分发挥你的魅力攻势，让他倾倒在你的石榴裙下吧！我祝你成功！"灵犀不耐烦地打了一个哈欠，"困死了，你还想不想让我睡呀？"

"可我需要你的帮助，灵犀，你在听吗？"电话那端的李莫愁吼了起来。

"你谈恋爱跟我有一毛钱关系呀？"灵犀也不耐烦地吼起来。

对于李莫愁，她已是恨铁不成钢，懒得废话了！

"我不知道他叫什么名字，从事什么职业，还有他的兴趣爱好，电话号码等等，我什么都不知道！你得告诉我！"李莫愁声音大得能刺穿灵犀的耳膜。

"莫愁，实话告诉你吧，我这里的信息并不比你多，除了知道他叫土豪以外，别的一概不知，你的要求我无能为力，实在抱歉得很！"灵犀不耐烦地说。

莫愁也真是的，一见男人就发狂，这辈子怎么得了？况且，土豪成日冷冰冰的有什么好？她的眼光一定有问题！

"我不管，你必须给我弄到手！"李莫愁不依不饶，"谁叫你把他介绍给我的，你必须对我负责到底！"

这可真应验了一句话，猪八戒倒打一耙！

"对了，或许有个人知道他的一切资料，至于他能否帮助你，就得看你的魅力了！"灵犀忽然想起一个人来。

"谁？"李莫愁顿时来了精神，语气也变得温柔起来，"好灵犀，告诉我……"

"刘秘书，你去找他吧！"灵犀随即挂了电话，当即抓狂地倒在床上。

神呀，求求你救救我吧，别再让李莫愁骚扰我啦！

这天，灵犀去"奇峰"集团送样报，一进刘子悟的办公室，就见他一脸苦笑地看着自己，那神情，似乎欲言又止。

"刘秘书，怎么了？谁把你弄成这样了？"灵犀被他看得毛骨悚然，心中的不安陡然而生。

"还会有谁，自然是慕大记者你了！"刘子悟继续苦笑，看样子苦恼得很。

"我？你不会开玩笑吧？"灵犀十分惊讶，一脸无辜地看着他，"刘秘书别乱说话，我可没把你怎样呀！"

"慕记者呀，你说我这秘书是继续当下去呢，还是不当？"刘子悟叹了一口气，看样子纠结得很。

"你干的好好的，为什么会发出这种感慨呀？到底发生了什么事？"灵犀这才意识到问题的严重性，莫不是李莫愁那丫头惹出什么事端了？

"一切，还得从你那位莫愁同学说起……"刘子悟摇头。

果真是莫愁！她就知道那丫头一出场，就不会有什么好事！不知她又闹出了什么幺蛾子来？

"莫愁？到底怎么回事呀？"灵犀又问。

她忽然想起那天晚上自己让莫愁找刘子悟要土豪的信息，莫非莫愁真的找上门来了？真是勇气可嘉呀！

"这段时间以来，莫愁姑娘每天守在集团楼下……弄得我们领导烦不胜烦……"刘子悟摇头叹了一口气。

"她喜欢土豪，与你们领导有什么干系？你们领导也管得太多了吧？连员工恋爱也要管吗？"灵犀不解地问。

"有些事，你只知其一不知其二！"刘子悟一脸无奈，"她成天纠缠我要别人的电话，你说我能给她吗？还有……哎，算了，不说她了……"

看样子，莫愁还真让刘子悟极为头痛。

想到土豪也有可能被莫愁纠缠得无路可逃的样子，灵犀心里掠过一丝幸灾乐祸的快感。

"没想到莫愁给刘秘书带来了如此大的困扰，灵犀对此深感抱歉！"灵犀赶紧为自己考虑不周而道歉。

"唉，算了吧，还是等她自己冷静下来再说吧。都说爱情使人疯狂与盲目，以前我还不信，现在总算长见识了。"刘子悟十分感慨。

灵犀为自己有这样一个奇葩同学而深感抱歉。

"刘秘书，给你添麻烦了，实在不好意思。"灵犀说来说去还是那几句话。

"不过，你来得正好，我正有事与你商量。"谈起工作，刘子悟一扫脸上的阴霾，整个人也显得容光焕发。

都说认真工作的男人最有魅力，这刘子悟还真是这样的人！

"哦，好啊！"灵犀见状，心情也好了起来。

"我先给你看一组照片，请慕记者从这些照片中挑选出你认为自然的美景。"刘子悟将笔记本转向灵犀。

电脑里果然放满了各种各样的美景，灵犀看得眼花缭乱、叹为观止。

"都是一等一的美照呀！要我这个外行从这么多美照中选出最好的，岂不是存心为难我吗？刘秘书，若是看走了眼，你可别见怪呀！"灵犀先把丑话说在前头。

"我相信慕记者的眼光！"刘子悟倒是很会说话。

从头到尾认真对比后，灵犀最终从众多照片中挑选了一张湖边的照片，之所以选择这张照片，一则因为这里的天实在太蓝，云实在太白，湖水实在太清澈，还有就是湖畔的三叶梅开得太灿烂啦……一切，竟然美得不似人间所有！

"慕记者果然眼光独特，这张照片也正是林总选出来的最美图片……"刘子悟赞叹。

第六章
夜 有 所 梦

1

不知是否应验了那句话，怕什么，来什么。

自从与邱志礼相亲以来，两人相处愉快的同时，也有小小的烦恼。

这个烦恼是邱志礼给灵犀的。

交往两个半月后的一个晚上，两人在一个餐厅用餐时，邱志礼邀请灵犀去他家见父母。

灵犀一听，顿时懵了。

相处两月就见未来的家长，会不会太早了？万一二老对自己不满意，这两月来投入的感情不就白费了吗？还有，她刚刚品尝到爱情的甜蜜，她可不想这么快就失去这种美好的感觉。

"再等等吧，这段时间采访任务重，等我有心里准备时再上门拜访伯父伯母。"灵犀婉言拒绝，心里怕得要命。

"丑媳妇总得见公婆，何况，你一点不丑。"邱志礼笑盈盈地看着她。

"我担心你父母眼光太高，对我不满意。"灵犀顽皮地伸伸舌头，"况且，我还不知道该如何面对这种情况……"

灵犀说得不错，初次恋爱的她真不知该如何与别人的父母相处，况且，对方还是自己心仪男子的父母，未来的公公婆婆，她自然得更加谨慎了。

"我父母都是知识分子，待人热情诚恳，你这么惹人喜爱，他们一定会喜欢的。"邱志礼一脸自信，"你只需像平常在自己家里一样就可以了，我对你有信心。"

"倘若他们不喜欢我呢？"灵犀担心地问。

"和你谈恋爱的人是我，要和你结婚的人也是我，他们左右不了我的选择。"

邱志礼在感情方面很有主见，这令灵犀十分高兴。

"唔，再等等吧……"灵犀还是没有答应，毕竟要见的人是他的父母，不可能像在自己父母面前那样随性。

最关键的，她怕失败……

"也好，过些时候再见吧。"邱志礼笑了笑，表示理解。

灵犀看着面前这个体贴入微的俊秀男子，心里一阵温暖。

"有些事，急不来的，该见的时候自然会见到。"灵犀温柔一笑。

邱志礼没再勉强，而是握住了灵犀的小手，镜片后的双眸深深地凝视着灵犀的眼眸。

"怎么了?"灵犀被他看得有点小脸微红，不禁垂下清澈的眼眸。

"灵犀，相信我，我会成为一个好丈夫。"他的话十分真诚，像是承诺。

灵犀的心里微微一震，抬眸看着这个令她心动的男子。虽然这不是恋人间最动听的话，却是最能打动人心的一句话。

他的笑容十分温柔，他的目光坚定柔和，这种真诚的对视让她似乎能看见他那颗真诚跳动的心……

恋爱中的女人，往往会被男人的甜言蜜语冲昏了头，从而一时冲动做出令自己后悔不迭的疯狂之事。可是当你心仪的男子能郑重其事地给你一个承诺，告诉你：他能成为你可靠的另一半时，无疑是对你最大的尊重与珍惜。

"谢谢你，我也会努力做一个好妻子……"灵犀的脸微微一红。

妻子二字看似平常，却是家庭生活中的重要角色，灵犀话一出口，不禁有些赧颜，赶紧避开邱志礼的目光。

"我相信，从第一眼看见你，我就相信。"邱志礼笑得十分开心，握住她的手更加用力。

灵犀的脸更红了，轻轻靠在他怀里。

日有所思，夜有所梦。

这天晚上，一向无梦的灵犀做了一个奇怪的梦。

梦中，身穿洁白婚纱的她与身穿燕尾服的邱志礼步入了神圣的教堂。

看着身旁轩昂而立的男子，想到自己即将成为他的妻子，灵犀一颗芳心噗噗直跳。

邱志礼向她伸出了双手，灵犀快乐地朝着自己的幸福走去。

"等一下……"一个陌生的声音打断两人。

灵犀朝着说话的人望去，意外地看见另一个身穿婚纱的女子从容地走进教堂。

女子体态婀娜，洁白的头纱罩住了整个面孔，灵犀依然能感受到她那令人惊艳的美丽。

"你说过，这辈子，要娶我为妻。为什么新娘却是她？"女子平静地质问一旁的邱志礼。

"她是谁？志礼，告诉我，她到底是谁？"灵犀问一旁不知所措的邱志礼。

"我是他的未婚妻……"女子的声音很轻，却掷地有声。

"你是他的未婚妻，那我是什么？"灵犀惊问。

女子不语，面纱下的目光却露出一丝不屑。

"我来告诉你，她是谁……"又一个熟悉的声音从教堂外传来。

灵犀意外地看见出现在视线中的人，原来是那个处处与自己作对的土豪。

更令她意外的是，身穿礼服的土豪俨然像一个高贵的王子，步履从容地出现在面前，眼眸深处柔情弥漫。

"她是我的妻子，慕灵犀，明白吗？"土豪不由分说地拉起灵犀的手，对那个挑衅她的女子说。

"不，不，不是这样的……"灵犀急得大叫起来，"我不会嫁给你……我的新郎不是你……"

"不……"灵犀一下子从梦中惊醒了。

四周一片漆黑，灵犀赶紧扭开床头的台灯。

床头柜上的时针指向凌晨三点钟。

梦中的情景令灵犀有些茫然，她的梦中怎么会出现那个冷冰冰的土豪？她怎么可能嫁给他？实在荒谬极了！还有，那个自称要嫁给邱志礼的女子，又会是谁？

2

"我愿变成，童话里，你爱的那个天使……"手机铃声响了起来。

作为奔跑在前线的记者，手机必须时刻保持畅通，以应对时刻发生的新闻。

"喂……"灵犀接起了电话。

"灵犀，是我……"电话里传来邱志礼低沉的声音。

"志礼，这么晚了还没睡？"灵犀十分意外，作为医生的他经常有大手术，素来对睡眠质量要求很高。

"灵犀，我刚才做了一个奇怪的梦……"邱志礼的语气有些不安。

"什么梦？"想起梦中的情景，灵犀心里也紧张起来。

"我梦见你嫁给了别人……"邱志礼情绪十分低落。

"是吗？我倒是梦见你娶了别人……"灵犀脱口而出。

"你相信我会娶别的女子吗？"邱志礼不答反问。

"我……不知道……"灵犀实话实说。

"……"电话那端的邱志礼没有吭声。

"你会吗？"灵犀追问，心里有些难过。

"不会，应该不会……"邱志礼说。

"为什么是应该不会，而不是肯定不会？"灵犀追问。

"灵犀，我想告诉你的是，我是非常希望和你组成一个家庭……"邱志礼的声音十分笃定。

"我明白，我也愿意……"她真的愿意。

26 年以来，初尝爱情美好的灵犀对未来满怀憧憬，她相信邱志礼是最适合自己的良人，也相信他们在一起会幸福美满……可是，刚才那个荒诞的梦，到底预示着什么？

挂了电话，灵犀失眠了。

这是几年来第一次失眠。

上大学时，她曾为宋学长失眠过。

那时的她被宋学长不断变化的审美标准弄得疲惫不堪，为了能够引起宋学长的注意，她绞尽脑汁以一种出其不意的方式出现在他面前，甚至不惜为了丑化自己。可惜的是，三年来，她从未引起过他的关注。

后来，当她真正意识到自己就是自己，不必为了他人而改变成另一个人时，宋学长已经毕业了……

如今，她终于等到了属于自己的幸福，月老送来一个温柔体贴的优质男儿，她是多么感谢上天的恩赐！

她一定要抓住属于自己的幸福，让爱情之树开花结果……

慕灵犀，加油，你一定能得到自己的幸福！

灵犀正在报社写稿子，李莫愁的电话不期而至。

"莫愁啊，有事吗？"对于莫愁追求土豪的疯狂举动，灵犀心有余悸，不知道她又会想出什么花招来。

"灵犀，忙什么呢？这么久没联系，你想我没有呀？"李莫愁热情地问，那语气，好像她们是最要好的闺蜜。

"心里是想你的，可我工作太忙，忙得没时间用脑子想……"灵犀话锋一转直奔主题，"你有什么事？"

"你个没良心的，当然有事啦，没事怎么会找你呀！"李莫愁又是一笑，"对了，我约了几个大学同学在'夜色弥漫'KTV 聚会，大家都很想见你呢，你什么时候来？"

"我还在写稿呢，不晓得几时能写完。"灵犀自然是想去同学聚会的，却又怕李莫愁别有用心。

"灵犀，你今晚要是不来，别怪我不认你这个姐妹！"李莫愁放出狠话来。

"好好好，姑奶奶，我怕了你还不成！"灵犀很怕李莫愁来这一套，她一旦发起火来，连房子都能烧掉，"对了，都有哪些人？"

"丁东俊，乐思琪，魏铁，周陶陶，还有我们寝室里的何红梅……"李莫愁报出一串名字来。

"灵犀，我们等你哦，'夜色弥漫'的蓝色梦幻包间，不见不散！"大学室友何红梅的声音从电话里传来。

"是呀是呀，你赶紧写完稿子过来吧，我们好久不见，今晚一定玩个尽兴！"隔壁寝室的乐思琪说。

"知道了，你们先喝吧，我一会儿过来！"灵犀满口答应。

毕业以来，同学们各奔东西，成天忙得像个陀螺，已经几年没有聚一聚了，今天难得有机会，灵犀也想放松放松。有她们在，想必李莫愁也生不出什么幺蛾子来。

3

灵犀写完稿子赶到"夜色弥漫"KTV 时，已经是晚上十点了。

"灵犀，到了吗……"李莫愁在电话里催促。

"到了到了，已经在门口了！"灵犀赶紧说。

"我们在三楼的蓝色梦幻，赶快来吧，就等你了！"李莫愁挂了电话。

灵犀抬头看了一眼面前装修奢华的"夜色弥漫"大堂，脑子里顿时出现"声色犬马"四个字来。

灵犀硬着头皮进了大门，在侍者的带领下上了三楼。

"小姐，前面的 318 就是蓝色梦幻了……"侍者指着长长的走廊说。走廊里，蓝色的灯光刺得人有些眼花。

灵犀沿着走廊朝中包间走去，终于来到了 318 包间。

灵犀推开蓝色梦幻包间的门时，隔壁包间的门打开了，一个身高腿长的男子一脸倨傲地看着她的背影，绯色的唇角掠起一个淡淡的弧度，深邃的眼眸变得晦暗如夜。

"大记者，怎么现在才来呀？"一进包间，眼尖的丁东俊问。大学期间他与灵犀属于君子之交，毕业后丁东俊考上了公务员，如今已经是一个两岁孩子他爹了。

果真如李莫愁所言，丁东俊、乐思琪、魏铁、周陶陶与当年的室友何红梅都在。

"没办法，劳苦命。"灵犀笑了笑。

"灵犀，这边坐。我发觉你比上大学时漂亮多了，老实交代，是不是恋爱了？"周陶陶一把拉过灵犀在自己身旁坐下。

"还不是老样子呀！拜托，我 26 岁了，再不恋爱，都成老姑娘了，你们忍心见我嫁不出去吗？"灵犀笑着说。

"得了吧，你身边精英成堆，哪一个不是优质男人呀！"李莫愁酸溜溜地说。

"你是说刘秘书吗？人家已经名草有主了……"灵犀摇头一笑。

灵犀是前几天去"奇峰"集团采访时，看见刘子悟桌子上的喜糖，再三追问下才知道他低调地结婚了，新娘是他的大学同学，在财政局工作。

"刘秘书名草有主了，那土豪呢？"李莫愁又问。

身旁的周陶陶递给灵犀一杯柠檬水。

"我与土豪并不熟悉，认识他不到三个月吧，到现在还不知道他姓甚名谁，更不知道他的职业背景……"灵犀想了想，"他有可能是'奇峰'的员工，具体从事什么工作我真不知道，我平常都与刘子悟联系，工作中与土豪也没实质性的接触。"

此刻，灵犀终于明白，李莫愁举行同学聚会的目的是醉翁之意不在酒，在土豪，口干舌燥的灵犀连喝几口水。

"我怎么感觉土豪对你有意思？"李莫愁的话让灵犀差点将喝到肚子里的柠檬水喷出来。

"得了吧莫愁，你可别乱点鸳鸯谱，现在的我也算小花有主了！"灵犀赶紧撇清自己与土豪的关系。

"是吗？那个幸运的家伙是谁？居然把我们的小清新迷住了？"一直不曾开口的魏铁问，眼睛有些泛红。

"魏铁，你是不是很后悔当年没有及时下手？"乐思琪笑着问。

魏铁被她说得快要哭了。

魏铁毕业后，在电视台做新闻策划，时常会与灵犀联系，两人虽然工作上有交集，却交往不深。不过魏铁对灵犀一直很好，十分热心……

"美女们，往事不堪回首，你们就别往人家伤口上撒盐了好不好？"丁东俊说。

"呵呵，魏铁，近水楼台呀，我真替你难过……"李莫愁遗憾地摇头。

魏铁难过地转过脸，灵犀意外地看着这个不善言辞的男子。

当年，魏铁在班上说不上英俊，倒也文质彬彬，斯文秀气，干干净净，小伙子每次与灵犀说话都会脸红，灵犀还一直以为他天生害怕与女生说话，若不是今晚同学们点穿，她还一直蒙在鼓里。想不到，魏铁一直喜欢的人竟然是自己……这也算弥补了大学四年无人喜欢自己的遗憾吧……

这一刻，灵犀不知道该喜还是忧。

"哭什么，好男儿何患无妻！"一旁的丁东俊拍着魏铁的肩膀说。

魏铁一时无话，端起桌上的酒杯猛地灌下。

灵犀一时不知该如何劝他，表情有点尴尬。

"灵犀，好久不见，来，我们也一醉方休，不醉不归！"李莫愁端起了酒杯。

"你是知道的，我不能喝酒。"灵犀摆摆手，端起面前的柠檬水，"我以水代酒，如何？"

"不行，今天这酒你喝也得喝，不喝也得喝！"李莫愁抢过灵犀手中的杯子，换上一个酒杯，给杯子里注满了酒。

"莫愁……"灵犀哀求地看着她。

"我们同窗四年，同室四年，分别四年，难道这么多年的感情，抵不上一杯酒吗？"李莫愁言毕，端起自己面前的酒杯一饮而尽，然后指着灵犀面前的酒杯，"灵犀，认我这个姐妹就痛快一点，喝！"

大家的目光都投向了灵犀。

"不喝是吗？从今以后，你我交情到此为止，走出这个门，我们各奔东西，形同陌路！"李莫愁又说。

"好，我喝……"灵犀叹了一口气。

李莫愁话已经说到这个份上了，她能不喝吗？况且，今晚的聚会，明摆着是针对她的，她能逃得掉吗？

"灵犀，痛快，不愧是我李莫愁的好姐妹！"李莫愁笑了起来。

灵犀的喉咙火辣辣的，嗓子直冒烟，赶紧端着柠檬水喝了几口，这才感觉好多了。

"灵犀，人家魏铁默默喜欢你这么多年，你是不是也应该和他喝一杯呀？"李莫愁又说。

"莫愁，别这样……"灵犀两眼直冒金星。

"魏铁，你若是个爷们，就主动一点，敬灵犀一杯，难不成要灵犀敬你呀！"李莫愁推了一旁的魏铁一把，将一杯酒递给魏铁。

"魏铁，我不能喝了，对不起……"灵犀摇了摇头。

"灵犀，你这就不对了，魏铁好不容易鼓起勇气向你敬酒，你怎么也得陪他喝一杯呀？"李莫愁继续说，"恋人做不成还是朋友嘛……"

"莫愁，我看灵犀真的不能喝了……"周陶陶说。

"是呀，灵犀的脸都白了……"乐思琪也说。

"闭嘴，人家魏铁敬灵犀的酒，你们眼红是不是？眼红的话我们单挑！"李莫愁柳眉一挑。

两人不再说话。

"灵犀，这么多人看着呢，别让魏铁难堪……"李莫愁语气咄咄逼人。

4

灵犀无奈地端着酒杯站了起来，刚与魏铁碰了一下杯子，仰头将杯中的酒一饮而尽，灵犀顿觉头重脚轻、眼冒金星，身子也摇摇欲坠。

一旁的魏铁愣了一下，不失时机地扶着灵犀，灵犀整个人顿时歪倒在他怀里。

"呵呵，魏铁还真是感动了月老呢，想必灵犀对你也是有意的，居然主动投怀送抱了……"李莫愁笑得有些诡异。

"我……"灵犀身体软软地靠在魏铁怀里，这种软玉温香的感觉令魏铁的脸红如血，呼吸也急促起来了。

"看来灵犀喝醉了，还是让我送她回去吧！"室友何红梅说。

"红梅，这是灵犀与魏铁之间的事，你瞎掺和什么！"李莫愁冷冷地拉着欲起身的何红梅。

"可是灵犀……"何红梅指了指不省人事的灵犀。

"魏铁喜欢灵犀这么多年，你就行行好，成人之美一次不好吗？"李莫愁又说。

包厢中的人顿时面面相觑，几个女同学想要帮灵犀一把，却都碍于李莫愁的个性不好多说什么，只得在心里暗自着急。

"要不这样吧，魏铁送灵犀回去，我们几个难得一聚，继续喝，怎么样？"李莫愁笑着问大家。

"我明天上班，就不陪各位美女了！"丁东俊站了起来。

"我也要赶一份工作报告，告辞了！"乐思琪也拿着提包起身。

"我明天一早要开会，还得回去准备准备……"周陶陶也略带歉意地说。

"呵呵，四年不见，你们就是用这种方式欢迎我回来的吗？"李莫愁看着大家怪叫起来。

"莫愁，别这样……"何红梅一脸为难。

"那你们要我怎样？我回来一趟容易吗？在国外，人家看不起我是中国人，男人喜欢的只是我年轻美貌的身体！好不容易回国了，你们又这样对我，我就那么讨人厌吗？"李莫愁桃花眼中蓄着泪水。

"莫愁，别哭，你回来我们都很高兴，真的……"乐思琪见状，只得坐了下来安慰她。

"是啊是啊，你不是回来了吗？来，为莫愁回国而干杯！"话说到这个份上，周陶陶只好举起面前的酒杯。

已经告辞的丁东俊也重新坐下了。

"这才是好同学，好姐妹……"李莫愁破泣而笑。

"灵犀，灵犀……"魏铁轻声地叫着怀里的灵犀。

这么多年了第一次与灵犀亲密接触的他面红耳赤，有点手脚无措，不知该如何处理怀中的姑娘。

"魏铁，我在隔壁的快捷酒店开了一个房间，你先带着灵犀过去，我一会儿就来。你可得好生照顾灵犀，明白吗？若敢对她图谋不轨，我让你吃不了兜着走！"李莫愁递给魏铁一张酒店房间的门卡。

"既然这样，你就带灵犀过去吧。安排她睡下赶紧过来！"丁东俊也说。

"好的……"稍微犹豫的魏铁搀扶起不省人事的灵犀朝包厢外走去。

"等一下，还是我陪你们去吧！"李莫愁站起来，似乎不放心魏铁，转而对大家说，"你们在这里等我，先说好了，谁也不许走！谁敢走，我准跟他没完！"

大家都知道李莫愁的性格，只好由她去了。

李莫愁与魏铁一起搀扶着灵犀走出包厢。

"魏铁，我知道，这么多年以来你对灵犀一直是有色心没色胆，今天我就借你十二个胆，让你圆了多年的美梦……"李莫愁对魏铁说。

"莫愁，我的确喜欢灵犀，可我不能趁人之危！"魏铁一脸凝重。

"你傻呀，若是今晚你不办了她，你这一辈子恐怕都没机会了，明白吗？"李莫愁说。

"我不想让灵犀恨我一辈子……"魏铁摇头。

"死脑筋，我告诉你，我在灵犀的柠檬水中放了东西……"李莫愁的妩媚的脸上带着诡异的笑容。

"什么？……"魏铁听得心跳如鼓，这太令他惊讶了。

"那是我从法国带回来的药，一刻钟内，灵犀就会药效发作，到时候她就会任你摆布，你想怎么要她，还不是你说了算！"李莫愁笑得十分怪异。

"若我不答应呢？"魏铁声音不冷不热，心里却热血沸腾。

"那就等着灵犀药性发作无法忍受去找别的男人吧！"李莫愁的声音十分冷酷，"外面男人多得是，一定能够满足她的需要！"

"好，我答应你……"魏铁咬牙说。

第七章
水 深 火 热

1

"放开她！"一个声音冷冰冰地从背后传来，将两人吓了一跳。

随即，一个体态轩昂，俊逸不羁的男子出现在两人面前，男子深邃的眼眸怒火弥漫，目光落在灵犀身上，仿佛是一头即将发怒的狮子。

面前的男子实在太高大，太有魄力，尤其是眼眸中危险的光芒，看得瘦弱的魏铁一阵哆嗦。

"呵呵，原来是你呀，好巧哦！"看见土豪，李莫愁妖娆一笑，挺着一对颤巍巍的胸器，扭着水蛇腰风情无限地朝土豪身上贴过去。

就在李莫愁投怀送抱正要成功时，土豪挺拔的身躯灵活一侧，李莫愁扑了个空，脚踩恨天高的她险些没有站稳。

"你呀，真不懂得怜香惜玉……"李莫愁掩饰着娇嗔，桃花眼中春光荡漾。

"我最后再说一次，放开她！"土豪冷冷地看着魏铁，用命令的口吻说。

魏铁被眼前高大挺拔、盛气凌人的男子吓得一呆，扶着灵犀的手不禁一松，眼看灵犀就要扑在地上，土豪上臂一伸将其揽入怀中，就像护着自己的宝贝。

"哟，好一出英雄救美，精彩！"李莫愁冲土豪妩媚一笑，伸手撩了一下脸侧的秀发，"越是有个性的男人，我越喜欢！帅哥，说吧，你将以什么名义把她从我们手中带走？"

"朋友的名义，够格吗？"土豪目光深邃，俊秀的眉微微蹙起，忍耐地问。

"当然不够格！"李莫愁风摆杨柳地笑了起来，桃花眼中的恨意一闪而没，指着魏铁说："你知道这个男人是谁吗？"

"哼，没兴趣！"土豪不屑地冷笑。

"他可是灵犀的初恋情人，他们在大学时期就在一起同居了，你凭什么拆散他们?"李莫愁抬高声音质问。

"初恋情人?"土豪再次冷笑,全身散发着危险的气息,声音亦冷若寒冰,"既然他们早就同居了,为何会有人卑鄙地在她水中下迷药?"

"你……"李莫愁顿时花容失色,没想到自己方才与魏铁的一番话被跟在身后的土豪听得一清二楚,此人是顺风耳吗?

"就凭你,也想在我面前耍花招?"土豪一脸不屑,"我警告你,以后别再打她的主意,明白吗?"土豪温柔地看了一眼怀中的灵犀。

"为什么?为什么会是灵犀,她哪点比我好?"李莫愁彻底愤怒了,歇斯底里地问,原本娇美的脸显得十分扭曲。

"她至少……比你干净!"土豪轻声说,绯色的唇角勾起一个令人沉迷的温柔。

李莫愁顿时脸如死灰,咬牙切齿地瞪着沉睡在土豪怀里的灵犀,粉拳紧紧握在一起,手指深深掐入掌心。

她不甘心,一千万个不甘心,土豪的话却将她打入了地狱!

"今日之事我可以不追究,以后若是再敢纠缠灵犀,我会让你们吃不了兜着走!"土豪冷冷言毕,抱起灵犀大步离去……

李莫愁和魏铁愣愣地站在那里,他们相信,土豪最后的话绝对不是威胁,而是警告!

"莫愁,那人是谁呀?怎么把灵犀抱走了?"见李莫愁一直没回包间,不放心的周陶陶刚一出来便看见了眼前的一幕。

"一个疯子王八蛋!"李莫愁气急败坏地说。

"光是看背影就迷死人了,不知长什么样子,"周陶陶一脸憧憬,"灵犀还真是傻人有傻福呢……"

看着土豪远去的背影,李莫愁娇媚的脸显得有些狰狞。

"灵犀,我好恨你……"李莫愁咬着牙说。

"魏铁,这么快就安顿好你的小清新了?"见他们回去,丁东俊笑问。

魏铁紧抿着嘴没说话,脸色十分难看。

"出什么事情了?"见李莫愁也是一脸颓败,丁东俊忍不住将目光投向了周陶陶。

"灵犀被一个男人带走了……"周陶陶说。

"什么样的男人呀?"乐思琪也被勾起了兴趣。

"不知道,从背影看,那是一个很有型很迷人的男人……"周陶陶一脸神往。

"不会吧?就凭灵犀,也能找到那样的男人?你不会看走眼了吧?"灵犀从前的室友何红梅一脸的不置信。

印象中的慕灵犀平淡无奇,虽然五官长得不错,但从不打扮的她为自己的形象减分不少,在大学时代偶尔会做出疯狂之举,成为大家的笑料……

"信不信由你们，总之从背影看，那是我见过最有魅力的男人了！"周陶陶还一脸陶醉，"唉，要是有一个这样的男人抱我入怀，我就是倒贴也乐意！"

"魏铁，那个男人真有周陶陶说的那么夸张吗？"乐思琪问心不在焉的魏铁。

"差不多吧……"魏铁心如死灰。

"哇，想不到灵犀还有这等魅力，改天一定要见识见识那个神秘的男人了！"何红梅惊呼。

"烦死了，不说话没人当你们是哑巴！"李莫愁歇斯底里地一声怒吼，大家面面相觑后，再一次纷纷告辞。

"走吧，都走吧……都给我滚……"李莫愁伏在沙发上失声痛哭起来。

2

黄色兰博基尼奔驰在夜晚的街上。

开车的男子目光冷寂，不时看看副驾驶上小脸绯红的女子一眼，绯色的唇紧抿成一条直线。

"热……热……"灵犀不停地抓扯着身上的衣服。

幸亏她的身上系着安全带，否则，如此快的车速早就让她滚下座位。

"忍一忍，乖，一会儿就到了。"土豪一只手抚摸着她滚烫的额头。

"唔……"那只手的抚摸令灵犀感到舒服又清凉，她的整个身体不禁朝他靠拢。

他的手轻轻拥着她，另一只手牢牢控制住方向盘，两边的建筑物不停地朝身后飞奔而去。

十分钟后，汽车在城西花舞人间的一幢别墅前停下。

土豪打开车门，一把抱起浑身滚烫的灵犀朝屋内走去。

当她火热的身体一接触到他宽阔的胸膛时，双手便隔着衣料抚摸着他的胸前，仿佛他的身体令自己十分舒服。

"唔……好热，好热……"灵犀不停扭动着身体，朝他胸前紧紧贴去。

上了二楼房间，土豪欲将灵犀放下，她的小手却死死拽住他的衣服，整个人贴在他身上，不停地扭动身体。

"慕灵犀，放手！"土豪冷冷地推了她一把，灵犀一下子被他推倒在地毯上。

"好热啊，帮帮我……难受……"灵犀声音带着一丝哭腔，白皙的小脸绯红，唇瓣宛若滴血，娇艳又妩媚，就连平常清澈的眼眸都变得迷离又妩媚……

眼前的一切，简直要命，尤其是她一边扭动着身体，一边撕扯衣服的样子，令人忍不住热血沸腾……

"帮帮我，求求你，帮帮我……"她抱着他的双腿慢慢站了起来，整个人像一条水蛇缠在他身上，紧贴着他的身体，抚摸着他，撩拨着他……

"慕灵犀，自重一点好不好！"他的声音冷冷地，喉咙却忍不住一紧，死命地咽着口水。

"呵呵，我好热，热得全身被火烤着……我心里面有一把火，真的……在一直烧啊烧，求求你……帮我祛祛火……唔，好舒服呀……嗯……"她的手指从扣子缝隙中钻进了他的衬衫，抚摸着他胸前的肌肤……

他的目光顿时火焰蔓延……

纠缠中，两人滚在了地毯上。

撕扯中，身上的束缚被扯掉了……

她全身呈现出诱人的粉红，紧贴着他的身体，双手抚摸在他胸前，如花的唇瓣呈现出迷人的形状，他忍不住低头吻住那一抹芳泽……

她的唇柔软，甜美，令他忍不住想要更多……

她的身体滚烫，紧贴着他的身体，令他全身血液膨胀……

他忍不住低头稳住那美丽的蝴蝶骨，一双大手抚上她胸前的柔软……

此刻的灵犀如同一团火，随即可能将两人烧成灰烬！

土豪在与她的纠缠中意乱情迷起来，双眸中闪烁出兴奋的光芒。

"唔……志礼，志礼，抱紧我……"灵犀的声音充满了幸福，双手攀上了他的脖子。

那一声呼唤，令沉浸在激情中的土豪清醒过来，关键时刻的他毫不犹豫地终止了进一步行动！

"志礼，给我……我要……"忽然失去依靠的灵犀全身仿佛有无数只蚂蚁在啃噬着，那种挠心的痒痛令她全身颤抖，声音带着哭腔。

土豪冷静地换上衣服，拨通了一个电话。

"夏医生，马上来花舞人间别墅一趟！"

"志礼……志礼……我难受，帮帮我……好不好……我快受不了了，全身的血都沸腾了……呜呜呜……"灵犀拼命地挠着身体，在身上抓出一道道触目惊心的血红痕迹，那种奇怪的感觉令她泪流满面。

土豪见状，俯身抱起灵犀走向浴室，打开淋浴朝她身上喷去！

灵犀被突如其来的淋浴冲得全身微微一抖，伸手朝土豪扑去，土豪搂着她轻声安慰："乖，洗一洗你会舒服一点，医生一会儿就来了……"

3

半个小时后。

"夏医生，她的情况怎样？"土豪看着熟睡中的灵犀问。

"打了一针，应该没事了。"夏医生有些疑惑，"不过，这位小姐所中的不是国内的迷药，应该来自于欧洲。"

"欧洲？"土豪眉峰微蹙，想起刚回国的李莫愁，双手不禁握成了拳头。

"不错，幸亏治疗及时，否则，会引发后遗症的！"夏医生脸色凝重。

李莫愁居然对同窗四年的灵犀下如此毒手，可见此女心术不正，心狠手辣！土豪的脸上顿时乌云密布。

"不过你放心，我给她用的都是最好的药，绝对没有副作用，也不会有后遗症！"夏医生又说。

"好的，今晚的事希望你保密！"土豪语气带着一丝不容置疑的威严。

"明白。"夏医生说。

夏医生离开后，土豪在床前坐了下来。

此刻的灵犀睡姿安静，睡相平和，宛若婴儿，丝毫看不出方才经历了一大劫难。

土豪见状，唇角掠起一丝微笑。

"慕灵犀，你真的忘了我吗？"他修长的手指轻轻抚上她的眉眼，眼眸深处柔情弥漫……

灵犀一觉睡到自然醒。

睁开眼的一刹那，灵犀发出一声莫名的尖叫。

这不是她的房间！

并且，她能感觉到自己没穿衣服！

掀开被子一看，自己居然全身是一道道触目惊心的红色痕迹！一眼就能看出这是用指甲抓出来的！

这是什么情况？

灵犀拼命地回忆昨晚的情景，只记得自己昏迷前在与魏铁喝酒……

完了完了，慕灵犀，苦苦坚守了26年的清白一夜之间毁于一旦，你有何颜面面对邱志礼？

慕灵犀不禁捂着脸无声地哭了起来……

回想起昨晚的一切，灵犀忽然感觉这是一个圈套！

圈套的设计者，就是那个口蜜腹剑的李莫愁！

李莫愁，我与你有何等冤仇，你竟然如此算计我！

灵犀越想越气，越想越怒，忍不住拨打电话给李莫愁大骂一通，这才发现自己的包不见了！

这又是什么情况？

一夜之间清白毁了，连包都不见了？那个包里有自己的手机、钱包和采访证呢！这可怎么得了？

老天爷，她上辈子到底做了什么缺德事，这辈子的她倒霉事情接二连三的降临？

　　灵犀疑惑地打量着这个房间，发现房间很大，布置低调奢华……

　　床边的椅子上，放着一套时尚女装，甚至连女人的贴身内衣都准备好了！自己昨晚的衣服竟然不翼而飞！

　　灵犀疑惑得很，这是什么地方，这个房间的主人又是谁？

　　她拿着衣服穿上，居然十分合身。

　　还有，除了头脑有些昏沉外，身上似乎没有丝毫异样……

　　尤其没有书中说的"第一次"后的不适感觉，莫非，自己竟然安然无恙？

　　这么想着，灵犀的心情顿时好了一些。可是，她实在很想知道这一切是怎么回事，自己又是如何来到这个奇怪的地方的？

　　走出房间，才发现这里很大，穿过走廊，下了楼，看见一个装修豪华的客厅。

　　一个男子正优雅地坐在沙发上看报纸，见她下楼，微微抬眸，声音带着一丝慵懒："醒了？"

　　灵犀看着那个逆光中的男子，大脑一片空白。怎么会是他？

　　"饿了吧？吃了东西后你可以走了……"他的声音听不出任何感情色彩。

　　"告诉我，我为什么会在这里？"灵犀看着土豪，努力让自己的声音听起来显得平静一些。

4

　　"你真是健忘啦，慕记者！"土豪眉毛轻扬，眸光平静地投向灵犀时，眼底闪过一丝惊艳。

　　那套衣服穿在灵犀身上还真合适，将她的身材勾勒得玲珑有致，让她的整个人散发出一种迷人的女人味。想起昨晚的情景，土豪唇角勾起一个上扬的弧度，想不到这丫头还真有料呀，这样一打扮，简直脱胎换骨了……

　　"别跟我绕弯子，告诉我实话！"灵犀急切地说。

　　"你被闺蜜下了迷药，甚至差点失身于人，你不会不知道吧？"土豪唇角勾起一丝戏谑。

　　"……"尽管猜到这一点，可这话从土豪口中说出来，灵犀还是十分难堪。

　　"怎么，不相信？你可以打电话问你的同学呀！"土豪淡淡地说。

　　"是你救了我？"灵犀不解地问。

　　"你认为呢？"土豪反问。

　　那一刻，灵犀的心里涌起一丝感动。

　　想不到，那些与自己同窗四年的同学和闺蜜竟然合伙陷害自己，反倒是他，这个一直与自己针锋相对的土豪出手救了自己。这世道，可真是让人啼笑皆非呀！

　　"不管怎样，我还是要谢谢你！对了，你见过我的包吗？"灵犀问。

"你的包？"土豪微微蹙眉，"应该是昨晚落在包间了。或许，被你的某一个同学捡到了。"

灵犀闻言，稍微放心，暗自祈祷某一个好心的同学能将包还给自己。

"对了，我昨晚穿的衣服呢？"灵犀又问，小脸莫名地一红。

"扔了！"土豪平淡地说。

"为什么扔我的衣服？"灵犀脸色十分难看。

尽管她的衣服不是什么牌子货，可是穿着舒服……

"为什么？你春药发作撕碎了自己的衣服不说，还撕碎了我的衣服，拼了命往我怀里钻，求我给你祛祛火……那样的衣服，你能穿得出去吗？"土豪扬眸问。

"你……"灵犀的脸涨得通红，"你胡说……我怎么会……"

后面的话，灵犀羞愧得说不下去了。

"胡说？要不要看看你昨晚药性发作的视频？"土豪的脸上带着一丝不怀好意的戏谑。

"你……"灵犀一脸挫败地坐下，顺手拿起沙发上的抱枕砸向土豪，"你真无耻，明知人家被人陷害，你居然还有脸拍视频，我打死你这个趁人之危落井下石的小人！"

"我是趁人之危的小人？若我趁人之危，你现在还能以完璧之身站在我家撒野吗？我拍视频是想给你一点教训，让你长长记性，以后别再交友不慎误人误己！慕灵犀，你别不知好歹不分是非！"土豪说得理直气壮，一把抢过灵犀手中的抱枕。

"你……"手中的抱枕被土豪一抢，灵犀的身体朝地上扑去。

土豪眼疾手快地一揽，灵犀的身体落入他的怀抱。

他的怀抱宽阔，身上有一种说不出的香水味，清清淡淡很好闻，灵犀顿时有一刹那的失神。

怀中的人儿小巧玲珑，一头乌黑的秀发随意地散落在肩头，小巧五官精致白皙，这丫头竟然是一颗美丽的小珍珠！此刻，她如花的唇瓣微微上翘，呈现出诱人的粉色……

"灵犀……"他不禁呼唤出在心底沉寂多年的名字，双手捧起了她那白皙的小脸。

灵犀抬眸看着他，他的目光深幽若潭，深深地落在她身上……

就在她被他那双眼眸迷住时，他俯下头，温和柔软的唇正要落在她的唇上……

灵犀瞪大眼睛看着他，脑海里出现了漫天花瓣飞舞的情景……

"叮铃铃……"一阵急促的电话铃声响起，两人不禁一惊，身体迅速分开！

土豪默默地看了她一眼，顺手拿起方几上的座机电话。

"什么事？"土豪声音淡漠，似乎不满电话的主人打断他的好事。

电话那端的人说了些什么，土豪一句"知道了"便挂了电话。

"那个……"灵犀不知该说些什么。

"我警告你，以后不许诱惑我！"土豪冷冷地看了她一眼。

"谁诱惑你呀，是你诱惑我还差不多！"灵犀不满地撇嘴。

"你可真野蛮，真不知邱志礼喜欢你什么！"土豪的话令灵犀全身一冷。

是啊，若是昨晚自己被人下药后在土豪这里过夜的事传到邱志礼耳朵里，岂不是天雷滚滚六月飞雪？

"若是你敢说出去，我一定跟你没完！"灵犀小脸一冷！

"你很爱他？"土豪语气骤然一冷。

"不关你的事！"灵犀心里烦躁的很！

"好，我答应你不说出去。不过你那些同学的嘴巴我可管不住！"土豪不冷不热地说完，继续看报。

灵犀见状，这才松了一口气。

哼，土豪，看在你昨晚没有趁人之危的份上，我就不跟你计较了！

不过一想到土豪说的视频，灵犀心里又烦躁起来。

第八章
蜚短流长

1

"我要上班了，你准备去哪里？"早餐后，土豪问。

"我要回公寓一趟，换身衣服，拿点钱……"灵犀一脸无奈。

"你的包都不在了，怎么回家？"土豪又问。

灵犀这才想起自己的钥匙也在包包里，心里不禁哀嚎。

果真是酒能误事啊！她发誓，以后不再沾酒了！

"借我十五块零钱，我赶车回父母那里去拿备用钥匙。"灵犀想了想。

父母住在城郊，坐班车往返五元钱就够了，剩下的十块钱吃午饭……

土豪把钱夹递给她："要多少自己拿！"

灵犀打开钱夹一看，里面除了各种各样的金卡，没有一毛零钱。

果真是土豪呀，居然不带现金，这样的人活得真不接地气！

"那你还是先送我去报社吧，在五星路口下就可以了。"灵犀泄气地说。

土豪没说什么，两人默默地上了车。

这是灵犀第二次在清醒状态下坐土豪的车，昨晚她喝多了不算数。

不得不说，豪车就是豪车，坐着平稳舒服，不像报社破旧的采访车，更不像那屁股冒黑烟的公交车……

可能是上班高峰的缘故，土豪开得很慢，从他所住的花舞人间别墅到五星路，整整花了四十分钟。

"我就在这里下车吧。"到了五星路口，灵犀说。

"这里是严管街，到处是监控，你想让我罚款扣分吗？"土豪说着，朝报社开去。

"你……"灵犀十分无语，她实在无法想象报社那些喜欢八卦的妖精们看见自己从一辆豪车出来的情景……

"到了。怎么，舍不得我了？"土豪暧昧的声音从耳畔传来时，黄色跑车已经招摇地停在报社门口，看见他唇角那一丝戏谑，灵犀早已经在心里对他挥舞了无数次拳头外加踩上几脚了。

"自大狂，我真想一脚把你踹上月球！"灵犀气恼地拉开车门，朝报社大门走去。

"对了，灵犀，需要我接你下班吗？"土豪居然也下了车，体态轩昂地靠在车门上冲着她的背影微笑问。

土豪本来就长了一副好皮囊，加之穿得讲究，开着豪车，举止优雅，对任何年龄段的女人都具有强大的杀伤力。此刻的他居然这般招摇地卖弄色相，灵犀不得不怀疑他是故意的！

果不其然，土豪的话引得无数报社门口妖精们火辣辣的目光，尤其是那些恨嫁女，个个双目放电地看着土豪，恨不得将他立马扑倒在地！更有几个对自己相貌身材颇为自信的美女，踩着恨天高扭着水蛇腰从土豪面前无限妖娆地走过，对他回眸一笑的同时不忘风情万种地用纤指撩一下秀发……

此刻的土豪则对面前的美女们视若无睹，一脸深情地等待灵犀的回答呢！此举无不令那些满怀希望的妖精们芳心碎了一地！

"你……去死吧！"看见报社同仁们或艳羡或嫉妒或鄙视或复杂的目光，灵犀恨不得自己有孙悟空的本领、如来佛的法力，挥起金箍棒将那货打出十万八千里后压在五指山下，让其与蛇蝎鬼怪为伍永世不得翻身！

"那我等你电话！"看见她气势败坏，土豪似乎很开心，还不忘暧昧地朝她挤眉弄眼。

那一刻，灵犀真想脱掉鞋朝那张祸国殃民的脸上扔去！

见她横眉冷对、咬牙切齿的样子，土豪笑得愈发迷人，朝她潇洒地挥挥手，钻进跑车，一溜烟消失得无影无踪。

灵犀知道，自己的名声从此毁于一旦，即使跳进黄河都洗不清了！

"哟，灵犀，看不出呀，居然钓了一个金龟婿！"目睹了一切过程的李灵酸溜溜地看着焕然一新的灵犀，似乎没想到灵犀换了一身衣服就变得如此清新动人了，以前还真是小瞧了她！

"是啊是啊，灵犀，他就是你那个神秘的男朋友吗？"旅游记者张薇薇也一脸羡慕地凑了上来。

"你们可别胡乱猜测，我与那货可没有半毛钱的关系！"灵犀赶忙澄清。

"没关系会一大早坐在别人的跑车上？他还说下午要来接你呢！你就别卖关子了，那人到底是谁呀？什么来路？"李灵热情得很，"还有，你们昨晚是不是一度春宵呀？"

"你可别乱说啊，谁和他一度春宵了？"灵犀语气不甚友好，"我们只是顺路而已！"

"还不承认？看，你的脖子上都种满了草莓！"眼尖的张薇薇惊呼，"真看不出来呀，灵犀居然如此疯狂……吼吼吼，那人床上功夫一定很棒吧？"

"乱吼什么，你们真无聊！"灵犀赶紧竖起衣领朝院子里走去，张薇薇的话令她十分难堪。

"灵犀，好灵犀，别走……"李灵追了上去，"你就满足一下我们强烈的好奇心吧，那个男人到底是谁呀？"

"一个土豪，怎么啦？"灵犀语气不甚友好。

"想不到你居然交了桃花运，得到如此男神的青睐。灵犀呀，想必你的男神身边也有很多出色的男神吧，要不你帮姐姐我引荐一下，让我也沾沾光？"李灵亲热地挽起灵犀的手。

一直在感情世界游戏人生的李灵已经 29 岁了，如今的她越发恨嫁了。刚才看见开着跑车的土豪送她一直不以为然的灵犀上班，内心受到的刺激可想而知。

"灵犀，我们可是同甘共苦的好姐妹哟，你找到了幸福可别忘记我呀！"张薇薇也挽起灵犀的另一只手。

灵犀不禁哑然失笑，这两个自称是自己姐妹的同仁，以前看她的目光永远是居高临下中带着一丝不屑，今天居然变成她同甘共苦的好姐妹了，真是太阳从西边出来啦……

想起昨晚，自己可是被所谓的好姐妹害得不浅呀！这世道，真是疯狂得令人哭笑不得呀！

土豪，你可真腹黑呀！

等着，慕灵犀一定跟你没完！

2

"灵犀，等一等！"灵犀在两个"好姐妹"亲热的挽手中走进报社楼下的大院时，一个熟悉的声音传来。

"何红梅！"灵犀顿时喜出望外，何红梅的手上不正是拿着自己落在包间里的包包吗？

"不好意思啊，我还有事，你们先进去吧！"灵犀对挽着自己的李灵和张薇薇说。

"那好吧，灵犀，记得我的话哦！"李灵笑得十分亲热。

"下午我有一个旅游发布会，有大'封封'，我们一起去吧。"张薇薇盛情邀请。

"谢谢啦，我下午已经有安排了，下次吧！"灵犀微微一笑委婉拒绝。

一个"封封"就想收买她？她可不是那种为了一个红包而丢掉操守的人！

看着灵犀轻快的背影，李灵的脸色有些复杂，张微微则是一脸艳羡。

"灵犀真是好福气呀，现在每天有独家头条，如今又有了一个好归宿，爱情事业双丰收，真令人羡慕呀！"张薇薇赞叹。

"呵呵，归宿？我看她不过是被男神玩弄的一只小羊羔，等到男神玩腻了，迟早有一天会被甩的！"李灵笑得不怀好意。

李灵可是过来人，对臭男人的脾性可是了如指掌，她慕灵犀在这方面还嫩了点。

"红梅，谢谢你！"报社附近的茶楼，灵犀对对面的何红梅说。

"昨晚实在不好意思，没想到莫愁会这样对你，我们想帮你，却无能为力。灵犀，你不会怪我们吧？"何红梅一脸抱歉。

"过去的事就不提了……"灵犀微微一笑，何红梅今天能带来自己的包，已经很不容易了。

"听说昨晚你被一个男人带走了，是刚才那个开兰博基尼车的男人嘛？"何红梅问。

灵犀点头。

"你们……"

"别想歪了，他是我的工作伙伴，昨晚纯属路见不平。我的男朋友不是他，是他的一个朋友！"灵犀一脸严肃地纠正。

"原来是这样。我见莫愁气势败坏地回到包厢，还以为……"说起李莫愁，何红梅摇头。

"因为莫愁喜欢他，才这样对我的！"灵犀一针见血。

"怪不得！"何红梅恍然大悟，"想不到她一回国，老毛病又犯了……灵犀，真是难为你了。"

"我发誓，从此以后，这辈子与李莫愁老死不相往来！"灵犀咬牙说。

灵犀是一个恩怨分明的人，一直坚守人不犯我我不犯人的做人原则，当然偶尔会有伸出一腔热情乐意助人。以前虽然看不惯李莫愁的所作所为，毕竟两人之间没有利害冲突，李莫愁也从没伤害过自己，倒也相安无事。这一次，李莫愁居然包藏祸心，算计到了自己头上，灵犀岂能不愤怒！

"不就是一个男人，至于吗？"何红梅不解地看着她。

"你知不知道，李莫愁昨晚在我的水杯中下了从法国带来的春药！"灵犀的话浸着一丝寒意。

"啊……"何红梅不禁捂住了嘴，"那你与那个男人……"

"红梅，想不到莫愁内心如此阴暗，她为了能够得到土豪，不惜给我下药，甚至企图让魏铁槽蹋我！幸亏他俩的谈话被土豪听见，他才出手救了我，还给我找来医生打了针……否则，我真的无法想象现在的自己变成了什么样子！莫愁是我们同窗四年的同学啊，如今居然疯狂到为了一个只见过几次面的男人陷害我，我能继续与这样的人成为姐妹吗?"灵犀伤感地控诉，眼圈红红的。

"灵犀，别难过了，好在一切都过去了，忘记那些不愉快吧!"何红梅轻声安慰。

"红梅，你不知道，我真的好失望……"灵犀伤心地摇头。

"我能理解，真的灵犀，我理解你的痛苦……"红梅握住她的手。以前同为室友时，两人是上下铺，感情相对较好。

"对了，昨天晚上我有电话来吗?"灵犀忽然想起邱志礼与她约好昨晚通电话的。

"你的手机应该没电了，一直没响过……"何红梅说。

灵犀拿出手机一看果然没电了。

心存侥幸的同时，又担心邱志礼会有所想法。唉，但愿他能理解她!

"红梅，你上午有事吗? 要不一起吃午饭?"灵犀对她的帮助十分感激。

"不用了，我来附近办点事情，顺便给你送包过来，我们改天再约吧!"何红梅站了起来。

"那好，改天我给你打电话!"灵犀说着，招呼服务员买了单。

两人一前一后走出茶楼。

3

灵犀刚走进报社，顿时迎来了无数双目光。

她不禁自嘲一笑，在这天天诞生八卦的地方，想必早晨土豪送自己的一幕早就被传了无数个版本了。

"灵犀，你今天的衣服真漂亮呀!"格子间对面的刘晓晓微笑说。

"谢谢……"灵犀微微一笑。

"灵犀，果然是人逢喜事精神爽，想不到你这一打扮，整个人都变得知性时尚起来了!"隔壁的戴璐璐也说。

"不就是一身衣服嘛……"灵犀听出她话中有话。

"请问，哪一位是慕灵犀小姐?"一个捧着玫瑰花的快递员出现在门口。

"我就是，什么事?"灵犀起身问。

当她看见面前的玫瑰花时，不禁有些意外。

"你的花，请签收。"快递员递给她一张签收单。

"你能确定，这花是送给我的?"那束娇艳的玫瑰花晃得灵犀有些眼花。灵犀知道，此刻有无数双眼睛正看着自己!

这可是她26年来第一次收到鲜花!

"当然，除非你不叫慕灵犀!"快递员倒是挺幽默。

"没错，的确是我，谢谢你呀!"灵犀果然在快递签收单上看见了自己的名字和电话，便干脆地签下名字，愉快地接过那束鲜花。

早晨的玫瑰花还沾染着露水，其间点缀着白色的满天星，散发出诱人的芳香。

"哇，灵犀，这花也是你那位男神送的吗？好漂亮的玫瑰花呀！这应该是市场上比较罕见的黑玫瑰吧？"张薇薇凑了过来。

黑玫瑰其实并不黑，是近几年栽培出来的新品种，玫瑰花瓣多，花朵大，颜色比普通的红玫瑰深一些，花期也比普通玫瑰长，气味香甜迷人，是近年来深受情侣们喜爱。

"不是，是我男朋友送的！"灵犀看着鲜花上邱志礼留下的便签，尽管只有"想你"两个字，却胜过了千言万语。

"哇，灵犀，你的男神真浪漫呀，你们分开才几个小时，就迫不及待地想你了！"张薇薇一眼瞄见了便签上的字，羡慕不已，"啧啧，不愧是男神，长得帅，多金又浪漫，这样有品味的好男人真是打着灯笼没处找……"

"都说了，这花是我男朋友送的，与早晨那个人没有一毛钱关系好不好？"灵犀将花放在办公桌上。

"这么说灵犀交桃花运了呀！听说早晨有一位迷死人的男神送你来报社，现在又有神秘男士送你鲜花，他们果真不是一个人吗？"戴璐璐一脸兴趣。

灵犀看了一眼张薇薇，后者脸上写着不是我说的表情。

"才不是呢，早上的人是一个普通朋友，顺路送我一程，送花的才是我的真命天子！"灵犀的话清晰地落在那些竖着倾听的耳朵里。

"灵犀呀，既然如此，介绍我与男神认识，如何？"闻言心动，李灵赶紧亲热地凑了过来。

"不好意思啊，我与他并不熟悉！"吃一堑长一智，有了李莫愁那一出，灵犀才不想再次搬石头砸自己的脚呢！"况且，围在他身边的女人多了去了，你呀，还是省省吧！"

土豪，这样说你不好意思啦，不过你人帅又多金，肯定不缺女人吧？

"灵犀呀，你简直是饱汉不知饿汉饥！你自己吃饱喝足了，也应该让姐妹们解解馋呀！"李灵还不死心。

"李灵姐，话可不能这样讲，我看这几年来你过得风生水起的，难道还没被人喂饱吗？"灵犀反唇相讥。

此话正戳中李灵的痛处，狠狠地瞪了灵犀一眼，一脸灰败地坐在椅子上。

众人见状，纷纷回到各自的位置。

灵犀刚一坐下，桌子上的电话响了。

"请问灵犀在吗？"邱志礼磁性的声音温和地传来。

"志礼，是我……"灵犀轻声说，脸上浮起一个笑容。

"谢天谢地，终于听见你的声音了！"邱志礼长长地松了一口气，"昨晚一直打不通你的电话，简直把我急死了……"

"对不起啊志礼，昨晚我与几个同学聚会，手机没电了。你放心，我没事!"灵犀心里暖暖的，有人惦记可真好!

"没事就好，没事就好……"听声音，邱志礼一定是一夜没睡好。

"你的花我收到了，很漂亮，谢谢你!"灵犀又说。

"你喜欢就好。灵犀，看见那张便签了吗？那就是我想对你说的话！昨晚我想了你一夜，发疯地想……"邱志礼急促的呼吸通过电话线传来，听得灵犀心里涌起一阵甜蜜。

"我也是……"灵犀温柔地说。经过昨夜的事，她也格外想他。

"我马上有一台手术，就不多聊了，晚一点我打给你!"一说起工作，邱志礼便十分认真。

"志礼，好好手术，回头联系。"灵犀挂了电话。

"灵犀，主任有事找你!"一个声音传来。

"知道了!"灵犀自嘲地摇头。

想必早上土豪送自己来报社和方才收到玫瑰花的事被那些长舌头传到了张雪那里。

果真是好事不出门恶事行千里呀!

4

"灵犀，这两天你都忙什么呢?"主任办公室，张雪漫不经心地问。张雪因工作出色在这个月正式提升为主任，去掉了一直挂在前面的"副"字。

"除了各个口子上的例行稿子，最主要的是一直在跟踪'奇峰'的后续报道……"灵犀回答得有条不紊。

"你这段时间工作上的确表现不错，稿子采写得毫不拖泥带水，文章写得也漂亮，整整一个星期都有独家头条。"张雪微微点头，抬眸看着灵犀，话锋一转，"不过，工作归工作，可不能与感情混为一谈!"

"主任，我没有……"灵犀辩解。

"那会是怎样的?"张雪反问。

"总之，我不是他们说的那种人!"灵犀涨红了脸，"今天早上土豪只是顺路送我而已……"

"是吗？我居然不知道你与那个土豪住在同一个方向。"张雪话中有话。

灵犀一时不知该如何回答。

"不得不说，你今天这身打扮的确很漂亮!"张雪眼中露出一丝欣赏。

"谢谢主任……"想到这身衣服的来历，灵犀有些心虚。

"不过，我还是要提醒你，在三个月实习期满之前，千万别像上次那样，犯不该出现的低级错误，到时候即使我有心护你也无济于事了，明白吗？"张雪的语气温和了许多。

"明白了！"灵犀顿时松了一口气。

"对了，'奇峰'那边你先搁一搁，让李灵去采访吧，你还有更重要的采访任务。"张雪说。

"可是主任，'奇峰'的稿子一直是我在采访报道，临时换人恐怕不合适吧？"灵犀十分不解。

"你只需服从安排就是了！"张雪顺手递给她一摞资料。

"你让我采访'洪峰'集团总经理？"灵犀一脸意外。

"洪峰"集团是一个比"奇峰"实力更加雄厚的财团，集团成立的时间也比"奇峰"更早，"洪峰"集团总经理赵洪波更是一个传奇人物。据称赵洪波英俊潇洒，一手创办了"洪峰"集团C城分公司，他与美女作家顾明月的爱情故事一直被人津津乐道。如今的赵洪波与顾明月婚姻生活幸福美满，已经是一对龙凤胎的父母。顾明月以前是一名出色的新闻记者，后来成为出色的美女作家，其作品一直占据畅销排行榜。顾明月不仅是新闻圈中的一个传奇，也是许多女记者的偶像，能够采访这样一对传奇伉俪，是许多记者梦寐以求的！

顾明月的老公赵洪波更是商界的传奇人物，麾下不仅有马杰、夏丹等得力助手，他的王国内更有一支不可小觑的智囊团队，为"洪峰"的每一次商业运作出谋划策！

"今天下午，由'洪峰'集团投资建设的国际大厦正式投入运营，200余家世界五百强已经入驻，赵洪波和顾明月都将亲临现场为大厦运行助兴，我已经给明月打过电话了，她和赵洪波给你一个小时的专访时间！"张雪说。

"雪儿姐，你认识顾明月？"灵犀十分意外。她注意到张雪对顾明月的称呼是"明月"，而不是赵太太或者顾作家。

这些年，灵犀一直是顾明月的忠实粉丝，非常喜欢顾明月的小说，顾明月一直有将平淡的小事写成感人至深的温情故事的能力，灵犀做梦都想获得顾明月的亲笔签名。

"当然，我们是大学四年的同窗与室友，更是十分要好的闺蜜！否则，她岂能答应你的专访！"说起顾明月，张雪笑得十分开心。

想必，这便是优秀女人之间的惺惺相惜吧，灵犀真为张雪有这样的好姐妹而开心。

"那敢情好，我可得请她给我签名！"想到下午就要见偶像了，灵犀顿时心花怒放！

"没问题，她一定会满足你的愿望！"张雪说着，给顾明月打了一个电话，随即给了灵犀一个OK的手势。

第九章
传 奇 伉 俪

1

国际大厦是一幢高达 88 层楼的商业大厦，整座大厦外观为高贵的蓝色，采用国际市场最先进的建筑材料修建而成。大厦集百货、贸易、文体健身、娱乐、高级酒楼于一体的综合性大厦，目前大厦已经有 400 多家公司入驻，其中 200 多家为世界五百强，该大厦的建成，堪称本市新的地标建筑。

慕灵犀从张雪给她的资料中得知，当年市政府对国际大厦的设计方案与承建方进行了公开招标，赵洪波的"洪峰"集团经过激烈的竞争后，一举拿下设计、承建两项标底，并历时五年的时间修建了这幢令人瞩目的地标建筑。

俗话说得好，栽下梧桐树，引来金凤凰。如今国际大厦一投入运营就获得 200 多家世界五百强入驻，不得不说是个奇迹！

看完资料后的灵犀果断地做出判断，今天下午的采访大大的有料！

为了能在采访中挖得猛料，灵犀早早地吃了午饭，准备好采访材料，打车来到了国际大厦。

尽管早有心里准备，看见国际大厦的第一眼，灵犀还是被那磅礴的气势折服了。

巨大的蓝色建筑耸入云霄，在阳光下显得蔚为壮观，大厦外墙上挂满了庆贺开幕的彩带，大厦外的广场上，彩虹般飞扬的贺带上，巨大的氢气球迎风飘扬，显得热闹非凡。

看了看时间，还有一个小时开幕，灵犀信步进入大厦内。

"欢迎光临！"两排训练有素的导购整齐地鞠躬。

"小姐，我们今天正式运营，所有商品一律 8.8 折，欢迎选购！"美丽的导购热情地问。

"我先随便走走,你能为我简单介绍一下大厦内的布局吗?"灵犀笑问。

"当然可以,我非常愿意为你效劳,这边请!"导购一脸微笑。

"国际大厦一共有地面建筑 88 层,地下建筑 4 层,10 部观光电梯同时运行。一楼主要为化妆品、皮具、手表及珠宝专柜,产品分为国内、境外与国际品牌,无论是普通大众还是商界精英,都能在这里选购您满意的产品……"导购小姐娓娓道来。

国际大厦规模超过市内的所有超级市场,大厦内音乐舒缓、鲜花点缀,服务人员笑容温暖,给人一种宾至如归的亲切感。

"负一楼是做什么的?"灵犀看见有人乘坐电梯上来。

"负一楼是超市,品种齐全,应有尽有,您可以在这里采购各种生活用品。"导购笑道,"并且质量绝对保证,因为许多产品都是老板亲自把关才进卖场……"

两人乘坐电梯上了二楼。

"二楼主要经营女士服装,以白领为主;四楼也是女士服装,主要消费群体为成熟女性;五楼为男士服装与儿童服装,五楼还为前来购物的家庭提供了亲子娱乐场所;六楼为床上用品与泳装,七楼为户外产品与体育服装等,八楼为电影院,九楼是全市最大的新华书店,十楼是咖啡与快餐厅,十楼以上为贸易公司、酒楼、酒店等……"

不得不承认,国际大厦无论从整体布局还是产品设置,以及人员配备方面,都做到了精益求精。

见时间差不多了,灵犀谢了导购,朝大门外走去。

迎面走来一队衣着不俗的男女,为首的男女尤为引人注目。

男的 30 岁许,身材挺拔轩昂,穿着体面的西装,生得俊逸不凡,气质逼人,举手投足给人一种迫人的气势。他身旁的女人精致美丽,皮肤白皙无暇,眼眸清澈灵动,身穿蓝色套装的她显得轻盈出尘,气质清华!

大厦内的工作人员见状,纷纷向两人行注目礼。

"大家辛苦了!"男子朝众人微笑道。

"总经理好,赵太太好!"众人齐声回答。

那一刻灵犀才明白,眼前这对令人暗自喝彩的男女便是传说中的赵洪波与顾明月!果真是男才女貌,堪称绝配呀!她感到为能亲眼目睹偶像的风采而兴奋不已。

2

国际大厦启动运营开幕式现场。

彩旗飘扬,乐鼓阵阵,歌声飞扬,人头攒动。

全市各大媒体倾巢出动,记者们的长枪短炮也开始了运作。灵犀意外地发现魏铁也在现场，想必电视台十分重视这次采访，让他这个幕后也来到了现场。

看见灵犀的那一刻，魏铁的脸上浮现了一个愧疚的苦笑。

想起昨晚，灵犀别过脸，不想再多看他一眼，将自己的目光转向主席台。

主席台上铺着鲜红的地毯，几个舞者正在卖力表演，为开幕式热身。

表演结束后，在众人的热烈掌声中，省、市经贸委领导与赵洪波夫妇及商家代表出现在众人视野中。

当主持人介绍赵洪波与顾明月的名字时，现场的掌声愈加热烈，可以看出这对传奇伉俪深受民众的喜爱。

灵犀的大学学长宋翔飞与美女主持人白雪居然是开幕式的嘉宾主持。

省、市经贸委领导先后为开幕式致辞，入驻的商家代表也表达了对入驻国际大厦的期许和对未来的信心，"洪峰"集团总经理赵洪波发表了热情简短的贺词，赵洪波的夫人顾明月对国际大厦的投入运营表达了美好的祝愿。

"现在，有请省、市经贸委领导与赵总夫妇一起启动象征国际大厦运营的水晶球！"主持人宋翔飞热情地说。

于是，四人站到了巨大的水晶球面前，一起按动开关，水晶球焕发出绚丽的光芒后转动起来！

全场爆发出热烈的掌声！

巨大的广场上，礼花响起，彩带飞舞，歌声飞扬！

领导退场时，擅长挖掘幕后新闻的记者们不甘心仅仅报道一个开幕式，大家并没打算放过赵洪波夫妇。

"请问赵总，经过五年的建设，如今国际大厦终于投入运营，您的心情如何？"第一现场的记者追上去问。

"自然是非常激动，毕竟我们在建设的过程中投入了巨大的资金与精力。当然，我首先要感谢省、市领导及相关部门的给力支持！同时要感谢我们'洪峰'人的精诚团结与慷慨奉献的精神；我更要感谢全市人民的关注与媒体朋友的支持！国际大厦有今天，你们功不可没！国际大厦不属于任何人，属于全市人民！"赵洪波回答得面面俱到滴水不漏。

"请问赵总，'洪峰'集团曾经缔造了无数个传奇，国际大厦会是'洪峰'传奇的终结项目吗？"经济频道记者问。

"有句话说得好，追求永无止境，我相信国际大厦只是'洪峰'传奇中的一个里程碑，以后，'洪峰'还将缔造更多的传奇，请大家拭目以待！"赵洪波一脸睿智。

"本市的另一大财团'奇峰'集团已经宣布进军旅游业，'洪峰'集团在将来的运行中是否也会触及旅游业？"都市频道记者问。

"这个问题问得好啊，我想告诉你的是：一切皆有可能……"赵洪波风趣地回答。

"若要进军旅游业，赵总的目标是国内还是国外？东部还是西部？传统旅游项目还是新型旅游资源产业？"灵犀不失时机地问。

赵洪波与身边的顾明月同时一怔，似乎没料到这个年轻的女记者会提出如此具体的问题。

"相对而言，我看好国内的旅游市场，尤其是西部旅游，目前我国的整个西部旅游出现了蓬勃发展的良好势头，加之西部有许多原生态的民俗风情，物产十分丰富，许多地区生态环境保护得很好，我们对此很有兴趣。"赵洪波微笑着回答，目光温柔地看了一眼身旁的顾明月。

"印象中，顾作家是首次出席'洪峰'集团项目运营，今天的出席是否可以认为您将进入'洪峰'集团的核心管理层？"灵犀又问。

灵犀的话再一次令顾明月意外，她深情地看了一眼赵洪波，对灵犀说："我对商业运营不感兴趣，今天的出席纯属友情支持。"

"顾作家平常喜欢去什么地方旅行？"灵犀又问。

"我喜欢全家人带着孩子们一起亲近大自然，只要是美好的东西，我们都很喜欢！现在北方雾霾十分严重，我在此希望大家保护环境，爱护我们的家园！"顾明月笑得十分亲切。

赵洪波看了一下手腕上的表，对大家抱歉地挥挥手，便与顾明月离开了。

灵犀这才想起专访的事，赶紧跑到一个相对僻静的角落拨打张雪交给她的电话。

"您好，我是都市报的记者慕灵犀，想专访赵总与赵太太……"灵犀说。

"慕记者是吗？赵总临时有事只能给你十分钟的访问时间，赵太太倒是有一个小时，你看如何？"对方语气友好。

"好，没问题……"

"麻烦慕小姐乘坐1号电梯到88楼……"

3

国际大厦88楼，"洪峰"集团办公室。

在这鹤立鸡群的顶楼上，既能感受到一览众山小的豪情，又能体会到高处不胜寒的孤寂。

看见出现在面前的灵犀，赵洪波夫妇露出一丝赞许。

"慕记者是吧？请坐。"顾明月温柔一笑。

"顾作家您好，我一直是您的忠实读者……"灵犀激动地看着面前美丽的顾明月。

她真是太美了太年轻了，丝毫看不出已经是两个孩子的母亲。

"不错，从你刚才的两个问题能看出张雪有眼光！"顾明月亲切地说，"赵总时间很紧，你先采访他吧……"

第一次单独面对这对传奇伉俪的灵犀有点紧张，不过当她看见赵洪波夫妇眼中的鼓励时，心中的怯意一扫而空。

"请问赵总，'洪峰'打算何时正式进军旅游业？"灵犀直奔主题。

"对于'洪峰'而言，进军旅游业是几年来一直在做的事情。我们对国内的旅游市场进行了详细的考察，作出了认真的分析与评估，并在半年前最终决定进军旅游业。"赵洪波递给灵犀一份材料。

"几年来，'洪峰'与'奇峰'一直是商业竞争对手，从房地产到生物科技，从资本运营与市场运作方面，两大集团有许多重合交叉的项目。更巧的是，'奇峰'在前不久正是宣布进军旅游业，您今天又坦诚'洪峰'也将进军旅游业，两大集团之间是否像外界传言的那样是否存在激烈的竞争关系？"灵犀的问题十分尖锐。

赵洪波与妻子对视一眼，随即微微一笑："慕记者言之差矣，我刚才讲得很清楚，'洪峰'集团几年前就在着手进军旅游业的项目了，当时集团的主要精力放在国际大厦的建设与招商上面，故而一直拖延到现在。我郑重地申明，'洪峰'进军旅游业也与'奇峰'集团无任何关系。市场摆在那里，任何有资格的公司都可以参与，根本不存在竞争！"赵洪波语气十分笃定，"只要你认真阅读我给你的资料，就应该明白我所言不虚！"

"那么请问赵总，您最终选定的旅游项目是什么？酒店运营还是生态旅游项目开发？"灵犀顿时来了兴致。

"目前看中的旅游项目有三个，具体的运作方式会根据项目进展及最后的市场评估的实际情况进行通报，希望慕记者一如既往地支持'洪峰'集团！"赵洪波口风倒是很紧。

"谢谢赵总，我会一直关注'洪峰'的进一步发展。"灵犀见好就收。

"慕记者，我还有事，就让明月陪你聊聊吧。"赵洪波倒是很客气，或许看着灵犀是张雪的下属吧。

"谢谢赵总！"灵犀礼貌地说。

"明月，结束采访后你在办公室等我吧。"赵洪波目光温柔地看着妻子。

"好的。"顾明月也温柔，目光中温柔弥漫。

夫妻间的恩爱通过两人眉目传情展露无遗，灵犀在那一刻对这对传奇伉俪羡慕不已。

"慕记者，请喝茶。"顾明月微微一笑。

"不好意思啊，我方才被您们夫妻之间的默契与温情感动了……"灵犀直言不讳。

"慕记者知性温婉，聪明伶俐，将来也一定会遇到心中的良人。"顾明月笑得如沐春风。

她真美！目光清澈温柔，五官精致迷人，举止优雅动人，衣着得体大方，是实实在在的美女！灵犀心里赞叹不已。

"慕记者……"顾明月微笑道。

"抱歉……"灵犀回过神来，略带羞怯地问，"是这样的赵太太，很早以前就听说您与赵总有过一段非常浪漫的爱情故事，您愿意把自己的爱情与人分享吗？"

"这也说呀……我得问问洪波……"顾明月的面上略带不安。

4

让灵犀意外的是，她对顾明月的采访十分顺利。

更让灵犀意外的是，顾明月与赵洪波的认识源于一场车祸！

说起车祸，灵犀不禁想起了她与土豪的相遇。

据称，当时的顾明月出差在北京参加了一个重要会议，走出会场的她正走在世贸中心的大街上，忽然看见一辆嚣张的跑车将一位老人撞倒在地上，顾明月拦下了开车的肇事者，一起将老人送往医院。

那个开跑车的肇事者就是赵洪波。

医生检查后发现，赵洪波的跑车并没撞上老人，老人是高血压发作倒在地上，赵洪波的车正好经过，却被顾明月咬定为肇事者，硬是监督他将老人送往医院……尽管如此，赵洪波依然爽快地支付了老人的一切费用。

后来，顾明月启程回 C 城，意外地与赵洪波在机场偶遇，再后来，赵洪波对她展开了强烈的追求。

当时的顾明月已经有了一个交往多年的律师男朋友，对方一表人才用情专一，与顾明月两人感情十分要好，赵洪波的介入让顾明月左右为难。一方面，顾明月深深地被赵洪波所吸引，另一方面，她又为自己的行为感到不齿的同时不断拒绝赵洪波……

后来，顾明月与律师男友因为误会而分手。分手的那一天，顾明月出了车祸失去了记忆，在病床上整整躺了两个月，赵洪波也整整寻找了她两个月，并且在国际大厦竞标成功后的第一时间对着全城媒体深情告白，顾明月在病床上看见赵洪波寻找自己的消息后，这才逐渐恢复记忆。当顾明月跑去招标会现场寻找赵洪波时，不料遇到绑架，赵洪波后来通过张雪当时的警察男友罗毅（现在已经是张雪的老公）才救出被绑架的明月，两个经历重重考验的人终于走到了一起。

然而，身份地位的悬殊再次成为两人感情的绊脚石。

赵洪波的父亲希望他迎娶青梅竹马的杨小婉，从而百般阻挠两人的感情。2008 年 5 月，顾明月不得已前往汶川支教，不料途中遭遇地震。受伤后的顾明月侥幸被救，却再次失去记忆，没有身份证明的顾明月被误认为是到九寨沟旅游的新加坡游客张忆蔓，并被张忆蔓的富豪父亲辗转带到了新加坡进行治疗。

失去顾明月的赵洪波颓废不堪，对公司事务不闻不问，成日酗酒成性，生活在悔恨中却愈加怀念明月。令人惊痛的是，赵洪波的母亲患上了白血病，一直没有寻到匹配骨髓而赵母最大的愿望就是看见赵洪波结婚生子。为了完成母亲的夙愿，赵洪波最终答应与青梅竹马的杨小婉结婚。

与杨小婉订婚前，正逢5·12地震纪念日，赵洪波执意前往汶川，祭奠明月。

与此同时，顾明月的身体康复了，忘记一切的她一直以为自己是新加坡人"张忆蔓"。更为巧合的是，汶川大地震周年祭祀时，她正带着新加坡财团前来蓉城与"洪峰"集团谈合作！获得新生的顾明月也前往汶川祭奠地震中逝去的生命，她与赵洪波居然在地震思念墙见面了……

于是，赵洪波爱上了"张忆蔓"，并固执地认为"张忆蔓"就是顾明月。事实的真相也在"张忆蔓"记忆恢复后浮出水面。张忆蔓实际上是顾明月的双胞胎妹妹，张忆蔓在地震发生前就因一场蓄意谋杀的车祸中身亡，为了查出养女死亡真相的张父将失去记忆的顾明月带回了新加坡，让她成为另一个张忆蔓……

更为巧合的是，张父与赵洪波的父亲是多年的故友，顾明月也在历尽重重磨难后成为赵太太。如今，育有一对龙凤胎的她与赵洪波夫妻恩爱，生活美满……

事情的传奇并没因此而结束，赵洪波美丽的妹妹赵雅文，在新加坡旅游时居然对顾明月的前男友韩浩一见钟情！后来，赵洪波的母亲也找到了匹配的骨髓，骨髓的捐赠者就是韩浩！赵母骨髓移植成功，韩浩也因此与赵雅文结为夫妻，目前，两人幸福地生活在国外……

灵犀被那两段感人至深的爱情故事深深地震撼着，同时为他们相依相伴，始终不渝的忠贞爱情感动着。可以这么说，赵洪波与顾明月的爱情比灵犀这么多年来看过的任何一部电视剧都要曲折动人，比她看过的任何一部小说都要令人震撼……

当然，顾明月十分欣喜地给灵犀带去的每一本小说签名……

第十章
情 真 意 切

1

报社许多人都下班了，灵犀写完稿子已经 9 点半了，邱志礼的电话便如约而至。

"饿了吧？想吃什么宵夜？"已经下班的邱志礼语气轻松。

"反正不能吃灌汤包子……"灵犀莞尔一笑。

吃灌汤包子让邱志礼汽车被砸的事令她印象深刻。

"那去吃罐罐鸡，如何？"邱志礼笑问。

"好呀！"灵犀爽快回答。这些天忙得像个陀螺，实在应该补一补了！

收拾好包包正要下班，却见李灵一脸阴沉地朝自己走来，灵犀赶忙侧身退到座位上，李灵却欺身上前，扬手狠狠给了灵犀一记响亮的耳光！

"不要脸的小贱人！"李灵粗鄙地骂。

毫无设防的灵犀被打得坐在旋转椅子上转了一个圈，愤怒不已的她站起来反手给了李灵一记耳光！

"你疯了吗？我什么地方招惹你了？"灵犀愤怒地质问。

"哼，'奇峰'集团是你的吗？凭什么不让我采访？看不出来你表面上清纯老实，背地里却做一些见不得人的勾当！慕灵犀，你简直令人恶心！"李灵一把扯着灵犀的头发。

"我不懂你在说什么，疯女人！"灵犀也毫不示弱地抓向李灵的脸。

"好啦好啦，李灵、灵犀，你们两个有什么事情好好商量，何必在办公室动手，影响多不好！"戴璐璐见状赶忙说。

"是啊是啊，你们赶快放手吧！"一旁的刘晓晓也过来劝架。

"璐璐、晓晓，她疯了你知道吗？不问青红皂白就打人，她以为她是谁？凭什么打我？"灵犀冒火得很。

"无耻的小人，装清纯的小婊子！"李灵出口成脏。

"你骂谁呢？口臭没消毒还是被人甩成怨妇了？"灵犀彻底愤怒了！

昨天晚上被李莫愁陷害，今晚又被李灵这个疯子打，真倒霉！

李灵闻言，脸色狰狞得可怕，趁其不备抬起高跟鞋一脚踢在灵犀的要害，灵犀惨叫一声倒在地上……

李灵也好不到哪里去，曾经漂亮的脸上被灵犀的指甲抓了一道又长又深的口子，脸上血淋漓的，看起来非常可怕……

"灵犀，灵犀你醒醒……"见灵犀痛得晕了过去，戴璐璐和刘晓晓也吓了一跳，赶忙打电话给张雪。

"立即送医院！"已经下班的张雪冷静地吩咐。

正在此时，灵犀的电话响了。

"灵犀，你怎么还没出来？"邱志礼有点等不及了。

"请问你是灵犀的朋友吗？灵犀刚才在办公室晕倒了，我们正要送她去医院……"戴璐璐说。

"我正在你们报社门口，我陪你们去……"邱志礼十分意外。

戴璐璐与刘晓晓搀扶着灵犀来到报社门口，邱志礼见状，赶忙拉开车门，将灵犀抱进轿车。

戴璐璐和刘晓晓也上了车。

"灵犀出了什么事？"发动汽车后，邱志礼急切地问。

"请问，你是灵犀的男朋友吗？"戴璐璐问，似乎对这个长相俊秀的男子很有兴趣。

"不错，我是她的男朋友邱志礼，你们是灵犀的同事吧？"邱志礼说。

"我叫戴璐璐，她叫刘晓晓。今天早上的花也是你送的吗？"戴璐璐就像是查户口的警察。

"是我，有什么问题吗？"邱志礼驱车前往医院。

"看来灵犀没说谎。"戴璐璐说，"灵犀被人打了，可能小腹受了伤……"

"什么人如此嚣张？"邱志礼的脸色一沉。

"一个同事，两人发生了一点误会……"戴璐璐说。

邱志礼默不吭声，汽车安静地驶向医院。

到了医院，戴璐璐赶紧去挂号，邱志礼却抱着灵犀直接进了检查室，刘晓晓见状，赶忙跟在身后。

"邱医生，你不是刚下班吗？怎么又回来了？"一个医生意外地问。

"我女朋友出了点意外，我带她来检查。"邱志礼说。

"唔，原来你是医生呀！"刘晓晓也意外地看着邱志礼。

2

"刘记者，麻烦你把灵犀小腹的衣服撩起来，我要给她做检查。"邱志礼温和地说。

刘晓晓伸手撩起了灵犀的衣服，顺便解开裤腰带，将裤管往下拉了一点点。

"啊……"小腹露出来时，刘晓晓不禁大吃一惊。

邱志礼顺着刘晓晓的目光望去，也愣住了。

灵犀雪白的小腹上布满了一道道触目惊心地红色划痕，划痕上浅浅的血迹已经凝固，很显然不是今天晚上弄伤的。

此刻的灵犀已经醒来，见自己躺在医院病床上检查，尤其是看见自己腹部的伤痕露在外面，顿时尴尬不已，赶忙拉下衣服盖住。

"灵犀，还痛吗？"邱志礼问，神色有些怪异。

"好多了，刚才的确很痛……"灵犀虚弱地回答。

她的确很痛，李灵那一脚正中她的要害。直到现在，那种疼痛依然十分尖锐。

"放轻松，我给你检查……"邱志礼毕竟是医生，很快调整好情绪，拿出一个医生的职业素养认真检查。

"伤到了子宫……"检查后，邱志礼脸色十分凝重，"并且有出血的迹象……"

"啊……"灵犀和刘晓晓都吃了一惊。

想不到李灵那一脚如此阴毒。

"不过，卧床休息一段时间便能恢复。"邱志礼又说。

"那怎么行？我的采访都快堆成山了……"灵犀急忙说，想要撑起身子，却再次痛得躺下。

"你看你，已经这样了还逞能？乖乖听话，从现在开始住院，我会照顾你的。"邱志礼温和地说。

"是啊灵犀，既然邱医生都这么说了，你就好好休息吧，采访的事主任会安排的！"刘晓晓连忙说。

"灵犀，伤得严重吗？"挂号后的戴璐璐进来了，看见邱志礼身穿白大褂的雅儒样子，也是一脸意外，"原来你是医生呀……"

"麻烦两位给灵犀请个假，她现在的身体不适合采访，需要卧床静养……"邱志礼显得彬彬有礼。

"好的好的，邱医生，灵犀就交给你了。灵犀，现在你是病人，乖乖听医生的话，好好养病，工作上的事情你就放心吧，改天我们再来看你！"戴璐璐倒是很会做顺水人情。

"璐璐、晓晓，谢谢你们了……"灵犀虚弱地一笑。

如今这种情形，除了卧床休息，还有什么办法？

第十章　情真意切

085

"邱医生，我们走了，灵犀就交给你啦！"离开时，戴璐璐冲邱志礼微微一笑。

"两位慢走……"邱志礼的脸上依然挂着淡淡的微笑。

"志礼……"灵犀心虚地叫道。

"什么事？"邱志礼垂眸看着她，脸上表情很淡，"很痛吧？我马上给你开药输液……"

"志礼，你对此就没有一点疑问吗？"灵犀又问。

"如果你愿意，一定会告诉我。"邱志礼的嗓音十分柔和，俊秀的面孔在灯光下显得温润如玉。

灵犀微微一笑。

邱志礼默默地看了她一眼，拿着处方去了药房。

几分钟后，他亲自将配好的针水挂在输液架上，给灵犀输液。

可能担心灵犀输液会痛，邱志礼先用手轻拍灵犀的手背，直到手背感觉有点麻木时，才对准静脉一针扎下，整个过程干净利索一气呵成，居然一点都不觉得疼。灵犀不禁为他的细心而感动。

"若是我不住院，会留下后遗症吗？"灵犀轻声问。

"当然，倘若恢复不好，轻则将来会发生流产，重则不孕……"邱志礼的语气中夹杂着一丝怒气，"伤害你的人到底与你有什么深仇大恨？"

"说到底，她也是一个可怜的人……"灵犀微微一叹，不想再次提及李灵。

"可怜之人必有可恨之处！"邱志礼语气冷冷地，与平常那个温文尔雅的男子判若两人。

"不说她了，志礼，我好饿……"灵犀可怜兮兮地看着他。

"你耐心等一会儿，我下楼去买吃的……"邱志礼赶忙起身。

"志礼，谢谢你……"看着那个为自己忙碌的背影，灵犀的心里涌起一阵感动。

"灵犀，只要你同意，我真的非常愿意照顾你一辈子。"说完这句话，邱志礼便从容离去。

灵犀的眼泪"唰"的一下子夺眶而出。

志礼，我愿意，你听见了吗？

3

"璐璐，你知道吗？灵犀身上肯定发生了非同寻常的事情！"走出医院，刘晓晓一脸神秘地说。

"不会吧？我看灵犀平常勤勤恳恳，也从不招惹谁，她的男朋友又这么出色，看得出来他们感情很好。"戴璐璐说。

"我给你说，刚才邱医生让我撩起灵犀的衣服给她检查时，灵犀的小腹上布满了伤痕，当时简直吓了我一跳！我特地看了邱医生一眼，他显然也对那些伤痕感到意外。你说，灵犀腹部的伤是怎么弄的？除了腹部，她的身上是不是也布满了可疑的伤痕？"刘晓晓一脸诡异。

"照你这么说，的确有些可疑。"戴璐璐若有所思地点头，"莫非，灵犀身上的伤痕与今天早上送她来报社的男人有关？"

"到底是什么样的男人呀？我听报社一整天都在传言那个男人如何帅气迷人，如何浪漫多金……"刘晓晓好奇地问。

"听张薇薇说，那是她这辈子所见到最帅的男人，开一辆拉风的黄色兰博基尼……唔，灵犀可真是人不可貌相，不仅有如此优质的医生男友，还有神秘的多金帅男，不知踩到什么狗屎运了……"戴璐璐叹道。

"怪不得李灵会对她下狠手，李灵前几天才被交往三个月的男朋友甩了，这段时间又经常漏稿扣分，眼看灵犀感情生活丰富多彩，每天又有独家头条，自然对她怨恨啦。更何况，听说今天下午李灵去'奇峰'采访被拒，'奇峰'点名只要灵犀跟踪报道，否则宁可换别的报社宣传，李灵再怎么不才，也算资深财经记者了，倍受打击的她不找灵犀出气才怪！"刘晓晓分析得头头是道。

"唉……李灵也是自讨苦吃，本来是好好的一个姑娘，以前摄影部几个帅哥都对她有意思，她却仗着自己有几分姿色一直心高气傲，今天跟这个好，明天和那个好，欲擒故纵把别人当猴耍。到最后怎么着，还不是被人玩了甩了！这人哪，还是要掂量掂量自己几斤几两，别好高骛远损人不利己……"戴璐璐摇头。

"听你说得如此有理，想必你的感情生活一定非常幸福吧？"刘晓晓意外地说。

"这感情生活如同饮水，冷暖自知。"戴璐璐微微一笑，时间不早了，我要回家了，否则我的那一位可要着急了。

"好的，这里正好有到我家的公交车。"刘晓晓朝戴璐璐挥了挥手，快步朝公交车站走去。

灵犀饿得头昏眼花时，邱志礼终于出现了，手里提着一个保温饭盒。

"这是三七炖鸡，赶紧吃吧。"邱志礼将鸡汤盛在一个保温碗中，亲自喂灵犀。

"唔，好苦！"灵犀皱眉。

"良药苦口，三七止血，我跑遍了所有的酒楼，才在最后的一家买到这道三七鸡汤。"邱志礼温和地说。

那一刻，灵犀的心里涌起一阵温暖，邱志礼作为丈夫人选，真是没得说。

"你也饿了吧？一起吃。"灵犀温柔地说。

"你是病人，多吃一点。"邱志礼将一块鸡肉喂到她嘴里。

"志礼，等我好了以后，我们订婚吧……"灵犀忽然说。

"好啊！"邱志礼顿了顿，"你真的想好了吗？"

"想好了，你是一个好男人，若是错过了你，我怕自己这一辈子再也遇不到好男人了……"灵犀撒娇说。

"你呀……"邱志礼宠溺地笑着，"是别人没眼光，没有发现你的美好……"

"呵呵，我只要你一个人发现我的美好和缺点……"灵犀咯咯地笑了起来，笑着笑着又皱起了眉头。

"还是很痛吗？"邱志礼问。

"痛，很痛……"灵犀小脸有些扭曲。

"忍着一点，明天就会好些了。"邱志礼柔声地说着，放下手中的碗，将灵犀抱在怀里。

"志礼，你说，我们将来会幸福吗？"他的怀抱暖暖的，带着一股消毒水的味道。

"当然会，你应该对我们的未来有信心。"邱志礼的唇角勾起一丝微笑，镜片后面的眼眸有些朦胧。

那一刻，他想起了三年前的夜晚，那个美丽的女子也是这样靠在他的怀里，问着同样的话……

4

第二天一早，灵犀小腹的疼痛果然缓解了许多。

看着围着自己忙碌的邱志礼，她是多么庆幸自己有一个医生男朋友。

想到在未来的人生道路上，将有这样一个体贴温柔的男人陪伴一生，灵犀的心里从未有过的踏实。

本该休息的邱志礼一大早就忙碌起来，给灵犀买早点，为她检查身体，叮嘱她吃药，扶她去卫生间……

幸好住的是单间，病房里有卫生间，灵犀方便时，邱志礼会转过身去免得两人尴尬……

当然，灵犀也不担心自己生病的憔悴样子被邱志礼看见，平常见面时她一直素颜，倒是不担心他嫌弃自己不好看。

反观邱志礼，伺候灵犀一夜的他丝毫看不出疲倦，身穿白大褂却显得俊秀挺拔，十分雅儒，真是一表人才，令人爽心悦目。

美男！灵犀心里赞叹，不禁为自己有这样一个男朋友暗自得意。

"傻笑什么？"见灵犀唇角微微上扬，邱志礼不禁问。

"你长得真好看，我笑你美色可餐！"灵犀掩口笑了。

"我只听说过女子秀色可餐的，哪有男人美色可餐的？"邱志礼失笑，他这个小女友真是纯真得可爱。

纯真……不知怎么的，灵犀腹部那一道道令人触目惊心的伤痕一直在邱志礼的脑海里挥之不去。

"志礼，你在想什么？"看见邱志礼一脸凝重，灵犀不禁问。

自从与邱志礼交往以来，从前大大咧咧的灵犀敏感了许多。

"没什么。"邱志礼微微一笑，却无法掩饰眼中的一丝疑惑。

"你是不是想问我身上的伤痕是怎么来的？"灵犀并不傻，从昨晚开始，她便发觉邱志礼心事重重，看着自己的目光也带有一丝审视的意味。

"我说过，你想说时，自然会告诉我。"邱志礼依然温和地微笑，却掩饰不住内心那一丝想要知道真相的渴望。

"是我自己抓的……"灵犀叹息说。

"你为何要伤害自己？"邱志礼十分意外。

很显然，灵犀的话无法说服作为医生的他。那些伤痕，更像是一对恋人之间疯狂亲密时留下的爱痕……

"还记得你前天晚上打不通我电话吗？我被大学同学叫去聚会，然后，被他们下了迷药……"灵犀的声音低了下去。

"然后呢？"邱志礼的声音微微颤抖，目光中带着一丝紧张。

"后来，我昏迷了，被他们带出 KTV 时，被土豪救了……"灵犀的眼中泛着泪花。

"你们……"邱志礼忍不住痛苦地闭了闭眼睛。

他实在无法想象灵犀与那个人在一起的情景……他们一定非常疯狂，否则，怎会在灵犀身上留下如此多的爱痕……

"我们什么都没做，他并没侵犯我，而是让医生给我打了针！若是你不信，可以看我手腕上的针孔！"灵犀伸出没有输液的左手。

果然，邱志礼在她的手腕上看见了针孔。

"这些伤……"邱志礼还是无法释怀。

"我当时药效发作全身又痒又痛难受得很，不停用自己的手抓挠全身，才弄成你看见的这个样子……"灵犀苦笑，"我知道我的话没有说服力，可我说的全是真的，信不信由你！"

"不，我相信你，灵犀，我信！"邱志礼握住灵犀的手说。

"谢谢你，志礼。"灵犀的眼眶潮湿了。

第十一章
流言升级

1

灵犀在医院整整躺了十天才康复。

这十天中，戴璐璐、刘晓晓和张薇薇等先后来医院探望了她，就连忙碌的财经部主任张雪也打了几通电话询问病情，叮嘱她好好养病，不要留下后遗症。

灵犀同时收到了"奇峰"集团总经理秘书刘子悟送来的鲜花问候。

尽管与刘子悟之间仅限于工作交流，他的关心还是令她十分感动。

看见刘子悟的那一刻，邱志礼脸上的笑容有些僵硬，或许下意识里他不希望看见任何与"奇峰"有关的人。

出院当天灵犀就回到报社找张雪销假。

当灵犀出现在报社的那一刻，所有人都围上来询问她的身体情况。

"谢谢大家，我恢复得很好。"灵犀微笑说。

"回来了就好，'奇峰'集团的还是由你跟进报道，'洪峰'集团对你的报道也很满意，希望你经常与两大财团保持紧密的合作。"张雪说。

"雪儿姐，你不是另外派人采访'奇峰'了吗？"灵犀问。

"傻丫头，若真如此，你怎能被李灵痛打一顿？"张雪摇头，"或许是我考虑不周，没有协调好你们之间的关系。不过你放心，李灵已经调到市场部跑业务了，希望这次的事件能给她一个教训吧。"

"市场部？不就是拉广告吗？"灵犀十分震惊。

一个资深财经记者被下放到市场部拉广告，不得不说是一件极其悲哀的事。

"没开除就算她运气了，怎么，你还为她惋惜？"张雪问。

"不是，我只是为她不值。"灵犀叹息。

"一个人做错了事，就得承担后果！她是成年人了，应该有承受能力，作为受害者，你就没必要为她惋惜了，还是做好自己的事情吧！"张雪转而递给她一些"洪峰"集团的资料，让她好好消化后写成一篇独家报道。

"有什么疑问尽管拨打赵总的电话！"张雪指了指材料上的电话号码。

"好的，明白！"灵犀心情愉快地接过资料。

"对了，这是你住院第二天的样报。我认真对比了一下，全城的市场报属你写到了点子上，问题也格外尖锐刁钻，赵总的回答也十分精彩！还有，你这篇关于他们夫妇的爱情报道也受到了同行的一致好评。当天的评报会上对你的报道提出了表扬，同时有加分奖励，你的'实习'头衔终于取消了！小丫头，好好干，照此发展，都市报财经报道首席记者指日可待！"张雪满意地看着她。

"多谢主任栽培！"灵犀不忘拍张雪的马屁。

"明白就好，赶快工作吧！"张雪说完，又叫住正欲离去的灵犀，"我给你的内部邮箱里发了一些近期财经报道的选题资料，希望你好好消化，尽快报两个选题上来！"

"遵命！"灵犀莞尔一笑。

灵犀回到格子间认真阅读资料，对"洪峰"集团了解越多，对赵洪波的钦佩之情便越深。可以这么说，赵洪波是灵犀从事媒体生涯所接触到最有魅力的青年企业家！这样睿智的男人，天生就是为商业王国而生的！

灵犀又打开了报社内部邮箱，仔细阅读张雪发给自己的邮件。

与此同时，她看见了那封报社对李灵的处分邮件。

那份对李灵的处分邮件措辞严厉，对其当众打人造成的恶劣影响进行了严肃的批评，同时取消了李灵继续担任财经记者的资格。

灵犀看着那封处分邮件微微愣了片刻，随即给删除了。

看完报社内部邮件后，灵犀又打开了自己的私人邮箱。

一封名为"女记者以色侍人换稿子"的邮件映入了她的眼帘，邮件从一个陌生的邮箱发来的。

点开邮件，上面的内容令灵犀全身血液沸腾！

首先出现在屏幕上的是一段视频，视频中的灵犀不省人事，被魏铁和李莫愁架着走出一家娱乐场所，三人正要出门，却被跟在后面的土豪拦住，土豪从魏铁手中夺过了灵犀，将其抱出了大门，随即上了一辆黄色的兰博基尼，跑车消失在黑夜中……

此段视频还配上了独白：女记者装醉夜宿土豪家……

第二段视频是第二天土豪开着跑车送灵犀到报社上班的情景，视频中的两人显得十分暧昧，尤其是土豪对灵犀深情款款的一幕给人一种两人之间一定有不正当关系的感觉……

此段的独白是：一夜春宵后难舍难分……

第十一章 流言升级

灵犀顿时脸色铁青，双手颤抖地握成拳头：到底是谁如此陷害自己？

2

"璐璐你赶快上'新闻在线'，论坛上的一段视频今天点击率好高呀！"隔壁的刘晓晓说。

"那段视频叫什么名字？"戴璐璐问。

"我看看，好像是'女记者以色侍人换稿子'……"刘晓晓的话如同一把锋利的匕首，狠狠地戳在灵犀的心窝。

灵犀整个顿时傻掉了，不知该如何面对这种局面。

"哦，找到了，打开了……"戴璐璐的声音对于灵犀而言，无异于一记晴天霹雳。

"晓晓，这段视频是晚上拍摄的，根本看不清楚呀……"戴璐璐抱怨地说。

"你仔细看看，我怎么觉得其中一个人有些眼熟……"刘晓晓说。

"还是看不清楚，不过我感觉那个抢走女生的男人好酷，好有魄力！要是我的男朋友有他一半的男子气概，我就满足了……"戴璐璐语气充满了羡慕。

"你看看第二段视频能否打开？我这里什么都看不见！"刘晓晓又说。

"打不开……"过了一会儿，戴璐璐沮丧地说。

"再等等吧，或许看得人太多，网络忙……"刘晓晓说。

灵犀脊背僵直地坐在椅子上，双眼发直的她不知该如何是好。

"还是打不开，我感觉这段视频一定是有人蓄意制作的，无聊！"戴璐璐抱怨道。

"是啊，我想也是，用一个吸人眼球的标题引起人们的注意，视频拍摄者纯属心理变态！"刘晓晓也一脸怒骂。

灵犀闻言，意识慢慢回笼，随即来到报社僻静的角落，拨通了刘子悟的电话。

"刘秘书，我要找土豪……"灵犀的语气十分虚弱。

"慕记者，你出院了？你找林……土豪有什么事？"刘子悟十分意外。

这是合作几个月来，灵犀第一次在电话中找的人不是他这个秘书，而是那个土豪。

"急事，非常非常紧急的事！这事关系到我的一世清白！"灵犀的语气带着一丝哭腔。

"好的，你稍等……"刘子悟说完后，电话里随即传来一阵脚步声。

"你找我？"土豪的声音从电话里传来。

"有人陷害我，同时牵扯到了你……"灵犀缓缓地说，眼泪直打转。

"说重点！"土豪语气寒沉。

灵犀将那封陌生邮件以及"新闻在线"的视频告诉了他。

"发一封全屏拷贝邮件在我的私人邮箱,邮箱用户名是:lwx1995520……" 土豪念了一串邮箱地址,灵犀赶紧在手机上记下。

回到座位上,灵犀马上给土豪发了一封邮件。

戴璐璐和刘晓晓还在抱怨视频无法打开,这令灵犀的心里有些侥幸。

一会儿,一个陌生的电话打进来。

"是我," 土豪的声音,"处理好了,'新闻在线'的视频被封了,那个视频的发布 IP 地址与给你发邮件的 IP 地址已经查到,你耐心等待结果。" 土豪的语气十分坚定沉重。

"谢谢你……还有,给你添麻烦了,对不起……" 灵犀说。

"明白就好!" 土豪的语气带着一丝让灵犀无法辨析的情绪。

挂了电话,灵犀还在默默出神。

"灵犀,主任找……"

"知道了。" 灵犀那颗刚刚平复的心,再一次悬了起来。

"雪儿姐……" 灵犀像一个做错了事的孩子,不敢看张雪的眼睛。

"那两段视频到底是怎么回事?" 张雪的话如同一瓢冷水,将灵犀从头到脚浇了个透心凉。

3

"我也不知道……" 张雪眼中的失望令灵犀恨不得找个地洞钻进去。

"不知道?灵犀,你是当事者,怎么会不知道?" 张雪寒着脸问。

"那天晚上我被大学同学叫去聚会,被人下了药,是土豪救了我……" 灵犀不敢隐瞒。

"你们……" 张雪脸色十分凝重。

"我们什么都没做!" 灵犀抬头看着张雪。

"有谁可以作证?" 张雪寒面问。

"……" 灵犀被问住了。

"灵犀呀,你知道我对你的希望有多高吗?你怎么一而再再而三地让我失望?上次的事情就不说了,这一次,三个月的实习期刚满,好不容易才转正,怎么又闹了这一出?你叫我如何向总编交待?" 张雪恨铁不成钢。

"总编……也知道了?" 灵犀顿时坠入了冰窖。

"整个新闻圈就这么大,如此轰动的新闻,在'新闻在线'上挂了一整天,能捂得住吗?" 张雪一脸无奈。

灵犀一屁股坐在椅子上。

"看来,这一次我无法保你了,否则,我这个主任也没法继续做下去。" 张雪看着一脸泪水的灵犀,狠了狠心,"你干脆辞职吧!"

辞职？

灵犀呆呆地看着张雪。

"雪儿姐，不是我的错，是有人陷害我！你不能凭两段视频就认定我与土豪做了什么，这样对我不公平！"灵犀哭了起来。

"那你告诉我，什么叫公平？"张雪反问。

"总之有人陷害我！"灵犀吼起来。

"既然你这么说，那你把那个陷害你的人找出来！"张雪松了口。

"好，请你给我三天时间，若是三天以后找不出背后真凶，我一定辞职！"灵犀握紧拳头。

"好，我给你三天时间。你可以出去了！"张雪不耐烦地挥挥手。

灵犀沮丧地回到格子间。

"灵犀，你怎么啦？"隔壁的刘晓晓问。

"没什么，有点不舒服。"灵犀扯了扯嘴角。

"既然没康复，还是多休息几天吧。"刘晓晓一脸好意。

"谢谢啊，我能撑得住。"灵犀叹了一口气，拨通了土豪的电话。

"是我……"灵犀的眼泪止不住地滑落。

"哭啦？这点小事有什么值得哭的？"土豪语气带着一丝宠溺。

"报社给我三天的时间查出幕后的人，我需要你的帮忙……"灵犀来到角落里压低了声音。

"查不出来又如何？"土豪反问。

"让我自动辞职……"灵犀心里一酸。

"报社每个月给你多少钱？"土豪又问。

"不多，四五千……"灵犀老实回答。

"辞职了更好，来'奇峰'，我给你底薪八千外加奖金和提成，如何？"土豪语气十分豪爽。

"除非你是'奇峰'的老板林炜轩！"灵犀撇嘴。

"呵呵，是啊，若我是你的偶像林炜轩，你愿意为我效劳吗？"土豪居然有心情开玩笑。

"想得美！"灵犀摇头，"你不是林炜轩，所以，我也不会为你效劳。"

"是呀是呀，我当然不是他，我是土豪嘛！"土豪自嘲地一笑。

"说实话，你帮还是不帮？"灵犀没心情跟他开玩笑。

"若我帮了你，对我有什么好处？"土豪可真腹黑，到现在还不忘利益。

"我请你吃饭，如何？"灵犀想了想，说。

"我记得某人好像以前欠我一顿饭还没兑现，不知这一次是不是又想忽悠人……"土豪邪魅的嗓音带着一丝慵懒。

"这一次我一定说话算话……"灵犀记得好像真有那么回事，脸色顿时红了。

"古人为五斗米折腰，看来我比古人还悲催，居然要为你那一顿饭折腰。"土豪声音中带着一丝自嘲。

"那个，谢谢了……"想到这话是对那个平日里冷冰冰的土豪说的，灵犀有些别扭。

"嗯，明白就好，等我消息吧！"土豪挂了电话。

不知怎么的，这个电话让灵犀的心情好了起来。她有一种预感，土豪一定能将幕后的黑手揪出来，让其阴暗的面目曝光在阳光下无处遁形！

4

这一夜，灵犀睡得格外香。

第二天一早，土豪的电话不期而至。

"起床了吗？"土豪问。

"刚醒，这么快就查到了？"灵犀十分意外。

"马上下楼，我带你去一个地方！"土豪说。

"你在哪里？"灵犀又问。

"你公寓的楼下。"土豪语气十分自然。

"你是怎么知道我住这里的？"灵犀更加意外。

"废话，当然是你告诉我的！"土豪十分不满。

"我什么时候告诉你了？"灵犀实在想不起来。

"那天晚上！你有十分钟时间！"土豪不由分说挂了电话。

土豪的话让灵犀抓狂的同时不再怀疑，赶紧起床洗漱。

十分钟后，灵犀出现在楼下，土豪这一次开的不是那辆招摇的兰博基尼跑车，可也低调不到哪里去，今天开的是一辆宝马敞蓬车。

灵犀腹诽，果真是土豪呀！豪车一辆接一辆，一点不懂得低调节省，简直是个坑爹的败家子儿！

"还没吃东西吧？这是我刚才吃剩的，凑合吃吧！"土豪递给她一个袋子。

灵犀打开一看，里面是几个热腾腾的灌汤包子，一杯豆浆。

"谢谢啊，我还真的饿了！"灵犀并没戳穿土豪的言不由衷，毫不客气地吃起来。

看着她吃得狼吞虎咽的样子，土豪的唇角勾起一个上扬的弧度。

"我们这是去哪儿？"灵犀心情很好地问。

话一出口，才发现自己用了一个不恰当的词：我们。

"去一个你想不到的地方！"土豪目光中掠过一丝笑意。

半个小时后，敞蓬车在一家高级会所的地下停车库停下。

随即，土豪带她乘坐电梯上了二楼。

"林……"一见土豪，门口的美女随即展露笑颜，扭着小蛮腰朝他走来。看见土豪身旁毫不起眼的灵犀，美女的脸上掠过一丝不屑。

"我们去铂金包间。"土豪说。

"这边请。"美女扭着腰肢款款地走在前面。

"里面请……"美女推开了包间的门。

这是一个巨大的包间，装修得十分豪华，几个身穿黑色西服的男人见土豪到来，随即恭敬地站在一旁。

土豪则推开一道门，里面居然还有一个小包间。

"你乖乖地在这里坐着，什么话都不要说，好好看戏，无论外面发生什么事，都不要出来，明白吗？"土豪温和地将灵犀按在柔软的沙发上，打开了灵犀面前的液晶屏幕，灵犀发现屏幕所显示的正是外面那个大包间。

土豪随即离开了，很快又出现在视频中。

他就像一个国王，坐在正中的沙发上，一脸威严冷峻，唇角勾起一丝邪魅的笑容。

"人呢？带来了吗？"土豪语气寒沉。

"带来了……"其中的一个男人说着，对旁边的人使了一个眼色，几个人七手八脚地拎来几个麻袋。

"打开看看，都是些什么货色！"土豪语气寒冷。

麻袋一个个打开，灵犀看见两男两女。

灵犀并不认识两个男子，两个女人却令她大吃一惊，一个是李莫愁，另一个居然是李灵！此刻，两个女人头发凌乱，却依然秀色可餐，只是李灵脸上留下了一条妩媚的指甲印。见了土豪，两人不约而同地双眼放光，就像贪吃的小狗看见了美味的骨头。

5

"说吧，你们背地里对我都干了些什么？"土豪慵懒地开口，眉宇间有一股令人不寒而栗的气息。

"帅哥，我们可是什么都没做哦……若你确实想，我们倒乐意奉陪，要不要试试看？"李灵妩媚一笑。

"是啊是啊，我们姐妹一起伺候你，保准让你舒舒服服浑身通畅……"李莫愁也扭着腰肢笑得花枝乱颤。

"哪里来的苍蝇，嗡嗡嗡地乱叫？"土豪不禁皱眉。

两人顿时一脸灰败。

"那就由你们说吧！"土豪指了指两个男子。

"我们……"两个男子尽管面上无伤，身上早已被打得皮开肉绽，见了土豪，不禁跪在地上。

"男人嘛，敢做就敢当！除非你们不是男人……"土豪的手中不知何时多了一把明晃晃的匕首。

"我们说，我们说……"两个男子不禁浑身发抖。

"站起来说！爷不喜欢威胁别人！"土豪一脸邪魅。

两个男子瑟瑟发抖地站了起来。

从他们断断续续的叙述中灵犀得知，他们分别是"夜色弥漫"的保安陈乐金和报社附近一个街拍爱好者周洪贵。

两天前，李莫愁找到了陈乐金，用色相换取了灵犀与大学同学聚会那晚KTV内的监控视频。而那个街拍爱好者周洪贵则是由不甘寂寞的李灵两天前在酒吧中认识的，李灵被赶出财经新闻部后，对灵犀恨之入骨，想方设法要报复，得知更为巧合的是，她在玩弄周洪贵的DV时发现了土豪那天早上送灵犀去报社的视频。

更让灵犀没料到的是，李莫愁与李灵是堂姐妹关系，对灵犀恨之入骨的姐妹俩都想让灵犀身败名裂，便将那晚的视频和周洪贵拍摄的DV通过剪辑发布在"新闻在线"论坛和许多媒体人的邮箱中……

一切真相大白，幕后人的丑恶嘴脸终于曝光在灵犀面前。

"你们……真无耻！"灵犀忍不住站了起来，想起土豪刚才的叮嘱，又一屁股坐在沙发上。

"慕灵犀惹了你们？"土豪眯了眯眼。

"哼，她不就是一个其貌不扬的平庸女子么？凭什么爬到我身上作威作福？"李灵咬牙说。

"听说是你把她打得住院的？"土豪又问。

"我一直很后悔那天晚上没能将她的子宫踢掉！让她这辈子都无法成为真正的女人！"李灵的眼中闪烁着仇恨的光芒，说出的话令人不寒而栗。

小包内的灵犀更是脊背发凉。

"这么说，你也不想当女人了？"土豪慵懒的嗓音带着一丝寒沉。

"帅哥，冒犯你是我的不对，可是我真的不甘心……"李灵声音带着一丝绝望哭腔，"告诉我，为什么是慕灵犀，我们姐妹俩哪点不如她？"

同样的话，李莫愁也问过他。

"因为，她比你们两个都干净！"土豪的话让李灵哑口无言。

"你们又比我能够好到哪里去？不过是男盗女娼的下流胚子！"绝望的李灵不甘心地骂道。

"找死！"一个黑衣人一巴掌将李灵打得血流满面。

"轮死她，轮死她！"另外几个黑衣人异口同声，随即一拥而上去拔李灵的衣服。

"让开，你们这些卑鄙无耻的下流胚子！"李灵厉声叫了起来，双腿乱蹬双手乱抓，可她毕竟是女子，哪里奈何得了几个五大三粗的男人！

"你们就不怕脏了自己吗？"土豪的话令几个男人停了下来。

"最后一次警告你们，离灵犀远一点，还有，永远别再出现在我的视线范围内，懂吗？"土豪站起来，居高临下地看着四人。

"明白，明白……"两个男子连忙鞠躬。

"还有，若是谁敢为难慕灵犀，我绝对不会放过他！"土豪一扬手，明晃晃的匕首朝李灵和李莫愁头上飞去。

两人吓得双腿发软大声尖叫，头顶的乌发同时被削去一片。

"下一次，就不是削掉头发这么简单了……"土豪的脸上依然挂着邪魅的笑容。

四人同时瘫在地上。

土豪挥了挥手，黑衣人给了四人后脑勺一下，拿着麻布口袋将他们装起来后迅速离去。

"真相大白了，满意吗？"小包间内，土豪笑问一旁的灵犀。

"疯了，这个世界完全疯了！"灵犀坐在沙发上摇头，残酷的真相令她不寒而栗。

"灵犀，这就是几千年来人类的生存法则，永远是弱肉强食，胜者为王。"土豪的嗓音略带无奈。

"弱肉强食？"灵犀愣愣地看着土豪。

"难道不是吗？我们都不是这个生存法则的制定者，每一个生活在这个世上的人，必须遵循规则。既然你无法同流合污，只能随波逐流，要想在这个疯狂的社会上立足，你只有适应它，否则，只能被它淘汰！"说这话时，土豪一脸凝重。

离开私人会所，土豪开车带着灵犀来到一条僻静的路上，停车后，从身上取出一个优盘，导入车载电脑中捣鼓起来。

灵犀发现他在剪辑刚才在会所内的视频。几分钟后，他将剪辑好的视频播放给灵犀看了一遍，灵犀感觉挺满意，拷贝了一份。

"你到底是做什么的？怎么认识社会上那些人？还有，你怎么对电脑如此熟悉？"灵犀忍不住问。

"我啊，是一个上天眷顾的幸运儿！"土豪神秘一笑，"实话告诉你吧，前几年我十分热衷买彩票，平常除了吃饭穿衣，把所有的钱都用来买了彩票。一开始可倒霉了，连五块钱的小奖都没能中一个！可我不是那么容易气馁的人啊，我相信总有一天老天爷会开眼，就继续买彩票……功夫不负有心人，就在去年，我花了整整一个月的时间研究出来一组自认为最有中奖希望的数字，用最后的100元现金一次性买了20注彩票，你猜最后怎么着?"土豪得意洋洋地看着灵犀。

"你中奖了?"灵犀问。她忽然想起去年在新闻中看见过一篇报道，一个未婚男子买彩票花光了所有的钱，被女朋友抛弃后中了亿元大奖，莫非那个倒霉的幸运儿就是眼前这个土豪?

"没错! 老天爷居然真的开眼了，这一次，我中了五百万的大奖! 20注彩票一共是一亿元，扣除所得税还剩八千万! 于是，我一夜之间从一个穷光蛋变成了现在的土豪!"土豪似乎还沉浸在当时的兴奋中，"于是啊，我就买了几栋别墅几辆车，过了一把土豪瘾!"

土豪说得眉飞色舞。

"你运气可真好，将来我失业了也去买彩票!"灵犀不禁笑了，此时的土豪似乎也不那么讨厌了。

"彩票有风险，入行要慎重!"土豪豪迈一笑，发动汽车朝前驶去。

"你还没回答我是怎么认识那些人的呢!"灵犀又问，"还有，你是学计算机的吗? 电脑用得挺溜的!"

"有钱能使鬼推磨，那些人是社会上找来的!"土豪一脸不以为然，"至于电脑吗，是我的业余爱好，我平常就喜欢捣鼓这些有技术含量的东西!"

真不谦虚，狂妄自大的毛病又犯了!

"那些人是混社会的，以后还是少来往。"灵犀想起那些黑衣人就不舒服。

"放心吧，我自有分寸!"土豪的眼中泛起一丝温柔。

"唉，不知主任看了这段视频后，还会让我辞职不……"灵犀叹了一口气。

"放心吧，你的前途一片光明，希望就在前面招手呢! 报社不敢开除你的!"土豪十分自信。

"借你吉言，但愿如此。"灵犀忧心忡忡。

第十二章
前途光明

1

土豪果真料事如神。

灵犀将拷贝的视频送到了张雪那里，张雪见了，态度立即转了一百八十度。

"看来你的确被冤枉了。这件事到此为止吧，以后不管做什么，都得多长个心眼！"张雪叮嘱。

"谢谢主任，我记住了。"灵犀心里一阵轻松，真的感觉道路平坦前途一片光明。

中午时分，意外地接到土豪的电话。

"怎么样？没事吧？"土豪问。

"如你所料，万事大吉，谢谢你……"灵犀感激地说。

"你打算怎么谢我？"土豪又问。

"我……"灵犀还真不知该如何谢他。

"请我吃饭！"土豪说，"我很饿……"

"好吧。"想起自己已经欠了他两顿饭了，这一次再不请就说不过去了，"你想吃什么？"

"随便，你请什么我吃什么。"土豪倒是很随意。

"那就去人鱼码头吃中餐？"灵犀问。

"太远了，在你们报社附近找一家吧。"土豪说。

"附近吃的倒是不少，只是……"灵犀一想到新闻圈就巴掌大的地方，万一被同行看见他们一起用餐，指不定又会闹出什么幺蛾子来。

"蜀香源，如何？那里菜品不错，味道也好。"土豪提议。

"那就蜀香源吧。"灵犀十分赞同。

蜀香源算得上中档酒楼，环境优雅，还有独立包间。

"我先去停车，然后在蜀香源碰头。"土豪不由分说挂了电话。

十分钟后，灵犀走进蜀香源时，土豪已经在门口等候。

土豪人高腿长，加之长得俊逸穿得体面，引得路过的美女们频频放电，就连蜀香源的那些穿着旗袍的礼仪小姐也看得目光似火、口水直流，恨不得立即将他扑倒在地。

灵犀心里暗叹，真是一个诱人犯罪的人间妖孽呀！

"来了？我要了一个小包间，你不会反对吧？"土豪笑问。

"我没意见，没意见哈！"灵犀打着哈哈。

"走吧，就在里面的兰香阁。"土豪说着，与她一起朝里面走去。

第一次与土豪并肩而立的灵犀感觉好有压力，不仅要挨女人们眼中的飞刀，还在心里暗自祈祷不要遇见报社同仁，更要时刻提醒自己非礼勿视。

好在很快就到了包间，坐下后的灵犀这才松了一口气。

土豪见状，眼底掠过一丝不易觉察的笑意。

"既然是你请客，还是你来点菜吧。"土豪将菜单递给灵犀。

"你喜欢吃什么？"灵犀翻着菜单问。

"客随主便，你点什么，我吃什么！"土豪一脸微笑，一副你说了算的样子。

"那我干脆点一份米饭，一盘回锅肉，一个青菜汤，管你喂个饱？"灵犀问。

一旁点菜的服务员不仅掩口失笑。

"你就是这样对待自己的救命恩人吗？"土豪不满地扬眉。

"你不是说客随主便吗？矫情！"灵犀撇嘴。

土豪不再吭声，直勾勾地看着她。

灵犀被他看得心里发毛，赶紧点了几道自己平常喜欢吃的家常菜，又要了两杯鲜榨果汁。

"两位请稍等。"服务员拿着菜单离去了，还不忘关上了包间的门。

见土豪的目光一直停留在自己脸上，灵犀不禁恼了："看什么看？"

土豪懒懒一笑："经过仔细观察，我在你身上发现一个有趣的问题。"

灵犀被他的话勾起一丝兴趣："是吗？说来听听。"

"你长得，可真让人放心。"土豪唇角笑意更深。

"那当然，我男朋友也这样说！"灵犀十分得意。

2

"你说的，就是那个邱志礼？"土豪一脸不屑。

"你与他有仇吗？"灵犀十分不解，"干嘛这副表情？就像谁欠你东西一样！"

"你对他了解有多少？"土豪不答反问。

"不多不少，差不多可以结婚了。"说起邱志礼，灵犀甜甜一笑，小脸上阳光明媚。

"看来，你还真的准备跳火坑了！"土豪冷冷一笑。

"你不会被女人甩了一次就有心里阴影了吧？"灵犀小心翼翼地问。

"我被女人甩？"土豪被她的话弄得啼笑皆非。

"难道不是吗？报纸上说你中大奖前因穷困潦倒被女朋友甩了……啧啧，你女朋友可真没眼光呀，到手的幸福都放跑了，她现在一定悔得肠子都青了吧？"灵犀见他脸色怪异，以为自己说中了他的伤心事，赶紧柔声安慰，"天涯何处无芳草，你失去了一棵树，还有一片森林呀！再说你长得像模像样的，现在有房有车也算土豪一族，相信你一定会找到属于自己的那一棵草。"

"说完了吗？"土豪哭笑不得。

"没完，我跟你说，以前我比你还惨，真的……瞧我现在，不是能吃能喝爱情事业双丰收吗？你不必烦恼，真的，每个人都会遇到属于自己的幸福，尽管你暂时没遇到，是缘分没到明白吗？缘分是个很奇妙的东西，两个人若是有缘无分只能留下一生遗憾，无缘有分也是一声叹息，有缘有分才能幸福美满……"灵犀一下子变成了知心大姐。

土豪平静地看着她那张粉色的小嘴吧嗒吧嗒地吐出一连串的话，却是什么都没听进去，只是感觉耳朵里好吵，好吵，好想让她闭嘴。

"这下你的心里是不是舒服多了？"灵犀看着他一脸呆呆的样子，不禁问。

"是，舒服多了。"土豪点头。

"这就对了，人要知足，明白吗？我有一段时间也自不量力好高骛远，可是吃尽苦头呢！"灵犀自嘲地一笑，"现在想来，那时的自己真傻……"

正说着，菜上桌了。

"土豪，今天是我第一次请你吃饭，为了表示诚意，我以果汁代酒敬你一杯，谢谢你的几次出手相助，我会记住你的好！"灵犀主动端起橙子，与土豪的杯子碰了一下。

"小样，现在知道我的好了？"土豪喝了一口果汁问。

"我仔细想了想，我以前的脾气太冲，你又太高傲，两个人谁都不让谁，谁也看不惯谁，自然是水火不容啦！现在好了，知道你心眼不坏，我就大人大量不去计较了！"灵犀一脸笑容。

能与一个水火不容的人化干戈为玉帛，真好。

"那你说说，我们算朋友吗？"土豪吃了一口菜问。

"以前不算，现在算了。"灵犀认真地说。

"既然你把我当做朋友，我就不得不提醒你一句，对于邱志礼，我劝你还是多长个心眼。"土豪一脸严肃。

"志礼到底怎么了？"灵犀放下筷子。

"他与前未婚妻的事，你了解多少？"土豪又问。

"他全都告诉我了。"灵犀想起当初与邱志礼相亲时他就提及过，未婚妻在结婚前出了车祸，他为此颓废了三年……

"这么说，你愿意接受这样的他？"土豪的脸色十分难看。

"我认为他是一个诚实的人，对我也很好，很适合结婚，他将来会是一个好丈夫的。"灵犀实话实说。

"呵呵，你可真是……可爱得让人叹为观止呀！"土豪笑得十分怪异。

"我也老大不小了，难得有这么好的一个男人对我，况且第一次见面他就表达了和我结婚的愿望，这是多么难能可贵呀！"灵犀微微一笑，"若是错过他，我这辈子恐怕都遇不到这么好的男人了！"

"慕灵犀，你就那么恨嫁吗？"土豪抬高了声音。

"当然啦，我已经26岁了，早就到了法定结婚年龄，女人一辈子最重要的事情就是结婚生子！我是俗人，自然不能脱俗！"灵犀一脸憧憬，根本没注意到土豪的脸上早已乌云密布，"我相信志礼，一定会给我一个难忘的婚礼！"

"你是在做白日梦吧？"土豪声音冷冷的。

"你可恶，我就不能做白日梦吗？况且志礼已经向我提出结婚了。"灵犀的脸上浮现了一个幸福的笑容。

"你答应了？"土豪依然是冷冷的。

"正在考虑。"灵犀说着，埋头吃饭。

3

"灵犀，其实你没必要急着结婚的，你与邱志礼认识不久，你又还年轻，可以慢慢了解……"吃到一半，土豪说。

"若我非得结婚呢？"灵犀声音一冷。

这土豪，管得可真多！

"天下男人多的是，没必要非得嫁给他！"土豪语气凝重。

"可我就想嫁给他，我喜欢他，我甚至感觉自己已经爱上他了！想要天天和他在一起，过普通夫妻的小日子！"灵犀的话令土豪脸色更加难看。

"你们现在发展到哪一步了？"土豪不由分说地捏着灵犀的手。

"你什么意思？"灵犀被他捏得有些痛。

"什么意思还用问我吗？他到底对你做了什么？"土豪语气十分急切。

"你神经病呀？他对我做了什么关你什么事？你是我的什么人呀？我为什么要告诉你！"灵犀十分冒火！

土豪，别以为你帮过我就能对我的感情指手画脚！

"我这是关心你，你别不识好歹！"土豪也一脸怒火。

"谁要你关心了？我就不识好歹了，你想怎样？"灵犀与他针锋相对。

"记住我说的话，总有一天，你会后悔的，肠子都会悔青！"土豪冷冷地放开她的手。

"你真恶毒！自己心灵受过创伤就罢了，还这样诅咒我的感情！你心里妒忌是见不得别人好吧？土豪，你的心态有问题，我建议你最好去看心理医生！"灵犀一脸讥讽。

"既然你喜欢一条道走到黑，那就由你去吧！只要将来不后悔，我倒是乐意祝福你！"土豪一脸寒沉。

"言不由衷，小人！"灵犀撇撇嘴，"我能看见自己的未来是一片光明！"

正在这时，土豪的电话响了，土豪看了看来电，拿起电话出了包间。

灵犀心里烦躁的很，心存感激的她本想与土豪心平气和地吃顿饭，化干戈为玉帛，哪知却闹得不欢而散，他们前世一定是冤家，这辈子也肯定八字相克，否则怎会每次都是三句不合就吵得互不相让、水火不容？

过了一会儿，土豪进来了，灵犀正要叫服务员埋单，包间的门开了，进来的居然是报社社长、总编以及几个部门主任，财经部主任张雪也在其中。

灵犀顿时一个头两个大，今天的运气不是一般的差呀！

"哟，这不是蒋社长、杜总编与几位主任吗？灵犀，你的领导来了，还不快敬酒！"土豪在一旁怂恿。

真是唯恐天下不乱的祸害呀！

"我想是谁，原来与林总用餐的是小慕呀！"蒋社长意味深长地看了灵犀一眼。

总编与几个主任也笑盈盈地看着她，张雪的目光也显得十分怪异。

"社长，总编，各位主任，其实我们不……"见领导们误会，灵犀那一刻真恨不得找个地洞钻了。

现在彻底完了，她真的是跳进黄河都洗不清了！

"既然你们不方便，那我们改日再叙吧，小慕，可得好好陪林总……"社长笑眯眯地说完，与土豪客气几句后，带着众人离去。

"你……姓林？"灵犀黑着脸问土豪。

"不错，我姓林。"土豪面不改色。

"林炜轩是你什么人？"灵犀又问。

"他是我一个远方表亲，我从农村出来后，一直在他的公司打工。"土豪又说。

"可我明明听见社长叫你林总！"灵犀冷笑。

"我是负责仓库保管的总管，大家私底下一直叫我林总，我也乐意接受。"土豪耸耸肩，一脸的玩不世恭。

"你叫林什么？"灵犀严肃得就像查户口。

"行不更名，坐不改姓，林小轩是也。"土豪冲她眨了眨眼。

灵犀不禁微微蹙眉，林小轩？这个名字似曾相识，一时又想不起来。

"我们以前，认识吗？"灵犀看着他问。

"或许，在梦里认识，更或许，上一世还是夫妻呢！"土豪，不，林小轩嬉皮笑脸。

"你……无聊！"灵犀心里冒火得很。

"开个玩笑，至于吗？"土豪依然是嬉皮笑脸。

"林小轩，你简直害死我了！"灵犀气呼呼地走出包间，冲身后的土豪说："今天你埋单！"

"有没有搞错，你明明答应请客的，怎么变成了我埋单了？"土豪不满地跟在后面。

"我不管，反正是你的错，就该你埋单！"灵犀刚气呼呼地说完，又立马闭嘴。

社长一行正从一旁的包间里出来，见了他们拌嘴，还当是情人间的打情骂俏，个个一脸微笑呢！

那一刻，灵犀真恨不得一头撞死算了……

"乖，别闹了，我这就去埋单，等我……"土豪见状温柔一笑，赶紧到服务台去埋单。

晕哦，这货还真会演戏！灵犀真是浑身有嘴也说不清了！

4

刚一回到报社，就被叫到了张雪办公室。

"主任，其实我与林……不是你们看见的那样，我们之间根本就是普通朋友。"灵犀小心翼翼地解释。

"灵犀啊，过来坐，我有事交待。"张雪一反常态地拍拍身边的沙发。

灵犀不安地坐下，一时不知该说些什么。

"是这样的，刚才社长给我下了一个任务，从目前来看，这个任务只有你能完成。"张雪语气十分温和。

"啊？到底是什么事啊？"灵犀一脸不解。

"你是知道的，这几年来，在网络传媒的蚕食下，报业生存状态堪忧，尽管我们报社口碑好，广告效益在几家报纸中还不错，但情况也不甚乐观。报社上至社长总编，下至记者发行员，全靠广告收入养活，这个季度是广告投入淡季，报社的广告效益很不好……"张雪叹息。

"主任，我还是不明白你的意思！"灵犀摇头说。

报社效益不好是市场部的责任，关她这个财经记者有什么关系？

"社长的意思是，'奇峰'集团不是准备进军旅游业吗？报社已经为他们做了许多前期新闻宣传，你与'奇峰'合作不错，由你出面让'奇峰'在报社投资广告，应该不成问题的！"张雪说。

"'洪峰'集团也将进军旅游业，主任与赵总和顾太太是朋友，想必去'洪峰'集团谈广告合作更容易。"灵犀将了张雪一军。

"'洪峰'集团我自然会去，我们现在说的是你一直采访合作的'奇峰'集团！"毕竟姜是老的辣，张雪才不理灵犀那一套呢！

"可是，我与'奇峰'的领导并不熟悉呀？"灵犀依然摇头。

"灵犀呀，我知道你是一个对工作十分严谨的人，可是许多时候不能只考虑自己的利益得失，也得顾全大局，是不是？我们生活在一个集体，报社的事也是你我的事，能为报社的生存发展出一份力，是你的责任，也是你的光荣，你说对吗？"张雪将这件事提升到了一个高度。

"你说吧，具体怎么做？"灵犀叹了一口气。

"广告投入的题案我已经做好了，你明天一早就去'奇峰'，由你出面，应该没有问题。"张雪倒是很有把握。

"我尽力而为。"灵犀无力地说。

"对了，社长说了，若是合作成功，给你5％的广告提成。"张雪又说。

"我明白……"

回到格子间，灵犀仔细看那份广告合作题案。

看见题案上报出的一长串广告金额，灵犀顿觉头皮发麻。

看来，她还真成了赶上架的鸭子了，不去也得去了。

真是悲哀啊，一向自命清高的她居然悲催到拉广告了！

"刘秘书，你好，我是慕灵犀……"灵犀硬起头皮拨通了刘子悟的电话。

"慕记者，你好你好，我正有事情找你呢，你明天有时间来我办公室一趟吗？"刘子悟热情地问。

"好的，我明天一早过来。"灵犀暗暗松了一口气。

刚放下电话，邱志礼的电话进来了。

"灵犀，今天忙吗？"邱志礼温和地问。

"还好，有事吗？"灵犀问。

"晚上一起吃饭吧！"邱志礼声音温和。

"好啊！"灵犀爽快地回答，不知怎么的，今天可真想他。

"晚上七点我来接你！"邱志礼说。

"好，晚上见！"灵犀愉快地挂了电话。

灵犀写了几篇常规稿子，整理了明天需要的资料，在网上浏览了近期发生的经济新闻，分析了市场走势，又电话采访了几个经济专家，然后写了一片市场分析稿子，就差不多七点钟了。

七点钟，邱志礼的电话准时响起，他已经到了报社门口，灵犀拿着包包准备下班走人。

　　"灵犀，看你春风满面的，又去约会呀？"刘晓晓问。

　　"是啊，爱情事业两不误。"灵犀笑了笑。

　　既然大家都知道自己有男朋友了，灵犀索性大方些。

　　"是你的邱医生吗？"戴璐璐也凑了过来。

　　"自然是他啦，除了他还会有谁！"灵犀朝两人挥挥手，提着包包出了门。

　　"瞧瞧人家灵犀，这才是鸿运当头，前途一片光明呀！"刘晓晓一脸羡慕。

　　"这就是人各有命吧！别羡慕她了，赶紧写稿子吧！"戴璐璐摇头。

第十三章
浪 漫 求 婚

1

"你可真准时啊！"上了车，灵犀笑着说。

"与女朋友约会，当然不能怠慢啦！"邱志礼微微一笑。

汽车行驶在湖南河畔，夜色下的府南河显得格外迷人，三三两两的情侣们在河畔漫步，温馨而浪漫。

邱志礼将车停在河畔的"花满天下"酒楼前。

"今天是什么特殊日子吗？"灵犀看着面前装修豪华的酒楼问。

"也没什么，就是你出院以来一直没有好好聚聚……"邱志礼笑得十分温柔。

"可是这里……"

这里实在太豪华了……

"没事的，跟我来吧！"邱志礼拉着灵犀的手走进酒楼。

"欢迎光临，请问先生，你们有预订吗？"门口的礼仪小姐问。

"有，1314 号桌。"邱志礼说。

1314，灵犀心里不禁一甜，邱志礼还真浪漫呀！

"请这边走……"礼仪小姐领着两人来到靠窗的一桌。

这是一个宽阔的餐厅，餐厅装修雍容典雅，布局合理，里面已经有许多穿着不俗的食客在安静地享用美食。

坐下后，灵犀才发现这里视线很好，透过窗户，将外面的景色一览无遗。府南河两岸高楼林立灯火摇曳，远处的合江亭与廊桥清晰可见，缓缓流淌的河水中洒下了星光点点……

"真美！"灵犀由衷地赞叹。

"喜欢吗？"邱志礼柔声问。

"喜欢，住在河畔的人很幸福，每天晚上可以在河畔散步，在两河交汇的合江亭欣赏美景，在廊桥上感受清风来袭，在流动的河水中细数岁月留长……"灵犀的脸上无限憧憬。

"若你喜欢，我们将来在附近买一套房子，以后只要一有时间，我们就一起在河畔漫步，一起走过属于我们的春夏秋冬，好吗？"邱志礼微笑着问。

"你这算是……求婚吗？"灵犀抬眸一笑。

"若我求婚，你会答应吗？"邱志礼镜片后的目光充满柔情。

"我会……好好考虑考虑……"灵犀故作矜持。

"你已经考虑很久了，不是吗？"邱志礼拉起她的一只手。

"唔，人家说求婚是很正式的，你这样……让我感觉好不认真！"灵犀抽回手。

"好啊，那我就正式一点！你等一等……"邱志礼神秘一笑，随即离开了。

灵犀看着他的背影微微一笑，这家伙，不知搞什么名堂。

一会儿，餐厅里传来悠扬的小提琴声音，几个身穿礼服的琴师拉着小提琴朝灵犀走来，琴师拉的是那首催人泪下的梁祝。

优美的琴声引得用餐的人们纷纷侧目，灵犀托腮听得十分专注，那一刻，她被琴声所传递出来的爱情故事深深地打动了。

就在灵犀沉浸在优美的琴声中时，捧着玫瑰的邱志礼深情款款地出现在面前。

"灵犀，认识你三个月以来，我被你深深地吸引着，你是我所见过最真实的女孩子，你愿意嫁给我吗？"邱志礼说着，单膝跪地。

餐厅里爆发出热烈的掌声……

灵犀顿时一脸意外。

有人拿起手机记录这令人感动的一幕。

"嫁给他，嫁给他，嫁给他！"大家异口同声。

"你愿意让我照顾你一辈子、给你一个幸福温暖的家、陪你一起走过生命中的春夏秋冬吗？"邱志礼又问。

那一刻，灵犀的眼眶一热，看着他拼命地点头："志礼，我愿意……"灵犀的手与他的手紧紧握在一起。

"哇，好浪漫呀！"有人欢呼！

"灵犀，谢谢你！"邱志礼一脸幸福的微笑。

灵犀双颊泛红，眼眸微垂，却掩饰不住内心的甜蜜。

邱志礼不失时机地从衣服口袋里掏出一个精致的丝绒盒子，取出了里面闪闪发光的钻戒，小心翼翼地戴在灵犀的无名指上。

看着那枚匠心独具的钻戒，灵犀的心顿时溢满了幸福。

谁也没注意到，一双深邃的眼睛此刻正冷冷地注视着一切。

2

一会儿，菜上桌了。

似乎为了庆祝他们的好日子，餐厅特地为两人准备的是烛光晚餐。

一时间，烛光温馨，花香袭人，美食诱人。

两人隔着烛光深情地凝视着对方，不时甜蜜一笑。

此情此景，不禁让灵犀有些恍惚。

这一切，感觉好不真实，仿佛是一个甜美的梦。

"志礼，刚才，你是认真的吗？"灵犀小心翼翼地问。

她好像有点不相信邱志礼会这么快就向自己求婚，更不相信好运气会一再降临在自己身上……

"傻瓜，当然是真的，我真的好想和你结婚，想要一辈子和你在一起。"邱志礼温柔地握着她的手说，目光真诚，"灵犀，你准备好当我的新娘了吗？"

"你不会后悔吧？"灵犀说出这话后，恨不得给自己一巴掌。

唉，慕灵犀，如此温馨浪漫的时刻，你怎么会问出这样扫兴的问题，真是大煞风景……

"当然不会！灵犀，难道你……"邱志礼的脸色微微不安。

"不是的，我很高兴，也很幸福，谢谢你给我一个难忘的求婚！"灵犀的目光落在右手的戒指上，温柔地说："这是我这辈子收到最好的礼物，我会永远戴着它……"

"谢谢你，灵犀！"邱志礼拉着她的手深情一吻。

见四周无数双善意注视的目光，灵犀的脸微微一红："快点吃吧，大家都看着我们呢！"

"先生，小姐，这是我们经理送给两位的龙凤呈祥水果拼盘，祝两位爱情美满，永远幸福！"服务员送来一份精美的水果拼盘。

"谢谢！"邱志礼用水果叉叉起一枚圣女果送到灵犀唇边。

灵犀幸福地享受着他的服务。

享用完水果拼盘，邱志礼埋单后，牵着手捧鲜花的灵犀走出了酒楼。

"一起走走，好吗？"邱志礼似乎也被河畔迷人的夜景所吸引了。

"好啊……"灵犀微笑着点头。

于是，两人手牵着手漫步在夜色朦胧的河畔。

现在是初秋，府南河两岸因种植的是常青树，丝毫感觉不到落叶萧萧的萧条落寞，反而被青翠的树木衬托得宛若春天般景致秀丽。

夜风轻袭，将灵犀的头发吹得有些凌乱，发丝轻抚着邱志礼的脸庞，他嗅到了灵犀身上温馨的女儿香。邱志礼不禁侧目注视着沉醉在夜色中的灵犀来。

此刻的灵犀双眸在夜色中显得格外沉静，小脸也格外白皙，鼻子挺翘，唇角泛起一丝微笑……仔细看，她长得很清秀，五官小巧玲珑，身材也小巧玲珑，总之，是一个晶莹剔透的小美女！

"那里有张椅子，我们过去坐坐吧！"灵犀指了指前面。

"好啊……"邱志礼微微一笑。

两人手拉着手坐在椅子上。

"灵犀……"邱志礼朝灵犀靠了过来。

"嗯……"灵犀看着一脸柔情的邱志礼，小脸微微发烫。

"灵犀……"他的双手捧着她的脸，让她面对着自己。

"志礼，我们……"灵犀被他灼热的眼眸看得心里发慌。

邱志礼俯下头，柔软温润的双唇覆盖在灵犀的唇上，辗转吮吸……

她的唇柔软、甜蜜，她的口中有着水果的清香与甜美，他被那种美好的感觉深深地吸引着，还想要得更多……

她的身体柔软，散发出美好的女儿香，他的手禁不住抚摸着她，似乎想要将她变成自己的一部分……

当邱志礼的手在她身上游走时，灵犀的身体微微颤抖着，想要阻止他，可一想到他已向自己求婚，两人关系已成定局，让他摸一摸没关系。可是……可是他的手指仿佛带着电，所到之处，令她的身体产生一种奇怪的异样感……

"志礼，不要……"当他的手钻进了她的衣服，企图攀上她胸前那对美好的柔软时，灵犀的脑子在那一刻清醒了。

很早很早以前，母亲曾经对她说过，女孩子的胸与身体是最宝贵的，若是被人摸了一次，黄金会变成白银，摸了两次，白银会变成铜铁……被人摸得越多，就越来越不值钱……

这么多年以来，身边的同学同事在变着花样换男朋友时，灵犀却一直牢记着母亲的话洁身自好，从不让自己的身心放任自流……

"对不起……"邱志礼从灵犀的语气中听出了她的不满，赶忙道歉，"我刚才一时激动得忘形了……"

"没事，我只是……不习惯。"灵犀轻声说，带着一丝羞涩。

"我明白，我明白……"邱志礼微微一笑。

"你以前与前女友，是不是非常好？你们的关系……"灵犀忍不住问。

"我们的确十分要好，并且在一起同居了三年……"邱志礼毫不隐瞒，"灵犀，你介意吗？"

介意吗？当然介意！可是，自己已经答应了他的求婚了，不是吗？况且，他的前女友不是已经因车祸不在人世了吗？不管他们以前有多么美好的过去，那已经是过去的事情了，邱志礼的将来只能属于自己，不是吗？

"每个人都有自己的过去，我没必要介意，因为我能拥有你的未来。"灵犀看着他认真地说。

"是的，是的，我的未来属于你，我们有一辈子的时间好好爱对方。"邱志礼拥着灵犀的肩说。

那一刻，邱志礼镜片下的目光闪过一丝隐忧。

3

邱志礼送灵犀回到公寓时，已经十一点了。

照例，灵犀没有邀请他上楼。

一则时间太晚，二则房间太乱。

既然已经成为他的未婚妻，就得拿出一个未婚妻的样子来，改天将屋子收拾得干干净净后，做一顿好吃的请他来家里吧！

"晚安！"灵犀捧着玫瑰微笑着向他道别。

"灵犀，等等……"邱志礼叫住她，上前在她脸上轻轻一吻，"晚安，好好睡一觉，做个美梦！"

他的声音好像催眠曲，灵犀真有点想睡了。

"你也是，美梦相伴！"灵犀嫣然一笑。

邱志礼目送她上楼后，直到五楼的灯亮起，才微笑着开车驶出院子。

汽车沿着街道一路朝前，穿过一条林荫小道，行驶在府南河畔。

在那个被称作最美的河畔小区里，有他买下的一套房子。

这套房子原本是三年前的新房，倘若不是那场可恶的车祸，他已经成为世界上最幸福的男人……

车祸发生后，他再也没来过这里。

他害怕来。

害怕回忆过去，害怕看见任何他与美君走过的地方……

美君……

邱志礼的心脏一阵刺痛，脸上的表情也有些扭曲了。

正要将车驶入院子时，却被门口的汽车门禁栏杆拦住了，邱志礼这才发现自己的汽车门禁卡已经过期。

"让他进去。"一个冷冷的声音传来。

邱志礼随即看见那个身高腿长的人站在夜色中，浑身笼罩着一阵寒气。

他忽然想起，这个小区是"奇峰"集团开发的楼盘，他出现在这里，理所当然。

停好车，发现那个男子正站在不远处冷冷地看着自己。

"炜轩……"邱志礼的声音有些心虚。

"我以为你这辈子都不会再来这个地方了，今天是什么风把你给吹来了？"土豪冷冷地问。

"路过，顺道来看看……"邱志礼的声音底气不足，"一起走走吧！"

"好啊，我正想找个人一起走走……呵呵，听说你打算跟那个傻妞结婚？"林炜轩漫不经心地问。

"她一点不傻，她是大智若愚！"邱志礼辩解。

"在我眼里，她与美君都一样！是傻妞！"土豪的语气依然是冷冷的。

邱志礼一时不知该怎么回答。

"她知道你与美君的事吗？"土豪又问。

"知道一部分……"邱志礼忽然被这个问题弄得有点头疼。

"呵呵，你可真是害人不浅！"土豪冷笑。

"我会告诉她全部的，很快！"邱志礼又说。

"很快是什么时候？等到生米煮成熟饭吗？"土豪的眉毛一挑。

"灵犀纯真善良，她会理解我的，一定会！"话虽这么说，邱志礼心里却隐隐不安。

"你以为，她会傻到与别的女人一起分享自己的男人？"土豪抬高声音问。

"炜轩，对美君，我有责任……而灵犀，我是真的愿意与她组成一个幸福的小家庭，我想给她一个家，明白吗？"邱志礼说得十分真诚。

"这个世界上除了你就没男人了吗？你就那么自信她在知道一切真相后会愿意嫁给你？在你眼里，灵犀就掉价到需要你大发慈悲给她一个家？"土豪嘲讽地问。

"相信我，我会很快告诉她一切的，我也会尽快安排两家父母见面的！炜轩，请你无论如何要相信我！"邱志礼的语气十分急切。

"你与她结婚，美君怎么办？"土豪又问。

"我会支付她的治疗费……"邱志礼的额上直冒冷汗。

"你认为美君的父母差你那点治疗费用？如果美君醒来，你又怎么办？与灵犀离婚吗？"土豪冷笑。

"那你到底要我怎么办？"邱志礼一下子蹲在地上，无助地抓着头发，"美君一直没有醒来，我妈身体又不好，一直催促我结婚……三年了，炜轩，整整三年了，三年来我心里一边承受着巨大的痛苦和压力，一边坚持着站在手术台上为患者解除痛苦，我撑到现在容易吗？我的痛苦谁能解除？"

"是啊，你真不容易，我真不知道该同情你还是可怜你！"土豪冷冷地扔下一句话，头也不回地离去。

邱志礼一屁股坐在地上。

4

这一夜，灵犀再一次做梦了。

梦中的她看见邱志礼与一个十分美丽的女子在一起，两人无论走到哪里，都一直手牵着手，就像邱志礼与自己在一起一样。

灵犀几次叫邱志礼的名字，他都没有听见，自顾沉浸在他们的幸福中。

最后，忍无可忍的灵犀来到两人面前，邱志礼却对她视若无睹，仿佛根本不认识她！

一觉醒来的灵犀被惊出一身冷汗！赶紧扭开床头柜上的台灯。

怎么会这样？那个奇怪的梦到底预示着什么？

目光落在无名指那枚闪亮的钻戒上，灵犀的眉不由自主地蹙在一起。

"你了解他吗？了解多少？你们到底发展到哪一步了？"土豪白天的话从脑海里浮现。

莫非正如土豪所言，她与邱志礼发展得太快了？他们尽管相处愉快，可并没经过深入的了解与交往，也没拜见双方父母。自己就这样答应他的求婚，会不会太仓促了一点？

不过，回想起邱志礼与自己相处的三个月来，他一直彬彬有礼、温文尔雅，善解人意十分体贴，可以说男人所有美好的品质都在他的身上得到了体现。如果说这样的男人不可靠，这世上还有谁可靠？

"志礼对我是认真的，我相信！"灵犀再一次说服自己。

这枚闪亮的钻戒不是最好的证明吗？一个男人能在大庭广众之下深情款款地向你求婚，这个行为已经有力地证明了你在他心目中有着不可动摇的地位，灵犀，这样的男人你还有什么值得怀疑的？

邱志礼双目无神地躺在床上。

耳边不断回响着方才与林炜轩的谈话，脑子里却闪现着杂乱无章的画面。

画面中一会儿是他与美君在一起的情景，一会儿是他与灵犀在一起的情景。

美君从小就长得很美，两人青梅竹马就像形影不离的双生子，邱志礼从小的愿望就是娶美丽的美君为妻子。长大后的他们果真相爱了，那时的美君已经出落成亭亭玉立的小美人了。在一个春暖花开的日子，在桃花盛开的树下，他们献出了彼此的初吻。

爱情的种子，从此茁壮成长。

邱志礼上大学毕业后，回到C大读研究生，那时的美君正在上大学，读的是新闻系。

两人的感情在耳鬓厮磨中迅速升温。

在一个美好的夜晚，他们在出租屋里奉献出了彼此的第一次。

那时的他们，与许多热恋中的年轻男女一样，恨不得整天腻在一起，把对方变成自己身体的一部分。情侣间所有美好浪漫的事情，他们都做了……

邱志礼研究生毕业后，顺利在省人民医院工作，美君也大学毕业了。

当时美君的父母已经移民到了新加坡，他们希望美君也移民过去，美君却一直无法割舍与邱志礼的感情迟迟没有办移民手续。

后来，双方父母终于同意了他们的婚事，美君这才着手办理移民，同时准备结婚。

结婚前，两人来到新加坡旅游，那一天，开的是一辆性能很好的奔驰越野车……

"志礼，吻我……"副驾驶上的美君妖娆地冲他撒娇。

"美君，我在开车，回去吻你一千次，一万次……"邱志礼笑着说。

"不嘛，在这里好浪漫，要你就在这里吻，快一点……"美君娇艳的唇凑了过来。

"嗯，好，好……"邱志礼哪里舍得拒绝这送上来的香吻，况且，美君的样子实在诱人……

邱志礼的唇落在美君如花的唇上时，汽车依然在路上飞驰……

更加致命的是，迎面开来一辆车……

当两人结束那惊天一吻时，出现在面前的是惊天一撞，对头车朝两人迎面驶来……

"啊……志礼，车，车……"美君一声尖叫后，两人的眼前顿时陷入黑暗……

所幸的是，邱志礼只受了轻伤，在病床上躺了半个月就出院了。张美君却因伤在头部一直未能苏醒……

三年过去了，美君依然在新加坡治疗，每隔一段时间，邱志礼就会飞往新加坡探望她……

直到，三个月前，母亲检查出癌细胞扩散，看见母亲满头的银发，以及眼中的企盼，邱志礼第一次答应相亲，后来，遇到了灵犀。

连邱志礼自己都奇怪，自从认识灵犀以来，他的整个人都变得心平气和了，三年前那种撕心裂肺的痛楚仿佛被灵犀脸上纯真的微笑一扫而空，就连天上的阳光也变得明媚起来了。

随着交往的深入，与灵犀结婚的念头就越强烈。

于是，便有了晚上求婚的一幕。

邱志礼发誓，他是真的愿意和灵犀组成一个小家庭。

尽管，他还没真正爱上她……

可他已经在努力了，不是吗？

第十四章
结 伴 而 行

1

第二天一早，灵犀如约来到了刘子悟的办公室。

灵犀的提包里，装着张雪昨天交给她的那份广告合作题案。

面对温文尔雅的刘子悟，她实在不好意思提及广告二字，感觉难以启齿。

"慕记者，来来来，这边坐！"刘子悟见了她，热情得很。

灵犀看见土豪也在，不由微微颔首："林总也在啊？"

"你们已经认识了？"刘子悟十分意外。

"是啊，林总大名鼎鼎，我怎么会不认识！"灵犀依然一笑。

"哦，认识就好，认识就好！"刘子悟松了一口气，他再没必要装下去了。

土豪不冷不热地看着她，当他的目光落在她无名指上的钻戒时，唇角勾起一丝邪魅的冷笑。

死土豪，臭土豪，再这样笑，我踢死你！

灵犀在一旁的沙发上坐下："刘秘书，昨天你打电话到底什么事啊？"

"这个呀，还是请林总给你介绍吧。"刘子悟笑着说。

"哦，林总，我们开始吧！"灵犀一副公事公办的样子。

"刘秘书，我决定改变计划，放弃与都市报的广告合作！"土豪的语气十分生硬。

"你说什么？"灵犀和刘子悟同时吃了一惊！

灵犀吃惊的是，"奇峰"居然计划与都市报合作广告？更吃惊的是，土豪现在又宣布取消合作计划？

刘子悟吃惊的是，灵犀来之前他们还一起讨论如何将这次的广告做出新意，如何宣传最能体现企业的投资价值。现在怎么忽然宣布取消合作计划了？

"我说的是，取消与都市报的广告合作计划，没耳朵吗?"土豪冷冷地说完，甩门而去!

"他什么意思，吃错药了?"灵犀看着土豪的背影问。

"谁知道呢，或许……"刘子悟的眼睛被什么东西晃得睁不开，顺着那个刺眼的罪魁祸首望去，他看见一枚闪闪发光的钻戒在阳光下发出璀璨的光芒……

"慕记者，你订婚了?"刘子悟意外地看着灵犀手上的戒指。

"是啊，怎么啦?"灵犀问。

"你的未婚夫……"刘子悟看了一眼那个走远的背影问。

"他是一位医生，怎么了?"灵犀笑问。

"哦……"刘秘书的心里忽然明白了什么。

"实在不好意思啊慕记者，本来是请你来谈论一下与报社合作的广告合作事宜，不过林总好像忽然改变了主意……实在报歉得很，你先在这里等等，我去问问到底出了什么事。"刘子悟说着，赶紧朝土豪追去。

总经理办公室，土豪一脸冰冷地在一摞文件上签字。

"我说，至于吗?"刘子悟坐在对面的沙发上笑问。

"我不懂你在说什么。"土豪依然是冷冷的。

"她不就是订个婚吗? 又不是结婚! 况且，结了婚还可能离婚呢!"刘子悟又说。

"你要是吃饱了没事干，就去打扫卫生间!"土豪扔下笔，气呼呼地站起来。

"息怒，息怒……我觉得嘛，这事也怨不得慕记者……"刘子悟也赶紧站了起来。

"那你的意思是怨我了?"土豪冷笑。

"当然得怨你，你喜欢她却不表白，她自然跟别人跑啰……"刘子悟耸耸肩。

"你说我……喜欢那个傻妞?"土豪倨傲地指着自己的鼻子。

"她喜欢你，她喜欢你……"一向伶牙俐齿的刘子悟被他弄得有点语无伦次。

"她，哼，就是一个傻妞，长得丑又没脑子，谁稀罕!"土豪"啪"的一声点起一支烟，狠狠地吸了一口。

"那与都市报的广告合作计划，还搁浅吗?"刘子悟问。

"先放放吧，不急……"土豪的目光略带落寞。

"明白，我会与慕记者沟通的。"刘子悟说着朝门外走去。

"对了，云南公司来消息了，看来我们得过去一趟，尽快落实投资项目，争取这一次把合同签下!"土豪说。

"那慕记者……"刘子悟问。

"你安排吧。"土豪微微皱眉。

"刘秘书，怎样？"灵犀问。

"广告合作的事暂时停一下。"刘子悟话锋一转，"不过，集团云南公司那边倒是有一个重要项目要洽谈，若是慕记者有时间，我们倒是很诚恳地邀请你去看看，一切差旅费用由公司出。"

"与'洪峰'集团进军旅游业有关吗？"灵犀三句话不离本行。

"不错，你去了，不仅可以直观地感受当地的民族风情与天人合一的优美景致，还能在第一时间获得最有价值的新闻线索……"刘秘书说。

"我先回报社报选题，回头给你电话。"灵犀兴致勃勃。

让灵犀喜出望外的是，张雪在听了她的选题汇报后，居然同意她出差，同时叮嘱她尽快把"奇峰"的广告拿下。

灵犀微微一叹，看来，张雪让自己出差是有条件的呀！灵犀顿觉肩上责任十分重大。

"刘秘书，我这边安排好了，你们什么时候出发？"灵犀拨通了刘子悟的电话。

"今天下午三点的飞机，慕记者，你给我一个身份证号码，我们正在订机票。"刘子悟说。

"好啊，我的身份证号码是51062319……"灵犀报出一串数字，她一直记得自己的身份证号码。

刘子悟在电话那端核对了一遍后，开始订机票。

"慕记者，我们是下午三点整的飞机，提前一个小时去机场，到时候是来报社接你还是……"刘子悟问。

"我要回去收拾行李，来我家附近吧，我住在南安路南安小区……"灵犀说。

"好，下午见。"刘子悟挂了电话。

灵犀真怀疑他是否记住自己的地址。

看看时间，还早，灵犀又去了一趟经贸委，参加了一个经贸工作会议，在会场上用笔记本写了稿子传回去。

随后，在外面简单地吃了午饭，又马不停蹄地回去收拾行李。

灵犀的行李不多，就是两套换洗的衣服，一套睡衣，简单的洗漱用品。平常她很少用化妆品，最多用一款黄瓜洗面奶和一款鲜奶儿童霜。她认为这两样产品比较天然，尤其是儿童霜是以鲜奶为原料，对皮肤无污染，抹上一点滋润一整天。

行李收拾下来，一个背包就足矣，不过考虑到要写稿子，还得带上笔记本，她只得又换上行李箱。

想到是出差，灵犀又在网上查询了一下云南的气温，啧啧，真是春城呀，现在C城要穿薄毛衣，昆明未来一周的气温却在25℃以上，她赶紧又收拾了两件薄

T恤，两条牛仔裤。

正要出门时，看见门后挂着的折叠遮阳帽，她顺便装在包包里，还不忘戴上太阳镜在镜子前秀了秀，感觉挺像那么回事，又把太阳镜放进包里。

检查了一遍行李，感觉没什么遗漏的东西，这才一边听着音乐，一边耐心地等待刘子悟来接自己。

灵犀的目光不仅落在了那一束灿烂的玫瑰花上。

玫瑰花开得十分娇艳，散发出甜美的芳香，给人一种喜出望外的感觉。

想起昨晚浪漫的求婚，灵犀的目光落在无名指的戒指上，不禁咯咯笑出了声。

没想到，身为医生的邱志礼还真是一个浪漫的男人，想到以后他们将成婚，做所有爱人之间最浪漫的事情，灵犀不禁捂着小脸，再一次咯咯地笑了起来……

灵犀的笑声是被手机声音打断了。

"土豪？"灵犀意外地接起了电话。

"我还以为你在家里裹脚呢！这么久才接电话？"土豪不满的声音传来。

"你才裹脚呢……"灵犀气呼呼的，"有话快说……"

后面那句"有屁快放"，她还是有点说不出口。

"下楼，去机场！"土豪语气冷冰冰的！

"你也要去？"灵犀顿觉头大。

"机场是你家的？"土豪的语气很冲。

"好，我马上下来！"挂了电话，灵犀冲着电话骂了一句死土豪！

不过，手机上的来电显示土豪果真打了好几个电话呢！

3

灵犀下楼后，才发现面前停着一辆奔驰越野车，开车的是一个中年男子。土豪坐在后排靠窗的位置，刘子悟反而坐在前排的副驾驶。

"慕记者，里面请！"刘子悟下车将她的行李放在后备箱后，拉开了后排的车门。

"这个，我……"灵犀看着土豪那张冷脸有点为难。

"我是老虎吗？"土豪冷冷地问。

"你属老虎的？"灵犀反问。

灵犀心想，你不是老虎，却比老虎还可怕！真希望我是那武都头，三拳两脚打死你这只可恶的大老虎！

土豪没有理她。

灵犀无奈地坐在他身边，想到接下来的几天里要面对这张冷脸，真有点后悔出差了。

"慕记者去过云南吗？"为了缓和气氛，刘子悟问。

"没去过，不过十分向往，云南是我国少数民族最多的省份，民风纯朴，景色秀丽，气候宜人……"灵犀笑着说。

"其实现在云南有许多旅游胜地已经开发过度了，像泸沽湖、丽江、大理的洱海等等……"刘子悟言语中无不惋惜。

"那我们这次去的地方是哪里？"灵犀兴致勃勃地问。

"一个尚未开发的地方——抚仙湖。"刘秘书微微一笑。

"抚仙湖？没听过。"灵犀摇头。

"就是上一次你在电脑中选的那张有湖的美照，我们这次的目的地就是那里！"刘秘书说。

"真的吗？我已经有点迫不及待了！"灵犀一脸兴奋。

到现在，她还记得照片中的湛蓝的天空，清澈的湖水，灿烂的三叶梅……

"我们会在昆明住一个晚上，次日一早启程去抚仙湖，在抚仙湖停留两三天时间，到时候你可以在湖边的沙滩上散步，还可以去湖中划船，天气好的话可以去游泳……"刘子悟的话让灵犀愈加向往了。

不过，当她一看见身旁那个一言不发、冷冷冰冰的土豪时，兴致便减少了一半。

"对了，刘秘书，你平常讲冷笑话吗？"灵犀忽然问。

"我不讲，不过喜欢听别人讲，不如慕记者讲两个让大家乐一乐？"刘子悟说。

"可以啊，不过我提议，每人讲一个，如何？"灵犀瞄了土豪一眼。

"好啊，周司要开车不能分心就免了，林总也参与吧！"刘秘书热场。

"我虽然没兴趣，不过可以陪大家玩玩。"土豪邪魅地勾起唇角。

"刘秘书，从你开始吧……"灵犀微微一笑。

"我这个算不上冷笑话，顶多只是流水账，名字就叫唐僧的信。"刘子悟微微一笑。

"听名字就有意思，继续，刘秘书……"

"话说从西天取经回来后，师徒四人功德圆满，各自继续修行。这一天，唐僧想悟空了，就给他写了一封信：亲爱的悟空，师父想你了，不知道你想我没有？这个星期下了两次雨，一次下了三天，一次下了四天。嫦娥生了，不知道生的是男孩还是女孩，所以不知道你是当了舅舅还是阿姨。对了，天冷了，我给你寄了一件衣服来，因为怕超重，就剪下扣子放在衣服口袋里了。师父搬新家了，不过地址还没变，因为搬家的时候我把门牌号带来了。说了这么多，师父就不啰嗦了，你要记得好好吃饭，好好睡觉，好好念经……还有就是不要感冒，感冒了要记得吃药，吃药是千万要看配方。现在空气污染太严重了，我们还是很向往当年的情景，记得那时候天还是蓝的，云还是白的，水还是清的，河里是能游泳的，蔬菜是不打农药的，水果是能直接吃的……"

听着刘子悟唠唠叨叨地说完，灵犀真担心他变成第二个唐僧。

"刘秘书，想不到你很有幽默细胞的哦……"灵犀忍不住笑了。

"哪里，我是没话找话……"刘子悟谦虚地说。

"该你了，土豪！"灵犀看着一旁的土豪说。

"那我就献丑讲一个，有点俗哈！"土豪邪魅地眯了眯眼。

"一天，一只老鼠对猫说，我正在和一只蝙蝠谈恋爱，以后我们的孩子既能飞，又有夜视眼，就不用怕你们猫了。猫冷笑着说，你看见树上那只老鹰了吗？它已经怀上了我的孩子，孩子名字就叫猫头鹰……"土豪不冷不热地说。

灵犀闻言，脸色铁青，这货是在取笑自己与邱志礼吗？

"有意思……"刘子悟干笑两声，对灵犀说，"慕记者，该你了……"

灵犀调整好情绪，口齿伶俐地开口："从前，有一个剑客，他的剑很冷，他的手很冷，他的心也很冷，他的血也很冷……结果呢，他被冷死了！"

哼哼，土豪，你就冷死得了！

"哈哈，慕记者讲的才算是真正的冷笑话！"刘子悟爽朗一笑，不过当他从观后镜中看见后排两张冷冰冰的面孔时，又闭上了嘴。

4

到了机场，刘子悟拿着灵犀的身份证去换登机牌，托运行李。灵犀注意到刘子悟办理登机牌的柜台是头等舱。

土豪一眨眼便不见人影。

"走吧，林总呢？"刘子悟问。

"谁知道呢，神经兮兮的，好像全世界的人都欠他似的！"灵犀撇嘴。

刘子悟看了看腕上的手表，马上就要登机了。

就在刘子悟正要打电话时，土豪出现在两人面前。

他们从贵宾通道进入了机场。

"欢迎光临！"三人在空姐优雅的问候声中进了机舱。

这是灵犀第一次坐头等舱。

坐下后她才发现自己的位置紧挨着土豪，土豪在她右边靠窗的位置，刘子悟则在左边的一排。刘子悟这几天可能很辛苦，一上飞机便打起了瞌睡。

好在头等舱宽敞，两人不必靠的那么近，她不想看土豪的冷脸，闭目养神即可。

不过，土豪似乎偏偏不让她舒坦，一会儿按铃空姐要咖啡，一会儿要毛毯，一会儿还要冰水。更让灵犀无法忍受的是，他居然要找来空姐咨询一些乱七八糟的合作业务，而美丽的空姐面对这样帅气多金的男神自然也是微笑如仪耐心解答，最后，两人还堂而皇之地交换了联系电话！

这简直就是赤裸裸的亵渎灵犀的耳朵！

灵犀心里暗自鄙视！

"先生贵姓呢？"空姐娇声问。

"你可以叫我……"

"你可以叫他土豪，大家都这么叫他的！"灵犀睁开眼恶作剧地一笑。

空姐闻言不禁有些错愕。

"没错，这妞就一直叫我土豪，我就喜欢听她这样叫！"土豪闻言，长臂一揽，将灵犀朝自己身边搂去。

幸亏灵犀系着安全带，否则，定会扑进他的怀里。

"土豪？"灵犀咬牙切齿。

"嗯？有事吗？"土豪邪魅一笑，垂眸看着她。

"死土豪，臭土豪，王八蛋土豪……"灵犀决定将恶作剧进行到底。

空姐以为是小情侣间的打情骂俏，忍不住笑着离去。

土豪看着她那张一张一合的小嘴，只觉得好吵，好吵，吵得他必须让她停下来……

"混蛋土豪，狗屁土豪，毛毛虫土豪，丁丁猫土豪，死耗子土豪，偷油婆土豪……"灵犀全然没意识到危险已经降临，越骂越起劲，大有黄河之水滔滔不绝之势。

"唔……"忽然，一个柔软的东西堵住了灵犀的嘴，将她后面的话全部堵了回去。

这是什么情况？

灵犀顿时懵了。

这可恶的土豪，居然，居然吃她的豆腐？而且是在飞机上！

这，这，这不是存心让她没脸做人吗？

"闭眼，傻瓜……"他的声音在耳畔轻轻传来。

仿佛被催眠一般，灵犀还真的乖乖地闭上了眼睛……

他的吻十分霸道，占据着主动权，令人晕眩，甚至沉迷，她感觉自己要被沦陷了……

唔……不要……

就在灵犀挣扎时，只觉得头顶绽开了一个个美丽的烟花，她随即被那种美好的感觉淹没了，全身心地享受着这美好的馈赠……

"终于安静了，真好……"许久之后，他的声音略带戏谑地从耳畔传来！

清醒过来的灵犀只觉得脑子里嗡嗡作响，扬起手刚要给土豪一巴掌，却被他抓住了。

"你刚才不是很享受吗？怎么一下子就翻脸不认人了？"土豪邪魅地问，"要不，再来一次?"

他实在很享受与她唇齿相依的美好感觉。

"你真可恶……无耻……"灵犀顿时欲哭无泪，感觉自己上了贼船。

"想知道什么是真正的无耻吗?"土豪的眼眸中闪过一丝狡黠，"要不，我们在这里好好体验一下?"

"你……"想起自己的处境，灵犀彻底无语，因为她相信土豪是那种说到做到的腹黑小人!

灵犀忽然意识到，接下来的几天将是一场噩梦。

神啊，赶快早一点让她结束这场噩梦之旅吧!

第十四章 结伴而行

第十五章
电 话 风 波

1

当飞机在长水机场降落时，灵犀的心情才稍微平复。

这里的天空很高，很蓝，云很白，很柔，空气很清新。一切都显得十分干净，自然。

相比于全国一半百姓生活在雾霾中，这里的人简直太幸福！

"慕记者，从海拔200米的C城来到海拔1800米的春城，你还适应吧？"走出机场时，推着行李的刘秘书关切地问。

"暂时没什么感觉……"灵犀微微一笑，"不过，气温的确比C城高。"

"这里早晚凉，白天暖和，还有紫外线强，要注意防晒。"刘秘书说着，戴上一副太阳镜。

灵犀见状，也赶紧从包里拿出太阳帽和太阳镜。

"奇峰"集团云南公司的人开了一辆奥迪A6来接他们，接他们的人是云南公司的邓总，一个地道的云南人，看样子40岁左右，皮肤黝黑，十分淳朴。

更令灵犀意外的是，邓总居然对土豪毕恭毕敬，还主动承担了司机的角色。

土豪一路上不冷不热，不时问一些工作上的事情，邓总一一回答。

随后，邓总安排他们住在市中区的某五星级大酒店，又在酒店对面的一家独具民族特色的酒楼为他们接风。

这是一家典型的滇菜馆，考虑到灵犀初次来云南，邓总特地要了云南的特色菜肴汽锅鸡，汽锅肉饼和滇味凉米线，彝族的火烧干巴，傣族的酸笋，血豆腐等……

总之，这是一顿颇具云南特色的晚餐，菜品独特，十分美味。

邓总给大家的酒杯中斟满了红酒。

"我代表云南公司欢迎总部领导指导工作，欢迎慕记者领略云南的美景，品尝云南美食……"邓总端起了酒杯。

"邓总，你用一杯酒就敬了我们三个，有点不合适哦……"刘子悟笑道。

"为了表示属下的诚意，这一杯先喝个大团圆，然后慢慢喝，林总，您意下如何？"邓总问土豪。

"客随主便，我都行！"土豪看了一眼灵犀说。

"邓总，林总与刘秘书都知道我酒量浅，我就浅尝辄止吧……"灵犀才不想出洋相，把话说在前面，免得被人灌酒。

邓总看了一眼灵犀，又看了看她身旁的土豪，笑了："好，慕记者是唯一的女同胞，我们应该照顾，你就随意吧，我们三个男人喝！"

灵犀自然求之不得。

"你们喝，我在一旁给各位加油！"灵犀怂恿。

"好，慕记者既然发话了，我就擅自做主当酒司令啦！"邓总说着，给自己与土豪、刘子悟一起斟满酒。

"林总，您能大驾光临云南公司，邓小东真的十分感激，您这一来，属下便吃了一颗定心丸，明天的谈判也会有底气了！来，这杯酒属下敬您！"邓总扬起脖子一饮而尽。

"邓总，好酒量！"刘子悟见状连忙叫好。

"刘秘书，一切尽在不言中，来，干杯！"邓总十分好爽。

刘子悟端起酒杯一饮而尽。

灵犀吃惊地看着邓总一杯接一杯地喝，也不见他酒后上脸，更不见他有什么不适，不过，好像喝酒后他的话更多了……

"林总，刘秘书，你们不知道，云南自古以来交通比较闭塞，百姓的目光相对短浅，加之性格朴实固执，许多业务不好开展，有些工作的确不好做……这一次你们能亲自出马，属下心里高兴啊……"邓总滔滔不绝。

"这几年你辛苦了，的确不容易……"土豪一脸平静。

"岂止不容易，简直太不容易了……"那一刻，邓总仿佛找到了知音。

"林总，刘秘书，不说别的，就说这次的合作，我几乎跑断了腿，市里，县里，村里……到处求爹爹告奶奶，好不容易才有了进展，眼看到签合同的节骨眼了，我怕对方反水，赶紧联系总部请您们跑一趟，让对方看看我们的诚意……工作上的事情不说了，不说了，喝酒，喝酒……"邓总又端起了酒杯。

这顿饭吃到最后，土豪和刘子悟都喝得趴下了，邓总还清醒得很，口齿清晰，说话有条不紊。

那一刻，灵犀对邓总的酒量佩服得五体投地。什么叫海量，邓总就是！

2

"慕记者啊，我看林总和刘秘书喝得有点高了，我负责送刘秘书回房间，麻烦你搀扶一下林总……"埋单后，邓总说。

灵犀只好咬牙扶起高过自己一个脑袋的土豪走出酒楼。哎呀，土豪真重呀，简直像头猪！

好在酒店就在对面，只需穿过马路上的红绿灯便到了。

尽管如此，身高腿长的土豪半个身子压在灵犀娇小玲珑的身上也实在够呛！

你呀，不能喝酒还偏喝，真是损人不利己！

好不容易搀扶着土豪进了酒店，进了电梯，土豪整个人几乎压在她身上，邓总见状，微微一笑。

不知是有意还是无意，灵犀这才发现刘秘书的房间在七楼，土豪与自己的房间在八楼，并且是隔壁。

终于将土豪扶进了房间，灵犀这才发现土豪住的是套房，里面的布置远比自己的房间豪华……

费了九牛二虎之力，才把土豪弄上床，脱掉他的鞋，才发现酒后的土豪别有一番韵致，原本微白的脸变成了妖冶的玫红色，带着一丝魅惑的气息。

"水……水……"土豪的话将灵犀的思绪拉回到现实，她的脸不禁一红，都什么时候了，还花痴……

灵犀在饮水机旁接了一杯温开水递给土豪，土豪伸手却没有接住，杯子掉在地毯上。

看来，他真是醉得不轻。

灵犀没办法，只好重新接了一杯水，扶起他的脖子，亲自伺候他喝水。土豪倒是很配合，一杯水很快一饮而尽。

灵犀放下杯子时，却发现土豪脸色苍白眉头紧蹙，想必是心里十分难受。

"扶我去卫生间……"他的声音十分低哑。

灵犀无法，只好扶着他进了卫生间，进去后，土豪将她推至门外，随即便听见令人难受的呕吐声音……灵犀站在门外，走也不是，不走也不是。

"土豪，你有完没完呀？"过了半个小时，依然不见土豪出来，里面也没了声音，灵犀顿时有点不安。

"土豪，你没事吧？"灵犀拍打着卫生间的门。

"死不了！"土豪的声音慵懒地传来，随即便是哗哗的流水声。

灵犀不安地靠在门上。那一刻，她更加相信接下来的几天一定是一场噩梦。

不知过了多久，"啪"的一声，门被拉开了，毫无准备的灵犀尖叫一声朝后面倒下，猝不及防撞入一个带着温热气息的怀抱里……

灵犀转头看个明白时，小脸顿时红得不像话。沐浴后的土豪正光着令人脸红心跳的健硕上身，此刻的他正搂着她的腰，深邃的眼眸中有静水潺潺流过。自己这样子，无异于投怀送抱……

“对不起，我不是故意的……”灵犀赶紧捂住眼睛。

“看都看了，还说不是故意的?”土豪的声音慵懒的从头顶传来，灵犀感觉到腰间的手紧了紧。

“对……对不起……”灵犀感觉自己好丢人，她真不是故意的!

土豪拉开她的双手，灵犀赶紧垂下眼眸，不敢再多看他一眼。

“既然你已经没事了，我也该回去了，晚安!”灵犀挣脱了他的怀抱仓惶离去。

悲催的一幕发生了，急于离开的灵犀一不小心撞在了桌子的一角，所撞的部位正是一个要命的地方，灵犀再次尖叫一声，整个人痛得蹲在地上。

“怎么了?”土豪见状，赶紧过来将她抱起来。

“好痛……”灵犀蹙着眉，却不好意思告诉他自己被撞的部位。

“你呀，怎么还像个孩子？走路都要摔跤?”土豪的声音带着一丝宠溺，轻轻把她放在床上仔细查看。

那一刻，灵犀几乎怀疑自己的耳朵出了问题。

“还不是怪你!”灵犀不满地噘着嘴，不让他看被撞的地方。

那里实在……实在不好意思让人看……况且，是在他的床上……

“好好好，都是我的错……”土豪柔声说，语气有些无奈。

灵犀心里乱乱的，忽然很不习惯土豪的温言细语，尤其是，在他的床上，而且，他还光着上身搂着自己……一切，都让她感觉不真实，而且，很不自在。

“灵犀……”土豪俯下头，眼眸深处一片缱绻。

“对不起……”就在两人的唇瓣即将贴在一起时，灵犀的目光忽然落在无名指的钻戒上，心里猛然一惊，一把推开土豪，忍痛离去……

土豪看着她仓惶而去的背影，眼眸深处掠过一丝自嘲。

慕灵犀，总有一天，我会让你记得我。

“我愿变成，童话里，你爱的那个天使，张开双臂，变成翅膀守护你……”灵犀离开时手机遗落在地毯上，此刻，手机铃声显得十分急促，可见打电话的人很着急。

土豪捡起手机，来电显示是“志礼”二字。

邱志礼?

土豪唇角掠过一丝微笑，按了接听键。

“灵犀，我是志礼，你下班了吗?”邱志礼亲热地问。

“你找灵犀?”土豪的语气不冷不热，带着淡淡的疏离。

“炜轩，你怎么……”邱志礼十分吃惊，忙问，“灵犀呢?”

"她和我在一起，有什么话你说吧，我会转告她的。"土豪显得很不客气。

"你们在哪里？"邱志礼的声音带着一丝压抑的不满。

"我们在哪里，灵犀没告诉你这个未婚夫吗？"土豪略带嘲讽地反问。

"炜轩，我与灵犀的事情，我自己会解决，希望你不要插手！还有，灵犀目前是我的未婚妻，请你不要骚扰她！"邱志礼的声音带着一丝薄怒。

"呵呵，灵犀正在洗澡，没工夫接你的电话，好自为之吧！"土豪不客气地挂了电话，还将手机关了机。

那一刻，土豪能想象电话那端的邱志礼气势败坏的样子，他不觉邪魅地笑了，心里掠过一丝得逞的快慰。

3

回到客房，灵犀失眠了。

灵犀为自己刚才差点被土豪眼中那一抹的缱绻所迷惑而懊恼，同时为自己心中跳出来那个不安分的小怪兽而自责。

灵犀，你已经答应邱志礼的求婚了，为何还会被土豪所魅惑，你简直疯了！清醒清醒吧，灵犀，别再被迷惑下去了，土豪是你能消受得起的吗？

想起邱志礼，灵犀的心里涌起一阵强烈的歉意和不安。

她这才想起自己出差的事还没告诉邱志礼，于是赶紧打开包包找手机，令她意外的是，手机居然不见了！

灵犀回想着手机可能落下的地方，除了晚上吃饭的酒楼就是土豪的房间了，她连忙拨打手机，却发现已经关机了。看来，手机极有可能弄丢了。

灵犀的心里顿时很糟，虽然那个手机很古董，可她一直十分珍惜，想不到居然弄丢了。

好在包包里还有邱志礼的名片，灵犀用座机拨通了邱志礼的手机。

"志礼，是我……"灵犀说。

"你在哪里？"邱志礼问，语气有点疏离。

"实在不好意思啊，我今天下去出差到云南了，当时走得匆忙没来得及告诉你一声……"灵犀听出他的不满，赶紧放低姿态。

"都有哪些人？"邱志礼又问。

"我是与'奇峰'集团的刘秘书，还有土豪一起过来的，怎么啦？"灵犀问。

"怪不得打不通你的电话。"邱志礼的语气酸酸的，"是不方便接听吧？"

"你打了我的手机吗？对不起啊志礼，我的手机弄丢了，我是用座机给你打过去的……"灵犀又说，"那部手机可是我参加工作后买的，我一直很珍惜，可惜……"

"丢了就丢了吧，我给你重新买一部智能手机。"邱志礼这才明白自己心眼太小，灵犀的手机一定是被土豪拾到了后故意说那些话让他误会。

"你已经给我买了这么贵重的钻戒，我怎么好意思再让你买手机啊？我自己会买。"灵犀看着手指上的钻戒微微一笑。

"灵犀，我好想你……"邱志礼柔声说。

"我也是……"灵犀心里涌起一阵柔情，"谢谢你昨晚给了我一个浪漫的求婚……"

"你回来后，我马上安排两家父母见面，商量一下结婚的日子，好吗？"邱志礼显得有点迫不及待。

刚才那个电话，让他有了一丝危机感。

"好的……"说起结婚，灵犀心里幸福得很，白皙的小脸上泛起美丽的红晕。

"灵犀，你想要一个什么样的婚礼？"邱志礼又问。

"简单、庄严、低调……"灵犀甜蜜一笑。

"为什么不是大气、隆重、奢华？"邱志礼笑问。

"结婚是两个人的事，又不是给别人看的，何必那么高调呀？"灵犀的脸上挂着甜甜的笑容，她仿佛已经看见了两人美好的未来……

"好的，都听你的……"邱志礼说。

"志礼，你想过我们结婚以后住哪里吗？"灵犀忽然问。

目前自己租房子住，因为双方工作忙，她还从没去过邱志礼住的地方，也不知道结婚后住他那里方便不……

"你想住哪里？"邱志礼反问。

"我倒是想有个属于自己的房子，离你父母近一点，能够随时过去看看他们，陪他们一起吃个饭，聊聊天什么的。若是住在一起，倒是挺担心我们早出晚归影响他们……"灵犀毫不掩饰地说出自己的想法。

"嗯，你说得有道理，等你回来后，我带你去看房子！"邱志礼忽然有了一个想法。

"好啊，只要不是太差劲，我都能够接受……"灵犀也笑了。

"放心吧，你会满意的！"邱志礼十分自信。

"我相信你！"对于邱志礼，灵犀一直充满了信心。

"嗯，灵犀，时间不早了，我明天一早有手术，你也早点休息吧。"解开了心中的疑惑，邱志礼顿时心情愉快。

"好的，晚安！"灵犀微微一笑。

"晚安，想你！"邱志礼依依不舍地挂了电话。

听着他挂电话的声音，灵犀拿着话筒傻傻地躺在床上，忍不住笑出声来。

电话那端的邱志礼，却是踌躇满志。

灵犀，若是你知道那套新房的来历，还会喜欢吗？

4

隔壁房间里，土豪正在翻弄着灵犀的古董手机。

这部手机的年龄应该有五、六年了，手机外壳的颜色几乎被磨光了，好在性能不错，能够拍照。当然，与现代的多功能智能手机相比，这部手机的确应该淘汰了。

土豪翻看了手机里的电话号码，灵犀母亲的电话排在第一位，报社主任张雪排在第二，邱志礼的电话居然排在第三位，然后就是报社同事以及对口的采访单位联系人电话。找了许久，他才在通讯录的最后一位找到自己的电话。灵犀给他的电话输入的名字是：自大狂土豪。

土豪看着那个名字有点哭笑不得。

看来，这丫头对他的意见很大呀！

接着，他看了看手机里的短信。

好在她还挺自觉，没有那些乱七八糟的短信，这倒令他很满意。

手机里有一些灵犀拍摄的风景照和一些视频，还有几张自拍照。照片中的灵犀给人一种简单小女人的模样，她似乎总是一副不知愁滋味没心没肺的模样，眼睛永远是清澈的，笑起来眯成好看的月牙儿，嘴角有两个好看的酒窝，皮肤永远是白皙的，唇瓣永远是粉红的，令人忍不住想要一亲芳泽……

其中一段视频很搞笑，是灵犀拍摄的一段自我解嘲的视频："本人名叫慕灵犀，青春无敌小美女，待字闺中善解人意，只待哪位良人慧眼识珠把我娶，我愿为你做饭洗衣生孩子……"

土豪见状，忍不住失笑。看来，这丫头可真是恨嫁小女人呀！怪不得会被邱志礼的甜言蜜语骗得团团转……

想到此，土豪拨打灵犀房间的座机，却发觉对方一直占线，他不禁暗自皱眉。想起方才自己挂了邱志礼的电话，这两人不会正在情意绵绵诉说相思之苦吧？土豪又拨打邱志礼的手机，果然占线！

想到两人此刻正浓情蜜意地打着电话，想着灵犀在邱志礼的欺骗下对他礼柔情似水依依不舍的样子，他一时有些气恼，扔下灵犀的手机倒头便睡。

梦中的土豪回到了一段永世难忘的快乐日子。

梦中，有一个头扎羊角辫，穿着白裙子的小女孩冲他甜甜地微笑。

小女孩说："我叫慕灵犀，你叫什么名字？"

小男孩说："我叫林小轩……"

小女孩说："欢迎你成为我的同桌……"

她的脸上有两个可爱的酒窝，将他心中的顾虑与不安一扫而空。

后来，他才发觉这个小同桌很不简单，学习很好，还爱管闲事……

"林小轩，今天你值日……"

"林小轩，你忘写家庭作业了……"

"林小轩，老师说，今天要戴红领巾……"

"林小轩，有人说你爸爸是暴发户，真的吗？什么是暴发户？"

"林小轩，今天开家长会，你妈妈怎么没来……"

"林小轩，别怕，我会永远保护你！"

"林小轩，你的文具盒真漂亮……"

"林小轩，你真的要转学了吗？"

"林小轩，你会永远记得我吗？我们永远是朋友，对不对？"

"林小轩，你长大后会来找我的，对不对？我等你……"

……

整整一个晚上，那个纯真甜美的声音一直伴随着他，温暖着他。

"灵犀，灵犀，灵犀……"

醒来时，土豪发觉自己的眼角滑过一滴泪水。

慕灵犀，你真的忘记我了吗？

我可永远记得你，永远，永远……

第十六章
仙 湖 之 旅

1

一大早，灵犀起床后洗漱一番，刚一开门，便看见隔壁的门也开了，一身清爽的土豪站在门口。

今天的土豪身穿一身笔挺的西装，里面是雪白的衬衫，脖子上系着蓝色领带，显得格外轩昂挺拔，俊逸逼人。见了灵犀，土豪眸中掠过一丝浅笑，唇角微微扬起。

灵犀腹诽，真是妖孽呀，穿得这么招摇，还对人家这样笑！

"早上好！昨晚睡得好吗？"他问，仿佛早已忘记昨晚的一切。

"好得很！"灵犀不冷不热地说。

"唔，那赶快下去吧，刘秘书和邓总正等我们一起吃早餐呢！"土豪说着，直径朝电梯口走去。

灵犀跟在他身后，与他一起上了电梯。

土豪的脸上始终挂着淡淡的微笑，这令灵犀心中警铃大作，不知道这货又想惹出什么幺蛾子哦。

果然，邓总与刘子悟已经在三楼的餐厅门口等候他们了。见了两人，邓总便献媚地问："林总，慕记者，昨晚休息得还好吧？"

"软玉温香，自然好梦！"土豪邪魅地看了灵犀一眼朗声笑答。

刘子悟的眼底掠过一丝狡黠，邓总也是会意一笑。

灵犀狠狠地瞪了土豪一眼，那一刻，她恨不得给那张能魅惑所有女人的脸上狠狠打一拳！

"慕记者，里面请……"见她一脸怒容，邓总连忙赔笑。

灵犀心不在焉地吃着东西，平常那些美味的食物这一刻如同嚼蜡。土豪貌似胃口不错，悠闲地吃着东西。

"多吃点，午饭还不知道什么时候吃呢！"土豪好心提醒。

灵犀白了他一眼，心里腹诽，你是猪变的呀，就知道吃！

灵犀闷闷地吃着东西，土豪倒显得兴致勃勃，与刘子悟和邓总说着话。

用过早餐，一行人便驱车前往抚仙湖。

除了邓总这辆奥迪A6，还有一辆路虎一辆帕萨特紧随其后。

云南的天空似乎比别的地方更蓝，云更白，空气也格外清晰，让灵犀对即将到达的目的地格外期待。

汽车里，邓总播放着优美的云南民歌，灵犀忍不住跟随着旋律轻轻地哼着。

"看来慕记者对云南民歌很喜欢哟！"邓总笑着说。

"是啊，我妈以前很爱看云南电影，什么五朵金花、阿诗玛等，我从小就听她讲起过，我妈还常给我唱'花誓'、'蝴蝶泉'、'月光下的凤尾竹'、'马铃儿响叮当'等民歌……"灵犀笑着说。

"经典的云南民歌百唱不厌，不像现在的一些网络上的口水歌，实在不敢恭维……"邓总显然为自己身为云南人而自豪，"我给你放一首抚仙湖之歌，音乐才子李健唱的，也是一首经典！"

"这是怎样的夜晚／让人伤感又留恋／你说记住这一刻／哪怕从此各天边／如此动情的心愿／怎能让它被吹散／秋风掠过的湖水／留下涟漪在心间／爱恨离别的我们／多为难啊／转身而去的瞬间／是天涯／你说这一刻／就在这一刻……"

果然，汽车音响里传来了李健略带忧郁的歌声，歌声将灵犀的心带到了一个美丽神圣的地方。

"这里的湖泊目前蓄水量达到182亿立方米，等于云南第一大湖滇池和第二大湖洱海蓄水量的四倍。湖水呈蓝绿色，透明度一般5－6米，最高可达12米。明末徐霞客在他的滇游日记中曾记载此湖乃滇中湖泊最清的水质。诗人们常用'琉璃万顷'形容她……"邓总娓娓道来。

2

相信每个人的心里，都在憧憬这样一个地方——

能让自己忘记尘世间的烦恼，使浮躁的心归于平静；能自由自在在倘佯在自然山水间，享受大自然带来的快乐和心灵的安宁与平和。

这个地方，有一湖，半山。人们依山傍水，淡定而居。

这个地方，天，总是很蓝；山，总是很青；水，总是很绿；阳光，总是很灿烂；人们脸上的笑容，总是很纯美……

这个地方，干净，纯澈，自然，宁静。

这个地方，生态，唯美，纯粹，祥和。

这个地方，一伸手，就能触摸到天堂。

这个地方，温柔了岁月，惊艳了时光。

这个地方，令人魂牵梦绕，相思无依。

这个地方，一顾倾人城，再顾倾人国。

这个地方，能改变世界的笑容，聚焦世界的目光，让世界为之惊羡与赞叹……

灵犀面前的抚仙湖，无疑，是这样一个地方。

"好美！"站在湖畔的灵犀忍不住一声惊叹！

这是灵犀第一次与抚仙湖邂逅，那种惊鸿一瞥的惊艳与美丽，给她留下了永世难忘的印象。

面前的抚仙湖，像一个养在深闺人未识的大家闺秀，亭亭玉立，温婉动人，含羞楚楚，妩媚多情。

闻者，欢喜。

见者，倾心。

知者，钟情……

那清澈见底的湖水，那自由倘佯的鱼虾，那波平浪静的湖面，那一湖半山的倒影，那独自垂钓的老翁，那快乐嬉戏的孩童……

就像一幅生动的画卷，在眼前，迤逦展开……

阳光下，微风轻抚，湖面上荡开了一圈圈涟漪，几只海鸥快乐地掠过湖面，撒下一路欢歌……

那一刻，灵犀满怀感恩，因为她看见了传说中的圣湖。

匆匆一瞥，终身铭记。

抚仙湖的宁静与优雅，妩媚与柔韧，温婉与美丽深深地印在她的脑海里。

3

"慕记者，我们要与邓总一起去谈一个项目，云南公司的小刘、小周会陪你在湖边走走，看看，领略一下高原湖泊的纯美。"刘秘书笑着指了指灵犀身旁一男一女两个年轻人。

"慕记者，幸会，我叫刘志坚，这是我的同事，周洁。"脸色黝黑，个子瘦高的男青年脸上挂着淳朴的微笑。

他身旁的周洁明眸皓齿，个子也相对窈窕，想必不是云南人。

"谢谢你们！"灵犀微微一笑，目光投向周洁，"你是北方人吧？在云南习惯吗？"

周洁露齿一笑："我是辽宁本溪人，在云南大学毕业后就留在昆明。昆明气候好，四季如春，空气又好，我父母每次来这里都舍不得离开，他们准备退休后来云南养老……"

"是啊，这里真的很美……"灵犀动情地看着面前的湖泊。心里感慨万千。

那一刻，灵犀想用最美的语言来描述眼前的一幕——

有一些人，只需一眼，便铭记终身。

有的地方，只需一瞬，便深藏于心。

就像一帘幽梦，沉醉不醒。

犹如一坛好酒，香醇醉人。

恰似一杯清茶，淡雅温馨。

又似一幅画，一句诗，一首歌……

站在梦中的抚仙湖畔，就像站在久违的情人面前，心潮起伏，汹涌澎湃。

抚仙湖用她温柔而多情的手，轻抚着旅者略带疲倦的容颜，吻去了心中的不安……

深情凝视，才发觉，这样的凝视，寂寞了千年，却依然，亘古不变。

凝视中，美丽的画卷，在面前迤逦展开，似笔墨未干，一妆一颜，勾勒出梦中的图案，深深浅浅，悠悠然然，清清淡淡，浓墨淡彩处，晕染着朦胧的意境，诗一般的情怀。

那一刻，面前的抚仙湖，是守候中的一首歌，等待中的一句诗，静默中的一个梦……

渐渐的，画面开始鲜活，有了欢声，笑语……

天高云淡，宁静致远。

微风和煦，春光无限。

依然是，湖水清澈，碧波荡漾。

依然是，美丽优雅，宁静大方。

依然是，柔情似水，妩媚端庄。

依然是，面朝大海，春暖花开……

依然是，如诗，如画，如梦，如幻……

这湖，这山，这水，这人，一切，清晰纯澈，却又恍然如梦。

眼前的画卷，醉了天，醉了地，醉了灵犀，醉了游人……

沙滩上，点缀着彩色的帐篷，像一朵朵盛开的花，美丽了心情，灿烂了湖畔……

顽皮的孩童，光着身子在沙滩上追逐嬉戏，玩沙子，打水仗，堆沙丘，忙得不亦悦乎。

孩子身后，远远地跟着一脸宠溺的母亲，微笑着拾起遗落在沙滩上的物品……

坐在湖畔，吹着徐徐的风，静默地看着眼前的一切，心里是暖暖的幸福与满足。

其实，快乐真的很简单。

就如眼前的画卷，一湖，半山，心中宁静致远。

甚是欣慰，这里有一方乐土，人们依山傍湖，日出而作，日落而歇。

甚是感恩，这里远离尘世烦恼，让人们放飞心情的同时，洗涤了心中的尘埃……

甚是欢喜，这里，依然如此包容，和谐……

看着热闹的沙滩，灵犀心里涌起一种融入画中的渴望。

脱掉鞋，光着脚丫漫步在蜂蜜色的沙滩上，脚底与沙子接触的一刹那，一种温热的气息包裹着脚掌，沙子的余温令脚底有一种痒痒的、麻麻的、酥酥的感觉，一种奇妙的幸福感顿时弥漫到全身。

清澈的湖水令人忍不住与之有亲密接触的冲动，感受湖水带来的清润与舒适，甘甜与清爽。

灵犀捧一捧湖水喝了起来，唔，清冽，甘甜，沁入心扉！

慢慢的，将手伸进湖中，那种清凉与舒适顿时蔓延到全身。

然后，试着将双脚伸进湖中，一种从未有过的凉意从脚底升起，一点一点，浸润了整个心田……

原来，与湖水深情相拥，感觉如此奇妙。

那一刻，灵犀真希望自己能永远在这里住下去。

4

湖畔不远处，一个农妇支起一口灶，用铜锅在炸着虾饼，芳香扑鼻，令人垂涎。

"慕记者，吃虾饼吗？这里的湖水无污染，鱼虾也特别美味，用鸡蛋面粉炸成的虾饼乃一绝！"刘志坚问。

"好啊！"早晨吃得少，灵犀的馋虫被勾出来了。

"我也要！"周洁嫣然一笑。她长得很美，笑起来十分迷人。

刘志坚买来了虾饼，三人坐在湖畔的亭子里吃起来。

不得不说，吃着无污染的食物就是不一样，心情也格外舒畅。

漫步在抚仙湖畔，看着开得灿烂的三叶梅，薰衣草，野菊花，灵犀的心里被一种莫名的幸福溢满着，那一刻，她为自己能看见这样的美景而庆幸。

"慕记者，喜欢这里吗？"刘志坚问。

"喜欢，有机会，将来在这里养老！"灵犀嫣然一笑。

"不用等到你养老的时候，如果林总谈判成功，几年后你就可以来这里度假了。"刘志坚指着不远处，"公司的初步规划是五年内投资20个亿在这里建一个生态度假别墅群，别墅群将修建温泉，游泳池，私人沙滩等……包括山上，也要修建成排的观景别墅，当然，也要种植成林的树木，成片的花草……"

灵犀顺着他手指的方向，看见一片巨大的空地与形成缓坡的丘陵山脉，面积至少几千亩。那一刻，她不得不佩服"奇峰"集团领导人的眼见卓识。

昨天晚上，灵犀在网上查询了一下抚仙湖的有关资料，才知道这是一个尚未开发、生态环境保护得很好、是国内为数不多的一类水质高原淡水湖泊。尽管大理的洱海、丽江的泸沽湖已经声名远扬，与之相比，抚仙湖可谓养在深闺人未识，其旅游潜质却是前者无法比拟的。倘若"奇峰"这个生态度假旅游项目实施成功，无疑将成为一个收益颇丰的经典案例。

中午时分，土豪和刘秘书依然没有出现。想必，今天的谈判比较艰难吧。

"慕记者，中午想吃什么？"刘志坚热情地问。

"客随主便，不过，我对湖中无污染的美食倒是很期待……"灵犀笑着说。

"没错，来抚仙湖，自然得吃鱼……"周洁附和。

"好，我就请两位美女吃抚仙湖石锅鱼，铜锅焖饭，鸡蛋银鱼饼……"刘志坚说着，带领两人来到湖畔一个干净的农家乐。

"老板，有糠薄鱼不？"点了菜，刘志坚问。

"哎呀小兄弟，实在不好意思，昨天倒是捞到几条，被市里的大酒店买走了。"农家乐老板是地道的渔民。

"没有就算了，赶紧给我们上菜吧……"刘志坚显然饿了。

"什么是糠薄鱼？"灵犀好奇地问。

"那是抚仙湖特产的一种鱼，世界上只有这个湖泊有，现在已经卖上万元一公斤了。对于糠薄鱼的金贵，当地百姓还编了一个顺口溜：中央领导吃两条，省市领导吃一条，县镇领导吃半条，老百姓们看着饱……"刘志坚笑着说。

"看来这鱼还真是金贵得很……"灵犀笑了。

"那是自然的，抚仙湖独有的，来这里的人都想尝尝。"刘志坚一脸得意，"这就是民族特色！"

一会儿，农家乐老板端来石锅鱼，那是先将石锅烧得火红，然后倒入汤汁，汤汁沸腾得咕咕作响，再将切好的鱼块放进锅中煮沸，加入当地的食用薄荷，香草一起煮，几分钟后，鱼肉煮好，就着秘制的蘸水即可食用了。

"怎么样？挺鲜吧？"刘志坚问。

"嗯，鱼肉细嫩鲜美，带着淡淡的甘甜，没有一点鱼腥味。"灵犀满意地点头。

"是啊，丝毫不亚于海鲜的美味！"来自北方的周洁也说。

"等一下你们尝尝鸡蛋银鱼饼，更会让你们回味无穷！"刘志坚笑着说。

果然，上桌的鸡蛋银鱼饼、凉拌野菜、铜锅洋芋焖饭均十分美味，三个吃货吃得眉开眼笑。

下午，刘志坚带着两位美女来到著名的"海门河"游玩，"海门河"长约一公里，隔山连接对面的星云湖，河中有一堵延伸到水面的赧色石壁，称作"界鱼石"。旁边立着一块石碑，碑上称：星云湖栖大头鱼，抚仙湖生长糠濒鱼，以石为界，两湖的鱼游到此处时，各自调头，互不往来。

"想不到，连这两个湖泊的鱼都有强烈的地域意识，各自为政，互不往来！"灵犀笑着说。

"不然怎么会有这样的奇观呢，你看，这边是抚仙湖的鱼，这边是星云湖的鱼……"刘志坚指着界鱼石两边的鱼说。

眼前的奇观同时让周洁赞叹不已。

"界鱼石西侧百米处，有一座始建于明朝天顺四年（公元 1460 年）的海门桥，当年，无桅杆的木船可以从桥下过往于抚仙湖与星云湖之间，其桥身雕刻精美，颇有历史价值。"刘志坚说着，又指了指湖的东南方，"慕记者，你看出那两座山像什么了吗？"

灵犀顺着他手指的方向望去，默默地看了一会儿，说："像两个搭手扶肩的石人山。"

"不愧是记者，见多识广，那你猜到此湖为什么叫抚仙湖了吗？"刘志坚笑问。

"莫非与神仙有关？难道那两座石人山就是神仙变的？"灵犀恍然大悟。

"猜得不错。相传身居天宫的玉帝一天走出天宫，朝人间眺望时，忽然发现一颗形似葫芦的明珠镶嵌在云雾缭绕的万山丛中，明珠湛蓝明澈，波光粼粼，玉帝为之倾倒，速命肖、石二仙下凡描摹这幅人间美景带回天宫装饰天庭。肖、石二仙领命下凡，飘落在明珠东南方向，走近一看，一幅美丽的画卷展现面前，明珠周围或怪石嶙峋，或石笋冲天，或形似文房笔架，或如同大象汲水……可谓仪态万千，美不胜收。再看明珠，烟波浩渺，美轮美奂。风平浪静时，湖面如镜，微风袭来时，湖中如同撒满了珍珠……两位神仙被眼前的美景惊呆了，忘记了描摹绘画，日复一日，年复一年地看着，忘了归期。后来，两人化作的两座搭手扶肩的石山……抚仙湖的名字，由此而来。"刘志坚说得十分传神。

"好美的传说……"灵犀也听得一脸神往。

"这湖底下还有一座保存完整的古建筑，建筑高达 21 米，规模宏大，十分精美，绝不亚于玛雅文明。2005 年在此进行了水下考古，中央电视台全程直播，对于该建筑的研究，可谓世界性课题……"刘志坚说得十分自豪。

想不到这个湖泊不仅有美丽的传说，还有如此古老的文明，灵犀越来越喜欢这里了。

半个小时后，灵犀与刘志坚、周洁正在湖中划船时，刘志坚的电话响了。

"真的吗？太好了！我们正在划船，好，好，尽快回来。"

刘志坚挂了电话，对两人挥舞了一个胜利的拳头："谈判成功，已经签下合同了！'奇峰'集团万岁！耶！"

"真的？"灵犀十分意外，没想到土豪真有几分能耐。

二十分钟后，三人划着船回到岸边时，土豪等人在当地领导的陪同下在湖边散步。人高腿长的土豪在人群中显得格外玉树临风，听着周围人的介绍，俊逸的脸上始终挂着云淡风轻的微笑。

那一刻，灵犀怀疑自己的眼睛出了问题，想不到土豪也有沉着稳重谦和有礼的一面。

6

"刘秘书，听说项目谈判得很成功？"灵犀忍不住问一旁的刘子悟。

"嗯，都是林总的功劳，他一出门，什么问题都迎刃而解了，合同已经签下了，就等立项了……"刘子悟显然对今天的结局很满意。

"就凭他……"灵犀不自然的撇撇嘴。

"他可是我们集团独一无二的谈判专家呢！"刘子悟微微一笑。

谈判专家？灵犀居然发现自己一点都不了解他，目光不由自主地追随而去。

此刻，玉树临风的土豪身旁站着身材窈窕的周洁，后者正一脸痴迷地看着土豪，就像一只馋嘴的小狗正围着美味的骨头打转。看样子，周洁已经被土豪身上那种男人的气质迷惑得神魂颠倒，倘若周围没有其他人，想必她已经投怀送抱主动献身了……

哼，土豪真是一只到处开屏的孔雀呀，走到哪里都不忘招蜂引蝶，鄙视……

"灵犀，过来一下……"土豪居然无视身旁美女的放电，冲着人群外的灵犀叫道。

"什么事？"灵犀不冷不热地来到他面前。

"我们正在谈将来的规划，你认真听听，对你写报道有好处。"他说得冠冕堂皇。

"明白。"灵犀淡淡地说。

那一刻，灵犀感觉到两道寒光朝自己刺来，她抬头看了一眼土豪一侧的周洁，后者眼中的尖锐一闪而没，随之取代的是满脸笑容。

灵犀顿觉脊背一凉，想不到这个长相甜美身材窈窕的美女城府如此之深，灵犀可真怕自己被这样的人用来练眼力！

土豪与几个领导热情地谈论着，憧憬着对未来的美好愿景。

灵犀默默地听着，顺便打开了包包里的录音笔。

从他们的谈话中，灵犀不得不承认土豪是一个天生的谈判专家，他的话不多，却往往一语中的，他的脸上始终挂着淡淡的微笑，举止沉稳，目光幽邃，让人不觉得疏离，却又不敢轻易冒犯……

这是一个有着双重性格的人，是一个矛盾综合体。这样的人，实在很危险……

为了庆祝签约成功，晚餐是在湖畔首家五星级酒店举行，开席三桌。周洁自告奋勇坐在土豪一旁，土豪则将灵犀拉到自己身旁。

看见周洁眼中的尖锐，灵犀只得无奈地耸耸肩。

这一餐，土豪自然又在众人的敬酒中喝得天昏地暗，到最后，他依然一脸微笑地硬撑着，与大家谈笑风生。可灵犀知道他的酒量已经达到了极限，他的整个人几乎靠在灵犀身上。

酒足饭饱后，领导们又提议去 KTV 唱歌，土豪称想领略湖边夜晚的风情，便让刘秘书和邓总等人陪对方去消遣。

周洁见状，赶忙体贴地扶着土豪，柔声说："林总，我对这里很熟悉，让我陪您走走吧！"

土豪微微一笑，看了灵犀一眼："好啊，灵犀，一起吧！"

灵犀耸耸肩："我才不想当你们的电灯泡呢！"

周洁不依了，嗔了灵犀一眼："慕记者的嘴真利……"

哼，还有更难听的没说出来呢！

"灵犀，我忽然想起有点事情给你交待，跟我来一趟……"土豪的手从周洁手腕中轻轻抽回，长臂一把将灵犀拎到自己身边。

那一刻，周洁的脸上比人用鞋底抽了还难看。

"周洁，走吧，K 歌去！"刘志坚见状，赶紧来解围。

土豪架着灵犀朝酒店房间走去。

第十七章
一 丝 柔 情

1

土豪整个身体几乎压在灵犀身上，她知道，他又喝多了，必须去卫生间吐个干净！

"你住几楼？"灵犀问。

"十八楼，我在1818，你在1819，行李已经放进去了。"土豪闷声说，看样子醉得不轻。

"喝不了非得逞能，活该！"灵犀骂道。

"你以为我喜欢喝吗？许多时候，场面上的功夫必须做足。"土豪眉峰微蹙，看样子很不舒服。

"死要面子活受罪！"灵犀被他压得实在难受。

"你好歹给我一个面子，忍一忍吧！"土豪在她耳畔轻声说。

他身上的酒味实在浓烈，熏得灵犀忍不住皱眉。

好不容易上了18楼，找到1818房间，土豪递给灵犀一张房卡，刷卡进屋后，土豪冲进了卫生间，再次吐了起来。

灵犀不禁摇头。

房间里，放着土豪的电脑和一摞资料，灵犀没有窥探别人隐私的习惯，只好泡了两杯茶，打开电视看起来。

电视里正在播放一档苦情剧，男女主角为了在一起，不顾双方家庭的反对，毅然离家出走，靠着双手打拼，即将苦尽甘来时，男主角却因一场车祸躺在床上，怀孕的女友一边打工，还一边照顾病床上的男友……

剧情虽然老套，却因男女主角演绎到位而拍得十分感人，灵犀看得禁不住抹了一把眼泪。这年月，苦情剧的确能赚取观众同情的泪水，博得舆论的关注。

"怎么啦？看苦情剧也值得你哭？"戏谑的声音传来，土豪已经洗完澡出现在面前。

灵犀赶紧捂住眼睛不去看他，背过身子向他伸出手来："给我房卡……"

"唔，房卡在我裤子兜里，自己过来拿！"土豪轻声说。

灵犀头脑一懵，他这不是明摆着诱惑自己吗？

"可恶，赶快给我！"灵犀恼了。

"灵犀，我胃里难受，给我倒一杯温水，不要茶……"他的声音有些虚弱。

灵犀想到他今晚一直在陪对方的领导喝酒，几乎没吃什么菜，胃里一定很难受。想到此，她不禁有些同情。

"这里有方便面，要不我给你泡一碗？"灵犀问。

"好的，不要放辣椒，我的胃受不了……"土豪无奈地坐在床上。

灵犀这才发觉他穿着睡衣，露出健硕的胸肌，显得十分健美，虽然不是第一次看见他的胸肌，她的脸依然没来由地一红。

灵犀用开水给他泡了一碗香菇方便面，又端给他一杯温水。

"谢谢你……"喝了水，土豪的脸上好多了。

这可是土豪第一次对她说谢谢，灵犀忽然有点不习惯这样柔软的他。

几分钟后，方便面终于泡好了，灵犀将面端给他。

"你可以喂我吗？"土豪问，语气带着一丝期待。

"你爱吃不吃！"灵犀柳眉一扬，啪的一声将面放在床头柜上。

"灵犀，我的胃真的……好痛……"土豪的语气十分虚弱，甚至带着一丝无奈。

灵犀注意到他脸色苍白，似乎在咬着牙坚持……

"你带了胃药没有？"灵犀赶忙问。

"没有，我的胃病已经两年没犯了，想不到才两个晚上就喝成这样了……灵犀，把碗递给我，我吃点东西会好一些……"土豪落寞一笑。

不知怎的，灵犀被他那个笑容弄得有些难受，干脆端起碗，用叉亲自喂他……

土豪见状，眼底闪过一抹温柔。

"现在好点了吗？"喂他吃完面，灵犀柔声问。

"好些了，谢谢你……"土豪轻声说，眼中蓄满温柔。

"别客气，我只是举手之劳。"灵犀尽量让自己的语气听起来平淡些。

2

"灵犀，帮我打开行李箱，把我的密码箱拿来……"土豪忽然说。

"你要密码箱干什么？"灵犀不解。

"你不是要写稿子吗？我给你看合同……"土豪声音轻柔。

"你的行李箱有密码，打不开……"灵犀说。

"密码是1995520。"土豪的眼眸中闪过一丝柔情。

"呵呵，密码挺特别的哦……"灵犀打开了行李箱，将密码箱递给床上的土豪。

土豪打开密码箱，取出一份盖着大红公章的文件递给她。

这果真是今天的签约文件！

"你就这么放心地把文件给我看，就不怕我出卖给你的竞争对手吗？"灵犀笑问。

"这是已经签约的合同，板上钉钉的事，我何惧你出卖？况且，这个项目一经过评估，开年后就要动工了，谁都抢不去。"土豪一脸笃定。

"算得可真精！就知道把我当免费的枪使！"灵犀不满地撇撇嘴。

"你先看看合同，帮我想想项目的策划方案，我准备提前在报纸上投放广告。"土豪语气温和地说。

广告？想起张雪派给自己的任务，灵犀脑子里闪过一道光芒。

"你打算找广告公司策划吗？"灵犀试探地问。

"怎么，你有兴趣？"土豪玩味地看着她。

"那得看你是否信得过我了……"灵犀慢吞吞地说。

"若是让你做一份广告企划书，你打算用一个什么样的主题？"土豪问得十分专业。

"生态、自然，返璞归真……"灵犀脱口而出。

"这些词汇开发商与房地产公司已经用滥了，我的意思是用一句话来具体的概括整个项目……"土豪提出新的要求。

"一湖倾城，相见抚仙湖……"灵犀又说。

"嗯，有那么一点意思了……"土豪微微颔首。

那一刻，灵犀忽然觉得土豪没有那么讨厌了。

"你可不可以就在这里写完稿子后让我看看？"土豪指了指房间里的电脑问。

"好的，没问题。"灵犀爽快地说。

她十分理解土豪的要求，毕竟这是"奇峰"在云南签下的一个大单子，对于见报的稿子，自然不容半点纰漏。

灵犀仔细看了两遍合同，抓住重点，写成一篇一千字左右的简讯。

看着灵犀认真写稿的样子，土豪的眼中掠过一丝柔情，唇角笑意扩散。

土豪认真检查了稿子，倒是没发现什么疏漏，况且整篇稿子里用词恰当，言简意赅，不愧是混迹新闻圈多年的财经记者。

看着他一脸放心的样子，灵犀也松了一口气。

灵犀将"奇峰"集团签下旅游大单的稿子写好后传给了值班主任。

尽管稿子不长，明天见报也只是一个豆腐块，灵犀却确信这份合同将给旅游界与房地产行业带来巨大的震动。

两人又聊了一些无关紧要的话，灵犀便借口很累，拿了房卡回隔壁休息去了。

看着灵犀的背影，土豪的唇角勾起一丝微笑，眼底的柔情更深了。

3

第二天一早，土豪照旧是神清气爽，邪魅潇洒，迷死人不偿命。

今天的他身穿驼色休闲服，咖啡色休闲裤，更显得玉树临风，英俊潇洒，典型的人间妖孽，祸国殃民。

"早！"见了灵犀，土豪露出迷人的微笑。

"早。"灵犀也微微一笑。

今天的灵犀穿着清爽的白体恤，浅蓝牛仔裤，休闲鞋，带着遮阳帽，显得清清爽爽，干干净净。

土豪见状，眼底闪过一抹赞许。

来到餐厅时，却见昨日签约的市县领导以及云南分公司的众人已经在餐厅用餐了。

"林总，这边请，我已经为您取了食物。"周洁赶紧笑脸相迎。

今天的她穿一身粉色休闲服，更是衬得肌肤胜雪，眉眼如画，加之身材窈窕，更显得美丽动人。

"哦，那我可要谢谢你了。"土豪毫不客气地在周洁一旁坐下，享用起桌子上的美味来。

周洁见状，冲灵犀微微一笑，那神情，甚是得意。

灵犀对此报以淡然一笑，自己拿着餐盘去取食物。

"嗨，早上好，需要我帮忙吗？"一旁的刘志坚殷勤地问。

"不用了，谢谢……"灵犀微微一笑，"自己动手，丰衣足食。"

"这里的小锅米线不错，你可以尝尝，还有皮蛋瘦肉粥也很美味……"刘志坚笑着说。

"好的……"灵犀礼貌地回应，"需要时我自己取……"

灵犀端着食物来到一个角落，土豪见状，唇角勾起一个淡淡的弧度。

早餐后，众人刚走出酒店，灿烂的阳光便普照大地。

"今天天气不错，要不等一阵子去湖里游泳？"邓总提议。

"好啊，我最喜欢在这里游泳了，不像海边有水母……"周洁一脸兴奋。

"慕记者，你意下如何？"邓总问灵犀。

"我，客随主便吧。"灵犀微微一笑。

看着清澈见底的湖泊，她也想体验一下在湖中自由自在的情景。

"林总……"邓总的目光投向土豪。

"一切听从邓总的指挥！"土豪也是一脸兴奋，看样子已经迫不及待了。

随后，大家在附近的小卖部买了游泳衣换上，然后又穿上衣服来到了湖边。

邓总自告奋勇地率先下湖。

"水温刚好，不冷不热，适合游泳……"邓总朝岸上的众人招手，"下来吧，这里水浅……"

众人见状，纷纷脱掉外面的衣服，穿着泳衣下湖。

不得不说，土豪的身材属于男人中的一级棒，颀长又健硕，用句通俗的话来说，他就是那种脱下有料，穿衣显瘦的身材。对女人而言，有着致命的诱惑力……

周洁见状，眼底掠过一丝惊艳，赶紧脱掉粉色的休闲服，露出傲人的身材。周洁穿着粉色的吊带泳装，薄薄的布料将她美好的身材勾勒得非常完美，可谓前凸后翘波涛汹涌，白嫩修长的腿更是引人遐想，果真是有料……

周洁像一条美人鱼跃下水，她游泳的姿势十分优美，引得在场的男性目光迷离。

"慕记者，下来呀……"周洁不忘冲湖畔的灵犀微微一笑，那眼神，带着一丝挑衅。

"好啊……"灵犀淡淡地一笑，大方地脱掉身上的 T 恤和牛仔裤。

阳光下，灵犀白嫩的肌肤比周洁更加耀眼，尽管她身材没有周洁高挑，却也细致苗条，显得玲珑有致，上下比例堪称完美，尤其是两条腿匀称修长，完美得如同雕像……

那一刻，周洁的眼中露出一丝惊讶与难堪，想不到这个自己眼中其貌不扬的女记者身材居然如此完美……

当然，男人们见了也是暗自赞叹。

土豪见状，眼中闪过一抹惊艳，随即又沉下脸来！

这丫头，居然当众露出美好的身材，她怎么可以无视自己的存在，怎么可以不顾自己的感受？

灵犀舒展地跃入水中，快乐地游了起来。

灵犀游泳的姿势十分优美，游得也挺快。

灵犀的好身材得益于锻炼，她从小就在母亲的带领下学会了游泳，这些年来只要一有时间，她便回去游泳，身材自然也不差。

"慕记者，前面湖水很深，那里水草多，不要再往前游了……"邓总见她一眨眼便游到了前面，赶忙说。

此刻的灵犀一心在水中肆意撒欢，哪里能听得见邓总的提醒，双手一划，双腿一蹬，游得更快了……

4

看着众人被自己远远地甩在身后，灵犀心里涌起一阵惬意。

湖水十分清澈，可以清楚地看见水中嬉戏的鱼虾，灵犀一时兴趣，追逐着一群鱼虾玩乐起来……

忽然，灵犀的脚被什么东西缠住了，她双脚用力一蹬，居然缠得更紧了。低头一看，竟然被一团墨绿的水草缠住了脚。

灵犀赶忙潜下水，用手扯着脚上的水草，令她惊慌不已的是，那些水草居然缠得很紧，怎么也扯不掉，要命的是，她的双手也缠上了水草，身上也缠住了水草……

"救命……土豪，救我……"心中害怕的灵犀冲远处的土豪大声喊道，猝不及防又被呛了一口湖水，那一声呼救也被呛入了口中。

这口水的呛入对灵犀十分致命，她的身体本来就被水草缠住了，此刻又呛入了湖水，整个人在挣扎中逐渐没了力气。

灵犀看见周围的水草越来越多，缠满了自己的身体……

糟糕，她不会那么倒霉，死在这个天堂般美丽的地方吧？

呜呜，虽然这里很美，可她不想死，她还年轻，还没享受到爱情的滋味，老天爷不会那么无情吧？

挣扎中，灵犀感到视线逐渐模糊，只觉得好累，好累，想要好好休息一下。

距离灵犀几百米的地方，土豪一眼见灵犀消失在湖面上，顿时心里一慌。

"邓总，湖水最深有多少米？"土豪不安地问。

"170多米，里面有很多水草，非常危险……"邓总说。

"灵犀有危险，快！"土豪闻言脸色一变，快速朝前游去。

"林总别去，湖水太深，每年都要淹死几个人，还是打电话请专业救援队来的比较保险。"邓总急忙说。

"恐怕还没等到专业救援队来，灵犀就已经没命了！"土豪冷冷言毕，头也不回地朝前游去。

"林总，林总……"邓总急得一脸灰败。

"林总，我陪你一起去！"刘子悟见状，也朝前面游去。

"灵犀，灵犀，你在哪里？"土豪一边游着，一边焦急地呼唤。

"林总，别着急，会找到的……"刘子悟安慰。

"她不能出事，你不明白，她不能有任何事情……"土豪激动地说着，继续朝前游去……

灵犀，你一定要好好的，你答应过我，要等我的……

两人在湖中找了片刻，终于在一片水草中找到了灵犀，此刻的灵犀已经晕厥过去。

两人七手八脚地将缠在她身上的水草弄开，土豪搂着灵犀朝湖畔游去……

"慕记者怎么了？"邓总见状惊慌地问。是他提议游泳的，若灵犀出事，他也有责任。

岸上的周洁和刘志坚等人见状，也十分吃惊。

土豪没说话，此刻的他所有的心思全在灵犀身上。他将自己的衣服铺在沙滩上，把灵犀放在衣服上，跪在地上用力按着她的胸腔。

此时的灵犀双目紧闭脸色苍白，对于土豪的营救没有丝毫反应。

"灵犀，我不允许你死，听见没有？"土豪厉声说着，俯下头，一边给她做人工呼吸，一边不停地按压她的胸腔。

那一刻，即便是个傻子，也知道灵犀对土豪的重要性。

周洁呆呆地看着，眼中闪过一丝失落，她多么希望，溺水的人是自己呀！

一分钟，两分钟，五分钟，十分钟……

灵犀依然没有丝毫反应。

"你会没事的，乖，你一定会没事的……"土豪继续按压着她的胸腔，继续埋头不停地做人工呼吸……

"灵犀，别吓我，求求你别吓我……"半个小时过去了，灵犀依然毫无反应，土豪依然没有放弃，心里却越来越恐慌……

"林总，已经这么久了，慕记者好像不行了……"一旁的周洁轻声说。

"少废话，她答应过我的，要等着我……灵犀，你不会有事的对不对……你不会离开我的……"双手用力地挤压着灵犀的胸腔，人工呼吸器依然没有停止……

"灵犀，不要捉弄我，你不会离开我的，乖，别淘气……"土豪的眼中忽然滑落一滴泪水。

又是一刻钟的功夫过去了，灵犀口腔内猛地涌出一股湖水，长长的睫毛微微颤动着……

"灵犀，灵犀，没事了……真好……"土豪的眼眸中闪过一丝惊喜，双手不由自主地将她拥入怀里，就像抱着一件失而复得的珍宝。

"我……还活着？"过了好一阵子，睁开双眼的灵犀不置信地看着土豪问。

"是的，你还活着……"土豪笑着点头，脸颊不由自主地贴在她的脸上，一滴热泪落在灵犀的脸上。

"又是你……救了我？"灵犀冲他微微一笑，随即在他怀里睡了过去……

"灵犀，灵犀……"土豪再次惊恐地叫了起来！

"林总，快上车，我送您们去医院……"刘志坚开来了轿车。

土豪抱起灵犀上了车，刘秘书见状，拿起地上的衣服跟了上去。

第十八章
戒 指 遗 失

1

灵犀醒来时，发现自己正躺在病床上，土豪在身边睡着了，他的一只手握着她，身上还穿着那件驼色休闲服，不过，此时的休闲服显得皱巴巴的。

"土豪……"灵犀忍不住轻声呼唤。

"灵犀，你醒了？"土豪猛地睁开眼睛，眼中充满惊喜，"感觉怎样？是不是很难受？"

"谢谢你……又一次救了我……"那一刻，灵犀心中溢满了感动，"我感觉自己全好了。"

"傻瓜，我们带你出来，若是出了事，我怎么向你父母交代……"土豪温柔一笑。

"我一定成了你们眼中的笑话吧？"灵犀心虚地问。

"岂止是笑话，简直是大笑话！"土豪笑着说。

灵犀闻言，眼中滑过两行泪水。

"我以为，这一次死定了……"想起湖中的一幕，灵犀心有余悸。

"只要我不允许，阎王爷也不敢收你！"土豪笑着安慰她。

"不管怎么说，我的命是你救的，我一定会为你效劳的！"灵犀轻声说。

经历了死亡的可怖，灵犀这才懂得活着的幸福。

眼前这个人，几次救自己与水火之中，以后她一定会好好报答他。

"那……你准备，如何报答我？"土豪问，眼眸深处有静水潺潺流动。

"你希望我如何报答你？"灵犀微笑着反问。

"我还没想好，你自己也好好想想吧。"土豪轻声说，眸光满含深意。

"好。"话虽这么说，灵犀心里却涌起一丝不安。

目光落在无名指上，手上光秃秃的，几天前邱志礼送给自己的订婚戒指已经不翼而飞，手指上留下一个淡淡的戒指痕迹。

"我的戒指呢？订婚戒指？"灵犀顿觉心里缺失了一块。

"没看见，应该遗落在湖中了吧……"土豪语气淡淡的，"两人若是真心相爱，有没有戒指都一样，何必在乎这些形式……"

灵犀不语，或许，土豪言之有理。可是，这毕竟是邱志礼送给自己的第一枚戒指，才戴了短短的几天就遗失在湖中，这不得不说是一个不好的兆头。

她与邱志礼之间，不会有什么事情吧？

"我可以，用一下你的电话吗？"灵犀忽然很想邱志礼。

"当然可以。"土豪将电话递给她。

灵犀拨通了邱志礼的电话，看见土豪的屏幕上居然显示了邱志礼的名字为"小人"两个字。

"炜轩，什么事？"邱志礼的声音十分冷漠。

灵犀默默地看了一眼土豪，声音尽量放温柔："志礼，是我……"

"灵犀，你怎么用这个电话打来？你这两天都在哪里？也不来个电话……"邱志礼的语气骤然一转，温柔了许多。

"我在医院……"灵犀的鼻子一酸。

"出什么事情了？要不要我过来？"邱志礼紧张地问。

"我在湖中游泳时被水草缠住了，幸亏土豪救我，目前已经没事了。我只是有些想你，给你打个电话……"灵犀说。

"灵犀，办完事情就快点回来吧……我好想你……"邱志礼语气十分温柔。

"我知道，我也想你……"灵犀轻声说。

一旁的土豪脸色黯淡下去了，有点不自然地咳了一声。

"好了，不多说了，我挂电话了，你注意身体……"灵犀不安地挂了电话，将手机递给土豪。

"你好好休息吧，医生说你明天一早就能出院了，我们定了明天下午的飞机，我去收拾一下行李……"土豪站了起来，语气十分平淡。

2

"林炜轩……"灵犀看着那个背影轻声说，"你就是林炜轩，对吗？"

土豪的脚步微微一顿，回头平静地看着她："不错，我是林炜轩，你现在知道还不算晚。"

"你为什么骗我？"灵犀顿时觉得自己是天下第一大傻瓜，心底掠过一丝被戏弄的愤怒。

可能所有的人都知道他叫林炜轩，只有自己一个人还蒙在鼓里吧？她可真够笨的！

"我没有骗你，是你自己把心目中的林炜轩捧得太高大，太神圣，以致于无人能够与之比拟。我很早就想告诉你，林炜轩只是一个人，不是神，他也有喜怒哀乐，七情六欲，可你从来不听别人的话，在你眼中活生生的我，却只是一个庸俗不堪的土豪，是不是一个极大的讽刺？"土豪，不，林炜轩淡淡地说。

"那你为何告诉我，你叫林小轩？为何还编出那个一夜暴富的故事来？"灵犀轻声问。

"从前我的确叫林小轩，只是有人很健忘，忘记了从前的林小轩，只知道现在的林炜轩而已。至于那个一夜暴富的故事，我只是一时兴起，逗你玩玩而已。"土豪一脸邪魅地言毕，转身离去。

土豪，你真可恶！灵犀恨不得朝他扔一块砖头。

林小轩，林炜轩，灵犀蹙紧眉头，却怎么也想不起林小轩是谁。

不过，灵犀一想到自己这段日子以来在"奇峰"集团作出那些出糗的事来，心里就懊恼不已。

第二天一早，刘子悟亲自接她出院，林炜轩并没出现。

"刘秘书，你们骗得我好苦……"灵犀苦笑。

"出什么事情了？"刘子悟意外地问。

"你为什么不告诉我，土豪就是林总林炜轩？"灵犀问。

"慕记者，我可是很多次都想告诉你，可是你不想听的嘛……"刘子悟讪讪地说。

灵犀继续苦笑，是啊，当时的自己与土豪水火不容，还给他取了一个"土豪"的绰号……

想到以前的种种，灵犀真的觉得羞愧极了。

老天爷给她开了怎样的一个玩笑呀！

"你放心，林总不会计较的！"刘子悟好意安慰。

"可我计较，我心里很不安！"灵犀苦笑着摇头。

想当初，自己要采访的人就是他，本尊出现自己却不当一回事，还对其奚落一番针锋相对，当时的自己空有一腔热情，实际上却十分幼稚……幸好土豪没有过多的计较，否则，与"奇峰"的合作岂能轮得着她？况且，林炜轩几次不计前嫌出手相救，不正显示他的雅量与气度么？

可越是这样，灵犀就觉得自己被林炜轩衬托得越渺小，土豪越高大……

"林总以前的名字是不是叫林小轩？"灵犀又问。

"好像是吧……"刘子悟也不是很清楚。

灵犀想起那天在酒楼遇见报社领导的情景，怪不得连社长总编都来向土豪敬酒，原来他就是传说中的林炜轩！怪不得报社会让自己与"奇峰"谈广告合作，领导们一定误会他们之间的关系了……

另外，李莫愁、李灵两姐妹，肯定很早就知道林炜轩的真实身份了！

还有邱志礼，与土豪早就认识，两人相亲时他听说自己叫林炜轩为土豪时，眼中露出的惊讶……

哎，林炜轩，你到底是怎样的一个人？

3

整整一天，灵犀一直显得十分沉默。

尤其是面对林炜轩时，她的心里有一种欲说还休的苦涩。

不过，林炜轩似乎真如刘子悟所言，对此并没放在心上。

用过午餐后，邓总亲自开车送三人去机场。

"慕记者，这次因为时间关系，照顾不周，欢迎你下次再来云南旅游！"邓总对于灵犀的溺水甚感抱歉。

"谢谢邓总，有时间一定会再来云南的！"灵犀微微一笑。

"我给林总、刘秘书与慕记者带了一些土特产……"邓总从汽车后备箱搬出几个纸箱。

"不用了邓总，哪里有吃了还要带走的说法……"灵犀赶忙拒绝。

"多谢邓总好意，我们收下了……"刘子悟微笑解围。

灵犀见状，也不好继续拒绝了。

照例是刘子悟去办理了登机手续，托运了行李，三人拿着身份证和登机牌进了安检，邓总还在安检外不停挥手。

"邓总真是一个热心肠。"灵犀叹道。

"你怎么不说他笑里藏刀？"土豪，不，林炜轩淡淡地说。

"你怎么会这样说他呢？这几天我们给他增添了多少麻烦呀？"灵犀对林炜轩话不苟同。

"哼，这次的合约，如果不是他从中作梗，对方岂会漫天要价？他背地里拿了多少回扣，岂是你能看见的？"林炜轩冷冷一笑。

"既然他这样吃里扒外，集团为何还要他负责云南分公司？"灵犀不解地问。

"尽管此人贪财，有些事情少了他还真办不成，所以我们是相互利用吧……"林炜轩眸光冷清。

"你们呀，一个比一个可怕！"灵犀摇头，"无商不奸！"

"是吗？记得以后离我远一点，小心某一天你被我利用！"林炜轩笑得一脸寂寞。

"我是光脚的不怕你们穿鞋的！"灵犀才不会被他吓着呢！

办好登机手续的刘子悟闻言，不禁一笑。

登机后，灵犀再次发现她与林炜轩的位置在一起，刘子悟却在另一排。

"刘秘书，我们换个位置，好不好？"灵犀说。

"唔，慕记者，飞机上最好不要随便换位置……"刘子悟委婉拒绝。

"我是老虎吗？"林炜轩皱眉问。

"你呀，比老虎还可怕！"灵犀苦笑。

"那你坐在这里试试，看我能不能把你给吃了！"林炜轩将她按在座位上。

"你……"灵犀一时拿他没办法。

起飞前，灵犀借林炜轩的手机给邱志礼打了一个电话。

"志礼，我们一刻钟后起飞了，对，你能来接我吗？"灵犀温柔地问。

"没问题，我今天下班早，手术一做完就来接你！"邱志礼朗声回答。

"好的，机场见！"灵犀说。

"机场见！"邱志礼挂了电话。

"真肉麻！"林炜轩闻言皱眉。

"你是羡慕嫉妒恨吧？"灵犀故意刺激他。

"切，天涯何处无芳草！"林炜轩不屑地耸耸肩。

"曾经沧海难为水，除却巫山不是云！"灵犀继续刺激。

林炜轩闻言，眼眸深邃如潭，双唇紧抿不再理她，灵犀倒是落得清净。

4

两个小时后，飞机终于在机场降落。

领取了行李后，三人各自推着行李走出候客大厅。

"灵犀，这里！"邱志礼微笑着朝她挥手。

"志礼，你可真准时呀！"灵犀满面笑容。

"为你服务，当然得准时啦。林总，刘秘书，这一路多谢两位照顾我家灵犀了……"邱志礼又一脸微笑对林炜轩和刘子悟说。

"应该的，应该的！"见林炜轩爱理不理，刘子悟赶紧搭话。

"刘秘书，你们有车吗？要不我送两位一程？"邱志礼客气地问。

"不劳邱医生了，我们的车已经到了，你还是当好你的护花使者吧！小冯，这里！"林炜轩一脸嘲讽地言毕，冲着一个青年男子招手。

"那我们就不奉陪了，改天我请两位吃饭！"邱志礼脸上依然挂着淡淡的笑容。与林炜轩相比，他显得彬彬有礼。

林炜轩依然是一脸淡漠，既不说好，也不说不好。

"好的，周医生，慕记者，回头联系！"刘子悟见状赶紧圆场。

"林总，刘秘书，再见！"尽管林炜轩一脸冷笑，灵犀却不想当众失了风度。

"灵犀，见到你回来，我心里的石头总算落地了。"邱志礼推着行李往停车场走去。

"我不是完好无损吗，有什么好担心的！"灵犀微微一笑。

"不是的，听说你溺水，我真是惊出一身冷汗，恨不得立即长出一对翅膀飞来守护你！"邱志礼说得十分动情。

"放心吧，他们把我照顾得很好。"灵犀微微一笑。

"对了，你是怎么溺水的?"邱志礼忍不住问。

"说来真丢人，游泳时被湖中的水草缠住了身体……志礼，有件事，我很抱歉……"灵犀小心翼翼地说。

"什么事?"邱志礼被她脸上的表情弄得有点不安。

"你给我的订婚戒指，遗失在湖中了……"灵犀心里难过得很。

"哦……遗失就遗失了吧，结婚时我重新买一枚更漂亮的！"尽管心里不舒服，邱志礼面上依然十分平静。

"你为什么不责备我?"灵犀意外地问。

"即使我责备你，那枚戒指依然找不回来，为何非要弄得两个人都不开心呢？既然那枚戒指不属于你，就让它永远留在湖底吧……"邱志礼倒是很看得开。

"谢谢你，志礼，你永远都是如此善解人意。"灵犀心里充满了幸福。

"傻瓜，你是我将来的妻子，我不理解你，理解谁?"邱志礼微微一笑。

"嗯，闭眼，给你一个奖励！"灵犀笑意盈盈。

驾驶室的邱志礼乖乖地闭上眼，灵犀在他的脸颊轻轻一吻。

"哈哈，谢谢老婆，你的香吻令我精神百倍！"邱志礼享受地一笑。

那一声老婆，叫得灵犀粉面绯红。

车中的一幕被旁边一辆奔驰越野车内的土豪看得清清楚楚，后者脸上掠过一丝含义不明的嘲讽。

刘子悟见状，赶紧吩咐前排的司机开车。

第十九章
情 难 自 禁

1

两人一起在外面用过晚餐，邱志礼便送灵犀回家。

后备箱不仅有灵犀的行李，还有邓总送的两箱土特产，这一次，无论如何得让邱志礼见识见识她那凌乱的小窝了。在灵犀的坚持下，邱志礼只好留下一箱土特产在车上。

两人一前一后地上了五楼，灵犀开门前对邱志礼说："房间很乱，希望你别见怪。"

邱志礼善解人意地笑了笑："你平常那么忙，肯定没时间收拾房间，我早就有心理准备。"

灵犀耸耸肩，开门，拉灯。

灵犀租住的是一室一厅，50多平米的单身公寓，可谓麻雀虽小五脏俱全，自带厨房卫生间，一个人住倒也方便。

提着东西进了屋，邱志礼打量着房间笑着说："也不算乱，比我想象中的干净，你这里也算是乱中有序。"

可见邱志礼有多会说话！在他眼里，灵犀的优点是优点，缺点也是优点，真有点灰太狼的精神。

灵犀打开饮水机电源开关烧水，一边问他："想喝什么？茶还是咖啡？"

"灵犀，你长途旅行也该累了，过来坐坐，等一会儿再忙。"邱志礼拍拍身边的沙发。

灵犀微微一笑，在他一旁坐下。

邱志礼一把将她拥入怀中，正要吻她，却被灵犀挡住了："志礼，我今天早上才出院，浑身臭汗，我得先洗个澡。你稍坐，咖啡茶叶放在桌子上了，一会儿水开了请自便……"

灵犀有个习惯，每天必须洗澡。面对心仪的人，自然更加注重卫生。

"好的，你慢慢洗，我等你……"邱志礼微微一笑，眼中充满期待。

灵犀拿着睡衣进了浴室，听着流水传来的声音，邱志礼也乐得自在，可以仔细参观她的房间了。

因为是小户型，客厅与饭厅合二为一，稍显拥挤，却布局合理，装修也较为淡雅，可见灵犀是个比较简单的人。他又朝卧室走去，卧室却是浅粉色，就连床和衣柜上都有粉色的花朵。他想起一句话，每一个女孩都有一个公主梦……卧室里还有一张书桌，一把电脑椅，想必灵犀经常在卧室写稿子。总的来说，灵犀的房间布置得简单温馨，她还算是一个有品味的小女人……

半个小时后，身穿浅蓝睡衣的灵犀从浴室出来了，头发湿漉漉地滴着水。邱志礼见状，赶忙用毛巾帮她擦头发。

"有吹风机吗？吹一吹更好，免得着凉。"邱志礼说。

"有，在卧室门后面的衣服架上挂着……"灵犀说。

邱志礼拿来了吹风机，仔细给灵犀吹着头发。

沐浴后的灵犀浑身散发出女儿家特有的芳香，看着面前软玉温香的人儿，邱志礼不禁有点想入非非……

头发吹干了，灵犀拿着吹风机放回原处，又给邱志礼泡茶。

邱志礼见状，不禁来到她身后，双手环抱她的腰，将灵犀拥入怀里。

"当心，烫！"灵犀的手中端着茶杯。

"灵犀，陪我坐坐……"邱志礼将她抱到了沙发上，拥她入怀。

"唔，志礼……"灵犀的唇被他温润的唇覆盖着，辗转吮吸着，缠绵着……

她的唇柔软，甜美，口腔中有刚用过的高露洁味道，令他欲罢不能！

他的手撩起了睡衣的裙摆，灵犀白皙修长的腿呈现在面前，完美得令他吃惊，却更加激起心中的欲望。

他的手抚摸着那双白嫩的双腿迤逦而上，从脚踝到小腿，再到膝盖，大腿，然后，停留在一个敏感的部位，他甚至摸到小可爱外露出的几根顽皮芳草……

邱志礼的脑子轰然炸开了，一股热血涌上头顶！

2

自从美君出事以后，邱志礼已经三年没碰过女人的身体了（当然，手术除外），这一刻，他全身热血沸腾，只想与怀中的人儿好好爱一回！

他双手颤抖地褪去了灵犀的睡衣，当灵犀的身体呈现在面前时，他不禁一呆。

这是一具完美的娇躯，比例完美，白皙，娇嫩，玲珑有致，粉色的文胸完美地包裹着那对小白兔，粉色的卡通小可爱贴身包裹着三角地带，令人忍不住想要一窥春光……

灵犀早已被他吻得全身酥麻，毫无招架之力！任由他的双手在自己身上游走……

当背后的文胸搭扣被解开时，那一对顽皮的大白兔跃入邱志礼眼里，他忍不住双手抚摸了上去，柔软，光滑如同绸缎，两粒粉色的小樱桃在他的抚摸中傲然挺立起来。他忍不住俯下头，含着一枚樱桃吮吸起来。

"唔，志礼，志礼……不……"灵犀被他吻得全身酥痒，一种从未有过的奇怪感觉蔓延到全身，心里涌起一种陌生的渴望，那种渴望令她惊讶又羞愧！

"灵犀，可以吗？我们就要结婚了，你愿意把自己完完整整地交给老公吗?"邱志礼一边深情地吻着她，一边柔声问，双手不停地在她的敏感部位抚摸。

愿意吗？灵犀也在问自己。

想到两人即将结婚，自己迟早都是邱志礼的人，灵犀害羞地点头。

"谢谢你，亲爱的，我会好好爱你的，让你成为天下最幸福的女人……"邱志礼温柔地笑了，抱起灵犀朝卧室走去。

橘黄的灯光下，粉色的单人床上，灵犀身上最后一点束缚被邱志礼熟练地褪下了……

此刻的灵犀，小脸绯红，双唇微张，双眸迷离，完美的小白兔在邱志礼双手间颤抖，粉色的樱桃愈加挺拔。光洁平坦的腹部下，是一处尚未开垦的芳草地，沟壑分明，自带兰香……

当邱志礼褪掉自己身上的束缚，与灵犀坦诚相见时，沉浸在抚摸中的灵犀猛然清醒了过来！

当她看见自己与邱志礼躺在床上，两人即将完成夫妻之礼时，顿时一阵心慌！尽管身边有许多的同学、同事在成年后就与男友过起了夫妻生活，可自幼家教极严的灵犀潜意识里依然十分保守，她总觉得一个女人应该将完整的身体保留到洞房花烛夜……

这么想着，灵犀忽然觉得一股热流从体内涌出……

"志礼，对不起，我来例假了……"灵犀低声说，目光不敢看他的眼睛。

邱志礼闻言，不仅一怔，当他的目光看见床上那一抹殷红时，全身的热情在一瞬间化为乌有。

"灵犀，对不起，我一时心急，差点……"邱志礼脸上涌起一阵歉疚，心里更是遗憾得很。

"应该说对不起的是我，我让你扫兴了。"灵犀涨红着脸。

"你放心，我绝对不会浴血奋战的……"邱志礼自嘲地一笑，默默地穿上衣服。

"对了，你的卫生棉放在哪里？"穿戴整齐后，邱志礼问得十分自然。

"你身边的床头柜第一个抽屉里。"灵犀语气微微一滞。

邱志礼取出卫生棉，亲自将卫生棉的包装撤掉，贴在卡通小可爱上。灵犀顿时小脸绯红……

"我去给你打盆热水洗一洗，你平常洗身子是用哪个盆子，哪条毛巾？"此刻的邱志礼完全是一个疼爱妻子的好老公。

"蓝色盆子，蓝色毛巾……"灵犀的语气有点不自然。

一会儿，邱志礼端着热水进来了，将毛巾拧得半干，当他正要为灵犀擦拭身体时，灵犀接过毛巾说："我自己来，你转过身去……"

邱志礼微微一笑，背过身子。

灵犀洗干净身体，穿上衣服，邱志礼赶忙端起盆子去了卫生间。

看着他自然地做这一切，灵犀心里温暖又感动，同时有一点小小的疑惑。

灵犀又撤下了弄脏的床单被套放进洗衣机……

卫生间里，邱志礼已经洗干净毛巾和盆子……

3

"志礼，谢谢你……"想到两人差点行夫妻之礼，灵犀的脸一片绯红。

"傻瓜……"邱志礼揉揉她的头发，"你将成为我的妻子，为你做这一切，是一个丈夫的职责。"

"你以前，经常为她做这些吗？"灵犀略带酸意地问。

那个她，自然是他的前未婚妻。

"是啊，以前美君有痛经，我经常在那几天照顾她……"邱志礼脱口而出。

"她叫美君？"灵犀又问。

"对，张美君……"邱志礼镜片后的眼眸中内容复杂，"不过，一切都过去了，灵犀，我们要活在未来，而不是回忆中。"

张美君？灵犀不禁想起大学时期的同班室友。她可是一个美得令人惊艳的女生，性格也十分温柔。大学时，追张美君的人很多，可她却一个都看不上，据称她有一个青梅竹马的男朋友。不过，大学四年，大家并没见过她的男朋友长什么样子，因为大二时张美君就搬出集体宿舍与男朋友在外面同居了。遗憾的是同窗四年，大家一直没见过她的男朋友，大家暗地里都说张美君保密工作做得太好了。毕业后，听说张美君全家移居了新加坡，又有人说她与男朋友结婚了……

不过，世界如此之大，同名同姓的人多得是，灵犀相信此张美君不是彼张美君。

"你真是一个好男人……"灵犀微微一笑。

邱志礼握着她的手说："只要你幸福，我便开心。对了灵犀，你平常太忙，饮食又没有规律，每个月的这几天小腹会不会痛？"

"每次的第一天会痛，接下来的几天就会好许多。"对邱志礼说女孩子的隐秘事情，灵犀有点难为情。

"你可以买红糖生姜煎水服用，也可以服用益母草颗粒，这样腹痛就会缓解，长期服用，腹痛就会消失了……"邱志礼不愧是医生，对这方面十分了解。当然，也可以说他是一个有心人，甘愿为了心爱的人默默付出。

"好的，我明天就去买。"灵犀十分感动。

"你这里有现成的红糖和生姜吗？"邱志礼又问。

"有啊……"灵犀指了指厨房，"橱柜里有红糖，阳台上的花盆里有生姜。"

"我马上给你熬红糖生姜水……"邱志礼是个行动派。

灵犀心里一阵温暖，看着他在厨房中忙碌的样子，愈发觉得这个男人可爱又可贵。

灵犀靠在门框上，默默地看着他熟练地洗锅，加水，点火，然后切红糖，生姜……

一种陌生的幸福感从心底涌出，随即蔓延到全身的每一个角落。那一刻，灵犀愈发相信，与这个男人生活在一起，一定十分幸福……

一刻钟后，红糖生姜水熬好了，邱志礼盛了一碗热气腾腾地红糖生姜水端到她面前。

"趁热喝，当心烫！"他温和地说。

"嗯，不错，可以当厨师了！"喝了一口后，灵犀赞叹。

"灵犀，以后就让我来照顾你吧，我一定会把你养得白白胖胖的！"邱志礼笑着说。

"你想把我养成肥猪呀？现在流行骨感美，我可不想被人笑话的！"灵犀摇头。

"不管别人怎么说，在我眼里，你永远是最美的！"邱志礼话中有话。

刚才见识了灵犀美丽的身体，虽然今晚没有尝到鲜，但他自信迟早有一天，她会属于自己。

"真会说话！"灵犀吟吟一笑，犹如春暖花开。

邱志礼看着她的笑容不禁心神俱荡，若不是灵犀身体不适，他非得马上将她拥入怀中好生疼爱一番，把她变成自己的女人！

4

又坐了一会儿，邱志礼见时间不早，便告辞了。

离开前，他特地叮嘱灵犀这几天不要摸冷水，不要吃生冷食物，要按时喝红糖生姜水……

灵犀很享受他这种温柔的叮咛与宠溺的爱护。

"谢谢你，志礼，我会按照你说的照顾好自己。"灵犀乖巧地说。

"嗯，好好休息，我会想念你的！"邱志礼眼中充满柔情。

"我也会想你的！"灵犀踮起脚尖，在他脸颊上轻轻一吻。

目送邱志礼下楼，直到他的汽车驶出院子，灵犀才微笑着回到屋里。

躺在床上，却怎么也睡不着，脑海里全是刚才与邱志礼深情缠绵的一幕。虽然没有成功，却令她十分回味……不得不说，经历过男女之爱的邱志礼在那方面很有经验，几乎令未经人事的她把持不住。想必将来两人的那种生活一定很和谐，很幸福吧……

想到此，灵犀的小脸顿时火辣辣的，她不禁用手捂着脸偷笑起来。

慕灵犀，你这个大花痴，小色女，胡思乱想些什么呢？你就这么迫不及待地想嫁人了吗？独自一人在床上想云雨之事，简直有失体统！你是一个好女孩，在男女之事上应该矜持一点，稳重一点，决不能图一时之乐毁一世清白！好自为之吧！心里有个声音说。

慕灵犀，常言道，饮食男女，男欢女爱，人之常情，有什么可害羞的，你已经 26 岁了，有一颗恨嫁之心，理所当然！你与邱志礼即将成婚，行夫妻之礼，是水到渠成的事，早一点成为他的人，早一点享受男欢女爱，有什么不可以的？大胆去爱吧！另一个声音说。

两个声音不停地打着架，灵犀在床上翻来覆去，怎么也睡不着，干脆起来打开电脑，登录了 QQ。

"晚上好，这么晚了还没睡？"网友宁静致远发来了一支玫瑰。

灵犀的网名叫"心有灵犀"，她的 QQ 网友很少，她在交友方面一贯坚持宁缺毋滥的原则。宁静致远是几年前灵犀刚使用 QQ 时加入的网友，两人尽管从未谋面，却经常在网上聊天，算得上能说真话的知心朋友。

"睡不着，你怎么也没睡？"灵犀发给他一张瞪大眼睛的图片。

"我没事上来逛逛，你好像有心事？"宁静致远又问，"前段时间你说相亲成功了，进展如何？"

"进展神速！"灵犀回复。

"你们……那个了？"宁静致远发来一张大大的问号外加一个惊叹号。

"没有，只是……差一点点……"灵犀回复的同时发去一张掩口偷笑的图片。

"关键时刻，谁先掉的链子？"宁静致远好奇地问。

"我……"灵犀发给他一张无辜的图片。

"莫非你……出现状况了？"宁静致远又问。

"我真怀疑你是千里眼！"灵犀回复。

"呵呵……我只是猜测罢了。煮熟的鸭子飞了，他一定气得七窍生烟吧？"宁静致远发来一张幸灾乐祸的图片。

"也没有啦，他属于那种温文尔雅的男人，虽然有点遗憾，可是并没生气，而且很能照顾我的感受……"说起邱志礼，灵犀一脸甜蜜。

"那你为何还睡不着？莫非你在为自己掉链子感到遗憾？"宁静致远又问。

"没有，睡不着是因为他太能照顾人了，十分了解女人的心思，体贴周到又善解人意，我真怀疑这一切像一个不真实的梦境。可是每次他出现在我面前时，我又能真切地感受到他的真心实意和殷切的关怀……你说，我是不是有点患得患失不识好歹？"灵犀不解地问。

"你的确是一个不识好歹的小女人！你说他很会照顾人，能够了解你的心思和想法，若我猜得不错，在你之前，他一定有过别的女人，他们的关系一定比你更深，并且令他难以忘怀……"宁静致远分析得十分透彻。

"你真是一个半仙，以后我干脆叫你半仙得了！"灵犀佩服不已。

"半仙说不上，我只是站在局外人角度看事情的本质，帮你分析分析而已，希望对你有所帮助。"宁静致远谦虚地回答。

"那你可否告诉我，遇到这样的男人到底是幸运还是不幸？"灵犀忍不住问。

"这么对你说吧，这件事情应该一分为二来看。幸运的一面是，你遇到一个温柔体贴善解人意、有情趣懂生活并且能够照顾你的好男人，他甚至可能会给你许多小惊喜，让你的生活充满阳光与幸福；不幸的一面是，他有过一段刻骨铭心的曾经，倘若那段曾经尚未处理好，即便你们将来在一起，也会影响到你们的生活，给你带来不小的困扰。尤其是他会不由自主地用你与前任相比较……当然，我只是以一个局外人身份来猜测与分析罢了。"宁静致远中肯地回复了一段话。

"你说得很有道理，谢谢你，致远！"灵犀说。

"你给我的感觉应该是一个好女孩，难道除了他，你身边没有合适的男人吗？"宁静致远好奇地问。

不知怎么的，他的话让灵犀想起了土豪林炜轩，想起他们的相遇，相知，以及他一次次在她最危难的时刻挺身而出……

"我太平凡了，喜欢我的人实在很少……"灵犀的回复模棱两可。

"作为朋友，我最后给你一个忠告：三条腿的青蛙难找，两条腿的男人遍地都是！只要你用一颗善于发现美的心、一双善于观察的眼睛去寻找真心对待你的那个人，你一定会获得属于自己的幸福。祝你好运，晚安！"宁静致远简直是神父。

"谢谢你，致远，晚安！"灵犀的心豁然开朗。

第二十章
家 有 喜 事

1

两天后，邱志礼便在"满庭芳"定下包间，安排双方家长见面。

听闻要与未来的亲家见面，为了不让亲家小瞧自己，灵犀妈妈刘慧茹专门去美容院做了头发，穿上了平常舍不得穿的旗袍，披上小坎肩。灵犀爸爸慕云全也染了头发，穿上了灵犀春节时给他买的西装。夫妻俩看起来容光焕发，整整年轻了十岁。

"爸，妈，你们可真隆重！"看见父母的第一眼，灵犀忍不住笑了。

"如此重要的场合，自然得隆重一点啦！丫头，今天家有喜事，你应该穿得喜庆一点，怎么穿的如此素净呀？"刘慧茹问。

"我下午还要采访，穿得过于喜庆会让人笑话的！"灵犀吐了吐舌头。

"你这孩子，又不是什么见不得人的事，有什么笑话的？别人羡慕祝福还来不及呢！"刘慧茹顺了顺女儿侧面的秀发。

"是是是，母亲大人言之有理！"灵犀笑了。

"别说，我这女婿选的地方还真是不错！"刘慧茹看着装修豪华的酒楼，满意地点头。

灵犀的父亲慕云全则在一旁微笑不语。

当衣着端庄的灵犀带着父母出现在包间外时，邱志礼赶紧迎上前。

"伯父，伯母，我是邱志礼，里面请。"邱志礼面带微笑地自我介绍。

进了包间，只见里面坐着一男一女，男的六十多岁，戴一副眼镜，衣着体面，长得十分清俊，与邱志礼有八分像；女的头戴一顶时尚的帽子，目光平和，依稀可以看出年轻时候是个美人。

"伯父伯母，这是我的父亲母亲，爸，妈，这是灵犀的父母，这是您们未来的儿媳慕灵犀……"邱志礼一一介绍。

"幸会幸会！"慕云全与刘慧茹笑着与邱志礼父母打招呼。

"亲家，亲家母，里面坐！"邱志礼的父亲邱儒枫站了起来，与慕云全的手紧紧握在一起。

"志礼已经对我们说了，他与灵犀情投意合，方才一见，灵犀果然是一个聪慧懂事的好姑娘，感谢你们为我养育了一个好儿媳！"邱儒枫显得很满意。

"亲家母，请这边坐。"邱志礼的母亲冯玉芬说。

"伯母，我妈身体不方便，请您别见怪。"邱志礼见状说。

"没事没事，都是一家人！"刘慧茹说着，在冯玉芬身旁坐下，"亲家母是哪里不舒服呀？"

"上年纪了，前段日子摔了一跤，躺了几个月，行动有点不便……"冯玉芬落寞地一笑。

她自然不愿在第一次见面就告诉对方自己患了不治之症，她怕吓走到手的儿媳。

"伤筋动骨一百天，亲家母可得好好养养……"刘慧茹说。

"说的是……"邱儒枫附和。

"灵犀，来，见过我的父母……"邱志礼柔声说。

"灵犀见过伯父伯母……"灵犀乖巧地鞠躬。

"孩子，今日虽然是第一次见面，尽管只有双方父母在一起，就简单一点，把你们的婚事给定下来吧！亲家亲家母，你们意下如何？"邱儒枫问。

"好的，就依亲家的，孩子们也不小了，该成家了！"刘慧茹十分爽快。

对于邱志礼，她早就去医院了解过，这样的女婿，她是十二分满意。

"那灵犀也该改口叫我们一声父母了吧？"邱雅枫笑问。

"是啊是啊，灵犀，还不快叫！"刘慧茹一脸微笑地看着女儿。

"爸爸，妈妈……"灵犀羞涩地叫了一声。

"唉，乖儿媳，来，这是给你的见面礼……"邱儒枫递上一个胀鼓鼓的红包，冯玉芬则褪下手腕上的翡翠玉镯，亲自戴在灵犀白皙的皓腕上。

"谢谢爸妈……"灵犀的脸不禁红了。

戴上这枚玉镯，就证明她将是邱志礼的妻子。

邱志礼微笑地看着那个即将成为自己妻子、一脸怯未来的小女人，那一刻，他的眼前再一次浮现了那晚的情景……

"志礼，还不快给岳父岳母倒酒！"邱儒枫的话将邱志礼从心猿意马的神识中拉了回来。

邱志礼闻言，赶紧拿起进口红酒，给灵犀父母面前的酒杯斟上红酒。

"岳父、岳母，请！"他始终表现得从容自如，礼貌有嘉。

2

这餐饭吃得十分融洽。

邱儒枫出生在医学世家，自幼学医，冯玉芬的父母则是教师，她也走上了人民教师的岗位，两人结婚后生下独子邱志礼，对这个儿子自幼宝贝得不得了。邱志礼可谓出生在医学世家，书香门第。如今的他，子承父业，医术精湛，也算有所作为。

灵犀的父母对这门亲事十分满意，尤其见邱志礼父母通情达理，热情待客，易于相处，又见他们对灵犀十分满意，他们也不担心女儿将来嫁为人妇而受欺负了。

当然，邱儒枫夫妇对灵犀父母也比较满意，尤其灵犀的父母都是小学教师，家风严谨，从灵犀的言谈举止就可以看出她是一个十分规矩的好姑娘。如今都是独生子女，满街都是骄横放纵、作风大胆、穿着暴露的小姑娘，灵犀却不同，衣着端庄，举止庄重，一看就知道出自清白人家。

"亲家，亲家母，我与志礼妈妈请人看了看日子，下个月的十八是个良辰吉日，适宜婚嫁，虽然仓促了一点，嫁妆酒席你们就不用准备了，一切由我们操办，你们意下如何？"邱儒枫笑问。

"下个月？会不会太快了？不管怎么说，我们只有灵犀一个宝贝女儿，嫁妆多少要准备一些，免得让街坊邻居们笑话嘛……"刘慧茹十分意外。

灵犀闻言，也是一愣，婚礼订在下个月的确有点仓促。

"亲家母放心，我们会操办嫁妆的事，包你们满意。酒席也由我们订，就连孩子的婚房，我们也准备好了，就等灵犀过来后，给我们添一个胖孙子了！"邱儒枫乐呵呵地说。

一席话说得灵犀脸上红霞飞，忍不住伸手掐了身旁的邱志礼一下。后者则是一脸柔情地看着自己，灵犀一下子沉溺在他的眼眸中……

"既然亲家考虑得如此周到，我们就不坚持了，不过，我们会把嫁妆折成现金……"刘慧茹倒是很会打算。

"那就这样说定了，孩子们的好日子订在下个月十八！亲家，亲家母，志礼，灵犀，来，我们一起举杯！"

大家一起站了起来，举杯同庆。

灵犀抿了一口酒，更显得眼波流转桃腮生春，若不是有双方家长在，邱志礼真想在她脸上咬一口……

饭毕，灵犀两点钟有一个采访，只好告辞。双方父母则意犹未尽似的商量起结婚事宜来……

"老婆，你那个，完了吗？"送灵犀到楼下时，邱志礼在她耳畔问。

灵犀微微一怔，看见邱志礼眼中的柔情，这才明白他问的是什么，小脸更红了。

"你还是耐心等到下个月十八的洞房花烛夜吧！"灵犀嫣然一笑，翩然而去。

看着她轻快的背影，邱志礼失笑着摇头。

那一刻，他想起了一句话：心急吃不了热豆腐。

这么久都等过来了，不就是下个月十八吗，他有的是耐心。

不过，一想起灵犀完美的娇躯，他的下腹一阵燥热。

邱志礼赶忙回到酒楼，拐进卫生间……

"灵犀，看你满面春风的，是不是有什么喜事了？"下午采访回到办公室，格子间的戴璐璐一脸暧昧地问。

"我准备结婚了……"灵犀的脸微微一红。

"结婚？就是那个文质彬彬的邱医生吗？"耳朵尖的刘晓晓问。

"是啊。"灵犀脸上溢满幸福。

"恭喜你呀，不仅转正了，还要与优质男人结婚了，真是好事成双呀！"戴璐璐一脸由衷。

"谢谢你，璐璐。"灵犀嫣然一笑。

"啧啧啧，有了爱情滋润的女人就是不一样，瞧你小脸灿烂如花，浑身青春散发，想必邱医生是一个善解人意的好男人，懂得女人需要，将我们的灵犀浇灌得鲜艳夺目，简直令人羡慕嫉妒恨……"刘晓晓言语中不乏酸意。

"行啦，你这张嘴，我可真是怕了……"灵犀嗔她一眼。

3

"在吗？"晚上，灵犀登录了 QQ，问宁静致远。

"在，有事吗？"宁静致远很快上线，他似乎在等她。

"我准备结婚了……"灵犀一脸微笑。

"与那个相亲对象？他真的值得你托付终身？"宁静致远问。

"是的，今天中午双方家长见面了，他父母主动提及婚事的。不过我们都老大不小了，结婚也是水到渠成的事，既然双方都看对了眼，早点定下来也了了一桩心事。"灵犀回复。

"你爱他吗？发自内心没有任何杂质的纯粹的爱？"宁静致远问。

"确切的说，他是我第一个交往的男人，也是第一个吻我的男人，虽然说不上怦然心动，却十分心仪。可以这么说，他是一个理想的结婚对象，我愿意成为他的新娘。至于你说的那种纯粹的爱，应该还没有升华到那一步……不过我想，感情是可以慢慢培养的，相信我们能够在未来的家庭生活磨合中，找寻到一种宁静的幸福……"灵犀平静地回答。

"傻女人，你就那么迫不及待地想要嫁人吗？"宁静致远问，似乎有点愤怒。

"当然，我已经 26 岁了，马上就奔三了，若是无法在 30 岁以前嫁出去，我真怕自己变成一个男人嫌弃的大龄剩女！能够早日解决个人问题，是再好不过了。"灵犀感叹不已。

"若我记得不错，我们成为网友七八年了吧？你觉得我这个人怎么样？"宁静致远问了一个奇怪的问题。

"不错啊，你是一个值得信赖、乐于助人、十分睿智的朋友。"灵犀由衷地说。

"我，男性，今年 28 岁，身高 186 公分，体重 78 公斤，长相说不上英俊，倒也端正，算不上高富帅，可也达到小资标准，无不良嗜好。目前我自主创业，有房有车，唯一缺少的是女人……灵犀，若我向你求婚，你愿意嫁给我这样的男人吗？"宁静致远忽然发来一段求婚信息，同时发来一束娇艳夺目的玫瑰花，上面写着"嫁给我"。

"呵呵，你就别逗我开心了……"灵犀发给他一个顽皮的笑脸。

"如果我是认真的，你会答应吗？"宁静致远固执地问。

"不答应！"灵犀回答得十分坚定。

"为什么？"宁静致远又问。

"因为你说得太晚了！"灵犀回答后，又补上一句，"虽然知道你是开玩笑的，不过我还是很感动，谢谢你，致远！"

"灵犀，我是认真的，那个人不适合你，嫁给我，好吗？我们认识这么多年，我比他更了解你！"宁静致远又发来一条求婚信息。

"致远，这个玩笑一点不好笑！"灵犀忽然意识到自己惹出了麻烦，"况且，他是我第一个想要嫁的男人！"

"不是玩笑，这些年，我一直在找你，直到几个月前，才知道你是谁。可你居然与别人相亲成功了，你知道我的心里有多痛苦吗？难道你真的忘了我？"宁静致远质问。

"告诉我，你到底是谁？"灵犀顿觉毛骨悚然。

"一个惦记你十几年的男人！"宁静致远的话让灵犀更加惊讶。

那一刻，仿佛电脑屏幕后面有一双看不见的眼睛在窥视着自己的一切，灵犀不禁脊背发凉！

"这么说，生活中的你认识我，也认识志礼？"灵犀又问。

……宁静致远没有回答。

"你到底是谁？"灵犀又问。

"心有灵犀，自有感应。"宁静致远发来一句话，随即下线了。

看着那个灰色的头像，灵犀陷入了从未有过的惊恐中……

网聊多年的网友，居然是一个暗中窥视自己的男人，这种只能在电影中发生的故事情节居然出现在自己的生活中，这是多么骇人听闻的事情！

整整一夜，灵犀始终处于半梦半醒的状态。

她不敢关灯，始终开着床头柜上的台灯。

潜意识里，她怕那双窥视自己的眼睛！

直到天将蒙蒙亮，灵犀才睡了一个囫囵觉。

起床后，灵犀才发觉自己头重脚轻，整个人没有精神。

"我愿变成，童话里，你爱的那个天使……"床头柜上的手机响了起来。

"喂……"灵犀接起电话。

"灵犀，起床了吗？你今天有采访任务不？"电话里传来邱志礼温柔的声音。

"刚醒，什么事？"灵犀无精打采地问。

"我们不是要结婚了吗？我带你去挑选婚纱，然后找一家影楼拍婚纱照，怎么样？"邱志礼兴致勃勃。

"哦，好啊，你等我半个小时……"灵犀爬了起来。

"别着急，我在路上给你买了早点，你慢慢下楼。"邱志礼一如既往地体贴。

"好……"灵犀挂了电话，开始起床洗漱，换衣服。

镜子里，露出一张略带憔悴的脸，两个眼圈黑黑的……灵犀哀叹一声，赶紧找来茶叶袋，浸湿后敷在眼眶下面。二十分钟后，黑眼圈淡了许多。

灵犀打开妈妈买给自己的化妆品，一件一件仔细阅读说明后，生平第一次化了淡妆。

看着镜子中那个光彩照人的小女人，灵犀满意一笑。

她可是第一次体会到化妆品一抹遮百丑的好处！

刚化好妆，听见楼下传来一声汽车喇叭声，灵犀赶紧拿着包包下楼，果然见邱志礼的车停在楼下。

"灵犀，今天的你好美！"见了灵犀的第一眼，邱志礼赞叹。

灵犀不是那种第一眼美女，却是越看越耐看的类型。平常没化妆时，顶多算得上小家碧玉的小清新，今天化了淡妆，却给人一种惊艳的气质美，一下子就变成了真正的大美女。

想到这样美丽的珍珠即将成为自己的妻子，邱志礼顿时心花怒放。

"是你夸得美！"灵犀嫣然一笑，邱志礼顿觉得全身的骨头都酥了。

"饿了吧，趁热吃吧！"邱志礼带来了灵犀喜欢的灌汤包子和豆浆。

"你吃了吗？"灵犀问。

"来的路上吃过了。"邱志礼微微一笑。

灵犀这才毫不客气地吃起来。

其实，灵犀算得上是个吃货，只是平常太忙很少做饭，只要一有时间，她从来不会亏待自己的胃。

看着灵犀吃得眉飞色舞，邱志礼的心里涌起一阵久违的幸福。

那一刻，他就像回到几年前，身边坐着那个令他宠爱一生的女孩……

第二十一章
惊 喜 连 连

1

邱志礼带着灵犀来到市中心的一家名叫"百年好合"的高档婚纱影楼。

"欢迎光临，两位是选婚纱还是拍婚纱照？"门口的工作人员见一对俊男靓女出现，赶忙迎上去。

"既选婚纱，也拍婚纱照！"邱志礼微微一笑。

"恭喜两位，这边请！"工作人员将两人领到里间。

"这一本是今年最流行的新款婚纱，这两本是个性化婚纱照，您们慢慢看……"工作人员拿来一本婚纱画册，两本婚纱照相册，又端来两杯水。

两人相视一笑后，灵犀拿起婚纱画册，邱志礼翻开了婚纱照相册……

"志礼，你看，这两件婚纱怎么样？"灵犀指着画册问。

那是两件风格迥异的婚纱，一件长款，洁白的婚纱用上好的衣料缝制而成，婚纱上缀满了闪亮的水钻，裙摆蓬松，显得高贵典雅；另一件短款束腰婚纱，裙摆及膝，显得俏皮活泼，画册中的模特与灵犀长得有几分相似，戴着美丽的皇冠，宛若童话中的公主……

邱志礼仔细看看两件婚纱，又看看满面桃花的灵犀，不禁笑了："各有风格，要不两件都试试？"

"好的！"灵犀十分心动。

"小姐，麻烦你把这两个款式的婚纱拿来试试……"邱志礼对一旁的工作人员说。

"先生小姐真是好眼光，这是今秋最流行的款式，昨天才到货。"工作人员笑着说。

"有适合我的型号吗？"灵犀问。

"小姐身材很标准，当然有适合你的，请跟我来……"工作人员将灵犀领到换衣间。

邱志礼也被领到男士换衣间。

灵犀首先穿的是那件长款婚纱，脚下穿着银色高跟鞋，一头乌发已经绾起，发间点缀着洁白的满天星。一袭洁白的婚纱将她如雪的肌肤衬得莹润如玉，双眸流转，身材也一下子拉高了，宛若一个亭亭玉立的仙子，洁白无瑕，美丽清华……

"小姐穿上这件婚纱显得美轮美奂，如梦如幻，真是美丽极了!"工作人员由衷地赞叹。

"灵犀，你美得我都快认不出来了!"邱志礼惊艳的目光停留在灵犀身上。想不到这个看起来普通的女孩一穿上婚纱，就美得令人不可逼视，实在令他欣喜不已。

"这……是我吗?"灵犀不置信地看着镜中那个如梦如幻的女子。

镜中的女子，美得宛若传说中的仙女，雪白的婚纱一尘不染，她的身上有一种不食人间烟火的仙气，可谓仙姿玉容，美不胜收!

"当然是你，你将是我最美的新娘! 灵犀，我爱你!"邱志礼握着她的手动情地说。

邱志礼换上了一袭黑色的礼服，整个人显得玉树临风，俊雅迷人，果真是个美男子! 此刻的他与灵犀站在一起，宛若一对璧人。

这是两人从相亲到决定结婚以来，邱志礼第一次对她说"我爱你!"三个字。

看着身旁轩昂而立的俊秀男子，听着他发自内心的情话，就在那一瞬间，灵犀的心里溢满了甜蜜的幸福，双眸也变得朦胧起来……

灵犀相信，他们的婚姻一定非常幸福，美满!

随后，灵犀试穿了那件短款婚纱。这件婚纱将灵犀的美好身材恰到好处地展露出来，尤其是那盈盈一握的小腰身，修长莹白的双腿，洁白的小香肩，美丽的蝴蝶骨，莹白如玉的皓腕……穿在身上像一个无懈可击的小公主!

总之，这件婚纱与上一件完全是两个类型，若说上一件婚纱展示的是人衣合一的整体美，这件婚纱展示的则是新娘的身材美! 身材不好的人，穿上这件婚纱无异于自暴弱点自取其辱!

"美，两件都很美! 小姐身材好，穿什么婚纱都好看!"工作人员不断点头。

"是啊，灵犀，两件都很美，不过，我更倾向于上一件!"邱志礼柔声说。

任何一个男人，都自私地希望自己的新娘在婚礼当天不要穿得过于暴露，而是希望新娘能穿上大方典雅的婚纱，与自己一起接受众人的祝福。新娘的美好身材，只能展示给自己……

"嗯，听你的，就选那件长款的。"灵犀嫣然一笑。

"我身上这件结婚礼服你觉得怎么样？"邱志礼问。

"嗯，很好，很好，衬得你英俊潇洒，轩昂挺拔，宛若王子。走到街上一定是人见人爱花见花开轮胎见爆胎乞丐见了扯口袋……"灵犀说完这段饶舌令，不禁顽皮一笑。

"好你个灵犀，当心我罚你！"邱志礼趁工作人员不注意，在灵犀粉嫩的唇上一啄。

"注意影响！"灵犀微笑嗔他一眼，邱志礼顿时骨头都酥了。

2

确定了婚纱和礼服，两人与影楼预订了婚纱照拍摄的日子，邱志礼同时邀请婚纱影楼的摄影师为自己的婚礼摄影。

随后，邱志礼又给灵犀选择了两套结婚仪式结束后敬酒时穿的中式旗袍和敬酒后穿的套装，两双鞋……

灵犀觉得婚纱礼服一辈子只有结婚当天穿一次，花钱买不仅贵，又浪费，还是租借划算些。邱志礼则认为人生一辈子只能结一次婚，穿上自己花钱买来的婚纱礼服心里踏实，穿了之后还可以留作纪念，花钱也值得。

听他这么说，灵犀自然不好反驳。

中午时分，邱志礼带她到一家五星级酒店的西餐厅用餐，美其名曰庆祝两人即将结婚。

"志礼，既然我们要结婚了，有些事我还是要发表自己的看法。"灵犀看着装修豪华的餐厅，忍不住说。

"当然，你是我的妻子，有什么话尽管说。"邱志礼很喜欢灵犀的性格，心里不藏事，不会让人猜来猜去，简单直爽，易于相处。

"既然结婚，就得好好过日子，以后我们还是少来这些高档餐厅。虽然这里环境优雅，可也贵得吓人，不适合工薪阶层。"灵犀一脸凝重。

当财经记者五年来，参加了许多国际型大型会议，见识过许多财团巨头，全市所有五星级宾馆及高档酒楼都留下过她的足迹。在她看来，一个人无论多么富贵，多么有权有势，他（她）始终是一个人，最终要回归家庭，偶尔的奢华浪漫未尝不可，若是将奢华浪漫作为生活的追求目标，那是很可怕的……

"老婆所言甚是，下不为例，下不为例！"邱志礼虚心接受批评。

对于灵犀，他是越来越满意了。

"不过，今天既然来了，你就好好享用这里的美食吧！"邱志礼眼中带着一丝狡黠。

"好。"灵犀微微一笑。

"灵犀，这里的牛排有几种口味，你喜欢什么味道的？"邱志礼问。

"香菇味，七成熟。对了，鸡蛋煎老一点。"灵犀脱口说。

"你来过这里？"邱志礼意外地问。

"没有啊，我只是听同事说这里的香菇牛排不错……"为了不让邱志礼难堪，灵犀微微一笑。

其实，早在两年前，这家西餐厅开业时，作为采访记者的灵犀曾来这里试吃过，她对餐厅的一款香菇牛排情有独钟。

"一份香菇牛排，七成熟，鸡蛋煎老一点，另外要一份黑胡椒牛排，五成熟……"邱志礼对点餐的服务员说。

"这边有免费的自助餐水果、熟食及点心，两位请随意。"服务员说。

"灵犀，你要吃什么水果和点心？"邱志礼又问。

"我还是自己动手吧！"灵犀站了起来。

"好啊，看看我们俩的默契程度有多高！"邱志礼微微一笑。

灵犀取了餐盘，走向自助餐。

"想不到我老婆居然是一个深藏不露的吃货！"看着灵犀盘中堆积如山的水果塔，邱志礼十分意外。

"我是跟别人学的……"灵犀嫣然一笑，"听说这家餐厅的水果塔你能堆多高，就可以免费吃多少。"

邱志礼一脸微笑看着灵犀，忽然觉得眼前这个女子是一个宝藏，总能在不知不觉中带给他惊喜。

两人在浪漫温馨的轻音乐中用完餐，衣着整洁的酒店大堂经理一脸微笑着来到两人面前。

"邱先生，慕小姐，您们对今天的午餐满意吗？"大堂经理问。

"嗯，不错，环境优雅，食物也美味。灵犀，你觉得怎么样？"邱志礼问。

"我也觉得很好……"灵犀一脸微笑，对大堂经理知道自己的姓氏有些意外。

"既然如此，下个月十八的婚礼就定在这个酒店了？婚礼的正餐在三楼宴会厅，晚餐在这里，如何？"邱志礼笑问。

"你准备，在这家酒店举办婚礼？"灵犀更加意外。

"是啊，我爸爸已经交了定金了，若你喜欢，今天就定下来！"邱志礼说。

"这里，会不会太贵了？"灵犀在他耳边低声说。

"一辈子一次，只要老婆满意，这点钱我们邱家花得起……"邱志礼刮了一下她的鼻梁。

"那我得先去看看宴会厅。"灵犀说。

3

印象中，这家酒店的三楼宴会厅很大，铺着红色地毯，每一张圆桌都铺着喜庆的桌布，貌似真的适合举办婚礼。

酒店大堂经理领着两人来到三楼宴会厅。

这是一个装修奢华的大厅，地上铺着刚刚换了的红色地毯，每一张圆桌上都铺着绣着精美刺绣的绸缎桌布，就连餐布都是红绸做成，总之，这是一个适合婚庆的奢华大厅。

想着不久的将来，自己将与邱志礼手牵着手在此举行婚礼，在亲朋好友的祝福中交换戒指，喝交杯酒，开香槟，切结婚蛋糕，灵犀就心潮澎湃。

"婚礼当天，我们会在宴会厅的入口处用彩色气球做一个拱门，宴会厅里面会用玫瑰花与气球点缀，新人入场时会安排花童撒花，还会免费提供林肯加长婚车。婚礼司仪也将由酒店免费提供，我们的司仪是全国十佳婚庆司仪，口才一流的他将会为你们提供五星服务。当然，你可以根据自己的实际情况象征性地给他一个红包。除此之外，还会为你们免费提供酒店特定的 818 婚庆房……要不，我带两位去看看酒店的婚房？"大堂经理问。

"好的，先去看看吧！"邱志礼一脸兴奋。

三人乘坐电梯上了八楼。

这是一间名符其实的婚房，从地毯到床上用品，全是喜庆的红色，绣着百子图的红绸床罩，并蒂莲红绸双人枕，绣着百年好合鸳鸯戏水的红被子，红色床单。就连房间的台灯都是红色纱罩……可见酒店对新人这间婚房的设计与布置都十分周到。

"婚礼结束后，两位新人可以在这里休息。给你们说件好玩的事情吧，每一对新人婚礼后就会在床上清点红包……"大堂经理笑着说。

看着喜庆房间，想起即将到来的婚礼，灵犀顿时满面绯红。

"灵犀，我认为不错，酒店把一切都考虑得很周到，你感觉怎样？"邱志礼温和地问。

"你若喜欢，我没意见。"灵犀轻声说。

"梁经理，那就这么定了吧。"邱志礼满意地说。

"那就请邱先生今天把合同签了，我们将在下个月十八号为两人准备好一切！"梁经理显得很职业。

随即，两人来到楼下办公室，与梁经理签订了婚礼合同。

"现在去哪里？"回到车上，灵犀问。

"看新房！"邱志礼一脸得意。

"新房？在哪里？"灵犀更加意外地问。

想不到邱志礼居然是个行动派，昨天刚定下婚期，今天就迫不及待地领着她又是试婚纱，又是订酒店，又是看新房，不知接下来还有什么惊喜？

"去了你就知道了。"邱志礼神秘地卖着关子，驱车朝府南河畔驶去。

"呵呵，好，今天你做主。"灵犀放心地靠在座椅上。

邱志礼打开车载液晶电视，一个新晋歌手正在翻唱林忆莲的《至少还有你》。

"我怕来不及

我要抱着你

直到感觉你的皱纹

有了岁月的痕迹

直到肯定你是真的

直到失去力气

为了你 我愿意

动也不能动

也要看着你

直到感觉你的发线

有了白雪的痕迹

直到视线变得模糊

直到不能呼吸

让我们 形影不离

如果

全世界我也可以放弃

至少还有你

值得我去珍惜

而你在这里

就是生命的奇迹

也许

全世界我也可以忘记

只是不愿意

失去你的消息

你掌心的痣

我总记得在哪里

我们好不容易

我们身不由己

我怕时间太快

不够将你看仔细
我怕时间太慢
日夜担心失去你
恨不得一夜之间白头
永不分离
……"

"灵犀，答应我，这辈子，我们永远在一起。"或许被歌声所感染，邱志礼干脆将车停在路边，动情地握住了灵犀的手。

"我答应你，志礼，永远在一起。"灵犀郑重得像在起誓。

"我好爱你，真的，尤其是这几天，感觉越来越离不开你了……"邱志礼柔声说着，轻轻捧起灵犀的脸，深情的吻落在他的唇上……

"志礼，我也会好好爱你……"灵犀沉沦在他的吻中。

灵犀告诉自己，这个男人值得自己去爱……

4

忽然，一阵刺耳的跑车声音传来，将激吻中的两人惊醒过来。

随即，一辆黄色跑车从两人身边飞奔而去！

"那人神经病呀！大白天开这么快，还不停轰油门！"灵犀一脸愤怒，她认出那是土豪林炜轩的兰博基尼。

"有人喜欢招摇过市，随他去吧！"邱志礼微微一笑。

"你不是带我去看新房吗？走吧……"灵犀的心情很快恢复了愉快。

"好呀！"邱志礼兴致勃勃。

几分钟后，汽车驶进河畔一个环境优美的小区。

"你准备的新房，在这里？"灵犀吃惊地看着这个传说中的奢华小区。

这里可谓绿树成荫，花木掩映，小桥流水，景色怡人。

"喜欢吗？"邱志礼问。

"嗯，环境真好，又临近府南河……"灵犀心里充满了感动。

邱志礼求婚的那天晚上，灵犀只是随意地提及希望在附近有一套房子的奢望，不想短短数日，他便让自己的梦想变为了现实。

这样一个俊秀文雅，善解人意且能把你的话放在心里，并不动声色地实现你的愿望的男人，怎能不令人心动？邱志礼，的确是一个值得托付终身的男人。

"新房在18楼，电梯入口在这边。"邱志礼握住她的手。

乘坐观光电梯来到18楼，灵犀发现这里居然是两户人家就有一部电梯，真是浪费呀！

进入新房后，灵犀发现这是一套四室两厅双卫的房间，面积大约 160 平方，房间装修得十分有品位，打扫得也十分干净，只是里面尚未添置家具，显得有些空旷。

因为楼层高，此处视线很好，能够将湖南河畔的景色尽收眼底。想必一到晚上，河畔灯光摇曳，远处灯火通明时，这里的风景将更美。

"满意吗？"邱志礼拥着她问。

"嗯，好大的房子，得买多少家具呀！"灵犀想想就有点头疼，她平常最怕逛商场和家具店了。

"买什么家具电器，你先在网上看好牌子和样式，我负责购买和布置，你就安安心心地做幸福新娘，如何？"邱志礼在她耳畔温柔地说。

"那我岂不是捡了一个大便宜？"灵犀扬眸一笑，这男人真体贴。

"不过，新房的拉花布置，窗花对联什么的，还有我们的卧室选用什么牌子的双人床，什么样的床上用品，就需要老婆大人亲自出马……"邱志礼越搂越紧。

"志礼，告诉我，这一切不会是在做梦吧？你将娶我为妻，给我一个幸福的家……"灵犀有些恍惚地问。

这段日子以来，她总觉得这几个月所经历的一切太精彩，精彩得那么的不真实。

"当然不是做梦，是真的，灵犀，一切都是真的。我们将成为一对幸福的夫妻，生儿育女……"邱志礼扳过灵犀的身子，让她面对着自己。"看着我，灵犀，看着你面前的男人，他将永远属于你……"

"谢谢你，志礼，让我拥有一个家……"这一刻，灵犀十分激动，忍不住紧靠在他怀里。

邱志礼俯下头，捉住灵犀的唇瓣，辗转吮吸起来。对于面前的男人，灵犀不再反抗，与他拥吻在一起……

怀中人儿娇喘吁吁，娇艳动人，邱志礼的双手忍不住解开了她的扣子，探入了她的身体。当他的手抚摸到那高耸的柔软上，不禁全身燥热，再也忍不住解开了背后的文胸搭扣……

"志礼，志礼，不要……"当邱志礼将灵犀顶在墙上，欲强行进入时，意识到要发生什么的灵犀害怕地叫了起来。

"给我，好灵犀，好老婆，我实在憋不住了……"邱志礼声音沙哑，此刻的他变得十分激动，"我会让你舒服的，真的，我轻轻的进去，让你体验美妙的幸福与快感，好吗？"

"不要，志礼，我不想在这里……我们还是等新婚之夜吧……"灵犀捂住自己的身体。

"可我，实在好难受……灵犀，看着你，我就好想……怎么办，你帮帮我，好吗?"邱志礼的脸涨得通红，声音十分低沉，呼吸也十分急促。

"真的……很难受吗?"灵犀不安地问，忍不住低头看了一眼邱志礼的那个部位，那里仿佛撑起了一顶帐篷……

"真的，我的身体里有无数匹野马，在不停奔腾着，就想找到一个出口……"邱志礼的额上冒着汗，微白的脸涨得通红……

"对不起，志礼，我对这方面没有经验……"灵犀困惑地摇头。

"摸摸我，灵犀，摸摸我会舒服一点……"邱志礼把灵犀的手按在自己身体凸起的地方。

"啊……"当灵犀的手触摸到那个奇怪的凸起时，忍不住一声尖叫。

"是不是很害怕? 想不想看一看?"邱志礼沙哑地问。

"不要……"灵犀蓦地背过身子，冷静地说，"志礼，新房已经看了，我们还是回去吧。"

"那……好吧……"对于这个不解风情的小娇妻，邱志礼微微一叹。

他知道，未经男女之事的灵犀心有顾虑，他也不想对她用强。好在下个月他们就要结婚了，那时候，他将让她变成自己真正的女人，他会带着她领略愉悦的男欢女爱……

第二十二章
筹 备 婚 礼

1

从这天起，灵犀一边忙着采访，一边筹备婚礼，整个人都瘦了一圈。

尽管婚礼酒席不用自己操心，邱志礼也不让她操心家具的事情，但是一想到那是自己将来要住的新房，她还是忍不住亲自跑商场、家具广场。大到几个房间的大床整体衣柜，沙发餐桌茶几地毯等，小到锅碗瓢盆倒茶筷子烟灰缸请柬贴花什么的，七七八八倒也忙得够呛。

"灵犀，来我办公室一趟。"上午刚从家具店回来，下午又跑了两家对口单位的灵犀刚坐下写稿子，便接到张雪打来的内部电话。

"好。"放下电话，灵犀朝张雪办公室走去。

"主任，你找我?"面对张雪，灵犀有点不安。

"上次交给你的'奇峰'集团广告题案，进展如何?"果然，张雪问起了灵犀最担心的事情。

"我从刘秘书那里得知，'奇峰'本来打算要与我们合作广告的，可是林炜轩不知什么原因，居然中止了与我们的合作计划。"灵犀只好实话实说。

"刘秘书没告诉你具体的原因吗?"张雪皱眉问。

"没有，我也不方便问。"灵犀摇头。

"这事交给我处理吧。对了，这是'洪峰'集团的邀请函。"张雪递给她一张粉色请柬。

"下个月去新加坡?"灵犀十分意外。

"是啊，下月初，你有时间吗?"张雪问，"机会难得，这是'洪峰'集团在新加坡一个新项目的挂牌仪式，希望你能参加。"

"我尽量吧……"灵犀有点犹豫。

"你这段时间好像很忙？"张雪看着灵犀瘦了一圈的脸。

"我在准备婚礼……"灵犀的脸微微一红。

"你要结婚了？什么时候？"张雪意外得很。

"下个月 18 号。"灵犀说，"请柬写好了我会邀请你的。"

"好啊，恭喜你，灵犀，新郎我认识吗？"张雪一脸猜测。

"他是一个医生，人很好……"想起邱志礼，灵犀甜甜一笑。

"好，好，我会亲自到婚礼现场祝福你的！对了，'洪峰'集团的邀请你能去吗？"张雪又问。

"我尽量安排时间吧，若是来不及，我会提前把请柬还给你的。"灵犀说。

"嗯，你这段时间既要筹备婚礼，又要忙着采访，实在不容易，马上就要当新娘了，可得注意身体。"张雪叮嘱。

"谢谢主任，我一定会注意的！"张雪的话令她心里一暖。

"对了，灵犀，你有护照吗？"张雪又问，"若是没有，赶快去公安局出入境管理中心办理，若是不方便，可以由报社代办，时间会快一点。"张雪忽然想起了什么。

"我的护照弄丢了，前段时间才登报挂失了，看来得补办一个。"灵犀懊恼得很。

"那你明天记得带上户口簿和身份证，先在指定的照相馆拍摄护照照片后一起交给我，其余的事情你就甭管了……"张雪十分热情。

"好的，谢谢主任！"灵犀十分高兴。

第二天一早，灵犀到指定的照相馆拍了照，连同身份证与户口簿交给了张雪。

2

"灵犀，我们抽个时间去民政局把结婚证办了吧。"下班时，邱志礼来电话说。

"领结婚证需要哪些手续？"灵犀心情极好地问。

"身份证、户口簿，还有单位或者社区的未婚证明……"邱志礼说。

"志礼，我的身份证和户口簿正在由报社统一办理护照，恐怕一时半会儿还不能去领结婚证。"灵犀遗憾地说。

"哦，这样呀？"邱志礼顿了顿，"没关系，我们可以等婚礼后再去领证，这叫先上船后买票，呵呵……"

"讨厌……"灵犀嗔道。

"对了老婆，我在网上看见两套很不错的床上用品，配上你看中的结婚大床，一定非常应景，我给你发一个彩信过来。"

"好的，你发吧。"自从上次出差丢失手机后，灵犀狠心买了一部智能手机。不过，手机来电的铃声依然是光良的那首童话。

一会儿，彩信提示音传来，打开彩信，两套雍容奢华的床上用品出现在屏幕上。

一套床上用品是玫红色，上面全是喜庆的玫瑰花朵，显得十分奢华大气，很适合布置婚房；另一套是深紫色，上面有彩色的波浪暗纹，显得十分高贵典雅。不得不说，邱志礼的眼光不错。

可是，当灵犀的目光落在两套床上用品的价位上时，不禁有点泄气。两套床上用品各自的单价达到 4888 元！

"志礼，会不会太贵了？"灵犀微微一叹，"一千以内我倒是能接受……"

"灵犀，结婚是一辈子的大事，岂能马虎？"邱志礼说，"你若喜欢，我马上订货，快递公司说一周内到货。"

"你给对方砍砍价吧。"灵犀说。

"灵犀，这是欧洲最好的品牌，不仅面料好，就是那个品牌都不止这个价。好啦，我下单了……"邱志礼花钱毫不含糊。

"那，我们的婚床……"灵犀不禁问。

"就选你看中的样式，我比较了一下，还是进口的两米大床质量过硬，虽然价位高一点，可我们毕竟要在上面度过很长时间的美好时刻，贵一点也值……"邱志礼话中有话。

"唔，你喜欢就买吧……"对于家具这一块，灵犀真的拿他没办法。

"那我明天就让家具店送过来！"邱志礼显然十分高兴。

"志礼，我有电话进来了……"灵犀听见了电话进来的提示音。

"好的，回头联系。灵犀，我好想你……"邱志礼情意绵绵。

"我也是……"灵犀不舍地挂了邱志礼的电话，又按了接听键，"喂，刘秘书？有事吗？"

"慕记者，好久没联系了，你最近都在忙些什么呢？"刘子悟友好地问。

"多谢刘秘书关心，我不过是瞎忙而已。"灵犀客气地说。

"听说慕记者家有喜事，怎么也不让我们沾沾喜气呀？"刘子悟又说。

"多谢刘秘书关心，到时候自然会请你大驾光临的！"灵犀礼貌地说。

"是这样的慕记者，上次我们不是提到了广告合作吗？你若有兴趣，明天上午来我办公室一趟吧，我们商洽一下合作事宜，你意下如何？"刘子悟说。

"好啊，明天见。"挂了电话，灵犀还有点没回过神来。没想到林炜轩那个大土豪这么快就回心转意愿意与她合作了。

3

刘子悟办公室。

灵犀与他就广告合作进行了广泛深入的探讨，最后一致认为以软广告的形式合作最好。

所谓软广告，就是在报纸上以访谈的形式对所要做广告的公司或者个人进行采访报道，其报道内容侧重于经营项目、企业文化、人文交流及个人形象等方面的宣传，有别于新闻报道的严谨与时效性。软广告还有一个好处是受众的接受程度比一般的图片广告宣传容易得多，运作起来也相对灵活。

"我们还是希望这次合作由你全权负责，包括稿子的采写，主题语的设置等等。林总对你上次说的主题定位挺有兴趣，叫什么倾城?"刘子悟若有所思。

"一湖倾城，相约抚仙湖。"灵犀说。

"对对，就是这种意思。林总的意思是，希望稿子的内容着重描写这里宁静自然的生态景色，不仅要有空灵之美，还要有倾城之质。"刘子悟说。

"我试试吧。"灵犀说。

"对了，这是林总闲暇时拍摄的照片，等到定稿后，就用这几张照片吧，胶片出来后先让我们看看效果。"刘子悟显然对广告运作的程序十分熟悉。

"没问题!"灵犀微微一笑。

"慕记者，这次的广告投入是两个月，金额超过 500 万元。若是没问题，我们今天可以先签订一个意向性协议。"刘子悟又说。

"当然没问题!"灵犀求之不得。

"不过，这个协议你得去林总的办公室与他签约。"刘子悟指了指楼上。

"他在吗?"灵犀问。

"应该在的，半个小时前我还见过他。"刘子悟微微一笑。

灵犀正要离开乘坐电梯上楼，刘子悟指着办公室的一道门："慕记者可以从这里上去。"

推开那道门，灵犀才发现里面别有洞天，居然有一个旋转楼梯直通上面楼层。

那一刻，灵犀终于明白自己为何经常在刘子悟的办公室见到土豪林炜轩了。

上了楼梯，灵犀朝楼上走去。

办公室空无一人。

这是一间十分豪华的办公室，进口沙发，宽大的茶几，收拾得十分整洁。办公桌十分宽大，是由整块当下十分昂贵的黄花梨做成，就连办公桌后面的老板椅的木质部分，也是黄花梨材料。办公桌上摆放着一个相框，一尊玉清泉石上流的玉雕，玉雕十分精美栩栩如生。

地上摆放着一个巨大的精美落地钟，看得出那是瑞士产品。

灵犀见状不禁暗自鄙视，真是土豪啊，居然用如此奢华的材料装饰办公室!

目光落在墙上挂着一幅字，上书"宁静致远"。

灵犀不禁有些意外，想不到土豪也有如此高雅的意境。

见四处无人，灵犀不禁来到办公桌前仔细打量。

桌上的电脑开着，屏幕处于保护状态，想必土豪刚离开不久，看样子还会回来。

当灵犀的目光落在桌上的相框中时，忍不住睁大了双眼。

那张照片，居然是灵犀上小学时的全班合影照！

灵犀清楚地记得当时的自己站在正中的位置，她的身旁是自己的同桌，一个刚转学来的林姓同学……

那一刻，灵犀忽然想到土豪也姓林，莫非，他就是自己当年的那个同桌？

林炜轩，林小轩……灵犀在那一刻恍然大悟。

土豪就是林小轩，自己18年前的小学同学！没想到他现在居然改名叫林炜轩了！怪不得自己第一次听到林小轩的名字时感到有些熟悉！

4

"林总，听说您前段日子与都市报的慕灵犀一起去度假了？有机会也带我去去，怎么样啊？"一个柔媚的声音传来，随即是金属门把手转动的声音。

灵犀闻言，赶紧躲在办公桌下。

"白主持也喜欢出差？"土豪林炜轩慵懒的声音传来。

与林炜轩在一起的居然是电视台的美女主持白雪。

"能与林总一起出差，白雪梦寐以求啊……"白雪声音十分妩媚，顺手关上了门，迈着猫步紧跟着林炜轩的脚步，那架势，恨不得立即从身后将林炜轩扑倒在地。

"我有什么好？值得白主持如此青睐？"土豪坐在老板椅上问。

"林总英俊潇洒，轩昂挺拔，气质优雅，但凡是个女人见了，无不寝食难安，梦寐以求呀！白雪早就被林总迷得神魂颠倒了，可惜林总从没把人家放在眼里，真是落花有意流水无情呀……"白雪幽怨地凑了上来。

那一刻，桌子下的灵犀紧张得连大气都不敢出。

"这么说，倒是我的不是了？"林炜轩邪魅地问。

"当然啦，是林总你迷得人家心猿意马情难自禁，却又不让人家得到满足……林总，白雪真的好喜欢你，对你一见钟情……"白雪居然主动坐到了林炜轩的大腿上，双手搂着林炜轩的脖子。

灵犀想不到白雪居然如此开放……

"能得到白主持的青睐，林某简直艳福不浅呀……"林炜轩笑得十分难辨真伪。

"林总知道就好……"白雪说着，开始抚摸林炜轩的身体，水蛇腰不断扭动，整个人像章鱼般攀附在林炜轩身上。

"想不到白主持如此热情奔放，居然喜欢在办公室激情？"林炜轩慵懒的嗓音略带嘲讽。

"面对林总，白雪早已意乱情迷不能自拔，只想与你共享人间极乐……"白雪主动送上娇艳的唇瓣，在林炜轩俊逸的脸上吻着，印下一个个火热的唇印。

"白主持，可我不习惯……"林炜轩的话音未落，白雪的唇就印了上来，将他的话堵了回去。

"唔……"林炜轩显然没料到白雪会如此快就进入状态，她可真骚。

"林总，白雪会好好伺候你的，一定让你舒服，满意，终身难忘……"白雪一边动情地吻着林炜轩，一边伸手褪掉身上薄薄的衣衫。

不多会儿，白雪的衣衫滑落，全身紧着寸缕。

她果真是个尤物，身材高挑丰满，胸器逼人，事业线十分抢眼，小蛮腰十分柔韧，双腿修长结实，总之是一个十分火辣的女人！

"林总，我美吗？"白雪做了一个搔首弄姿的媚态，一脸妖娆地问。

"若是白主持穿上衣服，我会觉得更美。"林炜轩的语气略带寒沉，深邃的目光也十分冷寂。

"与慕灵犀相比，是她美，还是我美？"白雪攀着他的脖子问。

白雪不相信林炜轩面对自己尤物般的魔鬼身材会坐怀不乱，除非他不是男人！

灵犀闻言，不禁暗自一惊，想不到同行对自己的看法如此龌龊。

听到灵犀的名字，林炜轩一双秀挺的眉微微一扬，唇角抿起一个生硬的弧线："你与她没得比！"

"是我没有她风情万种呢，还是没有她妩媚多情？"白雪不依不饶地问。

"想必白主持在认识林某前，有过不少的风花雪月吧？"林炜轩一只手勾着白雪的下巴邪魅地问。

"从前的我不知道什么是真爱，的确有过一些荒唐的行为，直到遇见林总，我才明白你就是我一直苦苦等待的男人……林总，我向你保证，从今以后，我的生命中只有你一个男人，我会用一个女人的妩媚与柔情，让你成为世界上最享受最幸福的男人，要不我们现在就试试……"白雪的声音温柔得能滴出水来，开始对林炜轩上下其手。不愧是主持人，很会煽情，更会演戏。

"呵呵，可我不需要别人用过的女人……"林炜轩的语气冷漠，拒绝得十分无情，"我有感情洁癖！"

"林总，我到底哪点比不上慕灵犀？"白雪的声音带着不甘，继续赖在林炜轩的怀里不肯起来。

"白主持，我的话说得很明白了，你与她，不可比！希望你自重一点，在我真正发怒前，赶紧穿上衣服离开吧！"林炜轩的语气冷若冰霜，脸色也十分寒沉。

"林总，你会为失去我而后悔的！"白雪的语气带着一丝哭腔。

"在林某的字典里，从来没有后悔两个字！"林炜轩语气愈加冷漠。

"我会让慕灵犀付出代价的！"白雪不甘地从林炜轩身上滑下，拾起地上的衣服穿起来。

"我警告你，若是敢伤灵犀一根汗毛，林某定会让你永远在新闻界消失！"林炜轩一把揪着白灵的手说。

"我……"白雪顿时疼得花容失色眼含热泪。

5

"我愿变成，童话里，你爱的那个天使……"正在这时，灵犀包包里的手机响了起来，她赶紧手忙脚乱地关掉手机。

"啊……"白雪似乎没料到办公室除了她与林炜轩，还有另外一个人。

"看了这么久的戏，你也应该出来了！"林炜轩慵懒的嗓音传来。

灵犀慢慢地从办公桌下面出来，一脸抱歉地垂着头："实在不好意思，我不是故意的……"

啪的一声，白雪扬起一巴掌打在灵犀的脸上。

"实在对不起，打扰两位了。"灵犀捂着脸准备离去。

"你给我站住！"林炜轩冷冷地说。

灵犀站住轻声问："还有什么事吗？"

"你是木头吗？她打你你就让她打？"林炜轩冷声问。

"是我不好，不应该……"灵犀依然捂住被打的脸。

"过去，给我打回来！"林炜轩命令，土豪作风暴露无遗。

"啊……"灵犀惊讶地抬起头。

"你……"白雪显然没料到林炜轩会如此护着灵犀，看着灵犀的目光充满了恨意。

那一刻，林炜轩看见她白皙的小脸上印出五道鲜红的手指印，不由怒声说："我叫你打回去，耳朵扇蚊子去了吗？"

"算了……"灵犀摇头。

"既然她不打你，我给你一个悔过的机会，自己打吧！"林炜轩犀利的目光投向白雪。

"对不起，林总，我刚才是一时冲动才失手的……"身为一线主持人的白雪几时受过这等窝囊气，尽管心里对灵犀恨得直咬牙，可面对林炜轩的她也只能放低姿态。

"记得我刚才说的话吗？若是你敢动她一根汗毛，我会让你从新闻界消失的，若你想挑战林某的能力，我不会让你失望的！"林炜轩邪魅得像杀人不眨眼的冷面修罗。

"慕记者，对不起，林总，对不起，今天是我的错……"或许被林炜轩眼中的冷酷所威慑，白雪忍不住扬起刚才打过灵犀的手，狠狠地挥上了自己的俏脸……

"你走吧，希望下次别让我看见你！"林炜轩的语气冷漠得不带任何情绪。

花容变形的白雪幽怨地看了一眼面无表情的林炜轩一眼，又怨恨地瞪了灵犀一眼，这才心有不甘地转身离去！

"对不起，我真的不是有意听你们的，我是来……"灵犀不安地解释。

"你找我有事？"林炜轩重新回到椅子上，语气平静地问。

"刘秘书让我从楼梯上来签协议，我刚进来，你们就……"灵犀依然解释。

"协议拿来了吗？"林炜轩一副公事公办的样子。

"拿来了……"灵犀将协议递给他。

林炜轩看都没看，直接翻到签名处，大笔一挥签下名字。

"谢谢你，林总……"灵犀接过协议准备离去。

"灵犀，你真的，准备嫁给他？"林炜轩看着她单薄的背影问。

"是的，酒店已经预订了，婚期是下个月18号。欢迎林总到时候捧场。"灵犀轻声说。

"既然如此，我祝你幸福……"林炜轩的嗓音有点低沉，似乎在刻意掩饰什么。

"有件事，我想跟你核实一下。"灵犀转身看着他问。

"什么事？"林炜轩问。

"18年前，你是不是转学到红星一小三年级一班？你当时的名字是不是叫林小轩？"灵犀问。

"这，重要吗？"林炜轩淡淡一笑，眼中掠过一丝落寞。

"当然，因为林小轩是我18年来不曾谋面的同桌！"灵犀看着他说。

"18年，许多事情都会改变的，何况是人？"林炜轩笑得云淡风轻。

"还有，你的网名，是不是叫宁静致远？"灵犀又问。

"我不明白你在说什么！"林炜轩一脸淡漠。

"不好意思，可能我认错人了。"灵犀略带抱歉地说。

"没什么，天下认错人的事情每天都在发生。"林炜轩淡淡地说。

"打扰你实在抱歉，我走了。"灵犀微微一笑。

"灵犀，你一定要幸福……"慵懒的嗓音从身后传来。

"谢谢……"灵犀微微一笑，"同时谢谢你将广告合作交给我，我不会让你失望的！"

灵犀言毕，轻快地离去。

看着灵犀离去的背影，林炜轩喟叹一声靠在椅子上。

灵犀，你已经让我失望多次了，难道你还不明白？

灵犀刚走出"奇峰"集团大门，就被白雪拦住了。

"白主持，今天的事的确很抱歉……"灵犀一脸真诚。

"你与他在办公室激情了？"白雪气势败坏地问。

"我与林总不是你想象的那样，我们之间很清白！"灵犀一脸凝重。

"清白？清白你会躲在他的办公室？清白他会为了你对我如此冷漠？慕灵犀，你倒是用了什么狐媚功夫，将他迷得神魂颠倒死心塌地的？你也教教我，好不好？"白雪不甘心地说。

"白主持，请你自重，不是所有的人都像你一样，靠出卖自己的身体获得事业上的成功！"灵犀脸色十分凝重，"作为女人，最重要的是要尊重自己，保护自己，而不是靠一张美丽脸蛋与一副完美的身材对男人投怀送抱！人这一辈子要走的路很长，你今天可以游戏人生，明天后天呢？当十年二十年后的你人老珠黄时，你又靠什么赢得别人的尊重？"

灵犀的话无情地鞭挞着白雪那颗蠢蠢欲动自以为是的心。

"可是大家都说你们是那种关系，并且他又是那样护着你……"白雪怀疑地看着她。

"白主持，我在此明确地告诉你，我有未婚夫，我们十分相爱，并且下个月就要结婚了。所以，请你以后不要胡乱猜测我与林总的关系，我不喜欢，我未来的先生也不喜欢！"灵犀义正言辞地说完，头也不回地离去。

白雪愣愣地看着灵犀翩然而去的背影，顿时陷入了沉思。

灵犀花了一个晚上，终于将"奇峰"集团的软广告文字完成。

第二天一早，她到报社领取了正式的广告合同，将文字与图片交给广告部，让他们尽快出胶片。

"灵犀，想不到你办事效率还真快呀！"正在广告部办事情的张雪说。

"还不是托主任的福……"灵犀微微一笑。

"500万的广告提成也有25万呢，你一下子就要变成小富婆了！"张雪拍着她的肩说。

"是吗？看来我真是发财了……"灵犀呵呵一笑。

"爱情事业双丰富，好好干，前途无量！"张雪鼓励说。

"嗯，谢谢主任的栽培，我一定努力！"灵犀赶紧表态。

胶片出来后，灵犀又带着胶片与合同去了"奇峰"集团。

一切顺利得出人意料。

刘子悟与林炜轩对胶片效果均十分满意，林炜轩十分干脆地签下了正式合同。

"广告款分两次打到报社的账上，希望慕记者注意查收。"刘子悟说。

"多谢刘秘书的支持！"灵犀的心情自然非常愉快。

这份广告将从明天开始，在报纸的重要版面陆续刊登。

第二十三章
同 桌 的 你

1

"明天你是否会想起

昨天你写的日记

明天你是否还惦记

曾经最爱哭的你

老师们都已想不起

猜不出问题的你

我也是偶然翻相片

才想起同桌的你

谁娶了多愁善感的你

谁看了你的日记

谁把你的长发盘起

谁给你做的嫁衣

……"

花舞人间的一座别墅里，传来老狼那首百唱不厌的经典老歌——同桌的你。

林炜轩斜靠在沙发上，闭上眼睛安静地听着老狼略带沧桑的嗓音合着优美的旋律，在耳畔萦绕。

那一刻，他的思绪随着歌声飘回到一个遥远的时空，飘回到那段难忘的岁月……

那是一个阳光明媚的五月，红星一小的栀子花开得十分灿烂，三年级二班的同学们正在朗读课文，教室的门被推开了。

一个身穿运动服的削瘦男孩被班主任领到了教室里。

"同学们，这是转学到我们班的新同学林小轩，请大家欢迎！"班主任说。

教室里响起了热烈的掌声。

"现在请林小轩同学自我介绍……"班主任说。

"我叫林小轩，双木林，大小的小，轩窗的轩……我今年10岁，以前在林子镇小学……"林小轩拘谨地说。

"林炜轩同学初来乍到，希望同学们相互帮助。林小轩，你去找个位置坐下吧。"班主任说。

林炜轩朝四周看了看，看见一个扎羊角辫的小女生旁边有一个座位，便朝她走过去。

"我叫慕灵犀，林小轩同学，欢迎你！"小女生微微一笑，露出一对可爱的酒窝，一双眼睛眯成了月牙儿。

"谢谢……"林小轩坐下后，开始打开书包拿出课本跟着大家一起读课文。

可能是林小轩自幼生活在闭塞的小镇，说话带着地方口音，普通话很不标准，经常引得同学们的嘲笑。

每当这时，身为班长的慕灵犀就会挺身而出："谁也不许取笑林小轩，老师说了大家是同学，要相互帮助团结友爱！"

"灵犀，你为什么护着这个乡巴佬？"小胖墩张扬不解地问，"听说他爸爸是暴发户……"

"不许这样说他爸爸！"慕灵犀又说。

"灵犀，你看他，穿得像个土包子，10岁了还在念三年级，真不知有多差劲！这样的人来我们班，只能拖后腿！"一旁的李明友说。

"他是我的同桌，要是学得不好，我会帮助他的，他一定会考的比你们好！"小小的慕灵犀很喜欢打抱不平。

"好啊，我们比比看，要是他考不过我，以后谁也不许跟他玩！"作为学习委员的李明友很不服气。

"比就比！林小轩，你听见没有？你可要好好学哦，不然的话就没人帮得了你了……"慕灵犀看着他说。

"我不会让你丢脸的。"林小轩低声说完，埋头看书。

"我相信你，第一眼看见你时我就觉得你很聪明！我妈告诉我，眼睛亮的人都很聪明，你的眼睛就特别亮，一定和我一样的聪明！"慕灵犀笑眯眯的。

林小轩看着这个一脸笑容的女同学，不知怎么的，连日来的不开心竟然一扫而空。

2

正如慕灵犀说的那样，林小轩一点都不笨，还十分聪明。

他的数学题做得又准又快，字也写得很工整，家庭作业经常得优。

不过，林小轩也有不少缺点，总会在自己值日时迟到，偶尔会忘记做家庭作业，还会忘记老师交待带往学校的一些东西，比如说开校会时的小凳子，自己种的小植物等等。

真正让同学们刮目相看的是林小轩的作文竟然拿到最高分，那一次的作文是半命题作文：我长大了想当＊＊。林小轩写的是《我长大了想当一名医生》。其中一段是这样写的——

如果我是一名医生，就能救死扶伤，为所有的病人解除痛苦，我还要发明一种包治百病的特效药，让每一位患者的生命不再受到疾病的侵蚀，让幸福之花四季开放，长盛不衰，让欢笑与歌声永远包围着我们……

"林小炜，你的作文写得真好。你长大了为什么想当一名医生呢？"下课时，慕灵犀歪着脑袋问。

"因为我的妈妈患了不治之症……"林小轩低下头，拼命地忍住即将夺眶而出的眼泪。

"对不起啊，我相信你能实现自己的愿望的！"慕灵犀真诚地说。

"谢谢你……"那双明亮的大眼睛总会带给他光明。

"对了，我发觉你好多题都会做，你是留级了吗？"慕灵犀又问。

"我爸爸担心我跟不上，非要我留级不可……"林小轩闷闷地说。

"你这么聪明，虽然留了级，将来也可以跳级的。"慕灵犀一脸微笑，"我妈妈的班上就有一个学生跳级了……"

"跳级？"林小轩一脸兴奋，"真的可以吗？"

"当然啦，只要你能提前将后面年级的课本学完，学校考试合格就可以跳级的！"慕灵犀一本正经。

"那我一定要跳级！"林小轩信心十足。

"我相信你一定能做到！"慕灵犀举着小拳头给他打气，头上的羊角辫子一晃一晃的，非常喜庆。

一个月后，全校举行了一次年级考试，测试结果出来后，林小轩再次成为了小明星。

林小轩以每科成绩一百分取得全年级第一名的好成绩！身为班长的慕灵犀因为大意漏了一道填空题取得第二名，学习委员李明友居然跌出了前十名！

那些以前嘲笑过林小轩的同学再也不敢小看他了，还争着与他成为好朋友。

可是林小轩的眼里只有同桌慕灵犀，对于这个善良真诚又好打抱不平的小女生，他有一种发自内心的喜欢，仿佛她那小小身体能够给他带来强大的安全感。

这种安全感，在林小轩母亲病逝后展现得淋漓尽致。

那是一个淫雨霏霏的阴天，安葬完母亲后，林小轩一身潮湿地来到了学校，双眼哭得通红。

"林小轩，别哭了……"慕灵犀递给他一块印着花仙子的手帕。

"我没有妈妈了，以后再也没人疼我、爱我，保护我了……"林小轩趴在桌子上哭得十分伤心。

"别怕，你还有我呢！我会疼你、爱你，保护你的，永远在你身边，好不好？"慕灵犀轻声安慰。

"以前妈妈也这样说，可她还是丢下我走了……"林小轩哭得更加伤心了。

"我向你保证，一辈子保护你，好不好？"慕灵犀举起白皙的小手，做出一副发誓的样子。

"真的吗？你会一直陪伴着我吗？"林小轩抽了抽鼻子……

"当然是真的，慕灵犀从来说话算话……"慕灵犀俨然是个小大人。

"我相信你……"林小轩点头。

"现在你是不是不那么伤心了？给，这是妈妈给我的巧克力，很甜的，你吃了它，就会一直甜到心里去……"慕灵犀递给他一枚巧克力。

"我们一人一半吧……"林小轩将巧克力掰成两半，多的一半给了慕灵犀，少的一半给了自己。

"好吃吗？"慕灵犀问。

"好吃，果然甜到心里去了。"林小轩似乎不那么伤心了。

"你的衣服湿透了，下课后跟我去我妈妈的教工宿舍，给你换一身干净的校服吧……"慕灵犀热心地说。

"可是……我是个男生，怎么能穿你的校服？"林小轩一脸不解。

"我妈妈的宿舍里有多余的男生校服……"慕灵犀的话让他的心落了地。

3

下课后，慕灵犀果然带着林小轩来到母亲的教工宿舍换了一套干净的校服。

也就从这天开始，慕灵犀在林小轩心中的地位变得重要起来。她俨然成为了他心目中的小公主。

只要是慕灵犀说的话，他会记得很清楚，她叫他做的事，他会很快做好。

他甚至开始变着法子讨好她。

今天给她一块蝴蝶橡皮，明天送她一只自动铅笔，后天送她一个蝴蝶发夹……

当然，慕灵犀也会经常带好吃的给他，尤其是她妈妈亲自做的桃酥饼干，令他回味无穷。

美好的时光 总是过得很快。

一年后，林小轩的爸爸生意越做越大，舍不得让儿子离自己太远，便再次让他转学。

刚刚适应新环境的林小轩哪肯依，不吃不喝外加又哭又闹又是哀求，到最后依然是胳膊拧不过大腿，只得乖乖转学。

转学前一天，林小轩专门拿出所有的零花钱，去商场买了一个美丽的白雪公主送给慕灵犀。

"你真的要转学了吗？"慕灵犀泪眼汪汪地问。

"真的，灵犀，我会永远记得你的……"林小轩也忍不住掉泪。

"可是，我说过要永远保护你，陪伴你一辈子的，你走了，我去哪里找你呀？"慕灵犀又问。

"灵犀，长大后，我一定回来找你的，你会永远等着我吗？"林小轩问。

"当然啦，我会永远惦记你，等着你！小轩，不要忘了我……"慕灵犀的眼泪再也忍不住掉了下来。

"灵犀，等我，一定要等我长大……"林小轩目光坚定地说。

"小轩，等等……"慕灵犀追了上来，取下头上的蝴蝶发夹交给林小轩，"我没什么东西送给你，你把这个发夹留下吧，将来只要你拿出这枚发夹，我一定能认出你……"

那枚粉色的蝴蝶发夹从此成为林小轩的珍藏，尽管他搬了很多次家，扔了许多东西，这枚发夹始终陪伴在身边……

再后来，他果真像慕灵犀说的那样，成绩优异的他一次次跳级，并且以全额奖学金的优异成绩留学哈佛，成为双料博士……

在国外时，长相俊逸成绩优异的他不是没有过女朋友，他是那种令东西方女孩痴迷的男神，那些追求他的女孩们不是美艳若花，娇媚动人，就是热情火辣，奔放激情，或是温婉娇柔，淡雅清晰……可是，无论与谁在一起，他的心里总感觉缺少点什么，直到后来，父亲的生意越做越大，他不得不回国子承父业。

回国后他才明白，那些女孩让他缺少一种发自内心的喜悦与安全感……

或许是机缘巧合，他在美国留学时，通过 QQ 聊天认识了一个叫"心有灵犀"的女孩，他们聊得十分投机，她经常与他分享工作及生活上的喜怒哀乐，直到几个月前，那个叫慕灵犀的女孩再一次出现在生命中……

一开始，他以为这是巧合，可是在知道她的真实身份后，他开始向她靠近，开始暗自观察她，留意她，并且一次次在危难之际救她于水火之中！

没想到长大后的她是那般无情，也变得十分健忘，每一次在接受他全力帮助后，她都会冷静得如同一切都没发生过，并能若无其事地及时抽身，把他当做一张用之即弃的抹布！

令他愈加懊恼的是，她居然在他的数次提醒中无法想起那段曾经的过往，她显然早已忘记了他，那个叫林小轩的同桌，那个用她手绢擦鼻涕眼泪的男生……

他不甘心，一次次向她暗示，甚至在网上真情告白过，可她依然无情地拒绝了，并且给了一个令他啼笑皆非的理由：你说得太晚了！那一刻，他简直恨不得从电脑里把她揪出来，告诉她：他们已经认识18年！

她宁愿嫁给那个欺骗她感情的男人，也舍不得给他一份安慰的柔情……

慕灵犀，那一年，你曾许了我永远，忘了吗？

林炜轩手中捏着那枚粉色的发夹，脸上掠过一丝苦涩的微笑。

4

这一晚，灵犀的怀里抱着一个旧了的白雪公主，在老狼那首《同桌的你》的旋律中，陷入了沉思。

白天所经历的一切，令她意外又惊讶。

一直以为土豪是一个游戏人生的人，没想到对于白雪的投怀送抱他能泰然自若，严厉拒绝！更没想到的是，他居然就是18年前转学到班上、成为自己同桌的林小轩！

当时的林小轩与她只做了一年的同学，尽管他是留级来的，可他的聪明给她留下了非常深刻的印象，他们的友谊也在一天天增长……

刚开始的一段日子，林小轩经常被同学们欺负，可他从不还手，只是淡淡地看着那些挑衅自己的人，清澈的眼眸中带着一丝不服输。全班40多个同学中，只有她这个同桌挺身而出保护他，悄悄给他好吃的……或许是心存感激，他经常送她漂亮的小玩意儿，美丽的橡皮，头绳，发夹……

夏天到了，学校后面的小山坡上开满了许多不知名的野花，慕灵犀想用那些野花做一个美丽的花环，林小轩知道后，自告奋勇地陪她去。

上体育课时，两人爬上了山坡采摘野花，看着一朵一朵美丽的花儿在慕灵犀灵巧的小手中变成花环的过程，林小轩的心里是那样的快乐，眼前的小女生，那一刻成为他心中最美的公主……

"啊……小轩，蛇，蛇……"慕灵犀忽然朝他跑过来，她的身后，一条蛇一跃而起！

就在这千钧一发之际，林小轩小小的身体里居然爆发出了巨大的勇气，以掩耳不及迅雷之势扑向那条蛇，双手死死地掐住蛇的七寸，被掐住要害的蛇顿时无法动弹，小灵犀则吓得哭了起来，赶紧大声哭喊着叫来了体育老师！

老师赶来时，林小轩的双手依然死死捏住蛇的七寸，蛇已经被掐得半死不活，尽管他的小脸吓得苍白，可眼中的坚定令人佩服。老师说，那是一条无毒的菜花蛇，慕灵犀与林小轩吵醒了蛇睡觉，蛇一怒之下才扑过来吓她的。最后，老师放走了那条被掐晕的蛇……

从那以后，林小轩成了慕灵犀心中的英雄。

直到有一天，林小轩一直患病的母亲因病去世了。下葬那天，他淋湿了衣服，哭得很伤心，她把自己最喜欢的花仙子手绢递给他擦眼泪，她还热情地带着他去母亲的教工宿舍换了一套干净的校服，那张手绢他一直没有还给她……

　　那一天，她对哭泣的林小轩说："别怕，你还有我呢！我会疼你、爱你，保护你的，永远在你身边，好不好？……"

　　她还向他保证，要保护他一辈子……

　　一年后，他转学了，离开时，他送了她一个最美的白雪公主，还用大人的语气说："灵犀，长大后，我一定回来找你的，你会永远等着我吗？"

　　她也用大人的语气说："当然啦，我会永远惦记你，等着你！小轩，不要忘了我……"

　　"灵犀，等我，一定要等我长大……"林小轩再一次强调。

　　看着他离去，她忽然是那般地不舍，取下他送自己的粉色蝴蝶发夹跑过去递给他："……将来只要你拿出这枚发夹，我一定能认出你……"

　　没想到，他们这一别就是 18 年！

　　再次相遇时，他是肇事的土豪，她是不平的路人！

　　他没认出她，她也没认出他！儿时的誓言，被无情的岁月吹散，灰飞烟灭……

　　他从林小轩变成了林炜轩，身份也从当年那个被人欺负的小男生变成了高高在上的财团总经理，她则是一个不起眼的小记者。

　　他一次次救她于水深火热中，她却不知道他是谁，为什么要这样不求报答地付出！

　　直到今天，谜底解开，原来，他是在履行儿时的诺言……

　　林小轩，原谅我没能在第一眼就认出你……

第二十四章
意 乱 情 迷

1

经过打仗一般的忙碌，与邱志礼的结婚新房终于在月底前布置好了。

看着焕然一新的新房，灵犀的心里充满了幸福。不久之后，她将成为幸福的新娘，成为这个房间的女主人，她甚至能想象在这里幸福生活的情景……

这段日子以来，她与邱志礼的休息时间总是有冲突，两人只能通过电话或者网上交流，好在信息发达，有什么事情能及时沟通，婚礼的前期准备工作已经乱得差不多了。因为忙，拍婚纱照的日子一直没有定下来，看来得等到婚礼后再安排时间了……

"我愿变成，童话里，你爱的那个天使……"手机铃声响了，灵犀一看是母亲的电话。

"妈，是我……你们在哪里？我在新房，好呀，你们打个车过来吧，我在小区门口等你们！"灵犀随即挂了电话。

二十分钟后，父母乘坐出租车出现在小区门口。

"犀犀，你们的新房在这个小区？"走进小区，刘慧茹不置信地打量着周围的环境。

"是啊，怎么样？"灵犀问。

"一个字，美！我就说我女儿有福气，能嫁一个好人家嘛！老公，你看这里如何？"刘慧茹问身边的慕云泉。

"嗯，环境优雅，宁静自然，是居家的好地方！"慕云泉也不断点头。

"乖女儿，妈妈给你选这门亲事不错吧？"刘慧茹一脸微笑。

"嗯，妈走过的桥比我走过的路还多，吃过的盐比我吃过的饭还多，有你这双火眼金睛，女儿自然是衣食无忧啦！"灵犀赶紧给母亲戴高帽子！

"老公，听听，听听，女儿如今要成家了，嘴巴也变甜了，真好……以后我们有了胖外孙，那就更完美了不是？"刘慧茹的脸上无限憧憬……

"妈，说什么呀……"灵犀羞恼地一跺脚。

"女人结婚生孩子是这辈子的喜事，大事，好事，有什么可害羞的？"刘慧茹笑着看了丈夫一眼，"女儿脸皮薄，我就不说了……"

慕云泉看着一旁的妻女不由哑然失笑。

不过，身为父亲的他看见女儿嫁得一个好人家，找了一个好女婿，心里的确十二分满意。

"哟，这不是刘老师和慕老师吗？"一个声音从天而降。

随即，人高腿长的林炜轩面带微笑出现在面前，目光柔和地看着三人。

"犀犀，这位是……"刘慧茹和慕云泉打量着面前俊逸潇洒的小伙子，却想不起他是谁，一起将疑惑的目光投向了女儿。

"爸，妈，我来介绍，他是林小轩，以前转学到我们班上的同学……"灵犀只好介绍。

"哦，你就是犀犀当年那个成绩很好的同桌林小轩？十几年不见，都长这么高了，真是一表人才呀！你现在一切都好吗？在哪里工作？"刘慧茹对他印象十分深刻。

"我刚回国，目前在一家小公司任职。"林炜轩看了一眼灵犀，委婉回答。

"你住在这里吗？看来你们公司待遇不错呀，听说这里的房价已经超过两万五一平米了……"刘慧茹又说。

"是公司租的房子，几个人合住……"林炜轩看着三人问，"你们是来看房子的吗？"

"犀犀要结婚了，新房布置在这里，我们过来看看。"刘慧茹说，"你们是同学，要不一起参观参观，提点建议？"

"妈……"灵犀不满地叫了一声。

本以为林炜轩会拒绝，不料他却一脸微笑地看着灵犀："真的吗？灵犀同学要结婚了？恭喜恭喜！既然老师邀请我参观新房，我就不客气啰……"

他的演技可真好，若是去演戏，一定能拿影帝！

灵犀一时无语。

2

四人乘电梯上了18楼。

"哇，好大的新房呀，布置得真温馨！灵犀，你的先生一定是一位精英吧？"一进屋子，林炜轩便夸张地叫了起来，那样子，就像井底之蛙终于看见了外面的天空般惊讶。

灵犀冷冷地看了他一眼，不知这货究竟安的什么心！

"林小轩同学，我女婿是省医院的医生，与你一样，是个很不错的小伙子！"刘慧茹笑着说。

"刘老师过奖了，我不过是一个靠打工糊口的小职员，哪能与职业崇高的医生比呀！医生可是我梦寐以求的职业，可惜我中学毕业没考上医科大学……"林炜轩语气带着一丝遗憾。

"老慕，你觉得这新房布置得如何？"刘慧茹问身边的丈夫。

"嗯，不错，不错，只要女儿满意就好。"慕云泉不断点头。

"灵犀，你这套整体橱柜应该花了不少钱吧？一看就知道是牌子货，啧啧，你的医生老公真是舍得花费呀！"厨房里的林炜轩不断赞叹，"厨房又大，又是开放式的，大气又宽敞，以后我结婚，一定也按照这种标准设计……"

"哟，你这套新房居然是四室两厅双卫的，应该有160平方吧？两个人住这么大的房子，真土豪啊……"林炜轩四处参观后感慨不已，"尤其是主卧，居然是进口大床，连床上用品都是欧洲名牌，真奢华呀！"

"嗯，面积挺大，视野开阔，不过，两个人住有点冷清……"刘慧茹点头。

"将来生育政策开放了，多生几个外孙，会热闹起来的。"慕云泉笑着说。

"也是，听说单独二孩政策就要出台了，况且女儿女婿都是独生子女，生两三个孩子没问题的……"刘慧茹笑着说，那神情，仿佛看见几个外孙正在满地跑……

一旁的林炜轩闻言，脸上掠过一丝复杂的表情，唇角勾起一丝邪魅的笑。

"爸，妈，当着外人的面，你们怎么也这样口无遮拦的……"灵犀羞恼地一跺脚，坐在沙发上不理他们。

"瞧瞧，到底是女孩子，要成新娘了还是这样害羞……"刘慧茹笑了笑。

"灵犀，我倒是觉得老师说得不错，女人结婚生孩子是天经地义，有什么不好意思的？我现在是没什么本事，等将来挣钱了，一定也买一个属于自己的房子，当然啦，房子可能没有你的新房这般大。但我也一定会布置得温馨浪漫，然后娶一个我想保护一辈子的小妻子，给她修建一个美丽的花园，让她做我的公主，生一堆可爱的孩子，过自己的小日子……"林炜轩看着她认真地说。

倘若不知道他现在的身价，灵犀一定会被他这番话所感动的。可是此刻，这些话从他嘴里说出来，灵犀觉得是那样的别扭，那样的刺耳。

"林下轩同学，好好干，你的愿望一定会实现的！"刘慧茹鼓励地看着这个体态轩昂的年轻人，她就喜欢这种有理想有抱负的人。

"谢谢老师的鼓励，我会努力的！"林炜轩郑重地说。

"犀犀，已经中午了，要不我们先找个地方吃饭，边吃边商量结婚的一些细节。小轩也一起参考参考吧。"刘慧茹说。

"对了，灵犀的婚期是哪一天？"林炜轩故意问。

"下个月18号，作为她的小学同桌，你可一定要来的！"刘慧茹叮嘱。

"老师，实在不凑巧，下个月我要出差，婚礼恐怕无法参加了。要不这样，为了表达我的歉意，今天中午我请客，一来提前庆祝灵犀大婚，二来感谢老师当年的教导，不知三位意下如何？"林炜轩无视于灵犀的怒视，真诚地问。

"既然你如此有心，一切就由你安排吧！"刘慧茹也不好推辞。

那一刻，灵犀真是十分气恼，却不好当着父母的面发作。

"你真的这么轻易就相信，这套新房是他专门为你准备的？"父母出门乘电梯了，灵犀锁门时，林炜轩的话从头顶不冷不热地传来。

灵犀心里微微一怔，抬眸瞪着他："你什么意思？"

林炜轩一脸无辜地摇头："我只是好心提醒你而已，希望你不要被假象所欺骗。"

"你到底想说什么？"灵犀低声问。

"我想说的已经说了。"见灵犀父母正朝他们看来，林炜轩露出一个真诚的微笑，"走吧，电梯已经到了。"

3

"林小轩同学，这个地方会不会太高档了？要不选一家价格适中的餐馆吧。"刘慧茹看着面前装修奢华的酒楼，想到他不过是个打工族，这顿饭吃下去他这个月的工资恐怕都洗白了，有点于心不忍。

"没事的妈，他请得起！"灵犀挽着父母的手，朝酒楼走去。

"是啊刘老师，灵犀说得不错，这家酒楼是我们老板开的，员工在这里请客可以打五折呢！"林炜轩说谎不打草稿。

"既然你们都这么说，我们就不客气了。"刘慧茹一脸微笑。

"刘老师，喜欢吃什么尽管点。"在包间坐下后，林炜轩将精美的菜单递给刘慧茹。

"我喜欢家常菜，来个酱爆牛肉，青椒肉丝，凉拌番茄就可以了……"刘慧茹把菜单递给一旁的丈夫。

慕云泉微微一笑，干脆把菜单递给了灵犀："我和你妈吃的一样，你们喜欢什么就点吧。"

灵犀翻看了一遍菜单后，专门点了几道最贵的菜，海鲜煲，大龙虾，煎深海鳕鱼，凤凰展翅等。

"犀犀，你这孩子怎么不懂节约呀？这些东西可贵了……"刘慧茹低声说。

"刘老师，没关系的，灵犀自个儿不点，我也会点的。当年我转学到红星一小时，班里许多同学欺负我，嘲笑我土包子，只有灵犀站出来替我说话，要不是她，我早就自暴自弃了！说到底，我有今天的一切，灵犀功不可没！"林炜轩真诚地说。

"林小轩同学，过去十几年的事你居然还记得这么清楚……"慕云泉十分意外。

"可以这么说，灵犀是我整个小学生涯中最美好的记忆，那段友谊，也是我这辈子最幸福的珍藏。"林炜轩的眼中泛着一丝晶莹的物质。

林炜轩的话让灵犀心里一震。

想不到这么多年过去了，他还记得那样清楚。

可是自己，几乎已经忘了他。

那一刻，灵犀的心里涌起一丝歉疚。

"刘老师，慕老师，既然灵犀要结婚了，我们喝点红酒庆祝庆祝吧！"林炜轩提议。

"嗯，少喝一点倒是可以的，灵犀平常滴酒不沾。"刘慧茹点头。

林炜轩随即要了一瓶法国波尔多红酒，又要了一扎鲜榨果汁。

"林小轩同学今年多大了，有女朋友了吗？"刘慧茹对这个知恩图报的年轻人好感倍增，不禁关心起他的个人问题来。

"刘老师，慕老师，我今年 28 岁了，因为刚参加工作，还没有女朋友。我的想法是，等自己挣钱了，买了房子车子，有一定经济基础后再想个人问题。现在这个社会，没钱寸步难行，我一没经济基础，二没靠山，哪个女孩子愿意跟着我呀！还是自力更生吧！"林炜轩微微一笑。

想起前些日子在他办公室白雪投怀送抱的一幕，灵犀不禁在一旁冷笑。碍于父母的情面，她懒得理他。

"你的想法虽然不无道理，不过这个社会上还是有许多能够吃苦耐劳的女孩子，若能遇到能与你同甘共苦一起打拼的好姑娘，千万不要错过。就拿我们犀犀来说吧，她就是一个舍得吃苦的人，从她大学毕业一直到现在，邱医生是她交往的第一个男朋友，没想到第一个交往下来，就走到结婚这一步了。所以说，许多人没有结婚，不是自己没本事，是缘分没到。你是一个诚实的孩子，有抱负，有思想，又懂得感恩，这样的好孩子，一定能遇到自己的幸福的！"刘慧茹耐心地说。

"老师，您这番话让我倍受鼓舞，谢谢您！"林炜轩站起来朝她恭敬地鞠躬。

"林小轩同学，坐坐坐，不要拘礼……"刘慧茹拿出老师谆谆教诲的慈祥面容来，随即又问起他在国外的留学生涯，海外的风土人情等等，林炜轩都一一道来。

灵犀听着母亲与林炜轩谈得如此投机，灵犀真不知该如何插话，她越来越觉得林炜轩是一个别有用心的小人。

4

桌上的菜十分丰盛，甚是比上一次与邱志礼父母见面那天的菜品更加高档精致，刘慧茹吃得心花怒放，对菜品的美味赞不绝口。

"刘老师若是喜欢吃，以后有时间可以来这里，用餐后直接签单挂在我的账上就可以了。"林炜轩笑着说。

"这哪儿成，如此奢华的大餐，偶尔吃吃倒是可以，经常吃我可受不了。再说啦，犀犀结婚以后，我们就直接去家里做饭了，哪需要上酒楼呀！是不是，老慕？"刘慧茹笑眯眯地看着一旁的丈夫。

"没错。"慕云泉微微一笑。他平常话不多，退休前一直兢兢业业，是一位温和慈祥的好老师。

"是啊，灵犀就要结婚了。"林炜轩眸光忽然一黯，随即站起来举起酒杯，"刘老师，慕老师，多年不见，小轩首先祝两位身体健康，长命百岁！"

"好好好，也祝你事业成功，早日找到你的另一半！"刘慧茹与丈夫也一起站起来与他碰杯。

"慕老师，林老师，尝尝这个海鲜煲，味道不错……"林炜轩说。

"好，好……"刘慧茹满面微笑。

"灵犀，一晃18年过去了，当年扎着羊角辫的小公主已经长成亭亭玉立的大姑娘了，虽然没能陪你一起成长，却能见到你生活幸福，身体健康，又即将成为新娘，作为你的小学同学，当年的同桌，我由衷地祝福你，幸福一生，美满一生！"林炜轩深深地看着灵犀，真诚地说。

"谢谢你，老同学！"灵犀微微一笑，端起酒杯抿了一口。

听到那句老同学，林炜轩的唇角不禁泛起一丝苦涩。

是的，毕竟他只属于她成长过程中的一段小插曲，她人生中许多重要时刻他都缺席了，今后，他将继续缺席。也许，这辈子，他只能站在一个角落里，默默地看着她，祝福着她……

这样也好，能够看着自己在乎的人活得幸福，不也是一种幸福吗？

可是，每当想到她会躺在另一个男人的怀里，与他温存缠绵时，他的心里为什么会痛彻心扉？

他的小公主，会幸福吗？

看着一桌子山珍海味，刘慧茹舍不得浪费，拼命把好吃的塞进肚子里。

午餐最后在融洽的气氛中结束了。灵犀要去经贸委参加一个工作会议，林炜轩也要回公司上班，灵犀父母则与邱志礼父母约好商量婚礼事宜，这里没有直达邱家的公交车，四人在一旁等出租车。

"林小轩同学，你平常开车上班吗？"刘慧茹关心地问。

"刘老师，我还没钱买车，现在上班一般乘坐公交车，时间来不及就会打个摩的电单车什么的……"林炜轩看了一眼一旁的灵犀，可怜兮兮地说。

他简直睁眼说瞎话，他那辆招摇的兰博基尼明明就停在楼下……不过想到他与自己毕竟是同学，她也懒得去戳穿。

"哦，现在公交车上很拥挤，又经常有小偷，你得注意一点。"刘慧茹不禁为他的艰苦朴素感到可贵。

"谢谢老师提醒。老师，出租车来了，您们请……"林炜轩拦下出租车，为二老拉开车门。

"好啦，你们各自上班去吧。犀犀，有什么需要尽管给妈妈打电话……"出租车启动时，刘慧茹还在叮嘱。

"我知道了……"灵犀朝父母挥手。

"灵犀，你去哪里？我送你！"目送出租车消失，林炜轩说。

"你敢醉驾？想进局子里？"灵犀不冷不热地说。

"实话对你说吧，整个午餐中我只喝了两口红酒，第一口是敬你父母时，第二口是敬你的酒时……"林炜轩一脸狡黠。

简直小人呀，在老师面前都敢明目张胆地踩假水！

"我刚才好像听你说两点钟开会，现在已经一点半了，来得及吗？"林炜轩又问。

灵犀看了看手机，果真一点半了！

"放心吧，我不会吃了你的，一起走吧！"林炜轩一脸真诚。

公交车一直没到，出租车也没来，灵犀叹了一口气，气呼呼地跟在他身后。

5

上车后，跑车迅速驶出小区，沿着府南河朝省经贸委驶去。

"灵犀，我们是不是，永远都回不去了？"车上，林炜轩问。

"林小轩同学，18 年了，很多东西都变了，包括你和我，都已经变了，难道不是吗？"灵犀说。

"可我一直记得你，记得我们的过去，记得你说要保护我一辈子，你为什么说话不算话？"林炜轩一只手拍打着方向盘。

"那时候我们都只是孩子！儿时的玩笑话你也当真？"灵犀微微皱眉，他还真是一个打不死的小强呀！

"可我始终相信你会等我长大后来找你，可是你，却忘了我！灵犀，你真是一个健忘的小女人！"林炜轩十分气恼。

"没错，我是很健忘！可我大学毕业后一直不曾恋爱，直到我 26 岁，终于恋爱了，要结婚了，你倒好，从天而降了！林小轩，这就是命，我们都应该认命，明白吗？"这个问题让灵犀头痛得很。

"天下男人多的是，为什么是邱志礼？"林炜轩抬高声音问，"他哪点比我好？"

"至少他比你先到！"灵犀冷笑。

"凭他？我 18 年前就认识你了，灵犀，他比我晚了 18 年！你应该嫁给一个真心喜欢你，想要给你一生幸福的男人，而不是一个感情骗子！"林炜轩愤怒地吼道。

啪的一声，灵犀扬起一巴掌打在林炜轩脸上，响亮的耳光将两人都惊住了，林炜轩一脚刹车，跑车停在路口。

"对……对不起，是不是很痛？"灵犀心虚地问。

"废话，你打自己一巴掌试试！"林炜轩冷冷地说。

"我不是故意的，是一时冲动……"她被他看得更加心虚。

"知道吗灵犀，你是这辈子第一个打我耳光的女人，第一个！"林炜轩的嗓音带着一丝委屈，"连我妈都没打过我……"

"我……"灵犀不敢看他犀利的眼眸。

"说吧，如何补偿我？"林炜轩又问，嗓音懒懒的。

"大不了你打我一巴掌！"灵犀扬起脸说。

"好，我成全你！"他邪魅一笑，扬起手来。

灵犀闭上眼，准备承受那个巴掌。

她没有听见响亮的耳光，只觉得一双手捧着自己的脸，一阵温热的气息迎面扑来，随即，一个带着一丝凉意的唇瓣覆盖在唇上，辗转吮吸……

"不……不要……"灵犀低呼，双手用力推着他，却被他搂得更紧，紧得她整个被拥入了他宽厚的怀抱，她甚至能感受到他激励的心跳。

她的唇柔软，甜美，他忍不住想要索取得更多，撬开了她的牙齿，灵活的舌钻进她的檀口，夺取着更多的芬芳。

一种致命的眩晕袭来，脑海里仿佛有无数个烟花炸开，绽放，漫天飞舞，她顿时被那种幸福的眩晕击得没有了意识，任由他的吻带着自己飞翔，飞翔……几度痴缠后，她几乎把持不住，全身瘫软在他怀里。

"灵犀，灵犀，你已经用实际行动回答了我，你的心里有我，你是爱我的！"许久之后，林炜轩捧着她娇艳的小脸，看着她被自己揉虐得红肿的唇，激动地说。

"不……"灵犀捂住脸不断摇头，"我是不可能爱你的，林小轩，我们不可能，也不会回到过去了，永远不会！"

"灵犀，只要你愿意，一切都能改变，明白吗？"他握紧她的手说。

"不，我就要结婚了，绝对不能当逃跑新娘！你条件这么好，一定能遇到比我好一百倍的女孩！"灵犀冷静下来，"方才是我意乱情迷，对不起，我把你当成志礼了……"

林炜轩的脸色变了几变，随即默不吭声地发动汽车……

看着不断倒向身后的树木和房屋，灵犀不禁懊恼自己方才的失态。

她不断在心里告诉自己，林炜轩是一个危险的人，以后必须离他远远的！

林炜轩默默地开着车，随手打开了汽车音响，那首熟悉的《同桌的你》随即传来。

"明天你是否会想起

猜不出问题的你

明天你是否会惦记

曾经爱哭的你……"

听着那熟悉的旋律，回想着那遥远的往事，两个人的心都不由自主地飞到了从前。

不知不觉，两人的眼角都泛起了泪花。

第二十五章
另 一 个 她

1

"灵犀，我跟你商量一件事……"下班前，灵犀接到了邱志礼的电话，他的语气有点犹豫。

"志礼，你怎么吞吞吐吐的呀？有什么事情尽管说吧！"灵犀微微一笑。

"因为接到对口医院的请求，从明天开始我要出差一段时间，婚礼前才能回来，你不会怪我吧？"邱志礼小心翼翼地问。

"这样呀，只要你婚礼前能赶回来，我当然没问题。不过一些细节问题你得交待清楚，免得到时候出岔子闹笑话。"灵犀说。

"你放心，我会处理好一切的。灵犀，我还要加班做一台手术，这段时间我可能不方便接电话，你可要乖乖地等我回来……"邱志礼温和地叮嘱。

"好的，你忙吧，我还有一篇稿子没写……"灵犀微笑着挂了电话，随即无奈地摇了摇头。

以前以为记者是最忙的职业了，想不到医生也一样，邱志礼可真不容易呀，要结婚了居然派去出差。

"灵犀，你的护照办好了，身份证与户口簿都在里面。"张雪递给她一个文件袋。

灵犀检查了一下里面的证件，一件都不少。

"对了，后天出差去新加坡，你有时间吗？"张雪问。

"有，有时间。"灵犀满口答应。

"你不是在准备婚礼吗？来得及吗？"张雪又问。

"当然来得及，婚礼还有半个多月呢！今天才 1 号，去新加坡不过几天的时间！"灵犀一脸微笑。

她还没去过新加坡，只知道那是一个花园城市，这次可得好好见识一下。

"那边气候相对热一些，你好好准备一些夏装，注意防晒。"张雪好心提醒。

"明白！"灵犀微微一笑，继续埋头写稿。

"对了，'奇峰'的尾款你有机会催促一下，尾款一到你的提成就下来了。"张雪提醒她。

"好啊好啊！"灵犀一脸兴奋。

那可是 25 万提成呢，她可真的要成为小富婆了……哈哈哈！

一天后，灵犀与"洪峰"集团总经理助理马杰、秘书夏丹及几个电视台记者一起飞往新加坡。

坊间传言马杰是"洪峰"集团总经理赵洪波的表弟，夏丹既是马杰的妻子，又是老板娘顾明月的大学同学，四人那段精彩的爱情故事堪称一部现代版的倾城之恋。

马杰与赵洪波长得有几分相似，若说赵洪波属于那种俊逸优雅、自信稳重的熟男，马杰则是那种幽默风趣、开朗大方的型男；顾明月是那种令人惊艳的气质美女，夏丹则是那种心直口快做事认真的事业型美女……

怪不得这些年"洪峰"集团一直力压"奇峰"集团，想必这与眼前这对夫妻的工作能力分不开吧。

"慕记者是第一次去新加坡吗？"留着一头时尚短发的夏丹问。

"是啊，听说那是一个非常美丽的花园城市，这次多谢贵公司的邀请，才让我有机会领略异国风光。"灵犀微微一笑。

对于美丽的事业型女人，灵犀一向十分钦佩。

"你们知道新加坡为什么被称作狮城吗？"夏丹问大家。

"据说与一个王子出海有关……至于具体情况，却不得而知。"一个电视台记者说。

"不错，传说 14 世纪时，苏门答腊王子乘船外出时，在一座岛屿上，发现了一头奇怪的动物，王子当时以梵语唤它'Singa'，也就是狮子的意思。王子相信这是一个好兆头，就决定在这个岛屿上建立一座城市，由于城市的范文称为'Pura'，从此，新加坡便和'狮城'（Singapura）画上了等号。"夏丹说。

"真有意思……"大家被那个传说所吸引了。

"新加坡是一个岛屿国家，坐落于马来西亚半岛最南端，隔着柔佛海峡与马来西亚相望，位居欧亚非澳四大洲航线的交通枢纽。领土包括新加坡本土及散落临近海域的 63 个小岛，总面积约 682.3 平方公里。人口约 400 万，其中华人占77%，马来人约占 14%，印度人约占 8%，其他种族约占 1.5%。气候属于海洋性气候，四季如夏。通常主要有四种语言：英语、汉语、马来语和淡米尔语。这是一个种族多元，宗教信仰十分自由的国家……新加坡于1986年跃升为亚洲'四小龙'之一，创造了无数经济奇迹，如今的国际地位不可动摇，并朝着'东方瑞士'的目标迈进……"夏丹娓娓道来。

灵犀佩服不已："夏秘书，听说你以前也是媒体人？你是不是主持人？口才这么好？"

夏丹笑了："我和你一样是报社的文字记者，不过当年的我跑娱乐新闻，我与先生就是在青岛的一次啤酒节采访报道中认识的……"

灵犀羡慕不已："听说他对你一见钟情，然后就从青岛追到了C城来找你吗？是真的吗？"

见夏丹点头，大家不禁欢呼："好浪漫呀……"

"飞机还有半个小时就落地了，好好鸟瞰一下这个花园城市的整体面貌吧！"夏丹微微一笑。

2

不愧是花园城市，街道整洁，绿树成荫。

记者们在"洪峰"集团新加坡公司的车辆护送中，住进了著名的浮尔顿酒店。

这是一家很有特色的新古典设计风格的酒店，坐落在新加坡的河畔，高耸壮硕的希腊圆柱坐落在酒店的四方，撑起了整座建筑。酒店于1928年完工后，最早由新加坡邮政总局进驻营业，同时从邮政局里面打造了一条地下通道直通码头，以方便邮件运输。

1996年，邮政总局迁离，经过内部整修与外观的维护后，旧貌换新颜，2001年，这幢建筑以五星级酒店重新营业。

浮尔顿酒店因其特殊的地理位置，加之那条地下通道带来的便捷，通向各个景点十分方便。大门前面就是加文纳桥，附近还有安德森桥，从安德森桥往新加坡河北岸走去，就是维多利亚剧院及音乐厅，旁边是亚洲闻名博物馆皇后坊部分，附近还有莱佛登陆遗址、驳船码头、鱼尾狮公园等……

据了解，新加坡一共有五座鱼尾狮雕像，位于鱼尾狮公园及圣淘沙的鱼尾狮塔，是新加坡的著名地标。另外两座鱼尾狮分别位于花柏山顶与新加坡旅游局门口，最后一座就跟鱼尾狮公园的喷水狮像背对背，属于缩小版的鱼尾狮。

看着酒店内新旧魅力交错展现，灵犀十分佩服新加坡人的创造力。

傍晚时分，一行人回到房间放好行李后，在夏丹夫妇的安排下吃了一顿地道的新加坡美食。由于旅途疲惫，大家赶紧回房休息。

"洪峰"集团的项目挂牌仪式两天后举行，马杰要去公司商量一些挂牌事宜，夏丹则留下来陪伴记者，准备第二天带领大家领略一下海岛风光。

灵犀的房间在四楼，能够清楚地看到附近的美景。连远处喷着彩色泉水的鱼尾狮也出现在视野中，鱼尾狮和对岸的高楼天际线融为一体，浪漫又壮观，给人一种直达心灵的震撼美。

或许是连日来忙于筹备婚礼，经过长途旅行的她也十分疲倦，眼前的美景也变得模糊起来，干脆洗漱一番后上床睡觉。

临睡前，灵犀抱着试一试的心情拨打了邱志礼的手机，正如他所言，手机关了。

灵犀微微怔了片刻，随即将手机扔在一旁。

两天没消息，她可真有点想他了。

第二天一早，"洪峰"集团的专车将大家载往著名的圣淘沙。

圣淘沙是一个被70%热带雨林覆盖的岛屿，这里不仅有沙滩，海洋，还有孔雀、蜥蜴、猴子等动物，以及各种不知名的野花。

最引人注目的是附近高达37米的鱼尾狮塔，从圣淘沙任何一个角度望去，几乎都能看见这座灰泥色的鱼尾狮塔，鱼尾狮塔身体硕壮，狮口大开，形似怒吼，目光坚定地凝视着远方。

鱼尾狮塔的正后方，有一条 Merlin Walk，仿自西班牙著名建筑大师高迪风格的马赛克蜥蜴，散落于百余米长的步行道，那些充满天真童趣的作品令人流连忘返，让人仿佛身在巴塞罗那的奎尔公园。

站在高大的鱼尾狮塔下向上望去，灵犀感到一种强大的力量。聪明的设计者独具匠心将鱼尾狮与观赏塔合二为一，从外观上看去，那只是一座鱼尾狮雕塑，走进雕塑里面，才发现里面是一座塔，塔内深广别有洞天，塑着海龙、美人鱼等彩色塑像，深入塔内，来自世界各地的游人能够聆听鱼尾狮成为新加坡人精神象征的传奇。

继续前进，乘坐塔内电梯可以直达9楼，就来到了狮口处，在这里，可以鸟瞰圣淘沙的全貌。若是不过瘾，还可以登上观景平台，360°全方位地将圣淘、新加坡以及邻近的印尼小岛全部尽收眼底。

灵犀站在观光平台上，眺望着四周的美景，顿觉心旷神怡。

海风吹来，她不禁感叹大自然的美丽神奇，以及新加坡人的以精卫填海般的毅力不断依靠填海来扩大陆地面积的不饶精神。

3

这天一早，夏丹带着大家来到了鱼尾狮公园。

鱼尾狮公园位于浮尔顿酒店的附近，从酒店地下通道便可直接抵达一号浮尔顿（One Fullerton），一号浮尔顿是一座临近滨海湾的独特建筑，建筑外观用金属和玻璃材质构架出超现代的建筑外观，乍眼望去，犹如层层凝固的波浪扑面而来。

一号浮尔顿的正前方，便是著名的鱼尾狮公园。

以前灵犀在电视里看见过正在喷水的鱼尾狮，总以为它很小，此刻站在鱼尾狮面前，才发觉它不仅巨大，而且雄伟，口中不断喷出水柱，蔚为壮观。

鱼尾狮四周是前来观光旅游的游客，大家纷纷与这座神奇的雕塑留影纪念。

同行们纷纷拿出相机，摄影机记录这令人难忘的一幕。

随后，夏丹领着大家参观了加文纳桥、安德森桥及莱佛士登陆遗址，并在驳船码头 59 号购买了游船票，带领大家乘坐当地的驳船只在海上游玩。

此刻阳光明媚，清风袭来，坐在昔日运货送物的传统驳船上，欣赏两岸的摩天高楼与殖民建筑，看着光彩琉璃的水面上，倒影着各种变幻无穷的景致，灵犀刹那间有一种穿越时空的感觉。

45 分钟后，大家便乘坐驳船游遍了整条新加坡河……

一天下来，灵犀有一种走马观花却又十分疲倦的感觉。想不到，游玩也如此累人。看来，自己这辈子属于劳苦命。

在外面吃过晚饭，灵犀就迫不及待地回到酒店休息。

认真地洗了一个澡，倦意逐渐消失。

再次拨打邱志礼的手机，依然关机。

灵犀忽然有点不安……

半夜，灵犀从梦中惊醒，发觉全身吓得出了冷汗。

她居然梦见邱志礼与别人结婚了……

灵犀再次拨打邱志礼的手机，依然是关机。

她呆坐在床上，梳理着与邱志礼相亲以来的每一个值得怀念的日子……

越是回忆，越是不安。

似乎，从一开始，他就确信她不会拒绝他！可以这么说，他们的这段感情，他一直掌握着主动权。

从开始的交往，到后来的求婚，以及筹备婚礼，她都由他牵着鼻子走！他似乎知道她有一颗恨嫁的心，所以才一步步让她掉入他精心设置的陷阱……

可是，既然他的目标是与她结婚，为什么会在婚前玩起失踪的游戏？

尽管，他告诉她出差去了，可是一个女人的直觉告诉她，他在撒谎。

莫非他真有什么事情瞒着自己，非得在婚前处理好一切？

莫非，这与他那段刻骨铭心的曾经有关？

那究竟是一个怎样的女子，如此令他难以忘怀？

灵犀实在睡不着，干脆打开电脑登录了 QQ，令她意外的是，宁静致远居然在线。

"晚上好……"灵犀主动打招呼。

"好，还没睡？"他问。

"睡不着，你呢？"灵犀又问。

"我在加班。"他说。

"哦……"灵犀忽然不知道从何说起。

"有什么事你就说吧，别憋在心里。"宁静致远发来一句话。

灵犀的心里微微一酸，他到底还是最懂自己的……

"他失踪了……"灵犀在对话框里打出四个字。

"哦，失踪很正常，很多男人都恐婚，或许他也是……"宁静致远安慰说。

"不是，他告诉我去出差，可是手机一直处于关机状态。直觉告诉我，他一定有事情瞒着我！"灵犀急切地打出两行字。

"既然你选择了他，就要相信他。你跟我说，有什么用？"宁静致远问。

"林小轩，请你告诉我，他会去哪里？"灵犀又打出一行字。

"别问我，我不知道！"宁静致远说。

"你终于承认自己是林小轩？8年前你加我好友时，难道就没想过我可能就是当年那个慕灵犀吗？"灵犀问。

"已经不重要了……"他发来几个字。

"是啊，不重要了。不好意思打扰了，晚安！"灵犀心里忽然很乱，很空，也很无助……

"别胡思乱想，他会回来的，至少，他会给你一个解释……"他赶紧安慰她。

灵犀下了线，关掉电脑，整个人蜷缩在床上……

4

第二天上午，"洪峰"集团新加坡船务运输公司正式挂牌，此举标志着"洪峰"集团正式涉足船务运输行业。随后，记者们参观了两个"洪峰"集团负责经营的码头，以及集装箱货物存放处。

不得不承认，"洪峰"集团的领导独具慧眼，在这个位居欧亚非澳四大洲航线的交通枢纽城市，船务运输蓬勃发展的城市涉足海上运输业，不仅需要勇气，也需要魄力！看着码头上繁忙的景象，灵犀有理由相信，新公司的挂牌运营将成为"洪峰"集团的经济发动机。

挂牌仪式结束后，大家又参观了"洪峰"集团新加坡公司。

中午，大家在该公司的宴会厅庆祝挂牌成功。

饭毕，夏丹又带着大家去一号浮尔顿玩耍。

一号浮尔顿果真名不虚传，这里汇聚了众多时髦餐厅、酒吧及舞厅，靠窗的户外平台上摆设着露天座椅，人们无论用餐浅酌还是跳舞狂欢，都有开阔的海景相伴。灵犀悠闲地坐在椅子上，喝着咖啡，眺望滨海区的五星饭店建筑群，舒缓的音乐传来，前方的海风袭来，灵犀的心里顿时一阵惬意。这一刻，她不得不在心底佩服靠不断填海扩大国土面积的新加坡人精卫填海般的勤劳与智慧。

身边不时传来临近情侣们的窃窃私语，灵犀忽然很想邱志礼，要是此刻的他能与自己在此看海，该有多好……

可是，消失几天的邱志礼，此刻会在哪里？

"老公，我们去那里坐坐吧。"一个似曾相识的甜美声音传来。

"好啊，我们已经三年多没来这里了。"一个熟悉的声音传来。

那一刻，灵犀只觉得心里被什么东西狠狠地揪了一下。她不禁自嘲地摇头自己太过于敏感了，在这个陌生的城市，居然在听见一个相似的声音就如此敏感。

"是啊，记得当年我们经常在这里看海……"依然是那个甜美的声音，"你还记得一次我们乘坐东西线地铁，在武吉士站 B 出口沿着维多利亚街步行，右转直走亚拉街，在遇桥北路口再左转，去 Zam Zam Restaurat 印度煎饼和抛饼的情景吗？"

"当然记得，你对 Zam Zam Restaurat 印度煎饼和抛饼赞不绝口，每天有一点时间都要去吃……"那个熟悉的男子声音低笑中带着一丝宠溺。

"你还会陪我去吃吗？"女子甜甜地问。

"当然，只要是美君喜欢的事情，我愿意陪你一辈子……"熟悉的男子声音在耳畔回荡。

美君？会是她吗？那个移居新加坡的张美君？可是，那个男子声音，为什么如此熟悉，熟悉得连他每一个字的发音她都记得清清楚楚……他怎么会在这里？

带着一丝疑惑和好奇，灵犀再也忍不住回头看向身旁那对说话的男女！

当她的目光看清楚那对情意绵绵的男女时，一种巨大的晕眩感随之袭来，灵犀一只手紧紧握住椅子靠背，竭力支撑着自己摇摇欲坠的身体。

那一刻，她忽然有一种欲哭无泪的绝望感。

原来，几个月来的美好，只是一场梦！

慕灵犀，你真可怜……

灵犀呆呆地看着那对男女，苍白的小脸上，浮现出一个倔强的微笑。

"灵犀，你是慕灵犀吗？你怎么在这里？"张美君惊喜地看着脸色苍白的灵犀问，"你是来新加坡出差的吗？"

张美君身旁的邱志礼也看见了意外出现在面前的灵犀，那一刻，他脸上的表情十分复杂，从意外，震惊，到自嘲，疑问，以及最后的沉默……他镜片后的双眼，一直停留在灵犀的脸上。

"你好，美君，好久不见！"灵犀脸上的笑容弧度不断扩大，掩盖了所有的悲伤与绝望，目光陌生地投向她身旁的邱志礼，"这位先生，可就是你爱得死去活来的青梅竹马？"

"是啊是啊，他是我的未婚夫邱志礼。志礼，这位美丽的小姐是我的大学同学，也是我的室友慕灵犀！"张美君甜蜜地挽着邱志礼介绍。

"幸会幸会，大学时就听说美君有一位神秘的男朋友，今日得以相见，真是三生有幸大开眼界呀！美君，眼光不错，你们两人站在一起可谓男才女貌，一双璧人！"尽管心里破了一个洞，灵犀依然竭力地保持风度。

尽管失去了爱情，却不能失去尊严，微笑是对无耻背叛的最好回击。

"呵呵，灵犀，想不到几年不见，你变得风趣幽默了许多……"张美君友好地挽起她的手，"你来新加坡多久了？要不今晚去我家？"

"我是临时派来新加坡出差的，没想到遇见美君你，真是缘分呀！我明天就要回国了。倒是你，移民几年也舍不得回来看看我们这些老同学……"灵犀淡淡地说。

灵犀这话既说给张美君听，也说给她身旁的邱志礼听，省得他误会自己在跟踪。

"对不起啊灵犀，三年前我与志礼正要结婚，在 C 城的新房都买好了，可惜我们婚前在新加坡出了车祸，我一躺就是三年，两个月前才醒来，上个月底才能下床走动……"张美君语气中带着一丝庆幸与甜蜜，"幸好志礼还一直等着我，也经常来新加坡看我，是他的爱唤醒了我！"

"实在不好意思啊，我居然不知道你出车祸了，否则，我一定会来新加坡看你的！"尽管心里在滴血，灵犀依然淡淡地看了一眼她身边的邱志礼，"想不到邱先生如此痴情，美君遇上你，真是三生有幸啊。"

邱志礼听在耳里却有一番滋味，他俊秀的脸上掠过一丝苦笑。

"现在志礼过来了，我准备过些日子回 C 城，与他一起完成三年前未完成的婚礼……灵犀，到时候你一定要来参加我们的婚礼哦！"张美君的脸上洋溢着小鸟依人的幸福。

灵犀的心里轰然塌陷了一块，脸上浮起一个僵硬的笑容："好啊，我一定回来祝贺的！"

忽然很想仰天大笑。

原来，自己这段日子的奔波忙碌，全是为了别人做嫁衣！

世间果然没有天上掉馅饼的事，即便有，那也是老天爷跟自己开了一个极其恶劣的玩笑而已！

慕灵犀，醒醒吧，不要再沉迷了！

"邱先生，美君，祝你们幸福！"灵犀微笑着眨眨眼。

"灵犀，你呢？几年不见，结婚了吗？"张美君亲热地问。

"我呀，本来是要结婚的，现在才发现是南柯一梦，替她人做嫁衣罢了。或许，这就是命运的安排吧，你永远不会知道下一个路口会遇见什么人，发生什么事……"灵犀无所谓地一笑。

邱志礼默默地注视着脸色苍白的灵犀，她脸上的笑容是那般落寞无助，她的身体微微颤抖着，捏着座椅靠背的手指显得十分僵硬……尽管如此，她依然保持着良好的风度，她的美，高贵得令人不可逼视……

那一刻，他感觉自己是多么的渺小，他的心里涌起一阵深深的歉疚，对于这个他视为珍珠般完美的女子，他终究是辜负了。

灵犀，对不起。邱志礼在心里默默说。

灵犀屏蔽了邱志礼的目光，抬眸朝海面上望去，心里早已是泪水滂沱……

第二十六章
失 婚 失 身

1

C城，红颜酒吧。

灵犀坐在角落里，一杯接一杯地灌着自己。

回国后，她向张雪请了半个月的长假，然后关掉了手机，来到了这家酒吧。

她需要麻醉。

只有麻醉了，记忆才不会苏醒，心才不会疼痛。

酒吧里，两个长相猥琐的男子不断朝灵犀投去不怀好意的目光，随即朝灵犀走去。

"小姐，是不是很寂寞呀，要不要哥哥陪你解解闷？"刺猬头猥琐男问。

"臭男人，没有一个好东西，滚开……"灵犀骂。

"哟，居然是个辣妹呀，哥哥喜欢，想必在床上也很辣……"邪淫的声音令人作呕。

"滚，给姑奶奶滚，不要脸的王八蛋，臭男人……"灵犀端着酒杯骂着。

另一个光头猥琐男见状，连忙抢过灵犀的酒杯。

"还给我，我要喝，要喝，喝醉了，就没有痛苦了……"灵犀扑过去抢酒杯。

"好妹妹，你的酒杯在这里，给，好好喝，喝完就不痛苦了……"刺猬头猥琐男将酒杯递给灵犀。

灵犀端着酒杯猛灌下去，整个人便趴在桌子上一动不动了。

"咦，兄弟，你这玩意儿还真见效，这么一下就睡了！走，带她回去好好享受……"光头猥琐男说。

两个猥琐男架着灵犀走出酒吧时，迎面撞上一个高大挺拔气宇轩昂的气质男人。

"不好意思啊，我老婆喝多了，麻烦你让一让。"光头猥琐男说。

气质男人看着那个醉得不省人事的女子，深邃的眼眸中露出一丝寒冷，语气冰冷地开口："放开她！"

"哟，你他妈什么玩意儿呀？竟然坏老子的好事？"光头猥琐男说着朝气质男一脚踢去。

气质男一个扫腿，将对方扫了个狗吃屎，随即一拳打在搂着灵犀的刺猬头猥琐男鼻子上，后者鼻梁断了，血流如注。

"大哥饶命，兄弟我这就走，这就走……"两个猥琐男见势头不对，赶紧扔下灵犀抱头鼠窜。

气质男一把抱住即将落地的灵犀，唇角勾起一丝邪魅的冷笑。

"傻丫头，现在知道真相，还不算晚。"

灵犀感觉浑身被火烤着，全身发痒，发热，就像有一只不安分的小怪兽，在身体里不停乱窜。

"好热，好热，帮帮我……"灵犀抓住自己的衣服，难受得泪流满面。

该死的，她居然又被人下药了！真是一个不知悔改的傻妞！

林炜轩紧紧地搂着在副驾驶上不停扭动的灵犀，一张俊脸绷得紧紧的。

"帮帮我……哦，好难受……"她不停地扭动着身体，双手抓住了他的大腿，在他身上抚摸着。

"灵犀，拜托你冷静一点，我在开车！"林炜轩说。

"求求你，帮帮我，我受不了了，要死了……"她哭喊起来。

"乖，再等等，一会儿就到了……"他轻轻拍着她的肩。

她就像抓到了救命稻草，继续在他腿上抚摸着，撩拨着，他甚至能感受到自己心中埋藏多年的火种被她撩拨起来了……

2

十分钟后，跑车在花舞人间一幢别墅前停下。

林炜轩抱着浑身发烫的灵犀跑进了别墅，直接上了自己的卧室。

"灵犀，灵犀，醒醒……"他轻声呼唤。

"我难受，林小轩，我难受，浑身有一万只蚂蚁在啃噬着，有一万个火把在燃烧着，有一万头小兽在狂奔着……求求你，帮帮我……赶走那些坏东西……呜呜……我难受……"灵犀扑进他的怀里，不停地扭动着身体，紧紧贴着他。

"你这个样子，让我怎么帮你？嗯？"他捧着她的脸疼惜地问。

"要了我吧，求求你，赶快要了我……"灵犀双手撕扯着他的衣服，拉着他的皮带扣。

"灵犀，你确信你是清醒的吗？你不会后悔吗？"他又问，依然紧拥着她。

"我受不了了，呜呜，好难受，帮帮我，救救我……"她呜咽着，疯狂地脱掉他的衣服，将滚烫的小脸贴在他身上。

"唔，好舒服……"那种清凉的感觉令她十分快慰，双手伸向了他的裤子，一把拉开了皮带，三五几下褪掉长裤，整个人便贴在他身前，又去寻找他的唇。

"好好爱我，林小轩，求你，爱我……"她不停地吻着他，抚摸着他，将他推到了床上，肆意揉虐。

"灵犀，你确定你不会后悔？"他喘息着问。

"少废话，爱我……给我……"失去理智的她整个人疯狂地匍匐在他身上，却因为不得要领而十分烦躁。

听她如此说，他不再犹豫，翻身将她压在身下，与她吻在一起，双手颤抖地褪去了她的衣服……

伴随着他的律动，一种陌生的愉悦感随之袭来，她不禁抱紧了他的腰，低吟着与他一起攀上了云端。

她的低吟浅唱与他而言无异于世间最美的音乐，他愈发卖力地在她的身上耕耘着，随着他深情的此起彼伏，她从高高的云端坠入深邃的大海……

几番云雨后，她体内那股邪火终于被他灭去，蜷缩着靠在他怀里沉沉睡去，脸上还带着浅浅的泪痕……

"灵犀，对不起，让你受累了……"他吻着她的眼泪，眼眸深处柔情弥漫。

3

灵犀终于从沉睡中醒来。

全身骨头散架般疼痛，头也很痛。

怎么回事？她不禁皱眉，蓦然想起昨晚在红颜酒吧喝酒，后来，来了两个猥琐男……

不会吧，她居然那么倒霉，失婚后被两个人渣糟蹋了？

一夜之间，失婚失身，叫她有什么颜面见人！

灵犀捂着头哀叫起来。

"醒了？"一个慵懒的声音从头顶传来。

"你……"当看清楚面前站着的人时，灵犀的心微微一怔，随即释然。

把第一次给了他，总比给那两个人渣好吧！况且，他好歹也是许多女人的梦中情人，公认的男神，说到底，还是自己赚了！

"不好意思啊，昨晚我喝多了，借你的床睡了一晚没事吧？"她故作平静地说。

"你倒是享受了，我可累得要扶墙走路了。"他慵懒的笑着，眼眸中闪过一丝狡黠。

"是吗？昨晚的服务费多少钱？一千块够吗？"她伸手去拿床头柜上的包包。

"你是在自暴自弃呢？还是在侮辱我？"林炜轩邪魅地凑了过来，眼中闪着危险的光芒。

"对于一个失婚又失身的女人，你认为她应该如何面对别人幸灾乐祸的眼光？"灵犀冷冷地问。

"你又不是活给别人看的，在乎那么多干什么！"他的语气温和些了。

"不管怎样，谢谢你昨晚收留我，至少没让那些人渣玷污了我的第一次。你很棒，床上功夫一流，我很享受，真的！"灵犀光着身子站了起来，拾起地上的衣服走进浴室。

身体已经被他恣意享用过了，想必他也趁自己熟睡时看光光了吧……看吧，再美的身体也不过是一具臭皮囊……

林炜轩默默地看着她，她自暴自弃的样子令他十分担心，他忍不住推门而入。

"怎么，昨晚一夜云雨还不够？你准备与我继续大战三百回合？"她一脸嘲讽。

"灵犀，我们从头开始，好吗？"他认真地看着她。

"我很可怜吗？可怜到需要老同学施舍了身体又施舍感情？"灵犀嘲笑着问。

"不是可怜，是我从来没忘记过你，这些年，我一直在找你。既然老天爷让我们重逢，给了我们重新开始的机会，我们为何不把握这份感情？"他说得十分动情。

"小轩，你认为，我们还能重新开始吗？"灵犀捂着脸站在淋雨下失声痛哭起来。

这一刻，灵犀终于将逼在心中的委屈与痛苦痛痛快快地发泄出来了。

林炜轩心疼地拥着她，那一刻，他恨不得将她还原成自己身上的一根肋骨。

"你走开，我要洗澡……"灵犀呜咽着。

"我们一起洗，好不好？"他厚着脸皮说，"我也浑身臭汗……"

男人都不是什么好鸟……灵犀不再理他。

林炜轩脱掉衣服，抱着她一起进了一旁的进口浴缸。

"灵犀，答应我，以后别再哭泣了……"他一边给她身上抹上芬芳的沐浴露，一边吻着她的香肩说。

"林小轩，你是一个大灰狼……"灵犀抽泣着。

"以后，我做你的灰太狼，你做我的红太狼，我们在生一堆可爱的小灰灰，好不好？"他厚颜无耻地从背后搂着她。

灵犀被他搂得一阵哆嗦，随即在他上下其手的揉虐中瘫在他怀里。

4

"林小轩，你不厚道，我已经这么惨了，你还欺负我……"事毕，全身虚脱的灵犀呜咽不已。

他真是一个索取无度的家伙……

"对不起，我也不知道自己是怎么了，经过昨晚后，只要一看你，就忍不住想要……"他温柔地哄着她，"以后我会注意一点。"

"你以为，我们之间还有以后？"灵犀推开他站起来，连身上的水珠都来不及擦干，一言不发地穿上皱巴巴的衣服，只想快点离开。

"灵犀，你还能回去吗？"林炜轩一脸坏笑地看着双腿颤抖的灵犀问。

"滚开，别让我再看见你……"灵犀怒视他一眼，趔趄着回到卧室，抓到包包就朝楼下走去，途中还摔了一跤。

林炜轩见状，赶紧穿上衣服追了去。

身体不适的灵犀走得很慢，走路的姿势很奇怪……

林炜轩冲上去一把抱起她，一脸邪魅地问："享用了我一夜，你就打算这样离开？"

"你到底想怎样啊？"灵犀简直要疯了，受到伤害的人明明是她，他倒好，猪八戒倒打一钉耙，这货简直是属狐狸的。

"你得对我负责到底……"他一脸委屈，好像吃了很大的亏。

"你……不要脸！"灵犀秀眉一扬，抢起粉拳捶打他的胸膛。

他任凭她发泄完，这才微笑着问："现在好受一点了吗？"

那一刻灵犀终于明白一个道理，于某些人而言，一切常规都没用！灵犀实在拿这个狡猾的大灰狼没有一点办法，他好像生来就是她的克星。

"我要回家……"灵犀抽了抽鼻子。

"哪一个家？"他故意问。

"你没有脑子呀？当然是公寓啦！"灵犀脸色十分难看。

"好，我送你……"林炜轩抱着她上了那辆招摇的兰博基尼，发动了汽车。

路过一家快餐店，林炜轩停了下来："我饿了，你在车上等一下。"

他不由分说下了车，几分钟后，提着两个热气腾腾的袋子上了车。

"昨晚体力消耗得厉害，你赶紧补充一些营养……"他好心地递来一个袋子。

"黄鼠狼给鸡拜年！"灵犀给了他一个鄙视的眼神。

"你不饿吗？那我可要吃完了！"他不由分说，打开袋子，取出食物吃起来。

饥肠辘辘的灵犀忍不住咽了咽口水，更让她恼恨的是，腹中不争气地响了起来，仿佛在抗议她对自己的虐待。

"咦，哪里来的声音？"林炜轩明知故问。

"无聊！"灵犀一把抢过林炜轩正要打开的第二个食物袋，拿起东西吃起来……

半个小时后，跑车在公寓的院子里停下。

灵犀打开车门正要下车，林炜轩却握住了她的一只胳膊："灵犀，好好休息，我晚点过来看你……"

灵犀没理他，抽出自己的手下了车。

"灵犀，麻烦你看我一眼，好吗?"林炜轩看着她的背影说。

灵犀脚步微微一顿，继续朝楼上走去。

灵犀，你已经是我的人了，这辈子，你注定属于我！

想到此，林炜轩的唇角勾起一个上扬的弧度，驱车驶出院子。

第二十七章
多 事 之 秋

1

当灵犀忍着身体的不适上到五楼时，却见一个熟悉的身影站在门外，地上堆满了烟头。

"你回来了？"邱志礼的声音十分低哑，垂眸看着全身皱巴巴的灵犀，"我等了你一个晚上……"

"呵呵……"看着那个昔日仪表整洁、温文尔雅的男人此刻却胡子拉碴，目光黯淡地站在自己家门口时，灵犀忍不住笑了起来，笑得流出了眼泪。

"灵犀，别这样好吗？你这样做，让我非常担心……"邱志礼一脸愧疚。

呵呵，他居然有脸说担心她？当初欺骗她的感情时，怎么就那样理所当然？他当她什么人了？

"你有什么事？"灵犀一脸疏离地问，语气十分淡漠。

"有些事情，我必须和你说清楚。"灵犀的疏离淡漠令邱志礼心里略有一丝挫败。

"好啊，我也想听听你们那段可歌可泣、感天动地的伟大爱情故事！"灵犀打开了门。

邱志礼进屋后，在身后一把抱住了灵犀："对不起，灵犀，我是个混蛋，你打我、骂我吧……"

灵犀脊背挺得笔直，双手没有感觉地垂着，几秒钟后，默默地掰开了邱志礼的双手。

"如果记得不错，这是你第二次来我这里。这样也好，省得以后留下一些不该有的回忆。"灵犀在沙发上坐下，平淡地说。

"你昨晚去哪里了？跟谁在一起？"邱志礼急切地问。

"呵呵，你有什么资格问我去哪里了？"灵犀板着小脸冷冷地反问。

"别误会，我只是担心你……"邱志礼连忙解释。

"你应该关心的人是张美君，不是我这个替代品！"灵犀脸上带着一丝嘲讽。

"我与美君……"邱志礼一时不知从何说起。

"相信你们一定爱得死去活来、感天动地、催人泪下……既然如此，我有自知之明！"灵犀从挎包里拿出那套新房钥匙，又取下手腕上的白玉手镯，"想必，那套新房也是你们当年准备结婚的，我这个替代品已经完成自己的使命了，该退出你的历史舞台了，这枚玉镯，更适合美君……"

"灵犀，别用这种语气跟我说话，好不好？"邱志礼的表情十分痛苦。

"请你告诉我，如今的我应该用什么样的语气跟你说话？是不是希望我哭得死去活来地跪着求你留在我身边？"灵犀自嘲地问，"若我求你，你会留下吗？"

"对不起……"邱志礼脸色十分难堪。

"美君康复了，你们能再续前缘，你应该高兴，更应该欢呼庆祝，不是吗？"灵犀的话带着一丝尖锐。

"都是我不好，一开始我就应该向你坦白，我不该隐瞒她的病情……"邱志礼一脸歉疚。

是啊，倘若一开始他就告诉她前未婚妻只是车祸昏迷，并没有离开这个世界，她断然不会与他交往下去的！他如此隐瞒，也有一定的私心吧？那晚吃灌汤包去学校后，他就应该知道她与张美君是同学，可他依然瞒着她，还上演了一场深情款款的求婚闹剧，真是一个自私又可恶的男人啊！

"我也并没失去什么，甚至有些感谢你与我谈了一段没有结果的感情。至少以后的我可以骄傲地告诉别人，我有过感情经历，不再是一张白纸……"灵犀一脸自嘲，"尽管，我一度奢望有一个属于自己的小家庭。既然我们无缘，那就缘尽于此吧！"

"灵犀，那套房子……"邱志礼欲言又止。

"既然我没有那份福气，倒不如大方一点，新房的布置权当我送给你们的结婚礼物吧。替人做嫁衣，就应该做得彻底一点，不是吗？"灵犀一脸淡然，继而自嘲一笑，"幸亏我们当初没急着去领结婚证，也一直没时间拍结婚照……看来这一切，都是天意吧，老天爷在冥冥之中安排着世间的一切姻缘际会悲欢离合……"

"灵犀，我与父母商量了，想把那套房子送给你作为补偿……"邱志礼一脸真诚，"我已经把房屋转让合同带来了，只要你一签字，马上就可以去办理房产证和国土证。"邱志礼说着，递给她一份房屋转让合同。

灵犀仔细看了看转让内容，邱志礼已经在合同上签字画押了，此刻，只要她签下自己的名字，就可以与他一起去办理转让手续了。

"你可真大方呀，160平方的房子，按照市场价2.5万元每平米，我得到的补偿就是 400 万，想不到我的感情这么值钱！看来，我得多谈几次恋爱，没准将来成为首屈一指的大富婆！"灵犀自嘲地用手指弹了弹那份转让合同。

"灵犀，我是认真的，请你不要拒绝。"邱志礼急切地看着她，"我知道你喜欢那里的环境，即便你不愿意住那里，也可以卖掉房子，重新买一套环境好的……"

2

"邱志礼，你家很有钱吗？"灵犀面无表情地问。

"也不是，我父亲这些年与人合伙开了一家医药公司，虽然赚得不多，倒也有个几千万……"邱志礼说得有些艰难，"我知道这种补偿方式很俗，对你不公平，可是只有这样做，我才会心安……"

"你以为，感情是可以用金钱买到吗？你把我当什么人了？"灵犀怒极，一把撕碎了那份房屋转让合同。

"灵犀，既然你不肯要房子，我会用自己的方式对你进行经济补偿的……"邱志礼难堪地站了起来。

"邱志礼，我想告诉你的是，既然分开了，从今往后，我们不要再有任何交集。希望你好好对待美君，她是一个值得你爱的好姑娘。"灵犀将茶几上的钥匙和玉镯放到他手中。

"灵犀，对不起，以前我真的打算和你结婚的，没想到却辜负了你，对不起……"邱志礼握着她的手舍不得松开。

她的手指依然白皙修长，细腻柔软，令他不舍……

"一切，已经过去了……"灵犀抽回了手。

"你与林炜轩……"见她脸色难看，邱志礼忍不住解释，"我看见他送你回来，昨晚你们……"

"昨晚我和他在一起，并且该发生的事情都发生了！你满意了吗？"灵犀的脸上带着一丝报复的冷笑。

"灵犀，你怎么会这样不自爱？"想到交往几个月以来，自己几次努力都没能尝到鲜，她倒好，竟然将清白之身交给了林炜轩，邱志礼的脸顿时涨得通红，心中的挫败感令他十分不甘。

"我与他是你情我愿各取所需，所以呢，你也不必再为曾经欺骗我的感情而内疚了！"灵犀一脸淡漠。

"灵犀，我承认当初对你有所隐瞒，可我是真心与你交往，一心一意想要和你结婚的，如果不是美君醒来……可是，你也没必要自暴自弃，随便将身体交给一个你并不了解的男人！你知道林炜轩留学时交往过多少女人吗？当年那些各种肤色的美女，排着队找他……"邱志礼语重心长。

"行了邱志礼，你还是管好自己的事情吧，少在我这里浪费口舌了！不管林炜轩以前是个什么样的人，至少他从没欺骗过我的感情！你赶紧走吧，让人看见影响不好！"灵犀毫不客气地拉开门，将邱志礼一把推了出去，砰的一声关上门，虚脱地靠在门背后，捂着脸慢慢坐在了地上。

邱志礼在门外站了片刻，随即摇头离开了。

下楼后，他直接开车去了"奇峰"集团，乘电梯上楼后直奔林炜轩的办公室。

"这位先生，请问你找谁？"前台见状赶忙问。

"我找林炜轩……"邱志礼面色凝重脚步从容。

"林总正在谈事情，你有预约吗？"前台又问。

"我有很重要的事找他！"邱志礼没心情搭理前台。

前台见状，赶紧通知保安上楼，又拨通了刘子悟的电话。

"邱医生，稀客呀……"刘子悟站在总经理办公室门口，面带微笑地看着一脸怒容的邱志礼，"怎么啦？"

"林炜轩在哪里？"邱志礼几乎是咆哮着问。

"邱医生，林总正在忙，现在不方便见你，有什么事情等他忙完再说吧。来，到我办公室坐坐……"刘子悟依然带着温和的笑容。

"林炜轩，你不会是躲在里面不敢见人了吧？有种你给我出来！"邱志礼大声说，引得不少人站在走廊上看热闹。

"子悟，让他进来！"林炜轩冷静的声音传来，随即，办公室的门开了，几个拿着资料的男子看了一眼邱志礼便摇头离开了。

"你找我什么事？"林炜轩皱眉看着双眼发红的邱志礼问。

"你到底把灵犀怎么啦？这是你应该干的事吗？"邱志礼冲上去正要给林炜轩一拳，反被林炜轩一拳打得坐在沙发上。

"子悟，关门！我今天要好好教训教训这个不知好歹的家伙！"林炜轩吩咐门口的刘子悟。

刘子悟依言关上门，作为秘书的他很了解林炜轩的个性，同时很佩服他的拳头，至少面对邱志礼，老板不会吃亏。

3

"我与她交往三四个月都没舍得碰她，你倒好，一个晚上就把她搞定了……凭什么？"邱志礼不甘心地捂着被打的脸。

刚才林炜轩那一拳打得很重，邱志礼的半边脸已经肿了，显得十分滑稽。

"凭你没本事！"林炜轩一脸不屑！

"你……你就是个衣冠禽兽！"邱志礼怒骂！

"我警告你，以后离灵犀远一点！"林炜轩闻言，也一脸怒容。

"哼，你管得着吗？"邱志礼死鸭子嘴硬。

"若你再敢骚扰她，信不信我见你一次，打一次！"林炜轩脸上布满寒气，全身充满了危险的气息。

"你无耻！"邱志礼骂，"自以为是处处留情的播种机！"

"有人就喜欢我播种，怎么啦？"林炜轩凑近他邪魅地说。

"我是不会让你得逞的！"邱志礼站了起来，坐在沙发上让他倍感威胁。

"你已经祸害了美君，难不成还想祸害灵犀？告诉你，灵犀是我的女人，你休想打她的主意！还有，我警告你，若是再一次辜负美君，我让你吃不了兜着走！"林炜轩一把揪着他的衣领。

"你与灵犀，到底是什么时候开始的？"邱志礼不置信地看着他。

印象中，灵犀对他没有丝毫好感，莫非她是演戏给自己看的？

"你永远想不到有多早，我也不会告诉你！"林炜轩一脸骄傲。

"一对狗男女！"邱志礼咬牙切齿。

他实在无法想象林炜轩与灵犀在一起缠绵的情景……

"刚才那一拳，是我替灵犀打的，现在这一拳，是我替自己打的！"话音未落，林炜轩的拳头再次挥下。

这一拳，结实地打在邱志礼另外半边脸上。这下可好了，邱志礼原本俊秀的脸变成了肿大的馒头，十分对称。

"你以为我不还手就好欺负，是不是？"邱志礼也恼了，一脚踹向林炜轩的要害，幸好林炜轩反应快，否则一定被他踹得变成软小二。

这一下，将林炜轩惹得火冒三丈，不由分说地将邱志礼按在沙发上一顿猛揍！

"放手，你这个暴力分子！"生性斯文的邱志礼被打得毫无招架之力，只好拼命地护着脑袋骂道。

林炜轩见他那狼狈不堪的懦弱样子，便没了兴趣继续拿他当陪练。

"你这副样子，当初居然想娶灵犀？做梦吧？真不明白她看上你哪一点！"林炜轩不解地摇头。

"你可以羞辱我，但是拜托你别羞辱灵犀！"邱志礼急了。

"你还在乎她？"林炜轩皱眉，这家伙真够无耻的！明明是他辜负了灵犀在先，现在居然还做出一副深情款款的样子来维护她，真是脑子进水了！

"她毕竟是我曾经想要结婚的女人！可你呢？除了玩弄她，能给她什么？"邱志礼涨红着脸质问。

"我能给她一个女人想要的一切，婚姻，家庭，还有满满的爱……"想起灵犀，林炜轩的脸上泛起一个温柔的笑容。

"呵呵，林炜轩，你不过是一匹处处留情的种马，你以为灵犀会嫁给你吗？做梦去吧！"邱志礼冷笑。

"这是我与灵犀之间的事情，轮不到你这个外人妄加评论！"林炜轩冷冷地看着他！

邱志礼闻言，摇摇晃晃地站了起来。

"对了，这是你当初送给灵犀的求婚戒指，现在还给你！"林炜轩将那枚璀璨的钻戒扔在地上。

"这枚戒指，怎么会在你这里？"邱志礼一脸疑惑。

当初灵犀说戒指是她在湖中游泳时遗失了，想不到在林炜轩这里。

"这枚戒指实在太丑了，戴在她手上实在太掉价，我就趁她溺水后取下来了。现在这种情况，你更应该感谢我为你好好保管了它，不是吗？"林炜轩笑嘻嘻地说，仿佛刚才不快并没发生。

邱志礼拾起地上的戒指，戒指上的钻石闪耀着璀璨的光芒，刺痛了他的双眼。

"你真的会与灵犀结婚吗？"他怀疑地问。

"当然！"林炜轩十分干脆。

"你爱她吗？"他又问。

"当然爱。"林炜轩的唇角勾起一丝温柔。

"你爱她多久了？"他打破砂锅问到底。

"很久很久，或许，从上辈子就开始了……"那一刻，林炜轩的脸上洋溢着温柔的微笑。

是的，他相信上辈子就爱上灵犀了，甚至有可能是上上辈子……

"请你一定要让她幸福……"邱志礼微微一叹，一脸失落地离去。

4

灵犀正在睡觉，被匆忙赶来的母亲从床上拎了起来。

"你给我说清楚，你和邱志礼到底怎么回事？"刘慧茹气势败坏。

"妈，我睡觉呢……"灵犀倒在床上，不想解释这个令她头疼的问题。

"你这傻丫头，倒是说话呀！他父亲怎么打电话要取消婚礼？这不是欺负人吗？"刘慧茹气呼呼地坐在床上。

"不就是不结婚吗？我又没损失什么……"灵犀皱眉。

"你这丫头，脖子上怎么红成这样？是不是生病了？咦？"刘慧茹一把拉开女儿的睡衣。

当她看清楚那一个个醒目的草莓印时，不仅脸色一沉，身为过来人的她岂能不明白这是怎么回事！

"谁做的？那个混蛋是谁？"刘慧茹厉声问。

"什么呀……"灵犀装糊涂。

刘慧茹一把撩起她的睡衣，灵犀全身布满了欢爱后的痕迹，从那些爱痕可以想象他们昨晚有多疯狂！

"犀犀，妈妈这些年是怎么教你的？你怎么如此不自重？啊？"刘慧茹泪眼婆婆地给了灵犀一巴掌。

"妈，对不起，我让你失望了……"灵犀忍痛一把抱住母亲，在她怀里痛哭起来。

失婚又失身，她心中的痛，有谁能知道。

"那个祸害你的混蛋，是邱志礼吗？"刘慧茹抱着一丝希望问。

"不是他……"灵犀羞愧得很。

"你……"刘慧茹一时急火攻心，顿觉眼前一黑，倒在了床上。

"妈，妈，你醒醒，你的药呢？"灵犀赶紧翻刘慧茹的包包，却没发现她平常吃的速效救心凡。

"妈，妈，你忍耐一下，我马上打120。"灵犀手忙脚乱地拨打电话时，楼下传来熟悉的跑车声音，她从窗户上看见那正是林炜轩的跑车。

"马上来五楼，我妈晕倒了！"灵犀拨通林炜轩的电话说。

灵犀穿好衣服时，外面传来了林炜轩的敲门声。

"刘老师怎么了？"林炜轩急切地问。

"心脏病犯了，必须马上送医院！"灵犀说，"麻烦你背她下楼！"

林炜轩背着刘慧茹下楼，灵犀锁上门紧随其后。

"请你开快一点！"灵犀在车上催促。

跑车驶进了就近的医院，林炜轩抱起刘慧茹就朝医院跑去。

"护士，麻烦通知一下心脏科的魏医生进五楼急诊室，我是林炜轩！"林炜轩对一旁的一名护士说。

灵犀忙着挂完急诊，又赶紧上了五楼心脏科的急诊室，急诊室门紧闭着，指示灯不停闪烁，林炜轩正站在外面。

"灵犀……"见她一脸愁容，林炜轩赶紧扶她在一旁的椅子上坐下。

"我妈都是被我气的，是我不好……"灵犀低头垂泪。

"魏医生是心脏科专家，刘老师一定会没事的！"他握住她的手轻声安慰。

"小轩，我不是一个好女儿，让父母操心了26年，如今失婚又失身，我又气得她心脏病犯了……"说到伤心处，灵犀泣不成声。

"没事的，乖，一切有我呢！"他轻轻地吻去她脸上的泪水。

"小轩，你也会像邱志礼一样离开我的，对不对？"灵犀抽泣着问。

"不会的，我会一直陪伴在你身边，直到永远。"他紧握住她的手说。

5

半个小时后，急诊室的门开了。

"医生，我妈怎样了？"灵犀和林炜轩一起迎了上去。

"病人急火攻心引起心脏病复发，我已经给她打了针，现在已经苏醒过来了，你们可以进去看看她，不过千万不能刺激她。"魏医生说。

"谢谢你医生！"灵犀赶紧进了急诊室。

"妈，现在还难受吗？"灵犀握着母亲的手问。

刘慧茹看了她一眼，将头扭向一边。

"对不起，我让您失望了……以后我什么都听您的……"灵犀低声说。

"犀犀，你现在这个样子，妈也不知道该说你什么好……你好自为之吧……"刘慧茹闭着眼睛，不想再看她。

"刘老师，您安心养病，我与灵犀会随时来看您的。"一旁的林炜轩说。

刘慧茹闻言，不禁睁开眼，疑惑地目光落在他脸上，又看了看一脸泪水的女儿。

"妈，是林小轩送你来医院的……也是他联系的医生。"灵犀低声说。

"犀犀，你实话告诉我，那个糟蹋你的人是不是他？是不是？"刘慧茹目光犀利。

"妈……"灵犀难为情地叫了一声。

"刘老师，一切都是我做的，我一定会对灵犀负责到底，我会娶她，与她结婚生子……"林炜轩大方承认。

"你……畜生，难道你不知道灵犀要结婚了吗？你竟然对她做出这样的丑事来，你存心要毁掉她一辈子不成？"刘慧茹十分激动。

"刘老师，您请息怒。"林炜轩柔声说，"请您务必相信，我比邱医生更适合灵犀，我们……"

"滚，滚出去，我再也不想见到你这个人渣！"刘慧茹不停地喘了起来。

灵犀见状赶紧按了医生呼叫铃。

魏医生迅速进入急诊室，一脸严肃地对两人说："你们出去吧，病人才刚刚平息下来，怎么又惹她情绪激动了？"

两人站在急诊室外，一时间相对无言。

一刻钟后，魏医生再次出来了。

"医生……"

"病人情况很不稳定，需要住院观察，希望你们暂时不要出现在她面前，免得刺激她的情绪。不过住院期间要一位家属和一名陪护……"魏医生脸色十分凝重。

"医生，我妈到底怎样了？"灵犀紧张地问。

"明天要做一个全面检查，一切还是等检查结果出来再说吧。"魏医生说。

灵犀顿觉双脚一软。

"灵犀，你放心，刘老师一定没事的！"林炜轩赶紧扶着她，又对魏医生说，"魏医生，请安排病人住最好的病房，安排最好的陪护，用最好的药，拜托了……"

"好吧，只是希望你们记住，病人不能再受任何刺激了。"魏医生叮嘱。

"明白！"林炜轩扶灵犀在椅子上坐下，自己去楼下交住院费。

一切手续办妥后，林炜轩去附近的星巴克买了蛋糕和咖啡来到五楼。

"灵犀，饿了吧？先吃点东西吧。"他将食物递给她。

"不想吃，吃不下。"灵犀摇头。

"乖，好歹吃一点。刘老师住院了，虽然医生不让你照顾，可你作为女儿，总得给她做些好吃的吧？没精神怎么做饭？"林炜轩说。

他的话让灵犀心里微微一痛，拿起蛋糕吃起来。

6

送灵犀回到公寓，林炜轩便厚着脸皮不肯离去，说什么也要留下来。

"你能不能让我安静一下？"灵犀心情十分糟糕，这真是一个多事之秋，她的生活全乱套了。

"我怕你想不开，有责任保护你！"林炜轩说得一脸正义。

"我又不是脆弱的玻璃娃娃！"

灵犀不再理他，洗漱一番后爬上了床。

"灵犀，一起睡，好不好？"他厚着脸皮爬了上来。

"滚开，别烦我！"灵犀一脚将他踢下床。

"有你这样对老公的吗？"林炜轩委屈地再次爬上床，将灵犀搂在怀里。

"林小轩，我很累，拜托你让我好好睡一觉……"灵犀不满地裹紧被子。

"我也好累，一起睡暖和些……"他钻进了被窝，将她环抱在怀里，"放心睡吧，我今晚绝对不会碰你……"

昨晚一夜索取耗费了他的体力，今天早上在浴室又要了她一次，他也累得够呛，现在只想抱着她与周公约会，哪还有精神播种……

果不其然，耳畔很快传来了他轻微的呼吸声。

灵犀微微一叹，想要钻出他的怀抱，却被他的双手紧紧搂着，真是一个怪胎呀，睡觉都不肯放过她！

好在她很快就睡着了，还睡得很香。

一夜无梦。

早晨醒来时，一张邪魅的俊脸映入眼帘。

"老婆，早上好……"他一脸笑容，那声老婆叫得十分自然，仿佛他们已经结婚很久。

"自以为是，谁是你老婆了……"灵犀被他看得粉面一红。

"林炜轩这辈子的老婆除了慕灵犀，还会有谁？老婆，你这幅海棠春睡图真令人垂涎……"他笑得十分暧昧，一双大手无耻地伸进她的睡衣一阵撩拨。

"滚……"灵犀又羞又恼，一阵奇怪的感觉随之袭来。

“我想要，可以吗？”他含着她的耳垂轻声问。

经过一夜的休息，他的体力全部恢复了，全身精力充沛，只想与怀里这个小女人尽情享受人间极乐。

“不要……”灵犀捂住脸。

“我们已经有过肌肤之亲了，这一次一定给你带来不一样的感受，美得你天天想要，好不好？”他的吻羽毛般轻盈地落在她的蝴蝶骨，轻轻地啃噬着。双手也攀上了她的高耸的柔软，尽情爱抚……

“唔……小轩……讨厌……”灵犀被他撩拨得全身酥软，小脸绯红，整个人瘫在他怀里。

他一把脱掉她的睡衣，跪在床上深情地吻着她的身体，他的舌头像是带着魔力，舔噬之处激起一圈圈电流。

“小轩……唔，你坏……”灵犀被他吻得心潮澎湃，心里仿佛有一个不安分的小兽在躁动着，一种莫名的渴望让她的双腿不由自主地弓起，仿佛在满怀希望地邀约他的介入与索取。

看着她在自己的爱抚下全身酥软如泥，娇兰含香，花蕊吐露时，他不再犹豫，褪掉身上的束缚，抬起她的双腿，让她的身体紧密地与自己契合在一起……

当那个巨大的昂扬填满她的空虚时，灵犀忍不住啊的低叫一声。

“痛……”她不禁蹙眉，小脸皱成一团。

“全身放轻松，很快你就会适应了……”他动情地抚摸着她，慢慢地律动着。

“嗯……”她一阵叮嘤，脸上露出惊讶的表情，仿佛被他带领到一个陌生的地方，体验到一直陌生的愉悦……

“灵犀，我的宝贝，舒服吗？”当她完全适应他的巨大后，他温柔地吻着她，身体亦在深情地此起彼伏。

“唔，小轩，我感觉自己飞起来了……啊……”灵犀忍不住叫了出来，那种奇怪的声音吓了自己一跳。

“我也飞起来了，灵犀，抱紧我……”他吻着她，带着她一路高歌猛进，飞向了那遥远的云端，又带着她坠入了深邃的大海……

经过长途奔袭后，他将灼热的精华全部撒向她的花心。

那一刻，他不再犹豫，他要一辈子留住这个女人，留住这种美妙的幸福。

“小轩，我身体黏糊糊的，要去洗洗……”一切平息下来后，灵犀娇喘着。

“不要，不许洗……”他霸道地抬起她的双腿，仔细看着她那个地方。

“你变态呀……放我下来！”她简直羞死了，那个地方有什么好看的。

“好美！”他赞叹。

“赶紧放下我的腿！难受……”灵犀羞恼至极，一张小脸娇艳欲滴。

见时间差不多了，他这才放下她。

第二十八章
分 工 合 作

1

一大早，林炜轩打电话询问了灵犀妈妈的病情，得知一切稳定后，这才带着灵犀在楼下用早餐。

看着那个别人眼中的男神在自己面前风卷残云，灵犀忍不住扑哧一笑。

"怎么啦？"林炜轩问。

"吃相真难看！"灵犀说。

"只要在床上不难看就好。"林炜轩邪魅地捏了一把她的脸蛋。

"无耻！"灵犀的脸一红，埋头吃东西。

"老婆，以后我们每天都住在一起，好不好？"上了车，林炜轩一脸缠绵。

"才不呢，你要打呼噜，我会睡不着。"灵犀编了个理由。

"冤枉，我从小到大从不打呼噜，别想找借口赶我走！"林炜轩是什么人，岂能被她那点小伎俩所骗。

"那好，陪我去超市，我要采购食材给我妈煲汤……"灵犀做出一副女王的架势吩咐。

"没问题！"林炜轩打电话安排了公司的事，带着灵犀去了附近的麦德龙。

"上次吃饭时我见刘老师挺喜欢吃海鲜的，不如我们买些海参螃蟹什么的回去？"林炜轩说。

"那些东西只能偶尔吃吃，要说营养，我还是认为传统的鸡汤好。"灵犀说。

"这样吧，我们各自买自己想买的食材，如何？"林炜轩提议。

"这倒是个好主意，我再去拿一辆推车。"灵犀说着，去取推车。

"那多麻烦呀，一辆推车就够了！"他一把拉住她朝里面走去。

进了超市，两人直奔食材区域，灵犀买了一只乌骨鸡，一些炖鸡的配料，又称了两斤排骨，两根山药，一些时令蔬菜，几斤新鲜水果。

然后，两人来到水产区域，林炜轩买了一些海参，几只大闸蟹，一只甲鱼……

"小轩，我不会做海鲜……"灵犀皱眉看着那些海产品。

"我做，可以了吧？"林炜轩微微一笑。

"对了，我发现你的洗漱用品快用完了，我们干脆买一些回去吧！"林炜轩又是说。

两人随即又去了日用品区域。灵犀用的洗漱用品摆放在最高的货架上，她踮着脚尖几次都没够着。

"老婆，我来！"林炜轩顺手将她要的东西放进推车里。

那一刻，灵犀心里感叹人高就是好，再高的东西都能够得着。要是将来自己的孩子能长这么高的个子，她肯定睡着都会笑醒……

"灵犀！真的是你吗？"一个熟悉的声音传来。

看见那张熟悉的面孔，灵犀露出微笑："何红梅，你也来买东西呀？"

上次她好心给自己送包的事，灵犀一直记在心里。

"是啊，我办事情路过这里，正好家里缺沐浴露，顺便来一趟。你们也来购物？这位是……"何红梅的目光停留在推着推车的林炜轩身上。

"他是……"灵犀真不知该如何介绍他。

"你好，我是灵犀未婚夫林炜轩，很高兴认识你！"林炜轩大方地说。

"你好你好，我是灵犀的大学同学，四年的室友何红梅！"何红梅一脸艳羡，"林先生，我可以借用灵犀几分钟吗？"

"当然可以，请！"林炜轩友善地微笑。

何红梅一把将灵犀拉到一旁："灵犀，我记得上次送你去报社上班的就是这个男神吧？当初你还撒谎说只是普通朋友，小样，居然对我也不放心？"

灵犀讪讪一笑。

"他是干什么的？林炜轩的名字好熟悉，我肯定听说过……"何红梅若有所思。

"同名同姓的人多得很，他不过是一个普通职员。"灵犀淡淡一笑。

"对了，我看你们含情脉脉一起买东西的样子，是不是同居了？行呀灵犀，连保守的你都变得如此 Open 了，男神肯定很有情趣哟！"何红梅全力发挥新闻从业人员善于挖掘内部的精神。

"哪里呀，别乱猜，没有的事！"灵犀涨红着脸小声地辩解。

"瞧你，小脸都红了……哇，他居然在你的脖子上种满了草莓，啧啧，这男人看面相就知道那方面需求很强烈，你一定幸福死了吧？"何红梅一把扯着灵犀的衣领暧昧地问。

"淫荡！"灵犀嗔她一眼。

"丫的，既然被他给采了，就别跟我装纯洁了！对了，我刚才在超市碰见张美君了，她居然也陪着一位帅哥在买东西，几年不见，她好像比以前更漂亮了。现在看来，我们寝室就属你们两个幸福了，找的都是令人羡慕的男神。"何红梅一脸艳羡。

听说张美君在和邱志礼逛街，灵犀不得不感叹这个世界实在太小了。为了避免与邱志礼见面，灵犀不想多聊，借口向何红梅告辞。

"林先生，你们什么时候结婚呀？到时候一定记得请我哟！"何红梅一脸依依不舍。

"我们已经在筹备婚礼了，很快你就能收到请柬了。"林炜轩潇洒一笑。

"恭喜恭喜！"何红梅闻言微微一愣，随即赶忙道喜。

"灵犀，记得保持联系！"见他们离开，何红梅朝灵犀挥手。

2

两人一起推着东西排队结账。

还真是应验了那句话，怕什么来什么！

结完账，灵犀果然看见张美君与邱志礼情意绵绵地在另一个柜台结账，邱志礼显然也发现了她与林炜轩，镜片后的目光显得有些意外。

不过，邱志礼的脸好像有点肿，脸色也很差，貌似没有休息好。

灵犀不想与他们相遇，借口去了洗手间，让林炜轩在停车场等自己。

"志礼，那不是表哥吗？"邱志礼结账后，张美君一眼就看见了推着购物车的林炜轩。

"表哥，你居然亲自来超市啦？真是稀罕呐！"张美君美丽的小脸凑了过来，"你一定是陪某一位佳人来的吧？老实交代，她是谁？"

"什么时候回来的？"林炜轩看着她微微一笑。

"我回来几天了，你也舍不得来看看人家！"张美君不满地撇嘴。

"我忙啊。"林炜轩耸耸肩。

"说谎，你有时间逛超市买东西，竟然会没时间来看我？"张美君更加不依。

"你准备住多久？"林炜轩不答反问。

"表哥，我们这个月18号结婚，志礼把新房都布置好了，我不走了。"张美君一脸喜悦。

"那我可要恭喜你了。"林炜轩冷眼看了一眼那张消了肿的脸，对娇美的张美君微微一笑。

"表哥，我公公婆婆正等我们回家商量结婚事宜，我们先走了，改天我给你送请柬来！"张美君在他脸上亲了一下，与邱志礼一起告辞了。

目送两人离开，林炜轩这才推着推车慢慢下楼。

"他们已经走了，你可以出来了。"他拨通了灵犀的电话说。

灵犀慢吞吞地从卫生间出来。

"我们在一起光明正大，有什么不好面对的?"林炜轩有点不满。

"我不想见他们，再说张美君是我的同学，又是室友，实在难堪……"灵犀摇头，"很狗血，是不是?"

林炜轩默默地看着她："灵犀，错的人是他，不是你，不敢面对你的人是他，明白吗?"

"好啦，回家吧!"灵犀被他说得心烦意乱。

两人提着几个购物袋上了楼。

"灵犀，今天准备给刘老师做什么好吃的?"林炜轩问。

"乌鸡汤……"灵犀说着，提着袋子进了厨房。

"需要我帮忙吗?"林炜轩问。

"不用了，这里厨房小，你在客厅坐着看看电视吧。"灵犀说。

厨房里，灵犀拿出乌鸡，在全身抹上一层盐，将乌鸡身上的细小绒毛及残留的垃圾搓干净，又用温水冲洗了几遍，将鸡一分为二，切成块，将其中一部分装袋后放进冰箱冷冻起来。

随后，洗干净炖鸡的辅料，用沸水将鸡块焯水，这才把鸡肉与辅料一起放进砂锅用猛火炖，待砂锅烧开后，改用文火炖。

一时间，厨房里芳香扑鼻。

灵犀又用电饭煲煮上米饭，一边洗干净茭白、番茄和茨菰切好备用。

"老婆真贤惠……"林炜轩靠在门框上，看着她手脚麻利地做这一切，心里充满了幸福。

"少来，都说了不许这么叫!"灵犀白他一眼。

"不叫老婆叫什么? 贱内还是娘子?"他一脸坏笑。

"你……"灵犀扬起手中的菜刀。

"老婆，别吓我，老公胆小……"林炜轩赶紧举手投降。

灵犀被他弄得哭笑不得。

3

"老婆辛苦了，来，吃个苹果。"一会儿，林炜轩将削好的苹果递到她嘴边。

灵犀咬了一口，又脆又甜，真好吃。

"以后你太忙太累时，老公只能给你一些小恩小惠，希望你不要拒绝。"他笑得十分真诚。

不知怎么的，灵犀忽然想哭。

这是 26 岁以来，第一次有男人喂她吃苹果，虽然这是一件很平常的事，可这种甜，这种小小的幸福却直抵心脏，这种幸福真实而朴素。

"怎么又哭了？"她的眼泪令他有点不知所措。

"我没事，被油烟熏的。"灵犀掩饰地抹了一下眼睛。

"说谎，厨房里正在炖鸡，没炒菜，哪来的油烟？"他戳穿她。

"你烦不烦呀？"灵犀难堪地捶他一拳。

"老婆，我们不是说好了吗？以后不要哭了，好不好？你一哭，我心里也很难受……"林炜轩一手搂着她，一手将苹果送到她嘴边。

"你也吃……"灵犀咬了一口苹果说，"很好吃的……"

"果然好吃！"他一口啃在她咬过的地方，满意地微笑。

看着他孩子气的样子，这是几天来，灵犀的心里第一次感到一丝温暖。

林炜轩，你会是我一直等待的那个良人吗？

鸡炖得差不多时，灵犀炒了番茄炒鸡蛋，茭白炒肉片，黄焖茨菇，又烧了一个丸子汤。

看着小圆桌子上芳香扑鼻的美食，林炜轩迫不及待地尝了个遍。

"老婆，你的厨艺真好！"他赞不绝口。

哈哈，以后他可有口福了！平常吃腻了山珍海味的他早就想换换口味了。

"行了，别捧我了，赶快吃了送我去医院！"灵犀添了饭，将每一样菜夹了些出来，盛在保温饭盒里。

"以后每天做给我吃，好不好？"林炜轩吃得眉飞色舞。

"那得看我的心情，还有你对我的态度。"灵犀吃着饭，慢悠悠地说。

"你是我老婆，我当然得爱你宠你啦，岂会对你不好？"林炜轩一脸憧憬，"灵犀，我们结婚吧！"

结婚？灵犀现在一听这两个字头就大。

"你得先过了我爸妈那一关！"灵犀端起饭碗。

"唔，刘老师有点固执哦……虽然有难度，不过我喜欢挑战。老婆，你信不信，我在一个星期内把丈母娘搞定……"林炜轩信心满怀。

"哼，就知道吹牛！"灵犀摇头，继续吃饭。

"不信？咱们走着瞧！老公一定把咱娘哄得心花怒放，欢欢喜喜把你嫁给我！"林炜轩笑得邪魅中带着得意。

灵犀被他的笑弄得有些恍惚，心里却在隐隐期待此话成真。

或许，人生就这么奇妙吧。某一天，上帝为你关上一扇门，就在你心情低落的坠入黑暗时，又会为你打开一扇窗。并且，这扇窗户外面鲜花盛开阳光明媚道路平坦，是通向你人生的幸福之路……

吃了饭，两人来不及洗刷碗筷，就带着鸡汤和食物前往医院。

一路上，林炜轩不时看着身旁的小女人偷偷乐。

这种与心爱女人在一起的感觉真好！

两人到了医院，才发现灵犀爸爸也来了。

"爸……"看着父亲布满沟壑的脸，灵犀心里充满了愧疚。

"慕老师……"林炜轩的表情有点拘谨。

毕竟，灵犀妈妈住院与他干的"好事"有关，他心中有愧……

"混小子，都是你干的好事！"慕云泉扬手打了林炜轩一巴掌。

"爸，一切都是我的错，不关他的事……"灵犀生怕两人发生更大的肢体冲突，赶忙站在两人中间。

"到现在你还替他说话？你被他害得还不够惨吗？你妈也被他气得住院了……"慕云泉气不打一处来。

"爸，事情不是你们想的那样，等一会儿我会给你解释的。"灵犀安慰了父亲，又对林炜轩说，"小轩，你先去公司上班吧，这里的事情我会处理好的。"

"慕老师，对不起，我在这里向您保证，一定会娶灵犀的，给她一个幸福的家，请您和刘老师放心！"林炜轩鞠了一个躬，将手中的水果袋交给灵犀时，冲她邪魅地挤了挤眼睛，便大步离开了。

这货居然当着父亲的面给自己抛媚眼？简直讨打呀！

"爸，我妈现在怎样了？"灵犀装作没看见，回头问父亲。

"心跳不规律，不过情绪还算稳定，你与那混小子到底怎么回事？你们是什么时候开始的？"两人的一举一动岂能瞒得过慕云泉的火眼金睛！那他岂不是白当三十年班主任了？

他实在不懂现在的年轻人对待感情如儿戏的荒唐行为，更不敢苟同他们如吃快餐一样的爱情观。想当年，他与灵犀妈妈恋爱五年才修成正果，婚前两人散步时都得隔着几米远，生怕别人看见后说闲话，偶尔趁人不注意偷偷牵一下小手，他都会兴奋好几天。现在倒好，原本要与邱医生结婚的女儿被姓林的小子睡了，婚礼也泡汤了，作为父母的他们，怎不痛心疾首！

"这是我炖的鸡汤，还有米饭和菜，妈妈一个人可能吃不完，您们一起吃吧……"灵犀将保温饭盒递给父亲。

慕云泉黑着脸接过饭盒和水果，走进病房。

灵犀坐在一旁的椅子上，看着病房的门默默出神。

4

半个小时后，慕云泉拿着一扫而空的保温饭盒出来了，脸上的表情松弛了。

"爸，妈怎么说？"灵犀低声问。

"合她胃口，她吃了一半，剩下的我吃了。对了，我向护士打听了一下，你妈住的病房很贵的，还有她用的药也全是进口的。犀犀，这么贵的医药费我们付不起，进口药又报销不了，还是换病房吧，我去跟医生说说，用普通的药就可以了。"慕云泉说。

"爸，病房和医生都是林小轩安排的，医药费也是他支付的，您就让妈安心住下吧。"灵犀安慰父亲。

"他一个打工仔，哪来那么多钱？再说了，你们现在这种情况，总不能一直不明不白吧？"慕云泉叹息。

"爸，你就放心吧，这点钱他付得起。"话一出口，灵犀才发觉自己说错了话。

"犀犀，你一直是一个诚实的孩子，现在你老实告诉我，你与邱医生和那混小子，到底是怎么回事？是不是姓林的从中插了一腿，把你与邱医生的事情搅黄了？"慕云泉一脸疑惑。

"爸，不是你们想的那样。邱志礼以前的未婚妻回来了，他们当年因为一些误会分开，所以……至于我与林小轩，怎么说呢……一定会给您们一个交代的，好吗？"灵犀将话说了一半。

"原来是邱家不讲信誉，辜负了我们犀犀……可你也不能自暴自弃呀……"慕云泉一脸痛惜。

"爸，你放心吧，女儿没有自暴自弃，真的……"父亲的担忧让灵犀心里一酸。

"孩子，苦海无边，回头是岸！"慕云泉看着女儿语重心长地说。

"女儿明白……"灵犀的眼泪不由自主地滑落了。

"你回去好好休息吧，这里有爸爸在，还有一个全天候的陪护……"女儿的眼泪让慕云泉心里很难受。

灵犀点点头，拿起保温饭盒来到电梯口，等了几趟电梯都客满，考虑到楼层不高，灵犀改走楼梯。

刚下到四楼，看见两个熟悉的身影，灵犀微微顿住了脚步，抬头看见"妇科"两个字格外醒目。

那两人，一个是李莫愁，一个是李灵，两人相互搀扶着，显得十分狼狈。

"医生，求求您帮帮我吧，这一次，我一定听您的话，行行好……"李莫愁一脸愁容地哀求一个身穿白大褂的女医生。

"姑娘啊，是你自己不自爱，作为医生，我真的是爱莫能助呀！"女医生一脸为难地摇头，"即使你找世界上最好的妇科医生，也已经回天无力了……"

"可是，您不能剥夺我作为母亲的权利呀！"李莫愁抽泣起来。

"姑娘，瞧你这话说的，好像是我在害你？作为女人，我也很同情你这种情况，可是你连自己都不爱惜自己，我又有什么办法？你在短短三个月的时间里就做了两次人流，自己不把身体当回事！上一次我就警告过你，你因以前多次人流导致子宫壁太薄，若是继续游戏人生，唯恐将来无法生育，你却把我的话当作耳边风！身体没养好又开始过性生活，怀孕了吧？又来人流，我再三提醒你慎重考虑，若是这一次的人流过程中造成子宫壁破损，将来恐怕无法生育，你偏不听，现在出问题了，你知道错了，一切都晚了……"医生脸色十分凝重，显得恨铁不成钢。

"医生，我还年轻，您不能就这样给我下结论……"李莫愁一脸泪痕。

"是啊医生，我姐姐还年轻……"李灵也在一旁插话。

"姑娘说得不错，年轻是你们的本钱，可你们也不能随意挥霍青春，践踏自己的身体，恣意享乐了又不计后果！你们既然在短短的时间内透支了一辈子的快乐，当然也要承担快乐所带来的痛苦！"医生凝重地看着李灵，"如果我记得不错，这几年你也是我们妇科的常客吧？作为女人，我也奉劝你一句：自重一点，自爱一点，别随意让男人出入你的私人领地！世上没有后悔药，别落得与这位姑娘一样的下场，那就无可救药了！"

"医生……"李灵闻言，难堪地垂下头，对一旁的李莫愁说，"姐，我扶你去病房……"

看着两人搀扶着进入病房，医生也无可奈何地摇头。

那一刻，灵犀不禁为那对姐妹花的遭遇感到可恨又可怜。

想必经过这件事，李莫愁的人生轨迹将彻底改变，而李灵也会在男女作风上收敛许多吧！

5

一脸心事地下楼后，却发现林炜轩还在楼下，俊逸的脸上有一个明显的红印。

"疼吗？"灵犀看着他被打的脸问。

"心疼我了？"林炜轩微微一笑，顺手接过她手中的保温饭盒。

"我真希望爸爸下手重一点，打得你满地找牙！"想起那对姐妹的遭遇，灵犀哼了一声。

"这么狠？你想谋杀亲夫呀？"林炜轩一脸无辜地看着她，"老婆，出什么事情了？"

"我在四楼看见李莫愁和李灵姐妹了……"想起刚才的一幕，灵犀情绪十分低落。

"她们又来找你麻烦了？"林炜轩一脸怒容。

"不是，她们在妇科看医生，李莫愁好像做人流出了问题，医生宣布她这辈子都不可能做母亲了……"灵犀白了林炜轩一眼。

"干嘛这样瞪着我，她不能做母亲关我什么事？"林炜轩十分抓狂。

"都是你们这些臭男人干的好事！"想起这两天他对自己做的那些事，灵犀冷着小脸哼了一声。

"老婆，她们的事别扯着我们，好不好？我们可是青梅竹马两情相悦，她们与那些臭男人是臭味相投狼狈为奸，两者不能相提并论明白了吗？"林炜轩坚定地握住她的手，"老婆大人请放心，我一定对你负责到底！"

他那句负责到底让灵犀稍微心安，不过她忽然想起自己这两天都与林炜轩那个了，一点防范措施都没有，心里就有点慌。

"快，送我去药店……"灵犀拉着他的手朝跑车跑去。

"干什么？"林炜轩一头雾水。

"买药呀，紧急避孕药！"灵犀小脸绯红，眼眸也露出一丝羞怯。

"不许吃那种药，对身体有危害！"林炜轩脸色十分凝重。

"万一我怀孕了，怎么办？"灵犀气呼呼地朝他扬起粉拳，"都怪你，大灰狼，坏蛋……"

臭男人，只知道自己快活，不考虑快活带来的严重后果，实在可恨！

"怀孕了就把孩子生下来！"林炜轩紧紧握住她的粉拳，目光十分坚定，"我们的孩子，谁也不许伤害他！"

"小轩……"灵犀心里忽然涌起一阵感动。

"放心吧灵犀，我一定会让岳父岳母尽快答应我们的婚事！你只要乖乖听话，安安心心当我的小新娘就行。"林炜轩一脸自信。

小新娘……

"你真的会和我结婚吗？"灵犀不置信地问。

"废话，除了我，你还想嫁给谁？"林炜轩薄唇勾起一丝不满，"慕灵犀，希望你记住，这辈子，你只能属于我——林炜轩！"

"胡说，我只属于我自己！"灵犀不满地反驳。

"我是你老公，你孩子他爹，你们两个都是我的！"林炜轩霸道地宣布！

灵犀不禁一头黑线，看来，这个家伙真够霸道的！不过，她忽然挺喜欢这种霸道……哎，是不是这几天跟他在一起变得有点受虐倾向了？

"你要带我去哪里？"灵犀见这不是回家的路，于是问。

"去了就知道了。"林炜轩愉快地吹了一声口哨。

"我警告你林小轩，别跟我耍花招！"灵犀扬着拳头威胁。

"放心，不会把你卖了，再说啦，我舍不得……"林炜轩邪魅地看了一眼她身上的某一处沟沟说。

"色鬼！再看我挖掉你的眼珠去喂狗！"灵犀骂，一把拉上衣领，将胸前快要被撑开的上衣扣子系上。

"啧啧啧，真是一个小悍妇呀！不过，我就喜欢你这样子，够味！"他再次邪魅地吹了一声口哨。

这货可真是奇葩中的奇葩。

第二十九章
带 我 走 吧

1

汽车在某高档服装专卖店停下。

"我不买衣服。"灵犀小声说。

她知道这里的东西贵的要死,随便一件衣服都要她半年工资。俗话说得好,只要对的,不要贵的!衣服穿着舒服就行,何必买什么牌子货!

"进去看看,好吗?"林炜轩说。

"林总,欢迎光临。"服装的售货员一看见林炜轩就迎了上来,露出花儿般的微笑。

当售货员的目光落在他身后娇俏羞怯的灵犀身上时,眼中掠过一丝不屑。

"我与未婚妻要出席一个重要宴会,麻烦你给她选几套合适的衣服!"林炜轩刻意强调了未婚妻三个字。

"哦……原来是未来的林太太,这边请。"售货员闻言,不敢怠慢,马上堆起笑脸。

售货员给灵犀推荐了三套大方典雅的礼服,三套知性套装。

三套礼服分别为粉白色的露肩收腰礼服,一件浅蓝色露背礼服,一件浅紫色束腰礼服。

灵犀看中了那套白色露肩收腰礼服,穿上礼服后,一个小香肩露在外面,香肩上缀了一朵桃红色的花朵,桃花的红将雪白的香肩映衬得格外迷人,腰身恰到好处地勾勒出灵犀的细腰,抬高了胸线,整个人显得高挑挺拔,完美无瑕。

"老婆真美……"林炜轩痴迷地看着眼前的人儿。

"要不,就选这一件?"灵犀微微一笑,他也对这件礼服很满意。

"等一下,你把这件小纱衣穿上……"林炜轩递来一件镂空的高腰小纱衣,纱衣穿上后，整个人更显得如梦如幻，既能极好地将雪白无暇的香肩稍作掩饰，又能带来一种朦胧的美。

"这才完美……"林炜轩笑了。

"林太太穿上这件礼服实在太美了……"售货员也睁大了双眼，似乎没想到灵犀一换上礼服，整个人就如破茧成蝶般美得不可令人逼视……

"再试试另外几套……"林炜轩微微一笑。

"这一件就够了，买那么多干嘛……"灵犀刚才看了一眼衣服的价签，实在贵得吓人。

"乖，多买几套，这段时间我们要参加的宴会可多啦……"林炜轩的笑容令人无法抗拒。

灵犀只好在售货员的陪同下去换衣服。

当那件蓝色礼服穿上时，灵犀整个人显得高贵典雅起来，将她衬得肌肤莹白如雪，目光清澈如水，宛若空谷幽兰，盈盈绽放，芬芳袭人。

"林太太长得美，穿什么都好看，这件礼服简直就是为您量身定做的……"售货员发自内心的称赞。

林炜轩则默默地注视着眼前美丽优雅的人儿，越看越觉得她是一件稀世珍宝。

灵犀又试了那件紫色礼服和几套衣服，每一套衣服都各有特色，有的穿在身上高贵冷艳，有的清晰典雅，有的知性温婉，有的活泼大方……林炜轩又给她挑选了配套的包包，手袋，高跟鞋，以及各种饰品等。

"会不会太多了?"灵犀低声问。

"这还多?"林炜轩一脸不以为然，挽着她的手去刷卡。

看着服务员和收银员将其视为上帝的样子，又见林炜轩眼睛不眨一下用金卡刷卡时，灵犀脑子里再次跳出了"土豪"两个字!

售货员殷勤地将装满服装的购物袋放进跑车。

上车后，灵犀看着车厢里满满的购物袋，忍不住低声说了一句：真土豪!

不过，做土豪的感觉还真好!

2

两人拎着大包小袋地爬上五楼，一进门，灵犀做的第一件事是踢掉高跟鞋坐在沙发上按摩酸疼的双脚。

"很疼吗? 来，老公给你揉揉。"林炜轩不由分说地握住她的双脚按摩起来。

别说，这货手上的力道恰到好处，双脚在他的伺候下舒服多了。

"老婆，今天才发现，你的双腿居然又白又嫩，美不胜收……"他继续握住她的莲足把玩着。

"好啦，我要给父母做饭了……"灵犀说。

"再等等，时间还早呢！"林炜轩舍不得松手，双手继续按摩。

"唔，轻一点，你有病呀，干嘛摸到上面来了？"灵犀嗔他一眼。

"老婆今天辛苦了，我想给你做全身按摩呀！"这货说得理直气壮，双手却越来越不老实。

"住手，林小轩，你给我停下来……唔……哦，讨厌……住手……"灵犀的脸顿时绯红，目光也变得有些迷离。

"舒服吗？我给你做一次全身按摩，好不好？"那货压在她身上，一脸垂涎，就像贪吃的猫见了美味的鱼。

"收起你的花花肠子！"灵犀不满地瞪他一眼。

他把自己当什么了？这可是大白天呢！

"那……晚上你可得好好奖赏老公哟……"林炜轩不甘心地爬起来，还伸手揉虐了她一把。

灵犀逃亡般地跑到厨房去了。

洗好中午的碗，这才开始做饭。

乌鸡汤还有，只需重新做米饭，炒几个菜，不过，鉴于林炜轩表现不错，还得犒劳犒劳他。

"老婆，要不，你还是搬到我那里去？"灵犀把饭煮上，切好待炒的菜后，林炜轩从背后搂着她柔声说。

"我在这里住得好好的，为什么去你那里？"灵犀不解地问。

"为了老公我啊，你总不能让我独守空房思念成灾吧？"林炜轩笑嘻嘻地看着她，"你忍心吗？"

"你再胡说试试？"灵犀伸手揪着他骄傲的鼻梁。

"轻一点，老婆，我这鼻子可重要了，关系到你的幸福呢……"林炜轩在她耳畔低声地说了一句话，灵犀的脸瞬间红到了脖子。

"滚……"灵犀嗔骂，小脸更红了。

"这是有科学依据的，不信你用尺子量一量……"林炜轩一本正经。

"少来！我要炒菜了……"灵犀懒得理他的谬论。

打燃煤气，放上锅，待锅中烧热后，倒入菜籽油，等油热了，开始炒菜。

那货依然靠在门框，情意绵绵地看着她忙来忙去，目光充满赞许。

"老婆，需要我拿盐吗？"他殷勤地问。

"不用，盐就在我面前。"灵犀用锅铲翻动着菜。

"老婆，需要我递味精吗？"他又问。

"不用，味精也在灶上……"灵犀说。

"老婆，需要花椒和八角吗？"他继续问。

"林小轩，你有完没完呀？"灵犀火了，这货纯粹来捣乱的！

"我怕老婆太辛苦嘛，想帮帮忙……"林炜轩一脸无辜。

"去去去，你看得我浑身不自在，别在这里给我添乱了……"灵犀挥舞着铲子。

以前她很少做饭，即使做饭也是一个人忙来忙去，今天忽然多了一双注视的眼睛，灵犀感到很不习惯，好几次差点把味精当做盐来放，刚才炒菜又差点忘记往锅里倒油……

"那我就在一旁看着你不说话，你当我是空气好不好？"林炜轩又问。

"不好……"灵犀再次扬起铲子，林炜轩见状，只好回到客厅看电视。

半个小时后，两人吃了饭，林炜轩送灵犀去医院送饭。途中，林炜轩接到几个电话，将灵犀送到医院后，又得回公司处理事务。

"若是老公来不及接你，就自己打车回去，别挤公交车了不安全……"离开时，林炜轩叮嘱。

"知道了，你去忙吧。"灵犀微微一笑。

一天没去公司，一定有很多事情等着他处理。

"还有，别惹爸妈生气……"他继续叮嘱，"别的事情，老公会处理好的。"

"嗯……"灵犀心里一暖，却忍不住冲他吼起来，"你怎么比我妈还啰嗦呀？"

"老婆，来，香一个！"他不由分说地啄在她粉嫩的唇上，又狠狠地吮吸了几下，这才满足地松开她。

看着他开着车离去，灵犀的心里顿时觉得空荡荡的。

当她意识到自己在短短一天中就沦陷在那货精心编织出来的大网中时，心里不禁涌起一丝不安的甜蜜。

3

让灵犀意外的是，父亲见她送饭过来，居然说母亲想见她，这让灵犀喜出望外。

"妈，您好一点了吗？"进入病房，灵犀赶忙来到病床前问母亲。

"死不了。"刘慧茹表情很冷。

"妈，一切都是女儿的错。"想起母亲的病因自己而起，灵犀羞愧地垂下头。

"犀犀，妈仔细考虑过了，你与邱医生的事，妈也有错……"刘慧茹幽幽一叹，"倘若妈妈当初不应该逼你去相亲，事情也不会弄成今天这样……"

"妈，是犀犀的错……"灵犀摇头。

"你爸已经对我说了……可现在，你与林小轩弄成这样，该如何是好？你是与他一起吃苦打拼呢？还是尽快找个人嫁了算了？犀犀啊，妈就你一个女儿，妈舍不得你跟着他吃苦呀……"刘慧茹一脸愁容。

"妈，现在我们抛开别的不说，单从林小轩的个人能力与整体素质，您与我爸是怎么看的?"灵犀问。

"这人长得倒是一表人才,头脑也好用,加之他又有留学背景,想必将来也差不到哪里去。只是他还处于创业阶段,你若与他在一起,至少要奋斗十年,才能达到邱医生目前的水平……犀犀啊,妈妈不是拜金主义者,在物资匮乏的年代,妈妈以前跟着你爸爸吃了很多苦,我们是不希望你继续走我们的老路呀……"刘慧茹语重心长地说。

"妈,您后悔当初嫁给我爸吗?"灵犀问。

"当然不,因为我们是真心相爱的,与相爱的人携手走过人世间的酸甜苦辣,是最幸福的事。"刘慧茹说。

"既然您们如此幸福,为什么不相信我与林小轩也会幸福呢?"灵犀睁大眼睛问。

"不一样,犀犀呀,我们那时候多单纯呀,你与他虽然从小认识,可是他居然那样对你……一个只贪恋你身体的男人,不一定真心爱你,懂吗?妈妈怕你上当受骗呀!"刘慧茹一脸凝重。

"妈,请您和爸爸放心,女儿已经长大了,会把握自己的感情。"灵犀只好这样说。

"你是一个孝顺懂事的孩子,希望你好自为之吧。"刘慧茹握着她的手殷切地说。

"谢谢妈妈的关心……"灵犀心里暖洋洋的,到底是母女连心呀!

"对了,林小轩只是一个普通的公司职员,怎么有钱安排我住进这么贵的病房?"刘慧茹疑惑地问。

"这家医院是他父亲的一个朋友开的,可以享受最低折扣,您安心住下吧。"灵犀撒谎。

"他父亲是干什么的?怎么会有那么多的关系?"刘慧茹并不好骗。

"我也不清楚,改天我问问他。"灵犀说。

"你得问清楚,妈妈不喜欢欠人情……"刘慧茹很有骨气。

"好的,我一定问清楚。"灵犀一脸顺从。

母女俩又聊了一阵,刘慧茹有些累了,便睡下了。灵犀打算让父亲回自己的公寓住一晚,她留在病房里陪母亲,慕云泉说什么也不肯,灵犀一直陪父亲到晚上九点钟,才在他的催促声中离去。

"灵犀啊,出了这么大的事,你好好休息一段时间,就不用天天跑医院了,你妈这里我会照顾的……"陪她到电梯口时,慕云泉说。

"没事的爸,我请了半个月的假,这些天我也没什么事情,能够给您们做点饭女儿心里踏实一点。"灵犀强颜欢笑。

"既然你这么说,那就随你吧。不过,有什么事情多与父母商量,世界上许多事情都会改变，父母却永远是你最坚实的港湾，无论你在外面受了多大的委屈，父母永远不会嫌弃你，抛弃你，明白吗？"慕云泉的声音十分低哑。

"谢谢爸，犀犀记住了。"父亲的话让灵犀有一种想哭的冲动。

4

灵犀红着眼睛下了楼。

父亲刚才的话让她内心触动很深，她再一次体会到为人父母的伟大与艰辛。

儿女是父母一辈子的债，父母是儿女一辈子的恩，此话一点不假。

"老婆，怎么哭了？"林炜轩的声音从头顶传来，一双温暖的大手将她拥入怀中。

"小轩，你以后会离开我伤害我抛弃我吗？"灵犀忍不住呜咽着问。

"傻话，老公宠你都来不及，怎么舍得离开你伤害你抛弃你呀？告诉老公，到底发生什么事情了？"林炜轩柔声问。

"没什么，我只是感受到父母的伟大与艰辛……心里感触很深……"灵犀靠在他怀里。

"老婆，起风了，我们上车吧。"林炜轩拥着她朝停车场走去。

"你又换车了？"灵犀意外地看着面前停着一辆宝马 X6。

"这是几年前买的。"林炜轩微微一笑，"想去宵夜吗？"

"去哪里？"灵犀问。

"星巴克，怎么样？"林炜轩微微一笑。

"好啊。"工作五年以来，灵犀每日忙得团团转，难得有闲暇的时间享受生活，用一句广告语就可以概括她的生活：不是在采访，就是在采访的路上……

到了市中心，林炜轩将汽车开进一家百货商场的地下停车场，然后乘电梯上了商场三楼，直接从三楼穿过天桥来到对面的星巴克。

林炜轩不愧是男神，当他一出现在星巴克门口，就吸引了无数异性的目光，灵犀心里暗暗鄙视他招蜂引蝶的本领太强了。

不过，让她颇为自得的是，对于那些或热情似火、或妖冶魅惑、或妩媚多情，或清纯动人的注视，林炜轩均视而不见，他的眼睛始终温柔地停留在灵犀身上。

灵犀顿时觉得无数飞刀从四面八方飞来。若是目光能够杀人，灵犀相信自己早已死无葬身之地了……

想到此，灵犀不禁摇头失笑起来。

"老婆，傻笑什么？"林炜轩低声问。

"我笑自己成为了别人练眼力的靶子……唉，都是你这张臭皮囊惹的祸……"灵犀嗔了他那魅惑人心的俊脸一眼。

"哦，没事的，慢慢你就会适应了。"林炜轩显然对这种情况早就习以为常。

听听，她都快被那些女人的眼睛撕成碎片了，这货居然说得轻描淡写不以为然！

两人在一张靠窗的位置上坐下，这里的视野极好，能欣赏到这个城市美丽的夜景。看着窗外温暖的灯光，她不禁为这几年来未能好好欣赏这个城市的美丽而感到遗憾。

林炜轩擅自做主给灵犀点了一份卡布奇诺（Cappuccino），一款有 Tiramisu 蛋糕；自己要了一份摩卡（Caffe Mocha），一款法式三明治（French Sandwich）。

灵犀正悠闲地听着音乐，欣赏美丽的夜景时，咖啡和糕点上来了，咖啡的香浓与糕点的甜美气息完美地融合在一起。

灵犀看着面前精致的糕点，忍不住用手机拍了下来，当然，还有面前那个带着魅惑笑容的男人。

"蛋糕很美味，咖啡也是……"灵犀一脸享受。

"这款 Tiramisu 沿用了传统的意式配方，调和完美比例的 Mascarpone cheese 奶馅，夹层的手指饼干沾有星冰乐咖啡粉制成的醇厚咖啡糖浆，十分美味。"林炜轩笑着介绍，随即问，"你知道 Tiramisu 的来历吗？"

灵犀摇头："我几乎不来这种地方，对此了解也少。"

"这款蛋糕在意大利语中有'Pick me up'（带我走）的意思。灵犀，吃完这款蛋糕，希望你从今以后能够安心地跟着我走，好吗？"林炜轩温柔地握着她的一只手说。

"你这是……求婚吗？"灵犀有点意外。

"是啊，你答应吗？"他笑得十分得意。

"不行，你还没通过我爸妈那一关……"灵犀放下小勺。

"那你带我走，好吗？"林炜轩一脸得逞地坏笑。

灵犀忽然感觉自己上当了。

第三十章
夫 妻 生 活

1

宵夜过后，两人一起来到街上。

这是两人第一次逛街，也是灵犀第一次被一个男人手牵着手逛街！

当她看着迎面而来那些胸器逼人波涛汹涌的美女们双目带电地投向身边体态轩昂魅力四射的男人时，心里不禁涌起一丝自豪。被妖精们欺压多年的她终于能挺起胸膛做一回女人，感觉真爽！

看着身旁的小女人一脸窃喜的样子，林炜轩的唇角不由自主地勾起一丝笑容。

他喜欢这样的她，充满了自信的女人魅力，并且带着一丝狐狸般的笑容。

"有老公陪你逛街的感觉如何？"他邪魅地搂着她的腰，暧昧地问。

"一个字，爽！"灵犀眨巴着眼睛说。

"逛够了吗？"他又问，热气吹在她脸上。

"嗯，够了……"灵犀满足地点头。

他便半搂半抱着她回到地下停车场取了车，汽车驶出了市区。

"怎么来了这里？"停下车后，灵犀这才发觉来到了林炜轩的别墅。

"老婆，反正今后这里就是你的家，你得先适应在这里当家做主，你说是不是？"林炜轩笑着说。

灵犀想想也是，就没再多说什么。

停好车，他干脆抱着她进了别墅，然后直奔楼上卧室！

"你要干什么？"被他压在床上的灵犀忽然感觉自己掉进了狼窝。

"当然过夫妻生活啦！"他说得理直气壮。

"去你的夫妻生活！"灵犀一脚蹬向他。

"哇，老婆，你想一脚蹬掉自己的幸福生活吗？"他哇哇大叫，再次扑上来。

"拜托，林小轩，别猴急，让我好好洗个澡再说，好不好？"灵犀皱眉。

"一起洗，好不好？"他不肯给她逃脱的机会，干脆抱着她一起进入浴室。

"你有偷窥癖！"灵犀怒视他。

"我只偷窥自己的老婆，又不犯法……"他厚着脸皮说，三下五除二将她脱得精光。

"你……"灵犀欲哭无泪。

"别这样，老公陪你一起洗，你尽管看我的光光……"他一点不害臊，果真脱了衣服陪她一起洗。

灵犀彻底无语，默不吭声地洗着澡。

"我给你搓背，老婆……"他殷勤地在她背上轻轻搓揉，按摩起来。

刚开始，他还老实，认认真真地给她搓背，慢慢的，双手变得不安分起来，从后面搂着她，开始揉虐她胸前的柔软，一直揉捏得她全身发软瘫在他怀里。

"老婆，老公搓背的技术如何？"他在她耳畔邪魅地问。

"滚，你这是在搓背吗？"灵犀反抗的声音却软绵绵得没有一丝骨气。

"我这是搓一送一，再给老婆做个全套按摩……"他笑得一脸奸诈。

"不要……"灵犀深深知道大灰狼的笑有多么可怕。

"那你给老公按摩，好吗？"他拉着她的手朝下摸去，当灵犀的手触摸到一个昂扬的器物时，忍不住哆嗦着缩了回去。

"林小轩，你可恶……"灵犀一脸愤怒。

"老婆，给我，好不好？"他咬着她的耳垂轻声说，一双带电的魔手在她身上游走，所到之处，无不激起阵阵涟漪。

"唔……"灵犀忍不住叮嘤一声，全身一阵颤抖。"小轩……你滚蛋……"

得逞的他那肯停下，短短一瞬间便让她从一个意志坚定的烈女变成了一个柔情似水媚眼如丝的女人……

结果自然是，灵犀被大灰狼吃光光了……

2

一切平息下来后，灵犀全身娇弱无力地窝在他怀里。

此刻的她脸上潮红尚未褪尽，双眸迷茫，香汗淋漓，引人遐想，他忍不住揉虐了她那美妙的酥软一把。

"林小轩，你是属狼的吗？"灵犀已经无力反抗，只好使出嘴上功夫。

"古时女子称丈夫为郎君，我当然是你的郎啦。"他一脸满足。

"哼，你是辣手摧花阴险狡诈的大灰狼……"话一说出口，灵犀一下子意识到说错话了，小脸也更红了。

"想知道什么是真正的辣手摧花阴险狡诈吗？"他慵懒地问，嗓音带着一丝邪魅，双手开始不安分起来，"要不，我们试一试？"

"不要啦，睡觉！"灵犀赶紧闭嘴，生怕大灰狼再次将自己吃光光。

林炜轩低低一笑，搂着她安然入睡。

"看什么呢？"见她睁着一只眼睛偷看自己，林炜轩笑问。

"我看这货到底哪点好，引得那么多女人垂涎欲滴恨不得在大街上将你扑倒在地……"想起逛街时那些女人看见他如同小狗看见骨头般饥饿的目光，灵犀心里就不舒服。

"别说得那么难听好吗？谁是小狗谁是骨头？"他不依地捏着她的柔软。

"当然那些女人是小狗，你就是那块骨头啦！"灵犀不满地蹙了一下眉。

"真想知道为什么吗？"他慵懒地问，眼眸中带着狐狸般的狡黠。

"想啊……"灵犀点头。

"好啊，马上让你知道答案……"林炜轩掀开被子，身手敏捷地站在地毯上，健硕的身体一丝不挂地暴露在她面前，"看清楚了吗？老公的硬件设施是不是有引人飞蛾扑火的资格？"

从审美的角度上来说，这的确是一具完美得令人遐想的男人身体，有着意大利大卫雕像般的健美与挺拔，还有着东方人的颀长与优美，当属男人中的男人……

"你有暴露癖呀？"当灵犀意识到他脸上的那一抹坏笑时，顿时感觉到自己被捉弄了，冲他不满地吼起来。

"你已经享用过多次了，有什么不好意思的？再说了，我只是在老婆面前暴露，别人管得着吗？"他慵懒一笑，手脚麻利地钻进被窝，将她拥入怀里。

"穿上衣服……"灵犀命令，"否则，你去另一个房间睡！"

"不要，我从小到大一直裸睡……"他的话再次令她抓狂，"我们一起裸，方便办事……"

灵犀心里悲催不已，神啊，莫非她今后的大半生将被这奇葩男人吃定了？

"老婆，别胡思乱想了，关灯睡觉……"他邪魅一笑，真的关了灯，搂着她安然入眠。

听着他均匀的鼾声，看着他安睡得宛若孩童的样子，灵犀却无法入眠，思绪在黑夜中不停飞转。

3

灵犀想起了18年前的两小无猜，想起了几个月前的车祸偶遇，想起自己几次意外时他的援手相助，想起两人在一起的点点滴滴，灵犀心里感慨万千。

如果说，邱志礼是她人生旅途中的一段插曲，林炜轩则是她生命中不可或缺的美妙乐章，他让她知道什么是执着，什么是守候，什么是守护……他让她从一个女孩蜕变成女人，他让她知道被宠溺的幸福，被呵护的心安，被守护的温暖……

与他相处越久，她的心就被他禁锢得越牢。

才短短两天时间，她甚至已经习惯与他在一起，喜欢沉溺在这种梦幻般美妙的幸福中不能自拔，沦陷在他营造的美好世界中不愿醒来，只想与他一起飞翔，缠绵，沉沦……

灵犀惊讶地发现自己变了，只要一面对林炜轩，她就不再是从前的自己。心中好不容易筑起的小堡垒轰然坍塌，她在他的攻势下节节败退，溃不成军，并在他的攻陷中乐在其中，甘之如饴！她的心开始柔软，语言开始温婉，目光开始柔和……她竟然被他彻彻底底地改造成了一个柔情似水、享受爱情滋润的小女人！

他一直努力让她相信他们有未来，可是，生活在两个不同世界、身份地位悬殊的他们会有幸福吗？

原来，每一个人都是贪心的动物，一旦品尝到了爱情的美味，就想永远沉醉其中，不愿醒来……

"灵犀，别走……"他的梦呓声打断了她的思绪，他的双手在虚空中抓着，像一个无助的孩子，"妈妈不在了，你说过，要陪我一辈子……别离开我……"

灵犀闻言，心里一阵柔软，握住他双手温柔地说："小轩，我不走……"

"我们要……一辈子，在一起……"她的手给他带去了安全感，他的声音有点含糊不清，她却听得明明白白。

那一刻，灵犀的眼眶热了。

想不到，18 年过去了，当年失去母亲的阴影一直停留在他心中，成了无法磨灭的印迹。

而自己，也成为一个承诺，深深地印在他年幼的心里，从来不曾离去。

林小轩，如果与曾经的慕灵犀在一起，只是为了圆你儿时的一个梦，当有一天，你从梦中醒来，发现如今的我们都已经改变，你还会坚持当初的坚持吗？

林小轩，我发现自己已经爱上你了，怎么办？灵犀注视着那张纯真得宛若孩童的睡相，唇角泛起一丝甜蜜的微笑。

她蜷缩着身子，小猫般柔软的身体轻轻地靠在他温暖的怀里，与他相拥而眠。

睡到半夜，灵犀做起了美梦。

梦中，他们身穿结婚礼服，出现在一个美丽的海岛上举行婚礼。

梦中的他，轩昂挺拔，眉宇如画，深情款款。

梦中的她，美丽可人，目光温婉，笑颜如花。

两人痴痴傻傻地看着对方，在司仪的主持下互换结婚戒指，在观礼的亲朋好友欢呼声中深情拥吻，定下终身……

那里，晴空万里，蓝天白云，阳光灿烂，海风轻柔。

那里，碧波荡漾，沙滩银白，棕榈含情，花草含笑。

那里，空气清新，笑容真诚，执手相伴，喜乐平安。

那里，海誓山盟，情比金坚，白头偕老，福慧圆满……

婚礼结束后，两人在海岛上度蜜月，又累又饿的灵犀看见喜房内的美食垂涎欲滴。

"老公，我要……"灵犀指着美食发出一声娇呼。

林炜轩将一块糕点喂到她唇边，灵犀张嘴用力咬了一口，不禁皱眉："唔，不好吃……"

4

"啊，老婆，你干嘛咬我……"被咬的林炜轩吃痛的问。

刚才被灵犀梦呓吵醒的他见怀中的人儿粉唇微张一脸娇憨，产生了偷香窃玉的邪念，忍不住俯头吻了上去，哪知小女人在他的吻中变成了暴力小猫，竟然把他舌头当美食，狠狠咬了他一口！幸好他缩得快，否则，舌头一定被她咬断不可！

"我梦见自己在吃糕点啊，怎么了？"灵犀反倒被他吵醒了，一脸不解地看着他。

"你咬到我的舌头了，瞧，已经出血了，你也太狠了吧？"林炜轩痛得龇牙咧嘴。

看着他嘴角的血丝，灵犀不禁呆住了，这是什么状况？

"不会吧？我在梦里吃东西啊，你是怎么把舌头伸到我嘴里的？"灵犀顿时明白过来了，这货一定趁她熟睡后吃豆腐来着，不料被梦中饥饿的她把舌头当做糕点吃了！真是活该呀，以后他一定不敢再趁她入睡后冒犯自己了！

"亏你还笑得出来？"林炜轩大着舌头说。

"你自找的！这叫什么来着，偷香不成反被咬，自讨苦吃，呵呵……"看见某人一脸哭笑不得，灵犀笑得更欢！

"再笑，再笑我就把你吃掉！"林炜轩瓮声瓮气地威胁，一双大手开始不安分起来。

"不要，一切都是我的错，我投降好吗？"灵犀赶紧举起双手说。

林炜轩不说话，双眸直直地看着她，唇角勾起一丝邪魅的笑容。

灵犀顺着他的目光看去，才发现此刻的自己光裸的身子在晨光中显得肌肤莹白春光毕露，她忍不住"啊"的一声尖叫，慌忙躲进被窝。

"大清早就诱人犯罪，我该怎么惩罚你？"林炜轩压在她身上暧昧地说。

"我没有……"灵犀的脸红得不像话，双眸不敢看他。

"还敢说没有？是谁光裸着娇躯在我面前做出一副撩人的样子的？"他忍痛啃噬着她美好的柔软，双手掌控着她不断扭动的娇躯。

"林小轩，你就那么经不起诱惑吗？是个女人你就会失控吗？"灵犀被他啃噬得全身酥软，嘴巴却没闲着。

"只要面对的人是你，我就会经不住诱惑……"他的双手迤逦而下，如同羽毛般轻盈地拂过她的身体。

"唔，不要……"灵犀感觉自己被他撩拨得快要失去理智了，身体不由自主地靠向他，带着邀宠的姿势。

"不要什么？"他邪魅地问，手上加大了撩拨的力度。

"不要这样……"灵犀的声音略带呜咽，全身软绵绵的。

"老婆，我喜欢看你这样，很妩媚……"他继续啃噬着她，把她当成了美味佳肴，"记住，这是我们以后的晨练……"

晨练？如此冠冕堂皇的理由，只有他想得出！

"老婆，别开小差！"他双手托起她腰身，掌控着她。

两人的身体完美地契合在一起时，灵犀羞愧地闭上了双眸。

"睁开眼睛，看着老公，我是属于你的男人，为你而生……"他的声音邪魅而温柔说。

灵犀羞涩地睁开眼，看着身上不停律动的男人，此刻的他与她变成了一个人，他的双眸深情温柔，他的身体健硕有力，他的起伏深情缠绵，他的呼吸急促温热，他的双手与自己十字交叉，双双化作了飞翔的翅膀……

"好美……"灵犀梦呓般看着他。

"什么？"他笑问。

"这种感觉，好美，也好幸福……"灵犀将绯红的小脸埋进他的胸膛。

"是啊，真美……"他满足地含着她甜美的樱桃，那种酥麻的感觉从樱桃顶端蔓延到了四肢百骸，她忍不住低吟起来。

一波一波的潮汐随之袭来，浪花滚滚，波涛汹涌，将彼此双双淹没在那美好的浪潮中……

"老婆，谢谢你……"所有的浪潮退去，一切归于了平静时，他惬意地吻着她的娇颜说。

"小轩，我们就一直这样过下去吗？"灵犀目光楚楚地问。

"谁说的？我们很快就要结婚！"他拥着她柔软的身体说。

连林炜轩自己都觉得奇怪，阅人无数的他竟然对怀中这具身体迷恋得无法自拔，她就像是他的克星，让他甘之如饴，恨不得将所有的热情释放在她体内……

"可是，我们有未来吗？"想到两人的悬殊，灵犀眸光中带着一丝隐忧。

"我的婚姻我做主，谁也别想干涉我！"林炜轩握着灵犀柔软的小手，说得十分坚定。

她的手指白嫩柔软，修长如兰，握在手中柔若无骨，令他忍不住想要好好呵护。

"我害怕，小轩……"灵犀紧紧靠着他，将脸紧贴在他胸前。

才短短几天的时间，她就被他迷惑得神魂颠倒了，她知道，她的身心已经不再属于自己，属于她抱着的这个男人。他就像是一朵盛开的罂粟花，明知有毒，她却甘愿沉醉其中，不愿醒来……

"灵犀，你知道吗？一位意大利的诗人说，每个人都是长着一只翅膀的天使，只有与相爱的人紧紧拥抱，才能飞翔。我想，我们就是彼此的那个天使，这辈子，我们注定要紧紧拥抱，明白吗？"林炜轩握住她的手温柔地说。

林炜轩的话让灵犀感动不已。

"谢谢你，小轩，我愿成为你的天使……"她将脸紧贴在他胸前。

第三十一章
新 欢 旧 爱

1

"我愿变成，童话里，你爱的那个天使……"灵犀的手机铃声骤然响起。

"喂，哪位？美君？"灵犀微微一愣。

"灵犀，你在哪里？我给你送请柬来！"张美君的声音甜美的传来。

"我……在外面采访呢，什么请柬啊？"灵犀明知故问。

"结婚请柬啊，我这个月十八号在王朝大酒店结婚，作为大学同学和室友的你一定要来哦，给我当伴娘，如何？"张美君热情地邀请。

"做伴娘是绝对不行的，美君，你知道我的工作性质……"灵犀找借口。

"既然这样，伴娘可以不当，不过你一定要来观礼哦！要不，我把请柬送到你报社？"张美君又说。

"不用了，你十点钟送到我公寓吧！南安路南安小区，我在楼下等你……"灵犀说着，开始穿衣服。

"什么事？"林炜轩慵懒地问。

"马上送我回去，张美君要给我送结婚请柬来。对了，张美君你应该认识吧？"灵犀平淡地问。

他与邱志礼那么熟，若说他不认识张美君，打死她都不相信。

"你说的可是邱志礼以前的未婚妻？"林炜轩也一脸平淡，"当然认识，怎么了？"

"那你当初为什么不告诉我，张美君只是出了车祸，并没有死？"灵犀极不舒服地问。

"谁那么缺德居然说美君车祸死了？"林炜轩脱口而出。

"美君，美君，叫得可真亲热呀！林小轩，难道你也一直喜欢你的美君妹妹？"

灵犀酸溜溜地说，眼圈也红了。

"这是哪跟哪呀！老婆，我们别吵架好不好？美君是我表妹，她与邱志礼一起长大感情很好，本来要结婚了，却在新加坡出了车祸，一直昏迷了三年……"林炜轩抱着她的双臂说。

想不到这个世界如此小，张美君居然是林炜轩的表妹！那邱志礼不就是他的表妹夫了吗？自己将来甚至有可能成为邱志礼的表嫂……这新欢旧爱，真是剪不断理还乱呀！

"一开始，我不是提醒过你，邱志礼不可信吗？可你就是不听呀，我想告诉你也没机会呀！"见她表情怪异，林炜轩又说。

灵犀想想也是，当时自己与邱志礼"两情相悦"时，正与林炜轩"水火不容"，哪里能听得进他的劝告呀！况且，相亲那天邱志礼只是说与未婚妻准备结婚时出了车祸，至于车祸带来的结果并没告诉她，看见邱志礼眼中的忧郁，是自己一厢情愿地以为他的未婚妻因车祸而死去了……看来，一切都是自己那颗恨嫁的心在作祟。

"小轩，在你眼里，我是不是一个非常可笑的笑话？"灵犀沮丧地问。

"怎么会是笑话呢？"林炜轩拥着她问。

"你就像一个技术高超的猎人，看着我一步一步掉入另一个猎人设下的陷阱自娱自乐，你则在一旁看着，笑着，嘲讽着！你又在我被猎人无情地丢进另一个陷阱中、即将被一群猎狗咬伤时才出手相救，然后给了我一种名叫爱情的毒药，让我吃了以后沉迷不已，心甘情愿地掉进你精心编织的情网中不能自拔……而你，则带着猎人胜利的微笑看着我一步步深陷其中……"灵犀含泪说。

"傻瓜，我哪有你说的那样高超的打猎技术呀？我也没给你吃任何毒药，是你给我吃了一种名为爱情的糖果，让我感受到我们在一起的甜蜜与幸福……"林炜轩深情地拥着她，眼眸深处柔情弥漫。

那一刻，他深切地感受到了怀中的小女人那颗为自己跳动的心，他是多么高兴与幸福！他能确认，她是爱他的，她已经在自己编织的美丽陷阱中无法自拔了……他，又何尝不是被一张叫爱情的大网网住了？

"小轩，今天是几号？"灵犀轻声问。

"十五号，怎么啦？"林炜轩俯首啄了一下她粉嫩的唇瓣。

时间过得真快，一晃居然是十五号了，还有三天就是十八号了……

三天后，她应该以一种什么样的心情去参加前未婚夫与同窗室友的婚礼？

"别担心，我会陪你去！"林炜轩看出了她的犹豫与不安，更加用力地拥着她。

2

一个小时后，灵犀公寓楼下。

一辆熟悉的帕萨特驶进院子。

美丽时尚的张美君与斯文俊秀的邱志礼出现在面前。

张美君身穿宝蓝色套装，外面套着一件风衣，露出修长白皙的双腿，显得高贵迷人。她身旁的邱志礼依然是仪表整洁，显得文质彬彬。只是，他投向灵犀的目光不再是往常那样温柔平和，而是多了几分复杂的探究。

"美君，好久不见，恭喜你！"灵犀无视邱志礼的目光，展颜上前与张美君亲热地拥抱在一起。

看着新欢旧爱热情相拥的一幕，邱志礼的心情复杂又感慨。

"灵犀，能邀请到你真是太高兴了！婚礼结束时我一定把捧花抛给你！"张美君显得容光焕发，将一份精美的请柬送到灵犀手中。

请柬是传统的正红色，封面是一对身穿喜服男女的剪纸，十分精美。处于礼貌，灵犀打开了请柬，看见上面的名字和地址，脸上露出一丝自嘲的笑容。

这些请柬还是灵犀上个月亲自去婚庆市场选购的，市场上的结婚请柬种类繁多，价格也高低不一。灵犀一眼就看中了这款价格适中的请柬，她尤其喜欢请柬封面上身穿喜服的剪纸人儿，当初因为时间关系没来得及写名字，想不到世事难料，新娘变成了身边的张美君……

她看了看与自己身材差不多的张美君，脸上的笑意愈加明显。

不知张美君十八号会不会穿挂在新房中那件婚纱，以及那几套新娘衣服……

灵犀脸上的笑容令一旁的邱志礼十分难堪，却又不得不在一旁假意赔笑。

"好啊，我也十分恨嫁呢，巴不得马上找一个良人！"灵犀微微一笑。

邱志礼，这辈子，你注定成不了我的良人！

"灵犀就别给我开玩笑了，听何红梅说，你已经有一个男神未婚夫了？你们什么时候结婚呀？"张美君好奇地问。

"什么男神呀，不过一个土豪！"灵犀打着哈哈，"结婚的事不着急，慢慢来，我对他还没了解透彻呢！"

"呵呵，听说你们还一起去超市购物来着，既然已经同居了，还有什么不够了解的？"张美君暧昧地眨着眼。

"同居算什么呀？煮熟的鸭子还能飞呢！"灵犀瞄了张美君身旁的邱志礼一眼，"你说是不是这个道理？邱先生？"

邱志礼闻言，脸色掠过一丝不易察觉的痛楚，嘴角扯出一个比哭还难看的笑容。

她，到底是与林炜轩在一起了。他不过是她生命中的一个过客罢了……

"你未婚夫叫土豪？他很有钱吗？"张美君更加好奇。

"钱？应该有一点吧……"灵犀微微一笑。

"既然这样，到时候你们一起来参加我们的婚礼吧，让我也见识见识你的土豪未婚夫!"张美君挽着邱志礼的手热情地说。

在她眼里，除了自己身边这个男人以外，只有表哥算得上男神级的人物了。不知面前这个破茧成蝶般的灵犀找了一个什么样的男人，她可好奇得很……

"好呀，我相信他十分乐意!"灵犀嫣然一笑。

那一刻，她终于明白林炜轩为何忽然带自己去买礼服了……

"我们还要去送请柬，就不多聊了，灵犀，十八号见!"张美君甜美地朝她挥挥手。

"十八号见!"灵犀目送两人上车，离去。

想必，这应该是邱志礼最后一次出现在这个院子吧。

人生真奇怪，上一个月他们还在一起相亲相爱看婚纱买家具布置新房，恨不得尽快结婚整日腻在一起。短短半个月的时间，从前的浓情蜜意海誓山盟就灰飞烟灭不复存在，真是一场游戏一场梦呀!

想到医院里的父母还等着自己送饭去，灵犀拿着请柬朝楼上走去。

3

病房里。

灵犀呆呆地看着窗外。

"犀犀，你是不是有心事呀?"刘慧茹问。

"妈……邱志礼还有几天结婚了。"灵犀低头看着自己的手指。

那里，曾经被邱志礼亲自佩戴了一枚璀璨的求婚钻戒，可惜才短短数日，钻戒在她游泳时遗失在湖中了……或许，从那时开始，她就注定不能与他在一起。

尽管，她为此努力过，到最后，当她得知一切真相时，当张美君以邱志礼未婚妻的身份站在自己面前时，灵犀心中的所有勇气都没有了……

他们仅仅认识四个月，而邱志礼与张美君认识了一辈子!虽然她与邱志礼算得上两情相悦，又怎能与他们那段刻骨铭心的感情相提并论?她不过是他感情空窗期的一个替代品，邱志礼的心永远属于张美君!他与张美君结婚，理所当然!

"什么?他把你伤成这样，居然与别的女人结婚?什么玩意儿……"刘慧茹语气愤怒。

"妈，他们本来就是恋人，结婚也在情理之中……"灵犀平静地说，"况且，他结婚的对象还是我的同窗室友……"

"犀犀，是妈不好，当初不应该逼你去相亲……"刘慧茹闻言，自责不已。

"妈，我应该谢谢您，通过这次相亲，知道什么样的男人适合我。也知道情路漫漫，人心险恶……"灵犀微微一笑。

"那你与林小轩……"刘慧茹退而求其次。

"若林小轩向我求婚，你们会反对吗?"灵犀问。

"这两晚妈妈认真地反思过了，以前妈妈太担心你的个人问题，让你走了不少弯路。俗话说，一个人不能太贪心，我们不能求财又求人，只要犀犀你幸福快乐，我与你爸爸一定会祝福你的！"刘慧茹握着女儿的手说。

　　"妈，有您这句话，女儿好开心……"灵犀心里暖暖的，"其实，那晚林小轩与我在一起，是因为我心里难受去了酒吧，然后被人下药了……小轩若不那样做，我会中毒的……所以才变成你看见的那样……"

　　"犀犀，妈的乖女儿，是妈妈不好，让你受苦了……"刘慧茹的眼中闪烁着泪花。作为母亲，深切地体会到女儿心中的无奈与痛楚……

　　"妈，我是真心喜欢小轩的，现在我又成了他的人……"说起林炜轩，灵犀语气变得柔软起来，心情也轻松起来。

　　"那他喜欢你吗？会对你负责到底吗？"注意到女儿脸上的表情，刘慧茹问。

　　"我会对灵犀负责到底的！"一个坚定的声音从病房外传来，门被推开了，林炜轩手捧鲜花出现在病房中。

　　"小轩……"灵犀看着那束花有些意外。

　　"伯母，请让我照顾灵犀吧，我是真心爱她的，想要给她一个家……"林炜轩从容入内，在病床前单膝下跪。

　　"你准备如何爱她？"刘慧茹问。

　　"我会把每个月的工资卡交给她，爱她，宠她，不让她受一点点委屈……"林炜轩认真地说。

　　"你们准备怎么结婚？结婚以后住哪里？"刘慧茹十分关心女儿的婚后生活，毕竟在她眼中，林小轩是个小职员，比不上邱志礼……

　　"婚礼从简，结婚以后我们住在一起，我住哪里灵犀就住哪里。请您放心，我一定努力为灵犀打造一个幸福的小家，她就是家里的公主，不，是女王，我是她的臣民……"林炜轩说的比唱的好听。

　　那一刻，灵犀对他的演技再一次叹为观止！

　　"说得倒是好听，我要看实际行动……"刘慧茹轻哼一声。

　　"对了，我从爸爸朋友的公司里分期付款买了一枚订婚戒指……"林炜轩从身上掏出一个精美的盒子，打开后，一枚硕大的钻戒折射出璀璨的光芒。

　　"这可是……钻戒？"刘慧茹不置信地看着那枚硕大的钻戒问。

　　"是真的钻戒……"林炜轩微微一笑。

　　"这枚钻戒有多重？"刘慧茹又问。

　　"5克拉吧，我觉得小了一点。"林炜轩不以为然。

　　啊！5克拉的钻戒他居然还说小，真是土豪呀！灵犀简直要被他气晕了！

　　刘慧茹一把抓住林炜轩的手："小子，你到底是何来路，今天不给我说清楚，老娘让你出不了这道门！"

作为过来人的刘慧茹，岂能看不出林炜轩的不正常！这小子不是一点点不正常，简直太不正常了！不正常得让她忍无可忍了！

"伯母，其实是这样的……我一直喜欢灵犀，可我没钱没本事呀，只能在心里偷偷喜欢。为了让灵犀看得起我，我每个月一边辛苦上班，一边拿出工资的五分之一买彩票，功夫不负有心人，上个月我经过三天三夜的研究，终于选出了一注最有可能中奖的号码，花十块钱买了五注彩票，您猜结果怎么着？"林炜轩说得眉飞色舞。

灵犀哭笑不得地看着这个睁眼说瞎话的家伙！他竟然把从前骗过自己一次的故事演绎到了母亲身上，她却不能戳穿他！这简直是助纣为虐呀……她是什么女儿呀……

唉唉唉，好在这货良心不坏，权当这是一个美丽的谎言吧……

"怎么着？你不会被天上掉下的馅饼给砸中了吧？"刘慧茹睁大眼睛问。

"伯母说得不错，我居然鸿运当头——中了两千万大奖！"林炜轩舌灿莲花，说谎不打草稿。

还好，这货没像上次骗她的那样说自己中了一个亿！否则，灵犀妈妈那脆弱的心脏一定会被激动得再次犯病的！

"小子，你说的可是真的？你中了两千万？"刘慧茹激动地问。

"是啊，上税后还有一千多万呢！我把一千万存在灵犀的户头上，自己留下几百万元买了一栋别墅，几辆车……不信您瞧……"林炜轩从身上拿出一本存折。

"慕灵犀，存款一千万？这不会是假的吧？"刘慧茹数了数数字后面一长串的零，看见存折上银行的大红公章，确认无误后，将存折递给一旁的灵犀。

看着那个存折，灵犀也一脸惊讶，林炜轩还真的给她办了一个一千万元的存折。

"伯母，现在您放心把灵犀交给我了吗？"林炜轩一脸谦恭地问，眼眸笃定。

"小子，你能给我一个不嫁的理由吗？"刘慧茹学着电视里的台词问。

"感谢岳母大人！灵犀，来戴戒指！"林炜轩一把拉过灵犀白皙的手，将戒指套在她的无名指上，戒指大小刚刚合适。

看着这枚硕大的钻戒，灵犀有些恍惚。

"我戴这么贵重的戒指，出门坐公交车不会被人抢吧？"灵犀傻乎乎地问。

"呸呸呸，你这丫头说什么不好啊？你将来住别墅，老公又有几辆车，你出门还用得着挤公交车吗？"刘慧茹白了女儿一眼。

"对了，我也给岳母大人买了一枚钻戒，请您笑纳……"为了哄得岳母大人的开心，林炜轩简直做足了准备。

"小轩，你可真会哄人开心！"看着那枚亮闪闪的钻戒，虽然比灵犀的小了许多，起码也有两克拉，刘慧茹心里顿时乐开了花。

这女婿，还是真的金龟婿呀！跟那邱什么的一比，简直能把他甩出几条街了……

病房的门再次被推开了，慕云泉看着病房内其乐融融的一幕十分意外。

"老慕，你来看看女婿给我买的戒指！"刘慧茹美滋滋地说。

慕云泉看看妻子，又看看女儿，黑着脸对林炜轩说："出来，我有话问你！"

"老头子，有话慢慢说，你可别吓着我女婿了……"刘慧茹说着，又对灵犀使眼色。

"妈，你放心，他能把你哄得开开心心的，一定也有本事让爸爸放心……"见识过林炜轩长袖善舞圆滑周到的本领后，灵犀愈加相信那货口才不一般。

果然，几分钟后，灵犀父亲和颜悦色地与笑容满面的林炜轩出现在病房中。

"小轩，灵犀，妈的病全好了，明天出院吧！"刘慧茹忽然说。

"岳母，再住几天吧……"林炜轩一脸微笑。

"继续住下去我可要长霉了。对了小轩，你们什么时候结婚？"刘慧茹又问。

"自然是越快越好……"慕云泉与林炜轩异口同声说。

"你到底对我爸爸说了什么？"回去的路上，灵犀不解地问。

"我告诉他，你肚子怀了我的孩子，若他不答应把你嫁给我，等你肚子一天天大起来，看谁还敢娶你？"林炜轩得意地看了身旁的小女人一眼说。

"你胡说八道些什么呀？谁怀你孩子了？少坏我名声！"灵犀狠狠地踹了他一脚。

"老婆，我们今晚就要一个孩子，好不好？"林炜轩嘻嘻一笑。

"滚……"灵犀满头黑线。

结果不言而喻，灵犀当晚自然有被某个无良之人吃干抹净了……

第三十二章
花 好 月 圆

1

十月十八日，黄道吉日，王朝酒店气球飘扬，粉纱飞扬，美轮美奂。

邱志礼与张美君结婚典礼在此隆重举行。

酒店外，站着迎亲的宾客，吉时到来，一辆装扮得十分隆重的林肯加长婚车出现在众人视野中，林肯婚车四周用红色玫瑰围了一圈，前面的引擎盖上用香水百合、红玫瑰及满天星装扮成一个美丽的心形，一对身穿婚纱的小人偶被花心包围着，显得庄严大气雍容喜庆。

紧跟在林肯婚车后面的是摄像及十多辆贴着红双喜及百年好合字样的高级轿车，轿车上，同样用红玫瑰点缀装扮，两边的镜子上，粉红丝带随风飘扬。

婚车的门被守候在这的门童打开了，美丽典雅的新娘被挺拔俊秀的新郎抱出了婚车，观礼的嘉宾爆发出一阵欢呼声，随着两声礼炮传来，漫天飞舞的礼花纷纷扬扬地飘落在新郎新娘的身上。

在众人的拥簇中，新郎新娘乘坐电梯来到三楼宴会厅，与伴郎伴娘一起迎接前来道贺的亲朋好友。

喜庆的音乐传来，今日的宴会厅布置得格外喜庆，入场的大门用粉红气球做成一个拱门，宴会厅大门一旁，立着一块庆贺新人结婚的红色牌子和一张巨大的婚纱照。婚纱照有些变色，不过照片中深情对视的男女弥补了这一缺憾。

宴会厅四周用鲜花和气球点缀得美不胜收，地上铺着喜庆的红地毯，数十张大圆桌上铺着红绸桌布，就连每位来宾的餐巾都用红绸做成，桌子上摆放着高档糖果、香烟以及水酒饮料。

宴会厅的几台液晶电视正在播放两人一路走来的照片，照片温馨浪漫，让人深切体会到两人一路走过的艰辛与幸福的来之不易……

邱志礼的父母均着盛装，笑容满面地接受着众人的祝贺。

张美君远在新加坡的父母特地回来参加女儿的婚礼。

"哇，邱医生今天好帅呀，新娘也长得好美，他们简直是男才女貌！"医院前来参加婚礼的几个小护士在一旁说。

"邱医生平常也很帅呀，只不过今天更帅一点，人逢喜事精神爽嘛！难怪邱医生这么多年一直没绯闻，对医院里的院花也毫不动心，原来有这么美丽的心上人！别说，新娘比我们的院花还要美！"又一个小护士说。

"看看新娘那脸蛋，那皮肤，那气质，真是女神呀！什么叫金童玉女，珠联璧合，这就是！别说，这可是我这辈子参加最高档的一次婚礼了，新郎新娘也是长得最好的一对！"第三个护士赞叹不已。

别说，今天的新郎新娘还真是俊男靓女，佳偶天成。

新郎邱志礼穿着深色礼服，脖子上系着深红领带，戴着金丝眼镜，胸戴新郎红花，显得格外挺拔俊秀，意气风发，不管从什么角度看，都是一个字：帅！

新娘身穿洁白的坠地婚纱，婚纱后面有着长长的拖尾，婚纱胸线很高，衬得新娘身材高挑修长，完美无瑕。加之新娘本身长得美丽，化了新娘妆后更显得优雅迷人，宛若仙女下凡。无论怎么看，都是美人一个，非要用一个字形容新娘，那就是：美！

新郎新娘不时对视而笑，深情款款的一幕羡煞旁人。

"恭喜恭喜！邱医生，邱太太……"

"百年好合，花好月圆！"

"恩恩爱爱，早生贵子！"

"举案齐眉，白头偕老！"

两台摄像机在不停地记录着现场的一切……

邱志礼与张美君喜笑颜开地接受着众人的祝福与喜庆的红包，两人身旁的伴郎伴娘不停地为来宾散发喜烟、喜糖，还有专门的知客领着来宾进入一旁的茶室饮茶，来宾们一边喝茶聊天，一边谈论着婚礼的规模大气上档次……

2

"哇，美君，亲爱的，你今天真是美得让人睁不开眼睛！"一个熟悉的声音传进张美君的耳朵。

随即，张美君看见几个熟悉的身影：何红梅、周陶陶、莫思琪、魏铁、丁东俊，甚至连一毕业就去了法国的李莫愁也出现了。不过，李莫愁的脸色似乎有些苍白，笑容也有点不自然……当年留在C城的大学同学，除了慕灵犀，全都到齐了。

"红梅，陶陶，思琪，魏铁，丁东俊，谢谢你们参加我的婚礼！"张美君微笑着张开双臂。

"新郎官，我们抱抱你的新娘，沾一沾喜气，你不会吃醋吧？"何红梅笑着问一旁意气风发的新郎。

"当然不会，不过，如此待遇仅限于女同学！"邱志礼微笑着说。

"哇，新郎真不够意思呀，好歹我们也是美君同窗四年的同学嘛……"丁东俊朝魏铁挤了挤眼。

魏铁在一旁干笑两声，目光却心不在焉地朝电梯口看去。

"放心吧，我问过何红梅，你的小清新一定会出现的，说不定这时候已经在路上了。"丁东俊一脸暧昧。

魏铁苦涩一笑，那晚李莫愁给灵犀下药的事丁东俊并不知情，若是他知道魏铁后来在李莫愁的游说下真想对灵犀下手的话，肯定早就与他绝交了。

"美君，看见你美美的出嫁，作为死党加闺蜜的我们，简直开心极了！好样的，有如此优质男人相伴一生，你也算是不枉此生了！在此良辰美景，花好月圆之际，我们一起祝愿昔日同窗、今日新娘与新郎百年好合，早生贵子！"大家异口同声说。

"谢谢你们，好感人……"张美君幸福得热泪盈眶。

一旁的新郎见状，赶忙体贴地递上纸巾。此举引得众人连连大笑，一对新人也相拥而笑，好幸福温馨。

来宾不断涌来，何红梅等人见喜宴时间快到了，便直接走向宴会厅。

"哇，你们看，来了一对男神和女神……"不知谁喊了一声。

众人忍不住朝来宾望去。

那一望，所有的女人顿时目光放电，恨不得立即将那位男神扑倒在地；所有的男人则一脸痴迷，恨不得将那位女神搂在怀里好好爱抚一番！

只见男神高大挺拔，俊逸轩昂，五官如精雕细琢，气质也高贵逼人，尤其要命的是男神穿了一身裁剪合体的礼服，将男性完美的身材勾勒得性感迷人，整个人如同一个王子翩然而至……

男神的身旁，是一个身穿粉白礼服的女神，女神头发绾起，头上缀着闪亮的水晶，礼服露肩收腰，香肩上缀了一朵桃红色的花朵，桃花的红将雪白的香肩映衬得格外迷人，腰身恰到好处地勾勒出女神的细腰，抬高了胸线，女神的上身罩了一件若有若无的纱衣，将女神整个人显得高挑挺拔，完美无瑕，如梦如幻……还有，女神天鹅般优美的脖子上缀着一条精美的项链，项链上面缀满了璀璨的钻石，那可是真正的钻石呢！光是那一圈钻石，至少得花上数百万吧？

这一对璧人一出现，竟然令对面的新郎新娘黯然失色！

他们是谁？

"红梅，那男神才是男人中的男人呀……"一旁的莫思琪一脸沉迷。

"是啊，这是我见过最有魅力的男神了，比电影明星更迷人……要是我能陪这样的男人一个晚上，死了也值！"周陶陶双眼喷火。

"面对这样的男人，我不得不中肯的说一句，我为自己是个男人而悲哀！"一向自认为很帅的丁东俊一脸挫败。

"那男神，不就是灵犀的未婚夫吗？"何红梅的一句话令一旁的李莫愁与魏铁则脸色煞白。

从林炜轩出现的一刻，李莫愁与魏铁就认出他了。此刻，何红梅的话令两人大吃一惊。

"难道你们没觉得，男神身旁的女子有点眼熟吗？灵犀，对，她肯定是慕灵犀！她那双眼睛，是我见过最清澈的眼睛了……"何红梅激动地说。

3

"表哥，你果然说话算话！"一见到磁场惊人的林炜轩出现，张美君喜气洋洋地叫道。

"终于嫁人了，真好！"林炜轩一脸微笑看着美丽的新娘，同时递上一个信封，目光却不看她身旁的邱志礼。

"谢谢表哥！"张美君乐滋滋地接过信封。

她知道，表哥的贺礼一定是一张令她满意的支票。

"表哥，这就是藏在你心里十多年的女神吧？女神呀，你可知道我表哥这么多年一直为你朝思暮想寝食难安吗？"张美君看着眼前美丽的女人，心里不由自主地涌起一丝嫉妒。

女神真美呀，脸蛋小巧精致，礼服高贵优雅，身材玲珑有致，与表哥站在一起，真是天造地设的一双，真正的男才女貌，天人合一呀！

"美君，恭喜你！祝你新婚愉快，幸福美满！"灵犀微微一笑，递上一个胀鼓鼓的红包。

"你认识我？"张美君一脸疑惑地打量着灵犀，如花的红唇张成一个大大的O字。

"小样，我是灵犀呀，不认识了？"灵犀宛然一笑，更显得美丽无瑕。

"灵犀，真的是你？你就是表哥心中的女神吗？"张美君不置信地看着眼前美得惊人的慕灵犀，似乎不明白她为什么会在短短的时间内破茧成蝶，出落得如此惊艳。

"我不过是换了一身衣服，就认不出了？"灵犀嗔她一眼。

"啧啧，灵犀，想不到，一万个想不到，你竟然把我这个万人迷表哥钓到手了，真有你的哈！"张美君心里忽然很不是滋味……

那一刻，邱志礼也在一旁呆呆地凝视着蜕变得如此美丽的灵犀，她的美他曾经见识过，在他几次想要得到她的时候，她完美无瑕的肌肤与酮体，令他神魂颠倒，无法自拔。数日来，就在他与身旁的美君共度良宵时，他的眼前浮现的一直是灵犀的身影，好几次他把身下的美君当成了眼前的灵犀……

此刻，她就如此美丽的站在自己面前，笑得那般宛然美丽，清新自然，她就像一朵空谷幽兰，开放在他无法触及的绝壁之上，令他仰望，膜拜……她又像一朵亭亭玉立的白莲花，皎洁无瑕，美丽芬芳。

"表哥，要是我早知道你心中的女神是灵犀，你也少受这么多年的相思之苦嘛……"张美君笑盈盈的说。

"缘分天注定，上天的安排最让人喜出望外，不是吗？"林炜轩一只手亲热地搂着灵犀的腰，另一只手把玩着灵犀戴着钻戒的纤手，目光扫了一眼那个呆若木鸡的新郎，"小丫头，别得意哟，如今灵犀已经是我的未婚妻了，我们的好事也快到了……"

"哇，灵犀，你的项链好美呀！你真幸福，这也是表哥送你的订婚戒指吗？"灵犀脖子上的钻石项链已经令张美君脖子上的项链黯然失色了不少，此刻张美君看着灵犀手上硕大的钻戒，再次忍不住夸张地叫了起来，那一刻，她俨然忘记自己是一个新娘。

邱志礼的目光落在灵犀白皙的手上，果然见她纤细的无名指上，戴着一枚硕大的钻戒，钻石的重量至少超过 5 克拉……钻戒上璀璨的光芒再一次刺痛了他的双眼……

与这枚钻戒相比，自己以前送给她那枚订婚戒指，显得多么寒碜与可笑呀……邱志礼终于明白林炜轩退换戒指给他时说的那句话的意思，他忽然觉得今天的自己就像一个小丑，眼前俊逸迷人的林炜轩和高贵美丽的慕灵犀，才是这场婚礼的主角……

林炜轩的举手投足让一旁围观的女人们神魂颠倒，好几个激动得不能自己几乎站不稳。

而那些痴望着灵犀的男人，也目光迷离，垂涎欲滴……林炜轩恨不得将那些臭男人的眼珠挖下来！

"舅舅、舅妈，邱伯父、邱伯母，恭喜！"林炜轩又牵着灵犀的手来到新人的父母面前。

"好好好，小轩，你的好事也该到了吧？"张光庆慈祥地看着面前英气逼人的外甥和他身旁美丽的灵犀说。

"是啊是啊，小轩，你身旁这位姑娘是谁呀？"张太太笑问。

年过五旬的张太太五官秀美，气质典雅，年轻时候是个大美女，女儿张美君继承了她的美丽优雅。

"舅舅、舅妈，邱伯父、邱伯母，这是我的未婚妻慕灵犀。"林炜轩微笑着介绍。

"灵犀见过舅舅、舅妈，邱伯父、邱伯母。"灵犀淡然一笑。

面对一月前还亲热呼唤自己乖"儿媳"的邱儒枫夫妇，灵犀的脸上始终带着淡淡的微笑。

"你是灵犀，慕灵犀？"邱儒枫疑惑地看着眼前的姑娘问，印象中的慕灵犀长相虽然清秀，却毫无特色，与眼前这个美若仙女的姑娘截然不同呀！短短一个多月时间，她怎么会摇身一变，成了林炜轩的未婚妻？莫非他们早就暗中有一腿？

邱太太也目光警觉地看着灵犀，生怕她会给婚礼添乱。

灵犀见状，不仅淡然一笑。

"舅舅、舅妈，邱伯父、邱伯母，我看见几个朋友，失陪了！"林炜轩看出邱家父母眼中的疑虑和灵犀脸上的尴尬，赶忙替她解围。

4

"灵犀，真的是你吗？"何红梅惊喜的声音传来，随即，整个人扑了过来。

何红梅的身后，是几个熟悉的身影。

"红梅、陶陶、思琪、丁东俊……你们也来了？"灵犀的目光自动过滤掉他们身后的李莫愁与魏铁。

那两人倒也识趣地缩到角落去了。

"灵犀，刚才真不敢相信是你！"何红梅围着灵犀转了一个圈，啧啧赞叹。

"你们美丽了整整二十几年，就不允许我美一天？"灵犀嫣然一笑。

"真是想不到呀，以前的丑小鸭变成了白天鹅，还钓得一个金龟婿！上次你说未婚夫叫林炜轩，我回去后在电脑上查了一下，不查不知道，一查吓一跳！好家伙，他居然是'奇峰'集团总经理，'奇峰'集团未来的唯一继承者！灵犀，你上辈子是做什么的呀？这辈子竟然如此好命？"何红梅说起来没完没了。

"我上辈子当然是修菩提心的啦，否则怎会遇到好姻缘！我劝你们这些痴男怨女，多行善事，少游戏人生，老天一定会眷顾你们的！"灵犀一本正经地说。

此话，是说给大家听的，当然也是说给角落里的魏铁与李莫愁听的！

"灵犀，你这条项链上是真的钻石吗？"周陶陶羡慕地看着她脖子上的项链问。

"不知道……"灵犀看了一眼身旁的男神，一脸微笑说。

"陶陶你别丢人了，'奇峰'集团总经理岂会买假的钻石项链？"一旁的莫思琪说。

"哦，那钻戒……好大呀……"周陶陶的目光又落在灵犀的钻戒上。

"自然也是真的啦！"莫思琪艳羡地看了一眼一脸微笑的男神，低声说。

男神实在太迷人了，不笑时气宇轩昂冷峻优雅，微笑时目光迷人令人神魂颠倒……

"林总，灵犀是怎么把你钓到手的？"何红梅哪肯放过眼前的一对璧人，充分发挥新闻从业者的特长。

"不是她钓我，是我钓她，钓了整整十八年！"林炜轩笑得祸国殃民，令周围的女人们无不神魂颠倒。

"别听他胡说……"灵犀的脸一红，心里却一甜。

"你才胡说！"林炜轩宠溺地刮了一下灵犀挺秀的鼻梁，一脸认真，"我们是小学同学，我一直默默喜欢着她，就这么简单！"

"哇，林总好痴情呀，灵犀也好幸福！"莫思琪羡慕不已。

"我追她追得可惨了，她还差点不要我呢！"林炜轩又笑，目光深情地落在灵犀身上，宣告主权般开口，"现在好了，谁也别想分开我们！"

"哇……你们的婚期也快到了吧？能否透露一下时间吗？"何红梅又问。

"保密，我想给灵犀一个惊喜……"林炜轩微笑着拥紧灵犀。

或许是林炜轩的名气太大，围观的人越来越多，甚至有参加婚礼的记者拿着话筒跑了过来。

"林总，我是经济电视台的记者，请问可以耽搁您几分钟吗？"记者问。

"不好意思啊，你认错人了，我是冒牌的……"林炜轩一手挡着镜头，一手拥着灵犀逃出人群。

"林总，请别走……"记者跟在后面，一群花痴的男女也紧随其后……

"怎么办？"身后不断涌来的人让灵犀发慌。

以前一直是身为记者的灵犀追着采访对象跑，想不到这一次居然被同行们追着跑，身份的转变令她倍感不适……

"别怕，跟我来！"林炜轩不由分说抱起灵犀朝前跑去。

身高腿长的他很快甩掉了后面的尾巴，带着灵犀拐进一间狭小的屋子……

"这是哪里？"当灵犀看见两人挤在一个狭小的空间里时，更加慌了。

"酒店客房的布草间……"林炜轩温柔地说，俯下头吻着她粉嫩的唇瓣。

"唔，不要，这里随时有人……"灵犀紧张地推着他。

"老婆，乖，给我……"他的手熟练地脱掉她的纱衣，拉开了礼服的拉链，双手捧住那对大白兔……

刚才，她的美是那样毫不设防地展现在别人面前，美得那样惊艳，他的心里早就燃起了一把火。此刻，在这狭小的空间内，那把火越烧越旺，随即可能将他化为灰烬……

"小轩，不要……"灵犀紧张得不行，双手却不由自主地放在他的腰间……

"老婆，别怕，他们被我甩掉了，这里不会有人发现的……"他将她顶在墙上，顺利地进入她的身体，双手托着她的臀瓣迅速地律动起来。

"嗯……"在他的刺激下，灵犀双手不由自主地搂住他的脖子，任凭他将自己送入一个快乐的巅峰。

三楼宴会厅，一对新人在神圣的婚礼进行曲中步入婚姻的殿堂。

对面客房部的布草间，一对男女正如火如荼地享受人间极乐。

第三十三章
节 外 生 枝

1

温哥华，"奇峰"集团加拿大公司，总裁办公室，林奇恩正听助手汇报工作。

"叮铃铃……"办公桌上的电话响了。

林奇恩见是国内打来的，对助手挥挥手，助手识趣离去。

"弟妹，你是说，小轩有未婚妻了？"林奇恩脸色平和。

"姐夫，那女孩我们见过，模样倒是没得挑剔，就是出生不好。"电话那端的张光庆说。

"不管她出生如何，只要家世清白，知书达理就行。我答应过小轩，不干涉他的婚姻。"林奇恩语气十分平和。

"可是姐夫，你想过没有？若是小轩找一个被人甩过的二手货，你还会支持他吗？"张光庆急切地说。

"你是什么意思？"林奇恩脸色浓重起来。

"姐夫莫气，事情是这样的。我听美君的公公婆婆讲，在美君昏迷的这段日子里，慕灵犀发疯似的追求志礼，还曾求志礼父母成全她。志礼母亲患了癌症，急着抱孙子，就允许他们交往。可是慕灵犀不检点，被志礼发现与几个男人同时保持着那种关系，志礼本来就不喜欢她，就趁此与她断了关系。哪知没过多久，慕灵犀就与小轩在一起了，两个人如胶似漆的……姐夫呀，我是看在你只有一个儿子的份上，姐姐又走得早，担心小轩被坏女人蛊惑，才打电话提醒你的……"张光庆说。

"知道了，你说的事情我会调查清楚的！"林奇恩平静地挂了电话后，又拨通了一个国际长途。

"老戴，是我，林奇恩。"林奇恩语气平和。

"林总裁，您好，请问有什么吩咐……"对方语气十分谦恭。

"有点事情需要麻烦你……"林奇恩冷静地吩咐。

"好，我马上去办。"老戴赶紧点头。

一个星期后，一封从中国大陆寄去的国际航空快件放在林奇恩办公桌上。

看着那一摞资料和一张张拍摄清晰的照片，林奇恩眉峰紧锁。

看来，这几年给儿子松绑得过于厉害，应该给他上上夹板了。

办公桌上的电话响起，林奇恩认出那是从儿子办公室打来的，随即拿起话筒。

"儿子，什么事？"林奇恩温和地问。

"老爷子，我要结婚了，给你汇报一声。"电话里传来林炜轩愉快的声音。

"结婚？好啊，和谁结？"林奇恩语气依然十分平静。

"慕灵犀，我的小学同学。对了，老爷子，我的婚礼定在下个月的十一号，我们准备在光棍节一起脱光！"林炜轩笑声爽朗。

"地点都选好了吧？放心，到时候我一定参加！"林奇恩笑容慈祥，目光却一片冰冷。

花舞人间别墅。

灵犀一觉睡到自然醒。

几天前，林炜轩趁她不注意，拿走了她的公寓钥匙，擅自退了房，将她的所有东西搬来他的别墅，无家可归的她只好住在这里。

更让她忍无可忍的是，林炜轩还擅自做主去报社辞掉了她的工作，美其名曰金屋藏娇，她却日日受他压迫与掠夺。

这不，现在的她还四肢发软呢。

可恶的林小轩，就知道压迫人家！哼哼，等到有一天我翻身做主人，也要让你尝尝被压迫的滋味！

这么想着，灵犀微笑着起床洗漱，换了一身居家衣服来到楼下。

"慕小姐醒了？早餐已经做好了，请稍等。"保姆刘婶说。

以前林炜轩一个人住这里时，只请了钟点工打扫别墅的卫生，如今灵犀搬来了，他怕灵犀受累，干脆请了个全职保姆洗衣做饭打扫卫生。

林炜轩这段日子有点忙，不过每天晚上会回来与她一起吃晚餐，还一起在院子里散步，一起憧憬未来，二人世界倒是过得风生水起。

成天无所事事的灵犀除了吃饭睡觉，就是弄弄花草，看看新闻什么的，与从前成日忙得火烧屁股的日子相比，现在简直清闲得无聊……

灵犀想，得找点事情做，不然自己会闲得全身长毛……

一天，灵犀在书房找书时，居然从一个精美的盒子里翻出了她当年送给林小轩的蝴蝶粉色发夹，那张曾经让林小轩擦拭过眼泪鼻涕的手绢，也洗得干干净净。

更令她意外的是，她的古董手机也在里面……

看见这些东西，回想起两人一起走过的日子，灵犀的心里顿时一暖，脸上露出一个甜美的微笑。

小轩，你真是一个念旧的好男人……

遇上你，灵犀三生有幸。

2

灵犀这几天脸色苍白胃口不佳，以前最爱的美食也变得索然无味如同嚼蜡，一闻到桌上的饭菜就想吐……

"慕小姐，你是不是怀孕了？"这天又一次吐得翻江倒海后，刘婶小心翼翼地问。

怀孕？她不会这么倒霉吧？

"我是过来人，你这样子很像是怀孕了，最好去医院检查检查……"刘婶的话如同醍醐灌顶。

灵犀呆了半晌，这才心神不宁地坐在沙发上。

她这才想起，自己与林炜轩在一起一个多月了。本来该月初来的月事一直没来，她还以为自己生理紊乱……想到这段日子两人日日寻欢毫无节制，难不成真的怀孕了？呜呜呜，她还没做好当妈妈的准备，二人世界多好啊，可不想这么快当妈妈呀……

灵犀赶紧到附近的药店买来孕检纸，按照上面的说明，将尿液蓄了一半在纸杯中，放入孕检纸……

老天爷，诸佛菩萨，保佑保佑我，没怀孕，没怀孕……

灵犀双手合十祈祷着。

几分钟后，灵犀眼睛睁开，目光呆滞了。

孕检纸上显示两道明显的红杠！这是怀孕的标志！

不会吧？真的这么倒霉？这孕检纸一定是伪劣产品吧？

灵犀顿时欲哭无泪。

她得去医院检查确认一下，这孕检纸一定有问题！

"慕灵犀，你怀孕了……"医生的话如同晴天霹雳。

灵犀不置信地看着化验单上的阳性字样，觉得那两个字无比刺眼。

"医生，会不会搞错了？"她虚弱地问。

"检测出错的几率是万分之一，你觉得你是那万分之一吗？"医生不冷不热地问。

"哦，看来是真的了。"灵犀微微一叹，一只手不禁抚上毫无感觉的小腹。

孩子呀，你可真是一个急性子呀，怎么来得这么快？

"怀孕 5 周了，胚胎发育正常，恭喜你！"医生一脸微笑。

怀孕 5 周，胚胎发育正常……

医生的话回荡在耳边。

"你会要这个孩子吧？"医生又问。

"如果不要呢？"灵犀机械地问。

"如果不要，就得尽快手术，胎儿在三个月以后就能感觉到痛了……我看你到了婚育年龄，30 岁以前是最佳生育期，这个阶段生育的孩子健康又聪明，回去与丈夫好好商量一下，再决定要不要孩子吧。"医生看出她的犹豫，语气缓和地说。

"谢谢你，医生。"灵犀微微一笑，拿着化验单转身离去。

灵犀走得很慢，脚下的每一步，似乎都很沉重。

小轩，我怀孕了，是你的孩子，高兴吗？

灵犀开车前往林炜轩的公司。

"慕记者，好久不见……"前台冲她甜甜一笑，"今天也是来采访的吗？"

"我找你们林总。"灵犀微微一笑。

"林总在开会，要不你去他办公室等一下？"前台说。

"不用了，我在休息室等他。"灵犀走向公司休息室。

"要不，我通知刘秘书一声？"前台又问。

"不用麻烦了。"灵犀走进了休息室。

前台正要给她冲咖啡，想起腹中的胎儿，灵犀微微一笑："给我一杯白水吧。"

3

"爸爸，爸爸……"不知等了多久，一阵稚嫩的童音传来。

随即，灵犀看见一个美丽的女人带着一个可爱的小男孩出现在视线里，女人长得很美，衣着时尚，气质典雅。

男孩奔向一个体态轩昂的男人，男人见状，一把抱起男孩转了一个圈，另一只手亲热地搂住女人的肩膀。

"爸爸，爷爷也回来了！"男孩的手指向一旁年过半百的中年男子。

中年男子笑得一脸慈祥，长得与林炜轩很像。

"爸，您回来也不通知一声……"林炜轩脸上堆满微笑。

"又不是七老八十，通知你干什么？况且，有秋霞与小伟陪伴，不是很好吗？"林奇恩语气威严。

一旁的女人温柔地笑着，与面前的一对父子说着话，四人温馨的一幕刺痛了灵犀的双眼，她顿时觉得全身发冷，身体也不由自主地颤抖起来。

林炜轩，居然已经结婚了，还有个几岁的儿子！

那么，自己算什么？

自己肚子里的孩子，又算什么？

他为什么要骗自己，为什么？

灵犀木然地目送三人其乐融融地离去，一行泪水滑落脸庞。

她好傻，居然又一次在男人面前栽了跟头。

好不容易建立起来的信心，再一次坍塌了，心里空荡荡的，好疼，好疼……

小轩，你对我，可真狠……

不知不觉，泪水爬满了一脸。

"慕记者，你怎么还在这里？我们要下班了……"几个小时后，前台进来检查门窗时，见灵犀呆坐在沙发上，十分意外。

"哦，我这就走。"灵犀虚弱地站了起来。

"慕记者，你没事吧？"前台见她摇摇晃晃，不禁十分担忧。

"没事，我很好，谢谢你……"灵犀努力支撑起身体，朝前走去。

前台目送灵犀进了电梯，赶紧拨通了刘子悟的电话。

"你说的可是真的？"刘子悟十分惊讶。

"是的，她刚进电梯，看样子很虚弱，我担心她出事……"前台声音十分焦急。

"明白了，谢谢你！"刘子悟随即挂了电话，看着一旁的一家四口。

"怎么啦？子悟？"林炜轩问。

"对不起总裁，我刚才接到一个紧急电话，我太太出了点意外，我得马上赶去医院……"刘子悟撒了一个谎。

"既然这样，赶紧去吧……"林奇恩温和一笑。

"子悟……"林炜轩见他神情紧张，不禁问，"到底出了什么事？"

"一点意外，林总，秋霞小姐，你们慢慢用……"刘子悟颔首离去。

灵犀在车上呆坐了一阵子，机械地发动汽车，开着那辆宝马 X6，在街上盲目地行驶着，不知该何去何从。

原来，她才是世界上最天真最简单最愚蠢的女人，一次次被人欺骗，一次次深陷其中，一次次伤痕累累，一次次被人抛弃……

慕灵犀，你真是太愚蠢了，世界如此复杂，你怎能相信童话，相信那个单翅天使的谎言？

此刻，灵犀心里只有一个念头，离开这里，离开林炜轩，离开这个一次次欺骗她的世界！

可是，为什么心里会这么痛？痛得难以自禁？

灵犀加大油门朝前冲去，码表一下子提升到了 180……

小腹蓦地传来一阵痛楚，灵犀的意识稍微清醒了。

宝宝……

她的一只手抚上平坦的腹部。

踩着油门的脚微微松开……

宝宝，你是不是也感觉到了危险？

对不起，妈妈差点做傻事。

灵犀的脸上，再一次泪水滂沱……

远远跟来的刘子悟见状，浑身吓出一身冷汗。

看见灵犀将车停在一家餐厅外，他悬着的心这才放下。

4

灵犀叫了满满一桌子美食，就像《天下无贼》中的刘若英一样，狼吞虎咽地吃起来。

纵然全世界的人都背叛她，抛弃她，至少她还有肚子里的孩子。

这是她的孩子，她的宝贝，她一个人的！

林炜轩不是给她存了一千万吗？她要带着那一千万永远离开他，去一个没人认识的地方，生下孩子，独自养育他！

一千万是一个不小的数目，于"奇峰"集团而言，不过是九牛一毛，为了孩子，她应该要这笔钱，她还要给父母留些养老钱。

想好一切退路，灵犀的心里顿时释然了，吃得也坦然了。

林炜轩，你果然是一个演戏的高手，我看你演到几时！

吃饱喝足后，灵犀用林炜轩的信用卡付了钱，又去超市里买了许多营养品，这才开着车慢悠悠地回到别墅。

如她所料，这一晚，林炜轩并没回来。

看着空荡荡的别墅，灵犀的心里结满了蛛网。

想必，此刻的他正与那个名正言顺的妻子在这个城市的某栋别墅中风流快活吧？呵呵，无情的男人，果真是个处处留情的播种机呀！

可是，一想到昨天晚上还与自己如胶似漆的男人会与同样的体位和方式与别的女人欢爱时，会用亲吻过自己的唇去亲别的女人时，用爱过自己的方式去爱别的女人时，灵犀心里涌起一阵厌恶，猛地捂着嘴跑进了卫生间呕吐起来……

灵犀将别墅的灯一盏盏打开，整栋别墅顿时亮堂起来。

灵犀整理好自己的行李，将那本一千万的存折放好，又检查了一遍自己的私房钱，这才安心地洗漱睡觉。

一个多月来，第一次床上没有那个熟悉的身影，灵犀看着那个空空的位置有些茫然。

往常的这时候，她像小猫一样温顺地窝在他怀里，与他一起嬉闹，一起欢爱，一起憧憬未来。

"老婆，给我生个宝宝，好吗？"两天前，就是在这张床上，情浓时刻，他吻着她的唇说。

"不要，我不想这么早当妈妈……"灵犀搂着他的腰摇头。

"可我想当爸爸了……"他更加用力地拥着她，让自己的身体与她紧密地契合在一起，将自己的种子源源不断地撒播在她潮湿的土壤里……

誓言犹在耳畔，岂料物是人非！

"我愿变成，童话里，你爱的那个天使……"熟悉的手机铃声传来。

"喂……"灵犀平静地接起电话。

"是我，老婆，你在干嘛呢？"林炜轩温柔地问，她甚至能想象他说话的样子。

"想我老公，你有什么事？"灵犀半开玩笑地问。

"我今晚加班，不能回来了，你一个人好好睡，别着凉……"他的声音一如既往地温柔。

"呵呵，好，我吃得好睡得香，你加班可得悠着点，注意身体哟……"灵犀话中有话。

"谢谢老婆，我知道了。挂电话了，想你……"林炜轩低声说。

"好的，拜……"灵犀听到电话那端孩子叫爸爸的声音，心里更冷了。

姓林的，你 TMD 实在欺人太甚！

你把我当成一件衣服吗？想穿就穿，想脱就脱，想扔就扔？

灵犀睁大眼睛瞪着装修精美的屋顶，心里一阵空茫……

一连五天，林炜轩都没出现。顶多是早晚一通电话，嘘寒问暖，声音一如既往的温柔，却只闻其声，不见其人。

灵犀的心里，早已千里冰封，万里雪飘。

那一刻她终于明白，童话原来是假的，灰姑娘是不可能变成公主的！

王子的世界里，只有真正的公主，没有低贱的灰姑娘……

醒悟吧，慕灵犀，别再做梦！

灵犀平静地收拾好属于自己的东西，换回自己的衣服，重新回到从前那个其貌不扬的灰姑娘模样。

看着熟悉的房间，灵犀心里凄楚无限。

这里，曾经有她最美好的回忆，她的第一次，就是在这张床上交给了那个令她刻骨铭心的男人！

这里，有多少恩爱的缠绵，多少甜言蜜语的誓言！如今，全被无情的谎言埋葬了！

她的青春，她的爱，她的梦，被残酷的现实一刀一刀地剖析得惨不忍睹，血肉模糊！

她告诉自己，慕灵犀，梦想很美妙，现实很残酷，接受现实，做回自己吧！

第三十三章 节外生枝

如今的慕灵犀，剩下的只有尊严！

灵犀微微一笑，取下手指上的钻戒，连同别墅钥匙和汽车钥匙一起，放在床头柜上，提着箱子下了楼。

别了，小轩，尽管你的爱中带着欺骗，却给我编织了一个美好的世界，虽然短暂，却曾温暖，谢谢你的爱！

别了，我的爱，这一世，刻骨铭心地爱过一次，已经足矣！慕灵犀不会再奢望什么，唯一期许腹中的胎儿健康成长，平安幸福！

灵犀最后看了一眼这个充满回忆的地方，毅然地关上门，拖着行李走出院子。

第三十四章
峰 回 路 转

1

一阵熟悉的跑车声音传来，随即那辆张扬的黄色兰博基尼出现在面前，同时出现的，还有数日不见的林炜轩。

"老婆，上车！"见了她，林炜轩满脸微笑，目光一如既往的柔情无限。

"你……怎么来了？"灵犀微微一愣，她被他脸上的笑容刺痛了。

林炜轩，你可真会演戏呀！到现在你还笑得出来！

那一刻，灵犀真想脱掉鞋狠狠地抽他一顿。

"老婆这是要去哪里？旅游吗？"林炜轩看着她手中的行李箱问，随即下车，殷勤地帮她把行李箱放进跑车后面。

"你想带我去哪里，我就去哪里。"上车后，灵犀掩饰地一笑。

"老婆，五天不见，你就一点不想老公吗？"他暧昧地笑问，眼眸中满含深情，俯身在她唇上一啄，"我可是好想好想，若不是时间紧急，我一定和你办完事再走……"

"哼……"灵犀气恼地别过脸，心里腹诽，你这几天不是天天与那个女人办事吗？还有精力应付我？

"老婆别生气，这几天真的有重要的事情，你不知道多麻烦……唉，几天来老公的头发都掉了不少呢！"林炜轩微微一笑，一手搂着她的肩，"不过，你好像也瘦了不少，相思无药可医呀……不过你得做好思想准备，晚上回来后，我们把这五天失去的全都补回来……"

"那得看我心情……"灵犀懒懒地靠在座椅上。

"出发啰……"林炜轩发动汽车。

"我们去哪里？"灵犀终于忍不住问。

"见我老爸，你未来的公公！"林炜轩轻快地吹了一声口哨。

"好的，我也想见见传说中的林总裁！"灵犀微微一笑，"对了，见他做什么？"

哼，林炜轩，为了继续欺骗我，难不成随便找个人来冒充你爹吧？

"我们不是要结婚吗？你得过我爸这一关不是？"林炜轩一脸兴奋。

"省省吧，林小轩，谁要和你结婚呀？"灵犀哼了一声。

"不会吧老婆，我们在一起也有一个半月了，爱爱也做了很多次了，为了你，我不仅付出了感情，还付出了色相和精力，你还有什么不满意的？"林炜轩笑嘻嘻地问。

"这么说，你真的挺吃亏的！"灵犀诡异一笑。

"老婆，别对我这样笑好不好，你笑得让我心里发毛……"见灵犀笑得诡异，林炜轩有点不习惯。

"既然你这么说，我若不见你家老爷子，还真有点说不过去。那就见吧，他又没长着三头六臂，是不是？"灵犀无所谓地耸耸肩。

"不对，老婆，你一定有事情瞒着我！"林炜轩不依地看着她。

"你这死鬼，这五天与那个女人鬼混去了？"灵犀终于忍不住发飙了。

"别捕风捉影，自从有了你，我就洁身自好，从不拈花惹草，真的，我对老天发誓！"林炜轩一手开车，一手举起来，"我，林炜轩对天发誓，对慕灵犀一心一意，若有二心，天打雷劈！"

"呵呵，说得跟真的似的！跟你说吧，我以前真的很相信老天爷会开眼这句话，可是现在不信了，你知道为什么吗？"灵犀冷笑着问。

"为什么？"林炜轩不解地看着她，他总觉得今天的灵犀有点不对劲，显得很陌生。

"因为，你让我明白一个道理，那就是世间唯一的不变就是计划永远没有变化快！"灵犀的目光淡漠地看向前方，脸上浮现了一个疏离的微笑。

"老婆，我不懂你的意思，能说得具体一点吗？"林炜轩一头雾水。

"不着急，你慢慢就会明白的！"灵犀懒懒地靠在座椅上。

灵犀不知道，迎接自己的将是什么。

2

跑车驶入了滨江路的一幢别墅，几分钟后，在一幢独立别墅前停下。

别墅前停车坪上，已经停着一辆悍马，一辆劳斯莱斯。

这"奇峰"集团的老大，果真比他儿子还土豪啊！

灵犀看了一眼自己寒碜的穿着，自嘲一笑。

不得不承认，林炜轩是一个高高在上的王子，她高攀不起。

"老爷子，我把灵犀带来了！"林炜轩拥着灵犀进了屋，冲客厅那个正在看报、年过半百的男人说。

林奇恩放下手中的报纸，目光犀利地落在灵犀身上，灵犀不禁被他看得有点心慌。

眼前的姑娘衣着朴素，长相清秀水灵，与儿子站在一起，显得有些寒碜，一个现实版本的白马王子与灰姑娘。不过，姑娘目光清澈，纯善得如同小鹿。身为阅人无数的财团总裁，林奇恩怎么也没看出她的身上有传言中的那些不安分因子，果真是眼见为实耳听为虚呀！

"你就是慕灵犀？"林奇恩居高临下地问。

"是的，林总裁，我叫慕灵犀……"灵犀规规矩矩地回答，勇敢地迎着他的目光。

林奇恩不愧是"奇峰"集团董事长，很快就换上慈祥柔和的表情："坐下说话吧，别拘谨。"

"谢谢林总裁……"灵犀微微一笑。

"灵犀，别老是总裁总裁地叫，你叫老爷子就行，过几天就得改口叫爸爸了……"一旁的林炜轩插话。

"你这小子捣什么乱？一边待着去！"林奇恩严肃地看了儿子一眼。

林炜轩耸耸肩，一屁股坐在灵犀身旁："我怕你欺负我媳妇！我得在一旁保护她！"

"你……"林奇恩气得吹胡子瞪眼，却拿他没有办法。

灵犀见状，不禁微微一笑。

"很好笑吗？"在后辈面前失了面子，林奇恩没好气地皱眉。

"我笑你们父子俩真好玩，就像一对斗气的孩子……呵呵……"灵犀又笑。

"你也看出来了？"林奇恩微微一笑，显得十分和蔼。与传说中的商业巨人有着天壤之别。

"难道不是吗？"灵犀反问。

"对了小姑娘，你是真心爱我儿子吗？"林奇恩直言不讳。

"您想听真话，还是假话？"灵犀笑着反问。不知怎么的，她竟然一点不怕这位传说中的风云人物。

"当然是真话！"林奇恩的眼中闪烁着睿智的光芒。

"真话就是，我爱他，假话也是，我爱他！老爷子，您是过来人，总不至于听不出话中的真假吧？"灵犀歪着脑袋问。

"哈哈哈哈……好一个聪明伶俐的小儿媳！"林奇恩纵声大笑起来。

"老爷子，您笑什么？"灵犀也笑了。

"看你其貌不扬，想不到如此聪慧。看来，我还真是回来对了！今后有你管束小轩，我放心！"林奇恩的心里仿佛一块石头落地。

"灵犀愚钝，不明白您的意思！"灵犀一头雾水，他回国与自己有什么关系？

"你可知道，这几天小轩是如何说你的吗？"林奇恩问。

灵犀看着一旁微笑的林炜轩摇头。

"他为了和你结婚，在我耳边游说了整整五天，把你说得天花乱坠世间难找，我估摸着，若是不见你一面，我的耳朵都得长出老茧了……"林奇恩笑着说。

灵犀一脸意外，这到底是怎么回事呀？

"他不是有老婆儿子了吗？干嘛要和我结婚？"灵犀一脸不解。

"哈哈，你误会了，那对母子是小轩大学同学的妻儿，当初孩子的父亲在车祸中用生命保护了小轩，小轩就认了那个孩子做干儿子，如今秋霞在'奇峰'集团加拿大公司协助我……"林奇恩的话让灵犀恍然大悟。

"这么说，五天来，你在这里，全是为了我？"灵犀看着身旁的林炜轩，眼圈一红。

"老婆，别哭……"林炜轩为她拭去眼泪，"再哭的话，我们的小宝宝也会伤心的……"

"你已经知道了？"灵犀一脸惊讶。

"是呀，刘婶昨天打电话告诉我你可能怀孕了……我还知道，我也是昨天才知道你去了公司等我。这几天我为了让老爷子答应我们的婚事，我实在没办法回来，只好每天给你打电话，哪知你还是胡思乱想，不仅摘下了订婚戒指，还想着要逃跑，看我怎么惩罚你……"林炜轩一脸坏笑。

"呵呵，这么说我还回来对了，不仅一下子有了儿媳，还有了孙子！好事成双，今天得好好庆祝庆祝！"林奇恩朗声说。

那一刻，灵犀心里一热，眼泪簌簌直落。

"老婆乖，不哭，不哭，是老公不好，没有在第一时间里向你汇报一切……"林炜轩宠溺地将她拥入怀里。

"讨厌……"灵犀喜极而泣，娇嗔地给了林炜轩一记粉拳。后者将她搂得更紧了……

那一刻，灵犀心里满怀感恩。

原来，这世间，真的有奇迹……

原来，老天爷，真的会开眼……

原来，灰姑娘，真的可以嫁给白马王子……

原来，童话，真的可以变为现实……

真的，真的，一切都是真的！

3

当天中午，灵犀与林奇恩父子，秋霞母子一起在滨江别墅用餐。

秋霞是一个高挑丰满，十分美丽的女人，她的笑容真诚温暖，让人十分舒服。儿子小伟是一个十分漂亮的小男孩，今年四岁了，胖乎乎的很可爱。

想到几天来自己吃了这对母子多少醋，灵犀心里有些过意不去。

"阿姨，你要和我爸爸结婚吗？"席间，小伟睁着黑白分明的大眼睛问。

"这得问你爸爸……"灵犀含蓄地一笑。

"没错，你喜欢新妈妈吗？"林炜轩一脸微笑看着小伟。

"喜欢呀，新妈妈会给我生小弟弟吗？"小伟又问。

灵犀的脸唰的一下子红了。

"当然，会生很多个……"林炜轩幸福地说，"你新妈妈肚子里已经有小弟弟小妹妹了……"

"好呀好呀，小伟要小弟弟，也要小妹妹，小伟将来就是哥哥了，可以带着弟弟妹妹玩……"小伟欢呼起来。

孩子纯真的话逗得大家都忍不住笑了起来。

那一刻，灵犀深深地体会到了什么是幸福。

下午，灵犀与林奇恩聊了一会儿，两人从国际形势谈论到世界经济，从环境污染谈到了清洁能源，竟然越聊越投机。

林奇恩惊讶地发现他这个儿媳算得上半个经济学家，半个政治家，半个环保专家……

"老爷子，如今全球变暖，环境污染十分严重，'奇峰'集团何不开发清洁能源？国家对清洁能源项目十分支持，还有税收补贴，这可是造福子孙后代的好事……"灵犀提议。

"英雄所见略同呀！集团目前正在对清洁能源项目进行评估，若是快的话，过年后具体方案就要出台了。你以前尽管从事新闻职业，从刚才一番谈话看得出，你挺有经济战略眼光的，希望今后能够站在经济的高度对小轩的事业多提出战略性的意见。还有，你对新闻运作十分熟悉，希望你利用好以前的资源，集团宣传这一块，将来得靠你把关……"林奇恩语重心长地说。

"既然老爷子看得起，灵犀自然会尽心尽力……"灵犀感恩地说。

"这几天我看过你写的报道，也看过你为公司策划的宣传稿，目前公司正缺少一位你这样的人才。不过，你现在怀有身孕，首要任务是好好安胎，平安诞下我的乖孙子，这才是'奇峰'集团的头等大事！"林奇恩殷切地说。

"灵犀谨记老爷子教诲……"灵犀心里一暖。

那一刻，眼前叱咤风云的传奇人物是如此的慈祥和蔼，如同自己的父亲……

"改天请你父母一起聚聚，作为亲家，我们应该见见面了……"林奇恩说。

"好的，灵犀会安排的。"灵犀心里涌起一阵感动。

谁说富豪人家高不可攀？我慕灵犀不是攀上了吗？

富豪也是人，有血有肉有情有爱，一旦回归家庭，就与普通老百姓无二。

4

两天后，林炜轩驱车去了灵犀郊区的家里，与灵犀一起，亲自接灵犀的父母到滨江别墅。

为了不引起邻居们的围观，在灵犀的提议下，林炜轩只是开了那辆宝马 X6 去。令他们没料到的是，宝马越野车停在她家门口时，邻居们无不前来看热闹。

灵犀的家是一个干净的院落，院子里种满了各种花草，显得十分清幽。

"岳父，岳母，去我家之前，有件事我得向二老道歉。"林炜轩一脸诚恳。

"什么事？你不会已经结婚了吧？"刘慧茹紧张起来。

"我当然没结婚……"林炜轩笑着说。

"只要你还没结婚，别的事都不算事……"刘慧茹笑容满面，如今的她对这个英俊礼貌的女婿是越看越欢喜。

"当初我告诉二老自己买彩票发了财，其实是假的……"林炜轩说。

眼看灵犀妈妈就要翻脸，林炜轩又说："那些钱是我挣来的……我父亲是开公司的，我也是开公司的，这些年赚了一点小钱，虽然不多，可足够灵犀下半辈子开销了……"林炜轩娓娓道来。

"哎呀你这小子，不要再吓唬我了，我这老心脏可是经不起折腾了……"刘慧茹闻言松了一口气，"就这么说吧，把犀犀交给你，我们放心！"

"对对对，犀犀遇到你，是她的福气，希望你们一辈子恩恩爱爱……"灵犀父亲附和。

"老慕，别啰嗦了，赶紧换身衣服走吧，亲家还在等着我们呢……"刘慧茹拉着丈夫回屋子换衣服了。

"我爸妈是不是挺好玩的？"灵犀笑着问。

"是啊，若是与我爸爸在一起，就更好玩了，两个老顽童，再加一个老来俏……"林炜轩也笑了。

"嘘，小声点，当心他们听见……"灵犀说。

"犀犀回来啦？"一个声音在院门外传来。

"张阿婆，来，进屋坐坐……"灵犀赶紧打开门，才发现张阿婆身后站满了邻居。

"犀犀呀，这就是你妈常夸的林公子吧？真是一表人才啊！"张阿婆打量着潇洒俊逸的林炜轩。

"谢谢阿婆的夸奖，我很害羞的！"林炜轩冲着灵犀顽皮地眨眨眼。

众人见状笑了起来。

"林公子，你是做什么的呀？"隔壁的周大妈又问。

"大妈，我是帮人打工……"林炜轩微微一笑，生怕自己的名气吓着这些朴实的百姓。

"帮人打工也不错，哪像我家的伢仔，成日好吃懒做游手好闲，年轻人好好干，会有前途的……"周大妈说，"林公子，犀犀是我们自幼看着长大的闺女，善良，聪明，能干，你娶了她，保准没错！"

"谢谢大妈，我一定会好好待灵犀的……"林炜轩认真地说。

"真是好小伙，好姑娘呀……"

灵犀父母换上衣服出来了，见到一院子邻居，赶忙笑着招呼。

"慕老师，刘老师，你们真是好福气呀，养了一个好闺女，如今又找了这么体面的一个好女婿，真是教女有方呀！"众邻居说。

"谢谢诸位啦，犀犀结婚时，一定请大家喝喜酒，吃喜糖……"刘慧茹赶紧说。

一个小时后，一行人来到了滨江别墅。

当看见停车坪上的豪车和面前的别墅时，刘慧茹顿时双眼放光。

"犀犀，这真的是我女婿家的别墅吗？"刘慧茹低声问。

"妈，当然是真的啦，仔细脚下台阶……"灵犀扶了母亲一把。

"真是亮堂呀。"进了别墅，看见里面奢华的装修，刘慧茹赞叹。

"妈妈，爸爸回来了……"小伟见状，扑进林炜轩怀里，亲热地叫着"爸爸……"

秋霞也一脸微笑着出来了。

刘慧茹的脸色顿时乌云密布，慕云泉也是一副暴风雨即将来临的样子。

"岳父、岳母，别误会，这是我的养子……"林炜轩赶忙解释。

"养……子呀？"刘慧茹拉长声音，怀疑的目光投向美丽的秋霞。

"伯父、伯母好，我是小伟的母亲，也是林炜轩的嫂嫂……"秋霞微笑着说。

"哦……"刘慧茹脸色复杂，对于这对凭空冒出来的母子甚是介意。

"可是我的亲家与亲家母到了？"一阵爽朗的笑声传来后，林奇恩出现在众人面前。

"你不就是……小林子吗？"慕云泉一脸惊喜地看着林奇恩。

"哎呀，你可是我那慕大哥？"林奇恩也一脸意外地握住慕云泉的手。

这回轮到一屋子人惊讶了。

5

"哎呀呀，原来我的儿媳就是你的好闺女呀！真是缘分呀缘分！"林奇恩一脸兴奋。

"老爷子，你们认识？"林炜轩意外地看着两位老人。

"儿子，来来来，你的岳父可就是父亲当年的救命恩人呀！"林奇恩激动地说，"想不到一别几十年，岁月不饶人呀！"

"你是说，我岳父就是你经常念叨的那位慕伯伯？"林炜轩也十分意外。

"没错，就是他！"林奇恩说。

原来，解放前林奇恩的祖父是生意人，生意一直做到了国外，可谓家大业大。解放后，在一段特殊历史时期，林家资产被没收，林奇恩也因成分不好下放农村当了知青，与同为知青的慕云泉分在一个村上，同住一间大通铺。那时的农村物质匮乏，吃不饱，穿不暖，对于自幼在富裕家庭生活的林奇恩而言，无异于十分痛苦。

一个风高夜黑的晚上，饿得无法忍受的林奇恩悄悄离开了，来到地里刨红薯，准备拿回去果腹。

刚刨了几个红薯，就听见一阵脚步声，一个人打着电筒过来了。林奇恩见状，撒腿就跑，那个人却拿着棍子追了过来，林奇恩被一棍子打得趴下了，原以为会继续被打，哪知身后的人反而倒下了。

林奇恩回头一看，是慕云泉救了自己。那个打他的人是一个专门欺负知青的当地村民，平常专门找知青们的麻烦，许多知青都吃了他的黑亏，凡是被他捉住偷吃粮食的知青，都会在高音喇叭里向全乡通报，不仅要受处罚，还要送去劳改场。

因为慕云泉的掩护和相助，林奇恩才没被抓住，两人也成为铁哥们。当然，那个挨了黑打的人此后再也不敢欺负知青了……

高考恢复后，慕云泉一边干农活，一边复习参加了几次考试，前几次因为农活太繁重，考试时睡着了，没能考上。到了第五年，才终于考上一所大专。大专毕业后分配到市郊教书，认识了与同为教师的刘慧茹，两人相处五年，终于结婚，八年后，才有了宝贝女儿灵犀。

林奇恩一直因成分问题留在农村，于30岁的"高龄"之际，与邻村的一位姑娘结了婚，生下儿子林炜轩。

改革的春风吹到了内地，有商业头脑的林奇恩开始做些小买卖，从此，他走上了经商的道路……

由于妻子是一个没见过世面的淳朴农村妇女，成日里只知道干活，林奇恩又常年忙于生意，妻子在儿子十岁那年病逝了……

对于妻儿，林奇恩始终心怀愧疚。故而在儿子婚姻问题上，不希望他走自己的道路。

不料，这门亲事，牵扯出一段恩情来……

原来，缘分真的是最奇妙的东西！

"亲家呀，小轩当时插班到红星一小，我们怎么从没见过你呀？"慕云泉问。

"哎，当时我忙生意，小轩母亲生病期间全由保姆带，后来他母亲病逝了，连学校的家长会都由保姆代替……真是惭愧呀……"说起那段往事，林奇恩一脸愧疚。

"老慕，要是那时候你们见了面，还有今天这样的惊喜吗？这叫什么来着？对了，一切因缘，老天自有安排！"刘慧茹笑着说。

一屋子人都笑了起来。

是啊，人生中的一切因缘际会，一切都在冥冥之中有了安排！

第三十四章 峰回路转

尾　声

一月后，塔希提。

林炜轩与慕灵犀的婚礼在这个被称作离天堂最近的地方举行。

就如诗人们描写的那样，这是一个梦想与爱情的终结之所。

这里的一切都是那么纯净，让来到这里的人的心灵也被洗涤得纯净起来。

不得不说，这是一个梦幻般美丽的婚礼。

王子般俊美的新郎，身穿白礼服，挺拔轩昂，帅气逼人，目光深情地注视着心爱的人儿。

美丽优雅的新娘，身穿缀满水钻婚纱，戴着璀璨的项链，目光含笑，高贵典雅，宛若公主。

王子与公主的婚礼，神圣而浪漫。

在嘉宾的欢呼声中，一对新人深情拥吻在一起。

灵犀的父母喜极而泣，林奇恩则爽朗大笑。

观礼的嘉宾都说，这是他们见过最完美的婚礼。

婚后，两人在岛上度蜜月。

蜜月中的一切，如同灵犀梦中的情景，甜蜜而完美。

八个月后，慕灵犀诞下一对龙凤胎。

从此，公主和王子幸福地生活在一起……

童话，从此成为现实。

祝愿天下有情人终成眷属，福慧圆满，喜乐平安！

（全文完）